Jamie L. Farley

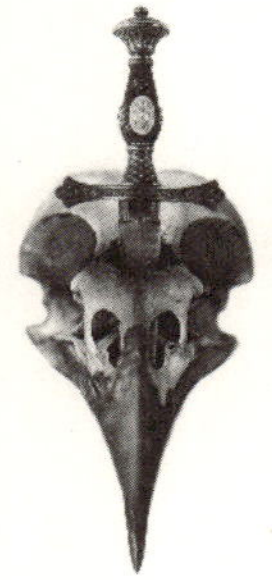

ADULAR

Band 1: Schutt und Asche

Fantasy Roman

Sternensand

www.sternensand-verlag.ch | info@sternensand-verlag.ch

1. Auflage, März 2019

Umschlaggestaltung: Alexander Kopainski
Lektorat: Sternensand Verlag GmbH | Martina König
Korrektorat: Sternensand Verlag GmbH | Jennifer Papendick
Illustration S. 362: Judith C. Pleiner
Satz: Sternensand Verlag GmbH
Druck und Bindung: Smilkov Print Ltd.

ISBN-13: 978-3-03896-036-2
ISBN-10: 3-03896-036-2

Für Franzi,
Heldin von Ferelden, Champion von Kirkwall,
Inquisitorin sowie
langjährige Freundin und treue Begleiterin durch
fantastische Welten
Danke für alles. Du hast mehr für mich getan, als ich
hier aufzählen kann.
Ohne dich würde es den Roman in dieser Form sicher
nicht geben.

KAISERREICH ADULAR
= Umbra
Gildengebäude
Sonnenhöhe
Orilon
Tiefbruch Minen
Orlean
Tartrazin
Königsland
Azurit
Sonnenbrunnen
See Ithil
Dämmerwald
Kleinwies
Ilragon
Kelna
Dioptas
Farmen
Malachit
Wechselwald
Amaranth
Wolfswacht
Freie Länder
Citrin
W
E
S

Prolog

Elanor

Zehn Jahre zuvor …

Der Duft des nahenden Sommers lag in der Luft. Elanor wollte an diesem Tag Einkäufe auf dem Markt erledigen, hatte sich aber aufgrund des schönen Wetters zu einem Spaziergang hinreißen lassen.

»Halt! Wohin des Weges, Grauhaut?«

Ein Dunkelelf stand am oberen Ende der breiten Treppe, die hinab in die Aschegrube führte. Zwei Wachen aus der Oberstadt versperrten ihm den Weg.

Drei Dinge fielen ihr an ihm auf. Zuerst die Ohrringe, die silbern im Sonnenlicht glänzten. Sie zählte insgesamt sieben Stück; drei rechts, vier links. Dann das blinde Auge und die wulstige Narbe auf seiner Wange. Zum Schluss der getrimmte Vollbart. Dunkelelfen waren die einzigen Elfen, die einen anständigen Bartwuchs hatten und sich auch nicht davor scheuten, sich einen stehen zu lassen. Wenn sie bedachte, welchen Aufwand sich ihr Onkel machte, um die geringe Körperbehaarung, die er vorzuweisen hatte, auszumerzen – da war es deutlich einfacher, den Umstand zu akzeptieren. Elanor konnte nicht behaupten, dass sie einen Bart unattraktiv fand.

»Ich will auf den Markt.« Der Dunkelelf zeigte einen Papierfetzen vor.

Die linke Wache, ein Hochelf, griff danach und las skeptisch. »So? Und woher sollen wir wissen, dass du dieses Schreiben nicht gefälscht hast?«

Elanor sah sich prüfend auf der Straße um. Außer ihr nahm niemand Notiz von der Unterhaltung. Sie entfernte sich einige Schritte, um unbemerkt zu bleiben, und tat für die vorbeiziehenden Passanten so, als würde sie etwas in ihrem Korb suchen.

»Gefälscht?«, wiederholte der Dunkelelf und schnaubte. »Natürlich, ein nachvollziehbarer Gedanke. Jeder würde Umbras Zeichen missbrauchen, nur um in Eure kostbare Stadt zu gelangen. Davon abgesehen, denkt Ihr, ich könnte mir Papier und Tinte leisten, geschweige denn dieses Schreiben überhaupt verfassen, wenn ich kein Mitglied der Gilde wäre?«

Elanor schmunzelte und zählte die Silbermünzen in ihrem Geldbeutel. Der Mann gefiel ihr. Er war also ein Assassine. Es war nicht ungewöhnlich, eine Schattenklinge aus der Aschegrube steigen zu sehen. Dieser hier schien gerade nicht im Dienst zu sein, zumindest war er nicht in die charakteristische Kluft gekleidet.

Der Dunkelelf zog den fingerlosen Lederhandschuh von seiner rechten Hand und wies die Tätowierung vor, die lediglich Schattenklingen unter ihrer Haut trugen. Die Wachen tauschten einen Blick.

»Nun«, sagte der Waldelf zur Rechten, »wenn du in die Oberstadt willst, solltest du anständig darum bitten. Auf die Knie, Grauhaut!«

Die linke Wache lachte dreckig. »Ha, genau. Auf die Knie und küss uns die Füße!«

Das Gesicht des Assassinen verfinsterte sich. »Oh nein, in diese Richtung wollt Ihr nicht gehen.«

Elanor war alarmiert. Es sah aus, als könnte die Situation jederzeit kippen, und das konnte nur zum Nachteil des Dunkelelfen ausgehen. Ob Schattenklinge oder nicht, ein Mann allein kam nicht gegen zwei bewaffnete Wachen in schweren Stahlrüstungen an.

Will ich einem Meuchelmörder helfen?, schoss es ihr durch den Kopf. *Nicht jeder Dunkelelf verdient es, geschützt zu werden. Dieser hier tötet für Gold. Was, wenn er einen Auftrag verfolgt und ich ihm helfe, zu seinem Opfer zu kommen?*

»Macht es Euch leicht und lasst mich durch«, fuhr der Dunkelelf fort. Er sprach betont ruhig, deeskalierend, und suchte den Blick der Wachen. »Ihr wollt eine Schattenklinge nicht verärgern.«

»Willst du mir drohen, Gossenratte?«, knurrte der Hochelf. »Pass auf, was du sagst! Ein falsches Wort und ich lasse dich in Ketten legen und in den Kerker werfen. Runter in den Dreck mit dir, los!«

Elanor hielt den Atem an. Die Silbermünzen in ihrer Hand rieselten in den Geldbeutel zurück.

Der Dunkelelf schien abzuwägen, ob er die Diskussion weiterführen wollte, und entschied sich dagegen. »Vergesst es«, sagte er und machte kehrt. »Einen schönen Tag noch, die Herren.«

»Hiergeblieben!«

Der Dunkelelf wurde an der Schulter gepackt und reagierte unglaublich schnell. Mit einer simplen, aber durchaus eleganten Drehung seines Körpers wich er der gepanzerten Faust aus, die auf seine Magengrube gezielt hatte.

»Du hast dich gefälligst von mir schlagen zu lassen«, fauchte die Wache.

»Ihr seid herzlich eingeladen, es weiter zu versuchen«, entgegnete der Dunkelelf.

Der Hochelf hielt seinen Kameraden davon ab. »Lasst es lieber, bevor Ihr Euch vor einer Grauhaut lächerlich macht! Was hast du in der Oberstadt zu suchen, Dunkelelf?«

»Wein, Weib und Gesang«, antwortete der Assassine trocken. »Nein, ich will den Tempel der Göttin Viriditas in die Luft jagen. Nein, wartet! Den Statthalter des Kaisers ermorden. Oder will ich einfach meine dunkelelfischen Keime überall verbreiten? Könntet hier oben mal eine ordentliche Seuche gebrauchen. Interesse an der Pest?«

Die Wachen fanden seinen kleinen Scherz alles andere als komisch. Als der Hochelf Anstalten machte, sein Kurzschwert zu ziehen, hielt Elanor ihre Untätigkeit nicht länger aus. Sie wollte keine Verletzten und erst recht keine Toten sehen. Zügig schritt sie auf die Gruppe zu.

»Da bist du ja«, rief sie scharf. »Wo hast du dich rumgetrieben?«

Sie drängte sich zwischen die Wachen und verschränkte die Arme vor der Brust. Der Dunkelelf starrte sie mit einer Mischung aus Feindseligkeit und Misstrauen an. Sie zwinkerte ihm zu und hoffte, dass er das Zeichen richtig deutete.

»Was soll das hier? Habe ich dir nicht gesagt, dass du am unteren Ende der Treppe auf mich warten sollst? Verzeiht, meine Herren! Hat mein Sklave Euch belästigt?«

Der Hochelf wirkte irritiert. »Sklave? Ich denke, er ist eine Schattenklinge …«

Elanor lachte abfällig. »Das wäre er gern. Hat er sich wieder das Zeichen auf den Handrücken gemalt? Glaubt ihm kein Wort! Er hat keine Hemmungen, Umbras Zeichen zu missbrauchen. Er erhofft sich dadurch Privilegien. Irgendwann wird die Gilde ihn dabei erwischen und ihn umbringen.«

Der Dunkelelf senkte zerknirscht den Kopf und sie war froh, dass er mitspielte. »Verzeiht, Herrin«, murmelte er. »Ich dachte …«

»Es interessiert mich nicht, was du gedacht hast«, unterbrach Elanor ihn harsch. »Komm her und nimm mir den Korb ab! Ich hoffe, er hat Euch keine Umstände gemacht?«

»Nein«, sagte der Waldelf langsam. »Vielleicht solltet Ihr Euren Sklaven an die Leine nehmen, meine Dame?«

Elanor schnaufte leise. »Ja, vielleicht. Ihr entschuldigt uns?«

Der Dunkelelf trottete ergeben hinter ihr her, ihren Korb für die Einkäufe in der Hand. Als sie sich weit genug von der Treppe entfernt hatten, blieben sie stehen.

Elanor nahm ihren Korb wieder an sich. »Entschuldigt meinen seltsamen Auftritt.«

»Kein Grund, sich zu entschuldigen. Es hat hervorragend funktioniert. Danke übrigens. Aber warum habt Ihr das getan?«, fragte der Assassine.

»Sie haben nicht das Recht, Euch so zu behandeln.«

»Das Gesetz sieht das anders.«

»Und ich sehe es anders als das Gesetz«, erwiderte Elanor. »Ich habe ohnehin viel zu lange zugesehen. Nur …«

»Nur habt Ihr lange genug zugehört, um zu wissen, dass ich ein Mörder bin, und das hat Euch gehemmt«, vervollständigte der Dunkelelf. Es lag kein Vorwurf in seinen Worten. »Ich kann Euch versichern, dass ich nichts Mörderisches oder Illegales in der Oberstadt plane. Ich möchte bloß auf den Markt und ein paar Dinge kaufen. Für die Elfen in der Aschegrube.«

Das überraschte Elanor. »Es ist gut, zu hören, dass Ihr den Dunkelelfen dort helfen wollt.«

Es könnte alles gelogen und er ein ausgezeichneter Schauspieler sein. Bei einer Schattenklinge würde es sie nicht verwundern. Aber ihr Instinkt sagte ihr, dass der Dunkelelf ehrlich war. Selbst wenn es naiv war, sie wollte ihm glauben.

Er wird auf dem Markt mit dem Gold bezahlen, das er durch seine Morde verdient hat, dachte sie. *Da hilft es auch nicht, dass er für den guten Zweck hier ist.*

»Verzeihung, ich habe mich Euch nicht vorgestellt«, sagte er und verneigte sich höflich. »Mein Name ist Dûhirion.«

»Sehr erfreut. Elanor ist mein Name«, erwiderte sie.

Sich als Dunkelelf über den Markt zu bewegen, war ein Spießrutenlauf, wie Elanor feststellte. Bohrende Blicke trafen ihn von allen Seiten, hektisches Geflüster erklang hinter seinem Rücken. Elanor musste sehr vorsichtig sein. Etwas hielt sie in seiner Nähe. Einerseits wollte sie sich versichern, dass er tatsächlich nichts Böses im Sinn hatte. Ob sie ihn, einen professionellen Auftragsmörder, von etwas abhalten konnte, stand auf einem anderen Blatt. Andererseits wollte sie bereitstehen, sollte er Hilfe brauchen.

Äußerlich ließ Dûhirion sich nichts anmerken, doch sie konnte sich vorstellen, wie angespannt er war. Dass er sich darauf gefasst machte, angegriffen zu werden. Noch waren die Einwohner der Oberstadt ruhig, aber das würde sich bald ändern. Er war ein Dunkelelf auf dem Gebiet von Wald- und Hochelfen. Für viele war er wie eine pestkranke Ratte, die sich in die Speisekammer verirrt hatte.

Dûhirion machte am Stand eines Bäckers halt und betrachtete die Auslage. Elanor blieb an einem benachbarten Stand stehen.

»Das Brot ist nicht zu haben«, murrte der Bäcker prompt. »Es ist reserviert.«

Der Dunkelelf ließ ein sarkastisches Lachen hören. »Wirklich? Entschuldigt, ich muss etwas verpasst haben. Meines Wissens wird reservierte Ware nicht mehr in die Auslage gelegt, aber ich will Euch nicht in Eure Tätigkeit hineinreden. Ich nehme auch jedes andere Brot, das Ihr anzubieten habt.«

Vorsichtig drehte Elanor den Kopf etwas, um besser beobachten zu können.

Der Standbesitzer kam zu ihm herum und baute sich vor ihm auf. Er war ein Waldelf, einen Kopf kleiner als er und ihm körperlich weit unterlegen. Furcht und Verachtung lagen wie ein Schatten über seinem Gesicht. »Dein Gold ist hier nichts wert, Dunkelelf. Ich kenne dein Volk und weiß, dass Blut an diesen Münzen klebt. Wie viele Leben hast du dafür auslöschen müssen? Und wer hat dich überhaupt die Grenze passieren lassen?«

»Ob Ihr es glaubt oder nicht: Ich bin legal hier. Ich habe eine Genehmigung«, erwiderte Dûhirion ruhig. »Tatsächlich hat mich mein Gold weniger gekostet, als Ihr vermutet. Lediglich eine tote Königstochter. Da Ihr mein Volk kennt, wird das nichts Neues für Euch sein: Ich habe sie nachts aus ihrem Bett gestohlen, meinen falschen Göttern geopfert und würde nun gern ihre Leiche verspeisen. Dafür fehlt mir noch ein Laib Brot.«

Dem Spott zum Trotz schreckten seine Worte den Bäcker.

Kinder, die nicht artig sind, werden von den Dunkelelfen geholt und gefressen, dachte Elanor, sich an die Schauermärchen erinnernd, die sie aus ihrer Kindheit kannte. *Bei Vollmond halten sie blutige Opferrituale ab, in denen sie Dämonen beschwören und Krankheiten über das Land verteilen. Als ich ein Kind war, habe ich das geglaubt. Dass es ein erwachsener Mann immer noch tut, finde ich bedenklich.*

»Scher dich weg, Grauhaut«, zischte der Bäcker.

»Verkauft mir das Brot und ich bin weg!«

»Nur über meine …« Der Waldelf verstummte.

»Nur über Eure Leiche?«, vervollständigte Dûhirion mit schiefem Lächeln.

Die Lippen des Bäckers wurden zu einem schmalen Strich. »Verschwindet!«

Dûhirion gab nach. Mit einem Seufzen wandte er sich ab und ging.

Elanor warf einen Blick in ihren Korb, in dem sich Obst und eine Flasche Wein befanden. Kurz entschlossen ging sie zum Stand des Bäckers, kaufte zwei Laib Brot und beeilte sich dann, den Dunkelelfen einzuholen.

»Dûhirion, wartet!«

Er stoppte und drehte sich um. Sie blieb vor ihm stehen.

»Bitte nehmt den Korb.«

»Das … Das könnt Ihr nicht ernst meinen«, sagte er verwundert.

»Es ist für die Kinder in der Aschegrube. Sie werden sich vor allem über das Obst freuen«, erwiderte Elanor. »Es ist eine Schande, wie meine Leute Euch behandeln. Erst die Wachen, dann der Bäcker. Ich habe mitbekommen, wie er Euch vertrieben hat.«

Dûhirion zog die Braue über seinem blinden Auge hoch. »Ihr habt auch mitbekommen, dass ich den Bäcker provoziert habe? Und die Wache ebenfalls.«

»Verdient provoziert«, entgegnete Elanor. »Es war nicht so, als hättet Ihr keinen Grund dazu gehabt.«

»Was wollt Ihr für den Korb haben?« Dûhirion langte bereits nach dem Beutel an seinem Gürtel.

»Nichts. Es ist ein Geschenk.«

Der Dunkelelf schüttelte ungläubig mit dem Kopf. »Seid Ihr Euch sicher? Irgendetwas müsst Ihr dafür haben wollen.«

»Das Versprechen, dass es den Richtigen zugutekommt.«

Dûhirions Lächeln sah ehrlicher aus, als er den Korb entgegennahm. »Ich danke Euch vielmals.«

»Gern geschehen. Passt auf Euch auf.«

Er verabschiedete sich und verschwand in Richtung Aschegrube. Elanor sah ihm einen Moment lang nach, ehe sie ebenfalls den Rückweg antrat.

Später hatte sie von Dûhirion erfahren, dass er damals auf Valions Geheiß Lebensmittel für die Dunkelelfen der Aschegrube gekauft hatte. Von allein wäre er nicht darauf gekommen. Erst sein regelmäßiger Kontakt zur Weißen Feder hatte ihn sensibler für die Bedürfnisse der Dunkelelfen aus dem Elendsviertel gemacht.

Wenn sie sich an diesen Tag erinnerte, konnte sie nicht fassen, wie leichtsinnig sie beide gewesen waren. Heute würde Elanor sich nicht mehr derart unüberlegt in einen Streit einmischen. Ihre Idee hätte entsetzlich schiefgehen können. Dûhirion würde heute auch nicht mehr so provokant Wachen gegenüber sein. Er hatte gelernt, seine Zunge zu zügeln, und wusste, wann er besser den Mund hielt.

I

Dûhirion

Er wartete. Die Stille presste sich von allen Seiten gegen ihn. Dûhirion lauschte konzentriert in sie hinein, suchte nach verräterischen Geräuschen. Doch alles, was ihm antwortete, war das Rauschen seines eigenen Blutes in den Ohren. Dunkelheit umhüllte ihn zäh wie heißer Teer, verklebte seine Atemwege und Augenlider. Er atmete flach in den Schmerz hinein, der in seinen überspannten Muskeln pochte. Sein Versteck war zu klein für einen Mann seiner Größe, sodass er in eine unbequeme Haltung gezwungen war.

Er hielt absolut still, als die Schritte lauter wurden. Durch den schmalen Spalt zwischen den Schranktüren fiel das warme Licht einer Kerze, die soeben entzündet worden war.

»Ihr könnt Euch beruhigen«, sagte eine männliche Stimme. »Denkt daran, dass nicht ich Euer Feind bin.«

Vorsichtig lehnte Dûhirion sich vor und spähte durch den Spalt. Es waren zwei Personen, die das Haus betreten hatten. Ein Hochelf setzte sich an den Tisch und bewegte seinen Zeigefinger langsam durch die Kerzenflamme, während er sprach. Ein Waldelf schritt vor ihm auf und ab, gestikulierte, rieb sich den Nacken. Seinen Kopfbewegungen nach zu urteilen huschten seine Augen durch den Raum wie Kakerlaken, die vor dem Licht flohen.

»Es war ein Fehler«, sagte der Waldelf.

»Es ist ein bisschen spät, um umzukehren«, erwiderte der Hochelf gelassen und stippte seine Fingerspitze ins flüssige Wachs. »Man sollte meinen, Ihr hättet nicht darüber nachgedacht. Habt Ihr einfach blindlings zugestimmt und Euch ist erst hinterher eingefallen, dass unser Vorhaben Risiken birgt? Nicht nur für Euch, wenn ich daran erinnern darf.« Sacht blies er gegen das Wachs, bis es abkühlte.

»Nein. Nein, natürlich nicht. Ich …« Der Waldelf zog mit den Zähnen einen kleinen Hautfetzen von seiner Unterlippe. »Hört zu, ich verachte Hastor ebenso sehr, wie Ihr es tut. Wie viele es tun. Aber …«

Er leckte sich das Blut von der Lippe und entlockte dem Hochelfen ein missbilligendes Naserümpfen.

»Wir sollten das nicht tun«, zischte der Waldelf so leise, dass Dûhirion ihn kaum verstehen konnte. »Ich werde verfolgt. Schaut mich nicht so an! Ich spüre es. Jemand ist hinter mir her. Hastor weiß, wie viele Feinde er hat und dass er um seine Position beneidet wird. Was ist, wenn er längst bemerkt hat, was wir planen?«

Der Hochelf zerrieb das harte Wachs zwischen Zeigefinger und Daumen. »Ich bin mir sicher, diejenigen, die Euch angeblich verfolgen, sind nur harmlose Passanten, die zufällig denselben Weg gewählt haben.«

»Tut nicht so, als wäre ich verrückt«, rief der Waldelf und schlug mit der Faust auf den Tisch.

Ein Ausdruck von Abscheu fiel wie ein Schatten über das scharf geschnittene Gesicht des Hochelfen. Er presste die Lippen aufeinander und tiefe Falten zerfurchten seine glatte Stirn. »Selbst wenn Hastor ahnt, dass es jemand auf ihn abgesehen hat, warum sollte er uns im Verdacht haben?«, fragte er im geduldigen Tonfall eines Erwachsenen, der mit einem dummen Kind sprach. »Wie Ihr selbst sagtet: Für ihn ist es nichts Neues, dass ihm jemand nach dem Leben trachtet. Er wird eher damit rechnen, dass jemand versucht, Umbra anzuheuern, um ihn zu töten.«

»Das wäre meiner Meinung nach der effektivere Weg«, schnaubte der Waldelf. »Es würde den Verdacht von uns lenken.«

»Keiner von uns kann genug Gold zusammentragen, um Umbra dazu zu bringen, ihren Schutzvertrag mit Hastor aufzulösen und sich gegen ihn zu wenden. Ihr seid kurzsichtig, Freund«, entgegnete der Hochelf.

»Ich bin nicht Euer Freund.«

Der Hochelf unterbrach ihn mit einer unwirschen Handbewegung. »Still! Muss ich wieder Euer Argument gegen Euch verwenden? Hastor rechnet damit, dass ein Assassine von Umbra ihn töten wird, nicht damit, dass jemand aus seinen Reihen ihm eigenhändig einen vergifteten Kelch reicht.«

»Es war ein Fehler, mich darauf einzulassen.« Der Waldelf fuhr sich durchs kurze Haar und verschränkte die Arme vor der Brust. »Ich steige aus.«

»Oh?«, machte der Hochelf spöttisch.

»Das Gold, das Ihr mir im Voraus gezahlt habt, bekommt Ihr zurück.«

»Ihr wisst, dass Ihr dann alles verliert, oder? Wollt Ihr Eure Familie tatsächlich in die Gosse treiben?«

Der Waldelf biss sich auf die beschädigte Unterlippe. »Ich finde einen anderen Weg, meine Schulden zu begleichen. Keine Sorge! Euer Gold liegt unangerührt in seinem Versteck. Ich bringe es Euch noch heute Nacht vorbei. Geht jetzt, bitte!«

»Nun gut.« Der Hochelf stand langsam auf. »Aber lasst Euch gesagt sein: So einfach kommt Ihr nicht aus der Sache raus. Ihr steckt bereits zu tief drin.« Er schlenderte betont gelassen um den Tisch herum und blieb neben dem deutlich kleineren Waldelfen stehen. Das schwache Kerzenlicht warf ihre Schatten blass und riesenhaft an die Wand, als er sich ein Stück zu ihm hinunterbeugte und seine Stimme senkte. »Ein Wanderer, der einmal das Moor betreten hat, wird es nicht mehr verlassen. Ihr habt Euer Schicksal besiegelt, als Ihr Euren Stiefel auf den Morast gesetzt habt. Denkt Ihr, das Moor lässt Euch gehen, wenn Ihr schon bis zur Hüfte darin versunken seid?«

Ruckartig streckte der Waldelf seinen Arm aus und wies zitternd auf die Tür. »Geht!«

Der Hochelf lächelte. »Behaltet das Gold, Freund! Eine Nacht Schlaf wird Euren Kopf klären. Denkt morgen beim Frühstück noch einmal über die Sache nach. Ich erwarte Euch am Abend an unserem gewohnten Treffpunkt.«

Er ging und der Waldelf ließ sich plump auf einen Stuhl fallen. Er stützte die Ellenbogen auf die Tischplatte und barg das Gesicht in seinen Händen. »Verdammt«, murmelte er lauter werdend. »Verdammt, verdammt, verdammt.«

Dûhirion schob sacht die Türen auf und glitt aus dem Schrank. Langsam näherte er sich dem Waldelfen, seine Schritte waren geschmeidig und lautlos wie die einer Katze. Als er hinter ihm stand, ließ der Waldelf seine Hände sinken.

»Verdammt, wo bin ich da nur hineingeraten?«

In eine Sache, die nicht ausgeführt werden darf, antwortete Dûhirion ihm still.

Seine Zielperson hatte keine Zeit, zu reagieren. Ein kurzes Aufblitzen der Klinge im Kerzenlicht und der Dolch durchtrennte seine Kehle. Rote Sprenkel verteilten sich über den Tisch und das weiße Wachs. Die Flamme zischte leise, als einige Blutstropfen den Docht trafen.

Der Waldelf krümmte sich, umklammerte fassungslos seinen Hals. Er rutschte seitlich vom Stuhl, stützte sich zitternd auf Knie und Ellenbogen. Seine schreckensweiten blauen Augen richteten sich auf Dûhirion.

»Umbra entsendet Euch ihre Grüße«, sagte der Dunkelelf leise. Sein Gesicht war emotionslos. Mitleid oder Reue verspürte er längst nicht mehr.

Der Waldelf öffnete den Mund, statt Worte quoll ein nasses Gurgeln aus seinem Rachen. Langsam gab sein Körper nach. Er sank gänzlich zu Boden, rollte sich mit letzter Kraft zu einem blutigen Bündel zusammen und starb.

Dûhirion holte den Vertrag, den der Auftraggeber mit seiner Gilde geschlossen hatte, aus seiner Gürteltasche und ging neben dem Toten in die Hocke. Es war üblich, ihn beim Opfer zu hinterlassen, damit jeder wusste, dass Umbra verantwortlich war. Eine einfache wie effektive Methode, um Angst zu schüren und an die Macht der Assassinengilde zu erinnern.

Er drehte den Toten auf den Rücken, befestigte den Kontrakt mit dem Dolch an seiner Brust und verließ das Haus.

Die milde Nachtluft vertrieb den schweren Blutgeruch aus seiner Nase.

»Kommt schon, es ist nicht mehr weit«, zischte jemand. »Ihr schafft es. Vorwärts, Bleichgesicht, vorwärts!«

Ein erstickter, kaum hörbarer Schrei erklang. Dûhirion erkannte die Stimmen und folgte ihnen alarmiert.

Er fand den dunkelelfischen Assassinen, der ihn begleitet hatte, in einer schmalen Gasse zwischen zwei Häusern. Dûhirion arbeitete zum ersten Mal mit ihm zusammen. Er wusste weder seinen Namen noch sein Alter oder wie lange er schon für Umbra tätig war. Es interessierte ihn auch nicht sonderlich, denn er konnte diesen Kerl seit ihrer ersten Begegnung nicht leiden.

Der Hochelf, der Minuten zuvor herablassend mit dem Waldelfen gesprochen hatte, lag bäuchlings auf dem Boden. Seine Glieder waren eigenartig steif und gekrümmt. In unregelmäßigen Abständen verkrampften sich die Muskeln in seinem Rumpf und pressten ein gequältes Stöhnen aus ihm heraus. Da war eine winzige Wunde in seiner Schulter, kleinste Blutflecken zeichneten sich dunkel vom hellroten Stoff seiner Kleidung ab.

Gift, dachte Dûhirion. *Deshalb kann er nicht schreien.*

Er blickte angewidert zum Assassinen, der mit einem breiten Grinsen neben dem Kopf des Hochelfen hockte. »Gebt nicht auf«, animierte er flüsternd. »Wie versprochen: Wenn Ihr es bis zum Ende der Gasse schafft, lasse ich Euch leben.« Er wedelte mit einem blutigen spitzen Ohr. »Vielleicht bekommt Ihr das auch wieder. Mit Glück kann ein fähiger Heiler es annähen.«

Der Hochelf gab einen Laut von sich, der irgendwo zwischen Keuchen und Schluchzen lag. Seine Finger krallten sich am Pflasterstein fest. Ächzend zog er sich die nächsten Zentimeter vorwärts.

Dûhirion sah sich rasch um, machte einen lautlosen Satz vor und ließ die versteckte Klinge aus seiner rechten Armschiene fahren. Das Leben des Hochelfen endete durch einen gezielten Stich in den Rücken. Der scharfe Stahl drang durch Haut, Knochen und einen Lungenflügel ins Herz.

Der Assassine sprang frustriert auf. »Was habt Ihr angerichtet?«

»Eure Arbeit erledigt«, erwiderte Dûhirion gedämpft. »Setzt Euch in Bewegung, wir müssen zurück!«

»Ich war noch nicht fertig mit ihm.«

»Ruhe!«

Das Letzte, was er wollte, war, von einer Wachpatrouille erwischt zu werden, weil sein Kamerad sadistische Gelüste der Sicherheit vorzog.

Dûhirion nutzte die nächtlichen Schatten, um ungesehen die Oberstadt zu durchqueren. Der andere Assassine blieb ihm dicht und glücklicherweise schweigend auf den Fersen. Sie stiegen ins Elendsviertel der Dunkelelfen hinab.

»Ich war nicht fertig mit ihm«, wiederholte sein Begleiter. »Ihr habt meinen Auftrag gestohlen.«

Dûhirion wirbelte herum. »Ihr solltet ihn töten, nicht mit ihm spielen.«

»Ich weiß, was ich tue. Ich hätte ihn am Ende der Gasse getötet«, entgegnete der Assassine mit verständnisloser Miene.

Dûhirion streifte beiläufig die schwarzen Handschuhe ab und betrachtete seine Finger. Es war kein Blut durch den Stoff auf seine Haut gedrungen. »Wenn Euch bis dahin keine Patrouille entdeckt und zur Flucht gezwungen hätte.«

»Das wäre nicht passiert«, entgegnete sein Gegenüber augenrollend.

Dûhirion stopfte die Handschuhe schnaubend in seine Gürteltasche und ging weiter. »Der Auftrag ist erledigt, egal von wem.«

»Wo wollt Ihr hin? Zur Gilde geht es dort entlang.« Der andere Assassine holte ihn ein und lief rückwärts vor ihm her. »Oder habt Ihr andere Pläne? Verratet es mir! Ich habe immer ein offenes Ohr für Euch.« Er hielt das abgetrennte Ohr des Hochelfen in die Höhe und lachte über seinen schlechten Witz.

Dûhirion verzog den Mund, er schmeckte etwas Bitteres im hinteren Teil seines Rachens.

»Zieht nicht so ein Gesicht«, sagte sein Begleiter. »Ihr erinnert Euch, was Hochelfen und Waldelfen mit unsereins machen? Wie viele Dunkelelfen müssen mit verstümmelten oder abgetrennten Ohren leben? Das hier ist bloß ausgleichende Gerechtigkeit.«

»Redet Euch das nur weiter ein«, murmelte Dûhirion trocken. »Lasst mich vorbei!«

Sie passierten den alten Brunnen, der das Zentrum des Viertels bildete. Der Assassine wandte sich ab und wollte gehen, doch er hielt inne und stoppte Dûhirion. »Seht mal! Was haben wir denn da?«

Ein dunkelelfisches Mädchen kauerte vor dem Brunnen auf dem schlammigen Boden. Sie war wahrscheinlich nicht älter als zwölf Jahre. Ihr Kleid war zerschlissen und schmutzig, Ruß bedeckte ihre hohlen Wangen. Strähnen ihres verfilzten schwarzen Haares hingen wirr vor den tief eingesunkenen Augen. Sie hielt eine Puppe im Arm und wippte apathisch vor und zurück.

»Kinder sollten um die Zeit nicht mehr draußen sein«, bemerkte Dûhirions Begleiter grinsend. Er schlenderte auf sie zu. »Hallo, Kleines. Hast du dich verlaufen? Komm, ich bringe dich an einen schönen Ort.«

Dûhirion zog ihn grob zurück. »Ihr werdet sie nicht anrühren!«

»Umbra kann neue Rekruten stets gebrauchen«, erwiderte sein Begleiter. »Ihr habt meinen Auftrag gestohlen, aber ich lasse mir bestimmt nicht die Belohnung entgehen, die das Balg mir einbringen wird.«

Das Mädchen drückte seine Puppe fester an die Brust und sah ängstlich zu ihnen auf.

Dûhirion stellte sich zwischen sie und den anderen Dunkelelfen. »Oh doch, das werdet Ihr. Ich lasse nicht zu, dass dieses Mädchen in Umbras gierige Hände fällt.«

Der andere Assassine verschränkte abfällig die Arme vor der Brust. »Und warum sollte ich auf Euch hören?«

Dûhirion senkte seine Stimme drohend. »Weil ich unserem Gildenmeister sonst erzählen werde, was ich gesehen habe. Eure sadistische Fahrlässigkeit wird bei Taremia auf keine Gegenliebe stoßen. Ihr wisst, was das für Euch bedeuten kann.«

Das Gesicht des Assassinen verfinsterte sich. »Das würdet Ihr nicht wagen.«

»Lasst das Mädchen in Ruhe«, forderte Dûhirion.

Der Assassine warf die Arme in die Luft. »Von mir aus. Behaltet das Dreckskind!«

Dûhirion wartete, bis er außer Sichtweite war, und wandte sich dann dem Mädchen zu. Er ging in gebührendem Abstand vor ihr in die Hocke. Sie presste die trockenen Lippen aufeinander und zog die dünnen Beine näher an ihren Körper.

»Wo sind deine Eltern?«, fragte er.

»Tot«, antwortete sie tonlos. »Alle sind tot.«

Dûhirion runzelte nachdenklich die Stirn. »Ist dein Haus in der Nähe?«

Sie schüttelte den Kopf. Abwesend zeichnete sie das Gesicht der Puppe mit dem Zeigefinger nach. Ihr linker Fußknöchel war geschwollen und dunkel verfärbt, sie hatte aufgeschlagene Knie und leichte Verbrennungen am Oberarm.

Was war ihr zugestoßen?

»Mein Name ist Dûhirion«, setzte er neu an und seine raue Stimme klang ungewohnt sanft. »Wie du siehst, bin ich auch ein Dunkelelf.«

Sie musterte ihn vorsichtig und er beobachtete sie aufmerksam dabei. Sie sah dunkelgraue Haut wie die ihre. Ihr Blick wanderte langsam über seine schwarze Assassinenkluft in sein Gesicht; streifte den getrimmten Vollbart, die wulstige Narbe unter seinem erblindeten Auge und die zahlreichen silbernen Ringe in seinen Ohren. Sekundenlang stoppte sie bei seinem schwarzen Haar, welches er im Irokesenschnitt trug, und kehrte dann zu seinem dunkelroten Auge zurück. Unverblümt betrachtete sie das rechte Auge, das ihr Starren milchig-trüb und leer erwiderte.

»Du musst nicht sprechen, wenn du nicht willst«, fuhr er fort. »Es reicht, wenn du nickst oder mit dem Kopf schüttelst. Wohnst du in Malachit?«

Kopfschütteln.

»Hast du Verwandte hier?«

Kopfschütteln.

»Bist du weggelaufen, nachdem deinen Eltern etwas zugestoßen ist?«

Das Mädchen nickte zittrig.

»Wie ist dein Name?«

»Faylen«, flüsterte sie brüchig. »Mein Bein tut weh.«

»Ich kenne einen Heiler, der sich um deine Wunden kümmern kann«, erwiderte Dûhirion.

»A-Aber ich bin ein Dunkelelf.«

»Das kümmert ihn nicht. Er hilft jedem.« Er richtete sich auf und reichte ihr die Hand. »Kannst du aufstehen?«

Zögerlich ließ sie sich von ihm hochziehen. Sie balancierte unsicher auf dem gesunden Bein.

»Um zu meinem Freund zu kommen, müssen wir durch die Oberstadt.«

Faylens Augen weiteten sich und sie zuckte zusammen, als hätte er gegen ihren verletzten Knöchel getreten. »D-Da dürfen wir nicht hin.«

»Um zum Heiler zu gelangen, müssen wir da durch«, erwiderte Dûhirion.

»Aber …«

»Hör zu«, unterbrach er sie. »Du hast zwei Möglichkeiten: Entweder kommst du mit mir oder du bleibst hier sitzen und wartest auf ein Wunder.«

Faylens Unterlippe bebte.

»Willst du Hilfe oder nicht?«

Sie nickte schniefend.

Probeweise ging er einige Schritte mit ihr. Faylen humpelte unbeholfen und biss die Zähne zusammen, sichtlich bemüht, nicht zu weinen.

Dûhirion seufzte innerlich und blieb stehen. »Komm, ich trage dich!«

Er hob sie hoch und sie legte reflexartig die Arme um seinen Hals. Sie war derart leicht, dass er glaubte, lediglich ihre Knochen würden ihr Gewicht bestimmen.

2

Dûhirion

Aschegruben wurden die Elendsviertel der Dunkelelfen im Volksmund genannt. In jeder Stadt im Kaiserreich Adular war ein solches zu finden. Diejenigen, die den Namen in den Mund nahmen, spuckten ihn aus, als hätten sie in schlechtes Obst gebissen. Hier in Malachit trennte eine hohe Mauer die Aschegrube von der Oberstadt, in der hauptsächlich Waldelfen und Hochelfen lebten. Die Treppe, die hinaufführte, wurde zu jeder Tages- und Nachtzeit bewacht.

Ein widerwärtiger Gestank lag wie dichter Rauch in der Luft. Er setzte sich aus den faulen Lebensmitteln und verrottenden Möbelstücken zusammen; dem Abwasser und sämtlichem Schmutz der Oberstadt. Bei jedem Atemzug hatte man das Gefühl, sich daran zu vergiften. Die Bäume waren kohlschwarz, zwischen toten Ratten und Fäkalien ragten ein paar vertrocknete Grasbüschel empor.

An diesem Ort war alles grau, als würde jegliche Farbe davor zurückschrecken; selbst der Himmel schien niemals blau zu werden.

Grau war der schlammige Boden, der mit schimmelnden Holzplanken ausgelegt war.

Grau waren die schäbigen Holz- und Lehmhütten.

Und grau war die Haut der Einwohner, die hier ihr Dasein fristen mussten.

Tagsüber sah man die fahlen Gestalten, wie sie mutlos und apathisch ihrer Routine folgten. Sie bewegten sich wie Marionetten durch ihr Viertel, die von einem Puppenspieler ungeschickt gelenkt wurden. Sie waren das verstoßene Elfenvolk. Zusammengepfercht auf engem Raum und jeglicher Rechte beraubt.

Nachts war es angenehmer, sich durch das Viertel zu bewegen. Die Dunkelheit überdeckte gnädig alles Hässliche und wenigstens für ein paar Stunden war man blind für die allgegenwärtige Trostlosigkeit. In der Stille der Nacht schliefen Elend, Angst und Hoffnungslosigkeit. Diejenigen, die sie am Tage plagten, versanken im seligen Vergessen. Nur vereinzelt hörte man ein Wehklagen, das jedoch leicht mit dem Heulen des Windes verwechselt werden konnte.

Dûhirion durchquerte mit der kleinen Faylen das Viertel und führte sie zu einer Hütte nahe der Mauer. Nachdem er die Tür hinter sich verschlossen und das Mädchen abgesetzt hatte, klappte er die Holzpritsche an der hinteren Hauswand hoch und löste einige Dielen aus dem Boden.

Neugierig spähte Faylen über seine Schulter. Auf den ersten Blick legte er bloß graue Erde frei. Dûhirion holte einen kleinen silbernen Ring aus seiner Gürteltasche, deren Innen- und Außenseiten mit feinen verschlungenen Zeichen versehen waren. Als er den Ring über den Boden hielt, löste sich die Illusion auf und eine Luke wurde sichtbar.

Faylen japste hinter ihm. »Ist das M-Magie?«, flüsterte sie ehrfürchtig.

Dûhirion nickte lediglich. Für ihn gehörte es bereits zur Gewohnheit. Stumm blickte er in die tintenschwarze Finsternis hinter der Luke. Sie ließ den Tunnel endlos tief erscheinen. Ohne den kleinsten Funken Restlicht erblindeten selbst die nachtsichtigen Augen eines Dunkelelfen. Missmutig bemerkte Dûhirion, dass er keine Fackel dabeihatte.

»Dieser Tunnel führt in die Oberstadt«, begann er. »Bist du so weit? Kletter auf meinen Rücken und ich trage dich die Leiter runter.«

Faylen schüttelte mit dem Kopf und presste ihr Gesicht in die Puppe. »Kann der Heiler nicht herkommen?«

»In seiner Klinik ist es sauberer und er kann deine Wunden besser versorgen«, erwiderte Dûhirion. »Dir wird nichts passieren.«

»Es ist zu dunkel dort unten«, nuschelte sie.

»Ich sagte bereits, dass ich dich tragen werde. Schließ die Augen, wenn wir unten sind. Dann bekommst du nichts von der Dunkelheit mit.«

Das war die falsche Antwort. Faylen begann zu zittern.

Dûhirions Ungeduld wuchs. Er dachte kurz darüber nach, sie zu packen und sich schlicht über die Schulter zu werfen, doch er verwarf die Idee schnell. Daher ging er erneut vor ihr in die Hocke und setzte ein erlerntes Lächeln auf, von dem er wusste, dass es freundlich auf andere wirkte. »Wenn wir beim Heiler sind, bekommst du etwas Warmes zu essen«, sagte er in sanfterem Tonfall. »Es gibt dort neue Kleidung für dich und sicherlich könntest du auch ein heißes Bad nehmen.«

»Mit warmem Wasser und duftender Seife?«, fragte Faylen zögerlich.

Dûhirion nickte. »Und du könntest heute Nacht in einem sauberen Bett schlafen.«

Sie rang mit sich. Nervös kaute sie auf ihrer Unterlippe.

»Es ist nicht weit«, versprach er.

»In Ordnung«, erwiderte Faylen kaum hörbar.

»Halt dich gut fest.«

Nachdem er sie auf seinen Rücken gehoben hatte, stieg er in den Tunnel hinab. Er schloss die Luke über sich und undurchdringliche Schwärze fiel über sie her. Faylen presste sich wimmernd an ihn.

Dûhirion bewegte sich an der Wand entlang, die freie Hand nach vorn ausgestreckt. Er zählte die Abzweigungen, an denen sie vorbeikamen, und bog in die dritte ein. Die Stille war unerträglich und ihm fiel nichts ein, worüber er sich mit dem Mädchen unterhalten konnte.

Lass mich dir aus dem lustigen Leben eines Assassinen berichten, dachte er. *Heute habe ich einem Waldelfen mit einem Streich die Kehle aufgeschlitzt. Die Blutspritzer auf dem Tisch haben ein interessantes Muster ergeben. Soll ich es dir näher beschreiben?*

Faylen begann leise zu summen. Die Melodie war langsam und harmonisch. Anfänglich noch von einem Zittern in ihrer Stimme durchzogen, beruhigte sie sich zunehmend. Schließlich wurde aus ihrem Summen ein Singen und Dûhirion glaubte, ein Schlaflied zu erkennen. Es hielt an, bis sie das Ende des Ganges erreicht hatten.

»Wir sind da. Wenn wir oben sind, müssen wir uns schnell und leise bewegen«, erklärte er. »Verstehst du?«

»Mhm«, erwiderte sie und verstummte dann.

Dûhirion kletterte die Sprossen hinauf und stieg aus dem Tunnel. Er hatte sie in eine entlegene Ecke der Oberstadt geführt, direkt hinter einen dichten Brombeerstrauch.

Nachdem er sich vergewissert hatte, dass keine Wachpatrouille in der Nähe war, schloss er die Luke. Obgleich sich der Illusionszauber sofort wieder darüberlegte, deckte er sie sorgfältig mit Laub und Gestrüpp ab.

Ein heller Schein drang aus den Fenstern des örtlichen Gasthauses. Musik und Gelächter wehten mit dem Geruch von Essen und Alkohol auf die Straße. Dûhirion wartete mit Faylen hinter einer Häuserecke, bis die beiden Waldelfen vor der Tür ihr Gespräch beendet hatten und endlich eintraten. Dann lief er eilig weiter.

Faylen erschreckte sich vor jedem Schatten, zuckte bei Geräuschen zusammen, als würde sie sich an ihnen verletzen. Wie ein Mantra murmelte sie die Regeln vor sich her, die ihr beigebracht worden waren.

»Ein Dunkelelf gehört in die Aschegrube. Schmutz gehört in den Schmutz. Einem Dunkelelfen aus der Aschegrube ist es nicht gestattet, die Oberstadt zu betreten. Es sei denn, sein Meister ist bei ihm. Ein Dunkelelf gehört in die Aschegrube …«

Während Dunkelelfen in den meisten Teilen der Welt frei waren, wurden sie im Kaiserreich Adular immer noch wie vor zweitausend Jahren behandelt. Nur hier gab es die strikte Unterteilung von Oberstadt und Aschegrube.

Das Erste, was einem dunkelelfischen Kind beigebracht wurde, war, dass jeder tollwütige Straßenköter mit mehr Respekt behandelt wurde als man selbst. Das Nächste waren Verhaltensregeln für die Oberstadt.

Werft euch vor Waldelfen, Hochelfen und Menschen auf die Knie und fresst Dreck! Lasst euch von ihnen treten und bedankt euch, wenn sie euch die Rippen brechen! Sollte einer euer Erstgeborenes verlangen, weil er es wahlweise zur Prostitution zwingen, als persönlichen Sklaven erziehen oder an Umbra verkaufen will, dann brecht vor Dankbarkeit gefälligst in Tränen aus!

Dûhirion rümpfte verächtlich die Nase.

»Einem Dunkelelfen ist es nicht gestattet, die Oberstadt zu betreten. Es sei denn …«, nuschelte Faylen monoton.

Dûhirion blieb abrupt stehen und duckte sich hinter einen verlassenen Marktstand. Eine Wachpatrouille stand unweit von ihnen. Es waren zwei; aufgrund der schweren Rüstungen und dichten Helme konnte er nicht bestimmen, welchem Volk oder Geschlecht sie angehörten.

Jedes Elfenvolk besaß charakteristische Merkmale, an denen seine Zugehörigkeit leicht zu erkennen war. Größe, Haut- und Haarfarbe waren sehr spezifisch. Wenn auch nur einer von ihnen ein Waldelf war, hatten sie ein Problem. Waldelfen hatten das feine Gehör einer Raubkatze. Ein zu lautes Geräusch und sie würden entdeckt werden. Dann war es nur eine Frage des Augenblicks, bis die Wachen erkannten, wer sie waren, und beginnen würden, sie zu jagen.

»W-Was ist?«, wisperte Faylen.

»Wachen«, antwortete Dûhirion knapp. »Wir müssen …«

Er realisierte seinen Fehler zu spät.

»Ich will nicht mitgenommen werden«, rief Faylen panisch aus. Sie wand sich und zerrte an seinem Kragen. »Sie werfen uns in den Kerker. Ich will nicht mitgenommen werden. Einem Dunkelelfen ist es nicht gestattet, die Oberstadt zu betreten. Schmutz gehört in den Schmutz.«

Dûhirion setzte sich zügig in Bewegung. Das Mädchen war zu laut, die Wachen würden sie hören.

»Wer ist da?«, rief eine männliche Stimme. Sie klang blechern und warf ein seltsames Echo.

Dûhirion fluchte stumm und rannte schneller.

»Meine Puppe.« Faylens Schrei stach wie eine heiße Nadel in sein Innenohr. »Ich hab meine Puppe fallen lassen.«

»Hey«, brüllte die Wache ihnen hinterher. »Stehen bleiben!«

»Meine Puppe!«

»Halt den Mund«, knurrte Dûhirion.

Sein harscher Tonfall ließ Faylen hemmungslos in Tränen ausbrechen. Sie zappelte heftig auf seinem Rücken. »Hol sie zurück! Ich darf sie nicht allein lassen.«

Es war riskant, es war dumm, aber notwendig. Sie würde sich erst beruhigen, wenn sie ihr Spielzeug wiederhatte.

Er hastete zwischen einigen Häusern entlang und schlug einen weiten Bogen, bis er dorthin zurückkam, wo er losgelaufen war. Von den Wachen war nichts mehr zu sehen, aber darauf wollte er sich nicht verlassen. Er hob die Puppe auf und reichte sie Faylen, während er bereits weiterrannte. Sie verstummte und weinte still in die Lumpenkleider.

Dûhirion blieb erst stehen, als er die Klinik erreicht hatte. Die kleine Laterne über der Tür leuchtete noch, also war Arik bereit, Patienten zu empfangen. Er klopfte hastig und es dauerte bloß wenige Sekunden, bis er eingelassen wurde.

Der Heiler setzte gerade zu einer Begrüßung an, als er Faylen erblickte. »Was ist passiert?«, fragte er rasch.

Arik war ein hochgewachsener, aber magerer Mann Anfang dreißig. Er hatte kurzes schwarzes Haar und dunkle Schatten lagen unter seinen braunen Augen.

Dûhirion gab ihm eine knappe Erklärung und setzte Faylen auf einem Bett ab. Es wunderte ihn, dass sie beim Anblick eines Menschen keine Reaktion zeigte.

Arik schenkte dem Mädchen ein freundliches Lächeln. »Hallo, Faylen. Mein Name ist Arik und ich werde mir deine Wunden ansehen. In Ordnung? Sag mir Bescheid, wenn ich dir wehtun sollte.«

Faylen sah flehend zu Dûhirion auf, der sich neben Arik gestellt hatte.

»Dûhirion, würdest du dich neben sie setzen?«, bat der Magier und krempelte die Ärmel seines weißen Leinenhemdes über die Ellenbogen.

Etwas verwundert kam er der Bitte nach. Faylens klamme Finger griffen nach seinem Arm. Er spürte ihr Zittern, die Kälte ihrer Haut, die durch den Stoff seiner Tunika drang. Arik nickte ihm ermutigend zu, sodass er beschloss, sich nicht zu rühren.

Während der Magier Faylens Wunden vorsichtig reinigte, nahm Dûhirion eine Bewegung im hinteren Teil des Raumes wahr. Instinktiv spannte er sich an und schärfte seine Sinne. Er hörte keine Schritte, doch ein vertrauter Duft wehte ihm in die Nase: Lavendel, Bergamotte und ein Hauch Thymian.

Eine zierliche Waldelfin trat an Ariks Seite und brachte ihm Verbände. Sie trug ein hellgrünes Kleid und hatte ihr ellenbogenlanges braunes Haar zu einem losen Dutt gebunden. Zwei vordere Strähnen hingen außerhalb des Zopfes. In eine von ihnen war ein weißes Band eingeflochten.

»Danke dir, Elanor«, sagte der Heiler.

»Gern geschehen. Hallo, Dûhirion«, grüßte sie. Der Dunkelelf nickte ihr mit einem leichten Lächeln zu. Sie spiegelte seine Geste freudig und wandte sich Faylen zu. »Und hallo, Faylen.«

Das Mädchen zuckte zusammen, als es von der Waldelfin angesprochen wurde. Es war kreidebleich geworden und presste sich fest an Dûhirions Seite. Mit vor Furcht weit aufgerissenen Augen starrte sie Elanor an.

Da war die panische Reaktion, die er bereits bei Arik erwartet hatte. Er kam zu dem Schluss, dass Faylen nie zuvor einem Menschen begegnet war und den Magier daher nicht einzuschätzen wusste. Mit Waldelfen hingegen schien sie sehr schlechte Erfahrungen gemacht zu haben. Vielleicht war sie auch schlichtweg erschrocken darüber, dass Elanor ihren Namen kannte. Dabei steckte kein Trick dahinter. Dûhirion hatte Arik den Namen des Mädchens genannt, der hatte ihn wiederholt und Elanor hatte ihn gehört und der richtigen Person zugeordnet. Ganz einfach.

Nicht so für Faylen, die im Moment nicht für logische Schlussfolgerungen empfänglich war. »E-Es tut mir leid«, presste sie heiser hervor und machte Anstalten, vom Bett zu springen.

Arik streckte seine Hände aus, doch Dûhirion war schneller und hielt sie fest.

Faylens Atem raste. »Verzeiht, dass ich Euer Haus betreten habe, Herrin«, stammelte sie eilig.

»Es ist alles in Ordnung«, erwiderte Elanor beschwichtigend. »Du brauchst dich nicht vor mir zu fürchten. Das hier ist nicht mein Haus, es gehört Arik.«

»E-Entschuldigt, Herrin!«

»Ich bin nicht deine Herrin«, sagte die Waldelfin betont sanft. »Mein Name ist Elanor und ich möchte dir helfen.«

Hellblaues Licht, das sich in Ariks Händen bündelte, hüllte die kleine Dunkelelfin ein. Faylen sank zitternd in Dûhirions Griff zusammen. Ihr Atem beruhigte sich und ihr Kopf kippte zur Seite.

»Alles ist gut, Faylen«, raunte Arik. »In diesem Haus wird dir nichts passieren. Niemand wird dir wehtun und niemand wird dich beschimpfen. Du musst keine Angst haben.«

Sie nickte träge.

»Bist du hungrig?«, fragte Elanor vorsichtig. »Es gibt Brot und Gemüseeintopf.«

Müde rieb Faylen sich die Augen. »Ja, ich habe großen Hunger.«

Elanor verschwand durch eine Tür in der Seite. Sie führte zum angrenzenden Haus, in dem Arik mit seiner Schwester Nara wohnte.

Der Magier verband Faylens Wunden und wirkte einen Heilzauber auf sie. Sie saß still und mit halb geschlossenen Augen an

Dûhirion gelehnt und hielt seine Hand. Mit der anderen streichelte sie ihre Puppe.

Elanor kam bald darauf zurück und brachte eine Platte, auf der sich eine Schüssel mit Eintopf und ein großes Stück Brot befanden.

Während das Mädchen aß, zog Dûhirion Elanor beiseite. Auch wenn er davon ausging, dass sie sein Gespräch mit Arik mit angehört hatte, fasste er ihr die Ereignisse der Nacht zusammen.

»Vermutlich gehört sie weder in diese Stadt noch ins Elendsviertel«, sagte er schließlich schulterzuckend.

»Vielleicht ist sie einem dieser furchtbaren Waisenhäuser für ihresgleichen entkommen«, erwiderte Elanor und musterte Faylen mitleidig. »Oder sie ist eine entlaufene Sklavin? Die Götter allein wissen, was ihr angetan wurde. Hat sie dir etwas über ihre Eltern verraten?«

»Offenbar sind sie beide tot«, antwortete Dûhirion und ließ sich auf einem freien Bett nieder. Seine Beine waren schwer und kurz dachte er darüber nach, sich rücklings auf die Matratze fallen zu lassen. Er tat es nicht. Das war eine Klinik und keine Herberge. »Das war neben ihrem Namen die einzige Frage, die sie beantwortet hat.«

»Das arme Kind. Die Weiße Feder wird einen Platz finden, an dem sie bleiben kann.« Elanor beobachtete stirnrunzelnd, wie Faylen gierig ihr Essen verschlang. »Fürs Erste sollte sie ohnehin in der Klinik bleiben, denke ich.« Sie seufzte und blickte zu dem Dunkelelfen zurück. »Ich wünschte, Magie könnte auch seelische Wunden heilen.«

»Eines Tages vielleicht.« Dûhirion rückte den schwarzen Brustharnisch zurecht. Er konnte es kaum erwarten, in bequemere Kleidung zu schlüpfen. »Gib den Magiern dieser Welt Zeit, an ihren Formeln zu arbeiten. Irgendwann wird jemand den richtigen Zauber finden.« Er erhob sich und überbrückte die letzte Distanz zwischen ihnen. »Ich hätte nicht erwartet, dich so spät noch hier zu treffen.«

Elanor, die einen Kopf kleiner war als er, hob ihr Kinn leicht an, um ihm weiter ins Gesicht sehen zu können. »Ich könnte das Gleiche von dir sagen. Ich habe Arik alte Leinenhemden gebracht, die er zu Bandagen verarbeitet.«

Er nahm ihre Hand und küsste ihre Fingerknöchel. »Schön, dich zu sehen, Elanor.«

Ein warmer Funke leuchtete in ihren blauen Augen auf. Elanor sah gut aus; gesund und munter. Er war froh, sie wohlauf zu sehen.

»Es hat eine Weile gedauert, bis ich Faylen überreden konnte, mich zu begleiten«, erzählte er und rieb sich müde über das Gesicht. »Wir haben den Tunnel unter meiner Hütte genutzt und mussten uns durch völlige Finsternis bewegen. Hat ihr nicht gerade Mut gemacht, nachdem ich verkündete, dass wir in die Oberstadt gehen«, sagte er weiter. »Vorhin sind wir beinahe in eine Patrouille gelaufen. Der Weg hierher war … ereignisreich.«

»Deshalb habe ich dich durch den gesamten Raum keuchen gehört«, entgegnete Elanor und wischte ihm eine schwarze Haarsträhne aus der Stirn.

Er lächelte schief. »War ich wirklich so laut?«

»Nur für meine Ohren.« Sie zwinkerte. »Ich verrate es keinem.«

»Zu freundlich von dir.« Er strich mit seinem spröden Daumen über ihren Handrücken, bevor er sie losließ. »Ich denke übrigens nicht, dass die Wachen unsere Spur verfolgen können oder sich überhaupt die Mühe gemacht haben.«

»Ich werde zu Hause sehen, dass ich passende Kleidung für sie finde«, sagte Elanor. »Sieh dir an, wie gierig sie das Essen verschlingt! Sie ist bloß Haut und Knochen. Ob sie überhaupt sagen kann, wann sie das letzte Mal satt war?«

»Die bessere Frage ist, ob sie das Gefühl von Sättigung überhaupt kennt«, murmelte Dûhirion.

Arik nahm Faylen die Platte ab und bedeutete ihr, sich hinzulegen. Sie zog die Decke bis unters Kinn. Erneut ging sanftes Licht von seinen Händen aus und hüllte sie ein. Dann zog er eine Trennwand vors Bett und trat zu den Elfen. »Heute Nacht wird sie ruhig und ohne Albträume schlafen.«

»Das ist gut«, murmelte Elanor.

»Über ein Bad würde sie sich auch freuen«, fügte der Dunkelelf hinzu.

»Das soll sie morgen bekommen, wenn sie ausgeschlafen hat«, sagte Arik und dehnte seine Finger, bis sie vernehmlich knackten. »Ihre Wunden sind nicht schwerwiegend und werden über Nacht spurlos verheilen. Ich werde Nara darum bitten, ein vorübergehendes Zuhause in der Aschegrube für die Kleine zu finden.«

»So lange, bis sie über die Grenze von Adular in die freien Länder gebracht werden kann«, vervollständigte Dûhirion.

Arik ging zu einem Beistelltisch und wusch sich die Hände. »Ganz genau. Es wird aber noch ein paar Wochen dauern, bis ich Adular das nächste Mal verlassen kann. Wir müssen jemanden finden, der sich solange um sie kümmert.«

Als Magier gehörte er zu den Privilegierten, die Adular verlassen konnten, ohne Aufmerksamkeit zu erregen. Er hatte enge Kontakte zur Magierakademie Krähenfels und konnte seine Reisen mit Studien begründen.

»Es ist spät, Elanor.« Der Heiler schob seine Ärmel zurück nach unten zu seinen Handgelenken. »Du solltest allmählich nach Hause gehen. Die restlichen Bandagen schneide ich morgen zu. Danke nochmals.«

»Natürlich.« Sie machte einen eleganten Knicks. »Kümmere dich gut um sie, ja? Und sieh zu, dass du heute Nacht auch ein paar Stunden Schlaf bekommst!«

Arik gluckste trocken. »Du hörst dich schon an wie Nara. Ja, werde ich. Ich verspreche es!«

»Du tust besser daran, mich nicht zu belügen«, mahnte sie. »Dûhirion, kommst du mit mir?«

Der Dunkelelf nickte. »Das war mein Plan.«

Sie gingen getrennt zu Elanors Haus. Die Waldelfin ließ ihn durch die Hintertür ein. Er kleidete sich um, tauschte seine Assassinenkluft gegen ein weites Leinenhemd und eine braune Hose, während Elanor eine große Truhe nach passender Kleidung für Faylen durchsuchte. Sie hatte einige Kleidungsstücke in ihrem Haus, die eindeutig nicht ihr gehörten. Kleidung für Kinder und für Männer, für Frauen, die größer waren als sie selbst. Außenstehenden erklärte sie, dass sie gelegentlich Arbeit aus der Schneiderei mit nach Hause nahm und simple Flickarbeit am Abend erledigte, wenn sie tagsüber liegen geblieben war. Eingeweihte wussten, dass sie für die Weiße Feder sammelte.

Nachdem endlich Ruhe eingekehrt war und sie sich auf der gepolsterten Sitzbank vor dem Kamin niedergelassen hatten, bemerkte Dûhirion erstmals, wie müde er sich fühlte. Der Kamin war aus, nur eine Kerze spendete ihnen Licht.

»Denkst du, sie wird sich dort einleben?«, fragte Elanor und löste ihren Dutt, sodass ihr Haar locker über ihre schmalen Schultern fiel. »In ihrer Adoptivfamilie, meine ich.«

»Irgendwann sicherlich«, antwortete Dûhirion träge blinzelnd. »Wenn sie sich bei ihnen wohlfühlt, kann Arik sie gleich mit ihr über die Grenze bringen.«

Sie rückte näher an ihn heran und er legte einen Arm um sie. Elanor lehnte sich an ihn. »Je mehr Dunkelelfen Adular verlassen und endlich ihre Freiheit geschenkt bekommen, desto besser«, sagte sie.

»Ich weiß nicht, wohin ich sie gebracht hätte, wenn es die Weiße Feder nicht gäbe. Vielleicht hätte ich sie sogar selbst zu Umbra gebracht.«

Sie schüttelte den Kopf. »Nein, hättest du nicht.«

»Sicher?« Dûhirion strich die Strähne, in die das weiße Band eingeflochten war, hinter ihr Ohr. »Du unterschätzt den guten Einfluss, den ihr und du im Besonderen auf mich habt.«

Elanor lächelte und gab ihm einen Kuss auf die Wange. »Warte es nur ab. Bald rettest du verlorene Kätzchen aus den Bäumen.«

Der Dunkelelf gluckste. »Wenn ich weiterhin Kontakt mit euch habe, ist das gar nicht so unwahrscheinlich.«

Die Weiße Feder war eine Untergrundbewegung, die sich erst vor knapp fünfzehn Jahren gebildet hatte, nachdem vorherige Organisationen mit ähnlichem Hintergrund zerschlagen worden waren. Sie befreite Sklaven, versorgte die Einwohner der Elendsviertel mit Medikamenten, Nahrungsmitteln und, wann immer es möglich war, mit alltäglichen Gegenständen wie Decken und Töpfen. Sie brachte denjenigen, die wollten, Lesen und Schreiben bei.

Dûhirion schätzte und bewunderte ihre Taten. Ihre Gruppe war klein, sie bestand aus gerade einmal siebenundzwanzig Mitgliedern, über ganz Adular verteilt. Die meisten davon lebten in Malachit.

Elanor war seit ihrem neunzehnten Lebensjahr ein festes Mitglied. Sie riskierte ihr eigenes Leben, um andere zu retten. Riskierte ihren gesellschaftlichen Stand, Freunde und Familie für eine Sache, an die sie glaubte.

Das war nur einer von vielen Gründen, warum Dûhirion sie liebte.

Er gähnte ausgiebig. »Verzeih. Ich bin erschöpft.«

»Kein Wunder nach all der Aufregung. Das zehrt nicht nur an den Kräften eines Kindes«, bemerkte Elanor und richtete sich ein Stück auf. »Viel Zeit bleibt nicht mehr bis zum Morgengrauen. Wir sollten zu Bett gehen.«

Dûhirion hätte den Abend lieber genutzt, um Zeit mit ihr zu verbringen. Es war Tage her, seit er das letzte Mal bei ihr gewesen war.

»Ja, du hast recht«, antwortete er seufzend und stand mit ihr auf.

Elanor stellte sich auf die Zehenspitzen und küsste seine Nasenspitze. Das Licht der Kerze malte rötliche Schemen auf ihre dunkle bronzefarbene Haut. Die vielen kleinen Sommersprossen auf ihren ebenmäßigen Zügen und der kleinen Nase waren in diesem Moment kaum zu erkennen.

Sie löste sich von ihm und nahm die Kerze an sich. Er folgte ihr zum Bett.

Wie die meisten Häuser bestand auch Elanors aus einem einzigen großen Raum. Zwei Trennwände separierten den Schlafbereich und das Bad vom restlichen Wohnraum.

Nachdem sie die Kerze auf ihrem Nachttisch abgestellt und gelöscht hatte, rutschte sie weiter unter die Decke und schmiegte sich an ihn. Ihr vertrauter Geruch leitete ihn zusammen mit ihrem gleichmäßigen Herzschlag in den Schlaf.

3

Elanor

Elanor verließ ihr Haus etwa eine Stunde nach Dûhirion. Er ging immer kurz vor Tagesanbruch, um die Oberstadt sicher durchqueren zu können. Ihr Ziel war der Marktplatz im Herzen der Stadt. Um diese Zeit waren die Händler hauptsächlich damit beschäftigt, ihre Waren aufzustellen. Später, wenn der Markt für den Verkauf offen war, würde sie ihren Onkel Faredir treffen, um mit ihm einige Einkäufe für die Schneiderei zu erledigen.

Die Waldelfin berührte mit Zeige- und Mittelfinger ihre Schläfe und massierte sie mit kreisenden Bewegungen. Ein diffuser Schmerz breitete sich von dort in ihrem Kopf aus. Es war ein Ziehen hinter ihren Augen, wenn sie blinzelte; ein dumpfes Pochen im Hinterkopf, das bis in ihren Nacken zog und brennend in ihren

Schultern endete. Die frische Luft vertrieb allmählich ihre Müdigkeit und würde hoffentlich auch den Schmerz bald mildern.

Sie hatte kaum Schlaf gefunden. Faylens Schicksal, die vielen offenen Fragen, hatten ihr keine Ruhe gelassen. Elanor wusste, wie es sich anfühlte, zu früh seiner Eltern beraubt zu werden. Sie kannte die Angst, Trauer und Unsicherheit; den Verlust, der für ein Kind allein kaum zu verkraften war. Aber sie wollte es sich nicht herausnehmen, ihr Schicksal mit dem von Faylen zu vergleichen.

Vieles war unklar, unübersehbar jedoch, dass sie dem Grauen knapp entkommen war.

Das Mädchen hatte von einer Flucht gesprochen. Wovor war sie geflohen? Waren ihre Eltern bei ihr gewesen? Hatte sie mit ansehen müssen, wie sie getötet worden waren?

Die Strahlen der roten Morgensonne tauchten Malachits Straßen in warmes Licht und ließen die hellgrauen Pflastersteine in einem kräftigen Orange leuchten. Elanor liebte die ersten schläfrigen Momente eines neuen Tages. Wenn die Welt gerade erst erwachte, sich träge aus der schwarzen Decke der Nacht schälte und nur wenige Personen ihren Weg kreuzten. Sie genoss die Ruhe, die Langsamkeit eines frühen Morgens, bevor die Hektik des Tages einsetzte.

Malachit war die größte Stadt des Kaiserreichs, irgendwo war immer irgendetwas los. Elanor war hier geboren und aufgewachsen, sie kannte es nicht anders. Gerade deshalb war die morgendliche Stille kostbar. Bald würden sich die gepflasterten Straßen mit Elfen füllen.

Sie stieg über eine Kreidezeichnung am Boden hinweg. Es zeigte ein simples Hüpfekästchen-Spiel, das sie als Kind ebenfalls gern gespielt hatte. Ein kleines Lächeln huschte über ihre Lippen.

Elanor richtete ihren Blick nach Norden. Dort befand sich das Adelsviertel, der Obsidianturm ragte schwarz und gebieterisch in den klaren Himmel. Seine Form erinnerte Elanor an einen Monolithen. Einige nannten ihn prächtig, sie fühlte sich bei seinem Anblick unwohl. Er strahlte Macht und Einfluss aus. In seiner Spitze hatte Kaiser Galdir von Adular seinen Sitz. Jeder, der etwas mit Politik zu tun hatte, verteilte sich auf den vielen Stockwerken darunter. Derzeit war der Kaiser allerdings nicht im Reich und wurde durch seinen Statthalter vertreten. Offiziell besuchte Galdir einen Herrscher im benachbarten Kaiserreich, die Bevölkerung war jedoch der Meinung, dass er und seine Familie sich lediglich einen Urlaub gönnten. Elanor selbst war es relativ egal, was davon der Wahrheit entsprach.

Elanor war den Elfen dort ein Dorn im Auge, obwohl diese nicht einmal von ihrer Existenz wussten. Aber sie kannten die Weiße Feder und sahen sich von der Organisation in ihrer Arbeit sabotiert. Elanor wusste, dass auf die Mitglieder der Weißen Feder Kopfgelder ausgesetzt waren. Sollte man sie jemals als eine von ihnen enttarnen, würde sie auf dem Schafott enden.

Sie überquerte den Marktplatz zügig, bis sie den Stand der Zwillinge erreichte, die zu den wenigen menschlichen Bewohnern der Stadt gehörten. An zwei Tagen der Woche verkauften sie Heilkräuter, Tinkturen und Medikamente. Nara war eigentlich Jägerin, doch sie half ihrem Bruder so oft aus, wie sie konnte.

»Nara, Arik«, rief Elanor und winkte. »Guten Morgen.«

Beinahe zeitgleich wandten sie sich zu ihr um. Wenn sie direkt nebeneinanderstanden, war die familiäre Ähnlichkeit deutlicher denn je. Nara hatte ebenfalls kurz geschnittenes schwarzes Haar und die gleichen bernsteinfarbenen Augen. Sie war jedoch kräftiger als ihr Bruder. Ihr sehniger Körperbau verriet drahtige Kraft. Die Haut der Zwillinge war von unzähligen Leberflecken übersät, wobei Arik deutlich blasser war.

»Guten Morgen«, erwiderte er lächelnd. Er sah übermüdet aus, leider ein gewohnter Anblick. »Wie geht es dir?«

»Ich kann nicht klagen«, antwortete Elanor. »Lediglich leichte Kopfschmerzen.«

Arik deutete mit einer einladenden Armbewegung auf seine Auslage. Sein weiter Ärmel raschelte leise. Wenn er seine Waren auf dem Markt anbot, trug er seine dunkelblaue Robe. Innerhalb seiner Klinik verzichtete er meistens darauf, weil er sich davon in seiner Bewegungsfreiheit eingeschränkt fühlte. »Wenn du etwas dagegen benötigst …«

Nara gab einen genervten Laut von sich. Wie üblich trug sie Hemd und Hose, heute in Schwarz und Dunkelgrün. Elanor hatte sie niemals ein Kleid tragen sehen und schätzte, dass ihr dieser Anblick auch nicht mehr gewährt würde. »Ugh. Gute Laune in frühen Morgenstunden sollte per Gesetz verboten werden.« Sie wischte sich Haarsträhnen aus der Stirn, die ihr wiederholt vor die Augen fielen.

»Reich einen Vorschlag ein! Sie werden ihn in ungefähr zwanzig Jahren bearbeitet haben«, erwiderte Elanor. »Wenn du Glück hast, versteht sich.«

»Ich weiß, ich weiß.« Nara winkte ab. »Mein Gesetzesvorschlag, der vorsieht, dass jeder … egal welcher Herkunft, welchen Alters, Geschlechts oder welcher Volkszugehörigkeit … unbegrenzten

Zugang zu flauschigen Kätzchen auf Lebenszeit haben soll, ist bis jetzt nicht bewilligt worden.«

Arik bedachte sie mit einem halbherzigen Lächeln. »Was bringt dich so früh her, Elanor?«

»Ich wollte wissen, wie es der Kleinen geht«, erwiderte sie und überreichte ihnen ein Bündel Kleidungsstücke. »Hier, für sie. Es waren nur ein paar kleine Löcher, die genäht werden mussten.«

»Danke.« Arik seufzte. »Es geht ihr den Umständen entsprechend.«

»Ist gerade jemand bei ihr?«

»Selbstverständlich.«

»Ihre Wunden sind gut verheilt und heute Abend kann sie nach Hause«, ergänzte Nara und stellte die letzten Phiolen in die Auslage.

Sie hatten bereits eine Familie gefunden, bei der Faylen unterkommen konnte? Elanor hatte nicht erwartet, dass es tatsächlich so schnell gehen würde. Es konnte allerdings ebenso gut sein, dass Nara sehr optimistisch sprach und sich bislang nicht auf die Suche gemacht hatte. Sie konnte hier nicht nachhaken.

Nervös spielte sie mit ihrer Halskette. Es war ein tropfenförmiger dunkelblauer Stein, der an einem einfachen Lederband hing. Diese Kette war ein Geburtstagsgeschenk ihrer Eltern gewesen. Das Letzte, das sie jemals von ihnen bekommen hatte. Ob Faylens Puppe auch ein solches Geschenk war? Sie schloss für einen Moment die Augen und massierte ihre Lider.

Arik berührte sie sacht an der Schulter. »Kann ich dir doch etwas gegen deine Kopfschmerzen anbieten?«

Elanor nickte dankbar. »Meine Konzentration wird heute schon durch Müdigkeit getrübt, ich will ihr nicht auch noch Kopfschmerzen zumuten.«

Arik machte sich daran, das richtige Mittel aus seinem Sortiment zu suchen, während sich hinter ihnen der Markt füllte.

»Ich sage dir Bescheid, sobald es Neuigkeiten gibt.« Nara setzte sich auf einen Hocker neben dem Stand. »Ich werde heute Nachmittag in die Schneiderei kommen. Da ist ein riesiges Loch in meinem Lieblingsmantel.«

Elanor nahm das Schmerzmittel entgegen. »Ich danke dir, Arik. Es wird spät, Onkel Faredir erwartet mich.«

Sie verabschiedete sich von den Zwillingen und beeilte sich, die Schneiderei zu erreichen, um ihren Onkel nicht unnötig warten zu lassen.

Das Handwerk des Schneiders unterlag in den letzten Jahrzehnten vielen Veränderungen. So mussten die Kunden nicht länger das Material für ihre Kleidung stellen. Es war dem Schneider erlaubt, auf Vorrat zu arbeiten, was ihnen vieles erleichterte. Vor allem aber war ihre Arbeit ertragreicher geworden, sodass vom armen kleinen Schneiderlein nicht mehr die Rede sein konnte. Man wurde nicht reich damit, aber es genügte, um ein finanziell sorgenfreies Leben zu führen. Elanor mochte ihren Beruf. Er erforderte Sorgfalt und Kreativität, ein scharfes Auge und geschickte Hände.

Faredir stand bereits vor der Schneiderei und erwartete sie mit einem warmen Lächeln. Nach dem Tod ihrer Eltern hatte er sie bei sich aufgenommen und war für Elanor zum Ersatzvater geworden. Nur dank ihm hatte Elanor den Luxus, ein eigenes Haus zu besitzen. Er hatte früher mit ihr dort gewohnt. Als sie erwachsen geworden war und Faredir seine zweite Frau heiratete, hatte er seiner Nichte das alte Haus geschenkt und war mit seiner Frau in ein neues gezogen. Elanor konnte ihm nicht dankbar genug dafür sein. Sie zahlte ihm seine Großzügigkeit mit ihrem Fleiß in der Schneiderei zurück.

»Guten Morgen, Veilchen«, sagte Faredir und umarmte sie herzlich. Er hatte die Angewohnheit, ihr Blumennamen zu geben. Als Mädchen war sie sein Gänseblümchen gewesen, als Maid hatte er sie Butterblume genannt. »Du siehst müde aus.«

»Du auch, Onkel«, erwiderte sie besorgt. »Hat die Arbeit dich wach gehalten?«

Faredir gluckste und rieb über die dunklen Ringe unter seinen hellblauen Augen. »Du kennst mich.«

Sein dunkelbraunes Haar sah aus, als hätte er sich nicht im Geringsten bemüht, es zu kämmen. Auf seinem Kinn zeigte sich der bleiche Schatten eines Bartes, der jedoch auf seiner dunklen bronzefarbenen Haut kaum auffiel.

Er gebot ihr mit einer Kopfbewegung, ihm zu folgen. Gemeinsam schlenderten sie durch das dichter werdende Gedränge des Marktes.

»Ich muss mich dringend rasieren, bevor wir die Schneiderei öffnen. So kann ich unmöglich vor einen Kunden treten«, murrte Faredir und rieb sich genervt über den Unterkiefer.

Seine Worte gingen beinahe in den umliegenden Gesprächen unter. Das vielstimmige Murmeln vereinte sich zum dumpfen Summen eines Bienenschwarms in seinem Nest. Manchmal durchbrach die Stimme eines Händlers den monotonen Klang, indem sie lautstark die Tagesangebote verkündete.

»Sollen wir nach etwas Bestimmtem Ausschau halten?«, fragte Elanor, um das Gespräch auf ihr Vorhaben zu lenken. Sie wich einem Zwerg aus, der einen Karren voll Brennholz hinter sich herzog. Ein schwerer, würziger Geruch wehte ihr in die Nase und zog eine regelrechte Schneise durch die Luft. Sie nieste.

»Gesundheit. Hauptsächlich Leinen und Baumwolle«, antwortete ihr Onkel und winkte einem Händler freundlich zu. »Gestern am späten Abend war ein Edelmann bei mir, der sich maßgeschneiderte Kleidung aus Samt und Seide wünscht. Ich bin mir nicht sicher, ob wir teuren Samt und Seide auf diesem Markt finden. Sollte es nicht der Fall sein, muss ich den Herrn bitten, uns das Material zu besorgen. Ich habe außerdem einige Scheren mit, die stumpf geworden sind und geschliffen werden müssen.«

»Warum war ein Edelmann so spät noch bei dir in der Schneiderei?«, erkundigte sich Elanor. Sie ließ den Blick über die appetitliche Auslage eines Obststandes gleiten, bevor sie ihn zurück zu ihrem Onkel lenkte.

Faredir zuckte mit den Schultern. »Weil allgemein bekannt ist, dass ich länger bleibe als alle anderen. Und ehrlich gesagt bin ich froh, dass ich gestern Nacht länger in meiner sicheren Stube geblieben bin.«

»Warum?«

Ihr Onkel sah überrascht auf. »Du hast noch nicht von den Morden gehört?«

Elanor schüttelte den Kopf.

»Zwei Elfen aus dem Obsidianturm wurden ermordet«, erklärte Faredir und seine Miene verfinsterte sich. »Einer von ihnen war ein Hochelf und ein Assistent von Hastor dem Löwen. Er soll grausig zugerichtet worden sein.«

»Nein, davon habe ich nichts gehört«, murmelte Elanor. »Aber ich denke, wenn ich den umliegenden Gesprächen nur fünf Minuten meiner Aufmerksamkeit schenke, weiß ich über alles Bescheid.«

»Viel mehr gibt es dazu nicht zu wissen«, erwiderte ihr Onkel. »Umbra steckt dahinter.«

Innerlich zuckte Elanor zusammen. Wann immer jemand ihr von einem Mord erzählte, den Umbra verübt hatte, ging sie davon aus, dass Dûhirion involviert war. »Wer, wenn nicht Umbra?«, brummte sie.

»Es hätte ja mal ein ganz ordinärer Mord sein können, verübt von jemandem, den man tatsächlich dafür bestrafen kann«, antwortete Faredir und gestikulierte heftig. Zwei Spatzen, die gerade damit beschäftigt gewesen waren, Brotkrumen aufzupicken, schreckten durch seine ruckartige Armbewegung auf und flogen davon. »Umbra frönt ihrer Unantastbarkeit in Adular, darf ungestraft Leben nehmen, weil die Gilde mit den richtigen Leuten Geschäfte abschließt.« Er seufzte tief. »Genug davon. Macht das Kleid, das du für die Dame Ashiva anfertigen solltest, Fortschritte?«

»Noch ein paar Stickereien an den Säumen der Ärmel und es ist fertig«, antwortete Elanor. »Sobald wir zurück sind, werde ich meine Arbeit daran beenden. Sie wird es in den kommenden Tagen abholen lassen. Ich hoffe, es ist alles zu ihrer Zufriedenheit.«

Faredir lächelte. »Bislang war sie immer begeistert von deiner Arbeit.«

Sie blieben stehen und er öffnete die Tasche, die er bei sich trug. Während er darin kramte, ging Elanor in die Knie, um eine grau getigerte Katze zu streicheln, die um ihre Beine streifte. Das Tier reagierte mit einem zufriedenen Schnurren. Sie hörte ihren Onkel leise fluchen und schielte unauffällig zu ihm hoch.

»Ich werde zum Stoffhändler gehen«, verkündete er abgelenkt. »Sei so gut und … Verdammtes Ding, jetzt komm schon!«

Er schnaubte frustriert und zog umständlich eine Stoffrolle aus der Tasche. Ein metallisches Kratzen erklang aus dem Inneren des Leinentuchs. Elanor richtete sich auf, klopfte flüchtig die Katzenhaare von ihrem Rock und nahm die Stoffrolle an sich.

»Sei so gut und bring die Scheren zum Schmied, damit er sie schleifen kann«, bat Faredir. »Ich warte beim Stoffhändler auf dich. Sollte er Samt und Seide haben, möchte ich deine Meinung zu den Stoffen wissen, bevor ich sie kaufe.«

»Verstanden. Bis gleich, Onkel.«

Elanor hatte sich erst wenige Schritte entfernt, als ein Händler sie mit seiner wütenden Stimme dazu brachte, stehen zu bleiben.

»Dreckige Grauhaut«, fauchte der Waldelf und versetzte einer Dunkelelfin einen Tritt. Sie trug ein eisernes Halsband, an dem eine schwere Kette befestigt war, und konnte nicht älter als vierzehn Jahre sein. Eingeschüchtert kauerte sie auf dem Boden und stammelte eine Entschuldigung. Mitleid und Wut bildeten einen Kloß in Elanors Hals.

»Elanor.« Faredirs Stimme erklang warnend in ihrem Rücken. »Misch dich da nicht ein!« Er legte seine Hand auf ihre Schulter. »Das ist die Mühe nicht wert.«

Elanor biss auf die Innenseite ihrer Wange.

Der Händler beschimpfte die Dunkelelfin weiter. Er zerrte sie an der Kette auf die Füße zurück. Als er zum Schlag ausholte, wollte und konnte Elanor nicht länger untätig bleiben. Sie ignorierte die Proteste ihres Onkels und trat an den Stand.

»Entschuldigt, mein Herr«, sagte sie laut.

Der Händler ließ seine Faust sinken und stieß die Sklavin zur Seite. Sein zorniges Gesicht entspannte sich und er setzte ein professionelles Lächeln auf. »Wie kann ich Euch helfen, meine Dame?«

Lasst mich dieses widerwärtige Grinsen aus Eurem Gesicht wischen, dachte sie, während sie sein Lächeln freundlich erwiderte. »Ihr solltet Eure Sklavin in der Öffentlichkeit besser behandeln.«

Das Lächeln des Händlers wich einem grimmigen Stirnrunzeln. »Bitte?«

Faredir eilte an Elanors Seite. »Verzeiht! Meine Nichte hat nicht beabsichtigt, sich in Eure Erziehungsmethoden einzumischen. Wir waren gerade im Begriff, zu gehen.«

»Waren wir nicht«, widersprach Elanor höflich, doch ihr Unterton hatte an Schärfe gewonnen. »Es liegt mir fern, Euch zu kritisieren, mein Herr. Ich bin lediglich wegen Eurer Kundschaft besorgt.«

»Ich denke, Ihr habt keine Ahnung, wovon Ihr sprecht, gute Frau«, entgegnete der Händler mürrisch. »Was wisst Ihr schon von Dunkelelfen? Sie sind faul, dumm und ungehorsam, trotzdem halten sie sich für die Krone der Schöpfung.« Er deutete mit dem Daumen auf die Dunkelelfin. »Seht Euch ihren trotzigen, herablassenden Blick an! Würde ich sie nicht ab und an verprügeln, würde sie keinen Finger mehr krummmachen.«

Elanors Mundwinkel zuckten. Es kostete sie zunehmend Mühe, ihr Lächeln aufrechtzuerhalten. »Ich habe Euch bis dort hinten brüllen gehört. Denkt Ihr nicht, dass so was abschreckend wirken kann?«

»Es reicht allmählich«, fuhr Faredir dazwischen.

»Abschreckend?«, wiederholte der Händler ungläubig. Er zerrte an der Kette, die am Halsband der Sklavin befestigt war. Die Dunkelelfin keuchte leise, die scharfen Kanten des Eisenrings bissen in ihre Haut.

Elanors Magen zog sich zusammen.

»Abschreckend wäre es, wenn ich sie von der Leine lassen würde«, rief der Händler und rüttelte an der Kette.

»Warum? Fürchtet Ihr, dass sie mich beißen könnte?«, fragte Elanor trocken.

»Ihre kleinen, dreckigen Finger würden schneller in Eurer Tasche verschwinden, als Ihr es bemerken könnt«, antwortete der Händler heftig. »Stellt Euch vor, was das für meinen Ruf bedeuten würde!«

Ihr Onkel legte seine Hand an Elanors Ellenbogen und versuchte subtil, sie zum Gehen zu bewegen.

»Alles, was ich sagen will, ist, dass dieses Mädchen ein Kind ist«, sagte sie geduldig und entzog sich dem Griff ihres Onkels. »Ihr als intelligenter, weltgewandter Mann wisst, dass Kinder für alles mehr Zeit brauchen. Ihr müsst sie nicht anbrüllen. Sie versteht Euch klar und deutlich.«

Der Sarkasmus in ihrer Stimme war unterschwellig, kaum wahrnehmbar.

»Würde sie mich klar und deutlich verstehen, hätte sie den Krug nicht fallen gelassen«, erwiderte der Händler und verschränkte die

Arme vor der Brust. »Ich bin gut zu meinen Sklaven. Dieses Mädchen raubt mir den letzten Nerv. Sie ist ungeschickt, langsam und zu nichts zu gebrauchen. Eigentlich müsste sie jeden Tag Prügel beziehen. Ich schlage sie seltener, als es üblich ist, und benutze dafür einen Stock und nicht die Peitsche.« Er wies ungeduldig auf seine Auslage. »Ich bin nicht hier, um mit Euch über Dunkelelfen zu reden. Kann ich Euch für meine Waren begeistern? Eine schöne Vase für Eure Fensterbank vielleicht?«

Elanor wollte nicht aufgeben, doch sie wusste, dass sie diesen Kampf verloren hatte.

Faredir packte sie erneut am Ellenbogen, dieses Mal fester. »Ein anderes Mal vielleicht«, wehrte er ab. »Meine Nichte und ich müssen noch einiges erledigen und eigentlich wollte sie gerade für mich zum Schmied gehen. Komm!«

Elanor warf der Sklavin einen flüchtigen Blick zu und sah Tränen auf ihren Wangen. Etwas Schweres sackte in ihren Magen.

Ihr Onkel zog sie vom Stand weg. Als sie sich weit genug entfernt hatten, fuhr er sie an: »Halte dich aus den Angelegenheiten anderer Leute raus!«

»Hätte ich zusehen sollen, wie er das Mädchen verprügelt?«, fragte Elanor. Vermutlich tat der Händler in diesem Moment genau das. Die Gewissheit, dass sie das Mädchen im Stich gelassen hatte, strafte sie mit schmerzhaften Gewissensbissen.

»Du hättest tun sollen, was ich dir gesagt habe: Geh zum Schmied und lass ihn die Scheren schleifen! Alles andere hat dich nicht zu interessieren.« Faredir ließ sie los und betrachtete sie verständnislos. »Willst du, dass die Gerüchte über dich neuen Nährboden bekommen? Wenn jemand gesehen hat, wie du dich für eine Sklavin eingesetzt hast …«

Elanor wandte den Blick ab. »Natürlich will ich das nicht. Aber noch weniger will und werde ich mit ansehen, wie ein Kind geschlagen wird.«

»Denkst du, es nutzt ihr etwas, wenn sie mit Samthandschuhen angefasst wird?«, fuhr Faredir fort. »Als Erwachsene sollte sie bereits daran gewöhnt sein, Prügel zu beziehen.«

»Niemand sollte an Prügel gewöhnt sein«, grollte Elanor.

»Es ist nach wie vor die beste Erziehungsmethode für Dunkelelfen. Anders geht es nicht in ihre sturen Köpfe«, entgegnete ihr Onkel schulterzuckend.

»Dunkelelfen sind keine Tiere«, rief Elanor wütend aus.

Faredir griff sich an die Stirn. »Wir werden diese Diskussion jetzt nicht führen. Geh endlich und lass die Scheren schleifen! Keine Umwege mehr!«

Auf dem Weg zum Schmied hatte sie Zeit, ihres Zorns Herr zu werden. Sie lauschte aufmerksam, ob schon jemand mitbekommen hatte, dass sie eine Dunkelelfin verteidigte. Elanor hatte sich mittlerweile daran gewöhnt, dass die Leute über sie tratschten. Dennoch schalt sie sich dafür, nicht vorsichtiger gewesen zu sein. Es ging dabei nicht nur um ihren Ruf, sondern auch um Faredirs und den der Schneiderei. Irgendwann würde sie sich entscheiden müssen. Waren ihre Überzeugungen oder ihre Familie ihr wichtiger?

Die Gesprächsfetzen, die sie im Vorbeigehen aufschnappte, drehten sich nicht um sie, sondern um die von Umbra verübten Morde. Sie gab dem Schmied die Scheren und hörte einem Gespräch in der Nähe zu, während sie wartete.

»Ich habe gehört, sie hätten dem Hochelfen ein Ohr abgetrennt«, zischte jemand. »Der Täter muss ein Dunkelelf gewesen sein. Wer sonst würde so etwas Grausames tun?«

»Man hat ihn in einer Seitengasse gefunden. Umbra hat den armen Kerl wie Abfall liegen gelassen«, antwortete ein anderer. »Und der Waldelf? Lag mit durchtrennter Kehle in seinem Haus.«

Elanor stellten sich die Nackenhaare auf. Sie wrang das Stofftuch, in dem die Scheren eingewickelt gewesen waren, und beobachtete den Schmied bei seiner Arbeit.

»Warum ausgerechnet die beiden?«, flüsterte der Erste. »Der Hochelf war ein persönlicher Assistent von Hastor, soweit ich weiß. Und über den Waldelfen ist kaum etwas bekannt. Er könnte ein einfacher Schuster gewesen sein.«

»Umbra macht vor niemandem halt«, seufzte der Zweite. »Solange das Gold stimmt, nehmen sie jeden Auftrag an. Sie würden sogar Hastor selbst töten, wenn jemand ihnen genug Geld dafür gibt.«

»Stellt Euch vor, der Waldelf ist einer von uns gewesen! Ein einfacher Elf, kein reicher Mann. Und er verlor sein Leben, bloß weil er irgendeinem Adligen ein Dorn im Auge war.«

Der Schmied hob die letzte Schere prüfend vor die Augen. Sein schwieliger Daumen strich vorsichtig über die Klingen. Elanor gab ihm seinen Lohn und wickelte die Scheren ein.

»Da sieht man wieder, dass unsereins der Oberschicht hilflos ausgeliefert ist«, sagte der Zweite. »Wir können nur versuchen, in der Gunst der Adeligen zu bleiben. Ein falsches Wort, eine verspätete Lieferung oder ein einziger wurmstichiger Apfel im Korb, und wir laufen Gefahr, dass uns ein Assassine auf den Hals gehetzt wird.«

Elanor verabschiedete sich vom Schmied und fand ihren Onkel einige Minuten später beim Stoffhändler. Er war nur einmal alle zwei Wochen in der Stadt. Sie hatten Glück, dass er dieses Mal tatsächlich feine Seide im Angebot hatte.

Als Faredir und Elanor gemeinsam die Auslage betrachteten und über die verschiedenen Stoffe sprachen, war ihr Streit wieder vergessen.

»Nun fehlt mir nur noch Samt«, summte Faredir und tippte sich gegen das Kinn. »Könnt Ihr da etwas für mich tun?«

»Sicher«, sagte der Stoffhändler. Er öffnete ein kleines Buch und nahm ein angespitztes Stück Kohle zur Hand. »Es wird Euch etwas kosten, aber ich kann Euch bei meinem nächsten Besuch den feinsten Samt mitbringen, den Ihr je gefühlt habt. Nennt mir einfach Euren Namen und sagt, wie viel Samt ihr braucht.«

»So viel Zeit habe ich nicht«, erwiderte Faredir und rieb sich den Nacken. »Mein Kunde wird sich eher einen anderen Schneider suchen, als so lange auf seinen Anzug zu warten. Wie viel wird es mich kosten, wenn Ihr für mich einen Umweg macht?«

Der Stoffhändler hob die Augenbrauen. »Das könnt Ihr nicht bezahlen.«

»Können wir zu einer anderen Einigung kommen?«, fragte Elanor. »Einen Gefallen für einen Gefallen? Wie wäre es zum Beispiel mit einem neuen Reisemantel für Euch?«

»Das ist nett gemeint, aber ein Mantel deckt meine Reisekosten nicht.« Der Händler ließ das Buch wieder in einer Tasche verschwinden. »Es tut mir leid. Entweder wartet Ihr zwei Wochen oder Ihr müsst Euren Samt aus einer anderen Quelle beziehen.«

»Schon gut.« Faredir winkte ab und sprach an Elanor gewandt: »Dann wird der Edelmann uns den Samt stellen müssen. Hoffen wir, dass er sich kooperativ zeigt und sich nicht eine andere Schneiderei sucht, die Samt vorrätig hat.«

Bevor sie den Markt verließen, machte ihr Onkel am Stand eines Bäckers halt und holte zwei Krapfen für sie.

»Eine kleine Entschuldigung für unseren Streit vorhin«, sagte er und reichte ihr einen. »Ich … hoffe, ich habe dich nicht zu grob angefasst? Tut mir leid, manchmal …«

»Du würdest mir nie ernsthaft wehtun«, unterbrach Elanor ihn sanft. »Das weiß ich. Und nein, du hast nicht fest zugepackt, keine Sorge!«

Faredir lächelte. »Ich bin erleichtert, das zu hören.«

»Du weißt aber, dass ich so was jederzeit wieder tun würde, oder? Einem Dunkelelfen zu Hilfe eilen, selbst wenn mich jeder dabei beobachtet?«

Faredir brach ein Stück von seinem Gebäck ab und schob es sich in den Mund. »Du hattest schon als Kind deinen eigenen Kopf«, nuschelte er kauend. »Ich mache mir Sorgen um dich, Veilchen.«

»Wegen der Gerüchte?«

»Natürlich deswegen. Hörst du zu, was die Leute über dich sagen? Sie behaupten, du hättest einen dunkelelfischen Liebhaber.«

»Ich weiß, und es ist unsinnig«, sagte Elanor, nachdem sie den Bissen, den sie vom Krapfen genommen hatte, runtergeschluckt hatte. »Ich kann dir nach einem Spaziergang über den Markt allein zehn Personen nennen, über die Nämliches erzählt wird.«

»Wenn du dir endlich einen Mann suchen würdest, würden die Leute damit aufhören«, erwiderte Faredir.

»Vielleicht. Ich möchte Gutes tun, Onkel, aber nicht den Ruf der Schneiderei gefährden.«

Ihr Onkel winkte unbekümmert ab. »So schnell kratzt nichts am Ruf der Schneiderei. Wie du bereits sagtest: Es wird ständig jemandem eine Affäre mit einem Dunkelelfen unterstellt. Wenn ich mir bei jedem aufkommenden Gerücht Sorgen um die Schneiderei machen müsste, wären mir längst graue Haare gewachsen. Lass es mich so sagen: Solange du im Rahmen des Gesetzes handelst, kannst du dich für Dunkelelfen einsetzen, wie du willst. Ich kann es nicht nachvollziehen, werde es aber akzeptieren.«

Sie hielt das Gelächter zurück, das ihre Kehle emporstieg. Was würde ihr Onkel tun, wenn er erfuhr, dass sie Mitglied der Weißen Feder war? Oder dass die Behauptung gar nicht so weit hergeholt war?

Elanor wischte sich mit dem Zeigefinger Marmelade aus dem Mundwinkel. »Außerdem ist es nur in Geschichten romantisch, das Leben eines verbrecherischen Rebellen zu führen.«

4

Dûhirion

Undurchdringlicher Nebel umgab ihn wie ein dichtes Netz aus grauen Spinnweben. Dûhirion sah auf seine Hände hinab. Zähes dunkelrotes Blut tropfte von seinen Fingerspitzen in eine breite Lache zu seinen Füßen. Ein toter Körper lag mit dem Gesicht nach oben vor ihm. Ein langer Schnitt tat sich von der Kehle bis zum Unterleib auf. Eine klaffende Wunde, weit aufgerissen wie ein triefend rotes Maul, aus dem gelb-graue Eingeweide quollen. Das Antlitz der Leiche wandelte sich mit jedem Lidschlag.

Blinzeln. Faylen.

Blinzeln. Elanor.

Blinzeln. Faylen.

Dûhirion schloss die Augen für eine kurze Ewigkeit und öffnete sie wieder. Die Leiche war fort und hatte eine Stoffpuppe im Blut zurückgelassen. Zögerlich hob der Dunkelelf sie auf und steckte sie sich in die Tasche. Er setzte sich langsam in Bewegung, suchte einen Pfad durch den Nebel.

Wie ist dein Name, Grauhaut?

Eine Stimme erhob sich über ihm.

»Ein Werkzeug hat keinen Namen. Ich bin Nummer Siebenunddreißig«, antwortete er tonlos.

Aus der Ferne hörte er ein dumpfes Rauschen.

Was bist du, Grauhaut?

»Ich bin Umbras Werkzeug.«

Wenn wir dir befehlen, zu schneiden …

»… zerschneide ich das Fleisch.«

Wenn wir dir befehlen, zu zerstören …

»… breche ich die Knochen.«

Wenn wir dir befehlen, zu töten …

»… töte ich.«

Was bist du, Grauhaut?

»Ich bin Umbras Werkzeug. Keine Person, kein Individuum. Ich habe nicht das Recht, mich Elf zu nennen. Ich habe keinen freien Willen, sondern demjenigen zu gehorchen, der mich führt«, murmelte er rau. »Sollte ich diese Hand jemals schneiden, wird man mich neu schmieden. Sollte ich jemals stumpf werden, wird man mich entsorgen.«

Er war am Ende des Weges und das Rauschen war unerträglich laut. Dûhirion blieb stehen und lehnte sich vorsichtig über den Abgrund, der sich pechschwarz vor ihm auftat. Er griff in seine

Tasche und holte die Puppe heraus. Sie hatte ein freundliches Gesicht mit einem lächelnden Mund aus dunklem Garn und zwei knochenweißen Knöpfen als Augen. Die zerlumpte Kleidung war aus Fetzen menschlicher Haut gemacht, die ungelenk zusammengenäht worden waren. Er streckte den Arm aus und ließ sie fallen.

Dûhirion?

Elanor rief nach ihm.

Dûhirion. Mein Geliebter.

Er nahm Anlauf und sprang in den Abgrund.

Assassine … Meuchelmörder … Nummer Siebenunddreißig … Du bist mehr als das. Du hast einen Namen. Vergiss das nicht!

Dûhirion tauchte tief in schwarzes Wasser und schwamm dem Wachsein entgegen. Die Gegenwart schimmerte hell und unscharf an der Oberfläche. Er warf einen letzten Blick zurück. Elanors blaue Augen leuchteten aus der Dunkelheit des Schlafes zu ihm empor. Bronzefarbene Haut, kleine Sommersprossen auf ihren Wangen und der Nase. Langes braunes Haar. Der Duft von Lavendel, Bergamotte und Thymian.

Wie ist dein Name, Grauhaut?, fragte die donnernde Stimme.

Elanors warme Hand strich über seine Stirn. Ihre weichen Lippen berührten seine. *Dûhirion,* flüsterte sie.

Dann brach er durch die Wasseroberfläche und öffnete die Augen. Graues Licht fiel matt durch ein Fenster in sein Gesicht.

Dûhirion blinzelte und drehte den Kopf zur Seite. Irgendwo schnarchte jemand vernehmlich. In einem anderen Bett wälzte sich ein anderer ruhelos hin und her. Die Luft im Schlafsaal für die dunkelelfischen Assassinen war verbraucht.

Er richtete sich auf, setzte seine nackten Füße auf den kalten Steinboden und stützte das Gesicht in die Hände. Er rieb sich die Augen und sah aus dem Fenster. Dem Stand der Sonne nach zu urteilen war es bereits Mittag. Das hieß, es war fünf Stunden her, dass er sich hingelegt hatte.

Taremia will mich heute Nachmittag sehen, erinnerte er sich. *Zwei, vielleicht drei Stunden habe ich noch.*

Der Dunkelelf legte seine Schlafkleidung ab und warf sich die Assassinenkluft über. Sie bestand aus einem dunkelbraunen Hemd, einer schwarzen Tunika, Hose und leichten Stiefeln. Dazu gehörten eine Gugel mit weiter Kapuze, der Brustharnisch aus gehärtetem Leder, Armschienen und Handschuhe, doch solange er keinen Auftrag hatte, bestand kein Grund, das alles anzulegen.

Er streckte sich, ließ seine Schultern einmal kreisen und verließ den Raum. Die Tür zum Schlafsaal der Frauen stand sperrangelweit offen. Kurz wog er ab, ob er sie schließen sollte oder nicht, und entschied sich dagegen. Er schlenderte die Treppe hinab Richtung Erdgeschoss. Auf halbem Weg kam ihm eine Frau entgegen, die unfassbar müde aussah. Sie nickten einander knapp zu.

Das Gildengebäude östlich von Malachit war ein dekadentes Bauwerk mit drei Stockwerken, einem großen Kellergewölbe und geräumigen Stallungen.

Dûhirion war mit zwanzig Jahren, kurz nach dem Ende seiner Ausbildung, nach Malachit versetzt worden und erinnerte sich, wie überwältigt er vom Komfort gewesen war. Während seines Trainings war er in verschiedenen Zufluchten gewesen. Kalte, dunkle Orte, an denen zu viele Rekruten auf zu wenig Raum zusammengepfercht wurden. Es waren Käfige, in die man sie sperrte;

zu eng, um sich zu bewegen; zu stabil, um auszubrechen. Die Ausbilder hatten höhnend vor den Stäben gestanden und die Käfigtür geöffnet, um hungrige Raubtiere einzulassen, die sich am Fleisch der Rekruten labten, die Umbra nicht standhalten konnten.

Als er dieses Gebäude zum ersten Mal betreten hatte, hatte es sich erstmals so angefühlt, als hätte er den Käfig seiner Jugend verlassen. Hier gab es saubere Betten, getrennte Schlaf- und Waschräume und reichlich zu essen. Er musste nicht hungern, konnte schlafen, wenn er müde war, und fand einen warmen Platz, wenn er fror.

Dann hatte er Elanor kennengelernt. Je mehr Zeit Dûhirion mit der Waldelfin verbracht hatte, desto mehr hatte sich seine Sicht auf Umbra verändert. Er hatte erkennen müssen, dass er seinem Gefängnis nie entkommen war. Man hatte lediglich die Stäbe golden angemalt. Sie hatten seine Fesseln gelockert, die schweren Eisenketten waren durch weiche Seile ersetzt worden, die fein wie Seide und dennoch unzerstörbar waren. Durch Elanor hatte er angefangen, die Hässlichkeit der Gilde zu sehen.

Das Kellergewölbe beherbergte eine Folterkammer und Dutzende enge Zellen, in die diejenigen gesperrt wurden, die Umbra enttäuscht hatten. Des Nachts, wenn er sich in einem der weichen, sauberen Betten niederlegte, konnte er manchmal andere Assassinen schreien hören. Im Schlaf waren sie ihren Erinnerungen, die sie im Wachsein verdrängen konnten, hilflos ausgeliefert. Sie wanden und krümmten sich in der Qual ihrer Albträume. Mit der Zeit lernte man, zu ignorieren.

Einige Assassinen wollten Umbra entkommen. Aber niemand verließ die Gilde lebend. Egal, wohin man rannte, sie fand einen überall. Dûhirion hatte die Hinrichtungen von Deserteuren, die er mit angesehen hatte, nicht gezählt.

Im Erdgeschoss befand sich eine Taverne. Sie gehörte zu einer von vielen Annehmlichkeiten, die Umbra den Bewohnern dieser Zuflucht gewährte. Die Bar wurde zu jeder Tages- und Nachtzeit bedient, egal ob man hungrig oder durstig war. In den Abendstunden sorgten Barden für Musik und Unterhaltung, jetzt jedoch war die Taverne nahezu leer. Zwei Hochelfen saßen an einem der runden Tische und spielten Karten, eine Menschenfrau hatte sich einen Stuhl zum Kamin gezogen und las.

Dûhirion entdeckte zwei vertraute Gesichter. Eines davon gehörte einer blonden Zwergin namens Maryn, das andere Valion, einem Dunkelelfen mit dunkelroten Haaren, der sein ältester Freund war. Sie kannten sich bereits seit ihrer Kindheit, hatten die grausame Ausbildung bei Umbra gemeinsam durchgestanden und waren schließlich beide vor knapp siebzehn Jahren nach Malachit gekommen. Hier hatten sie Maryn kennengelernt und sich schnell mit der Zwergin angefreundet.

Neben Elanor waren die beiden das einzig Gute in Dûhirions Leben. Er vertraute ihnen uneingeschränkt. Sie wussten von seiner Beziehung mit der Waldelfin und dass er Kontakt zur Weißen Feder pflegte.

Er ging zu ihnen, klopfte dem Dunkelelfen auf die breite Schulter und hob die zweite Hand grüßend für Maryn.

»Dûhirion«, rief die Zwergin freudig. »Schön, dass du dich auch aus dem Bett bequemst.«

Maryns untere Gesichtshälfte war von Verbrennungen entstellt. Das Narbengewebe verzerrte ihre Lippen und hielt ihre Mundwinkel in einer eigenartigen Position.

»Hallo, Bruder«, grüßte Valion. »Gut geschlafen?«

»Ja. Danke der Nachfrage«, erwiderte Dûhirion und setzte sich zu ihm auf einen wackeligen Stuhl.

Der Bereich, in dem sich Dunkelelfen aufhalten durften, war klar von der restlichen Taverne abgetrennt. Rote Linien am Boden und dunklere Dielen zeigten unmissverständlich, wohin sie treten durften und wohin nicht. Selbst der Weg an die Bar war ihnen vorgegeben. Maryn saß an einem gegenüberliegenden Tisch, hatte ihren Stuhl jedoch so nah wie möglich an die rote Grenze herangezogen.

»Wir haben gerade eine interessante Diskussion geführt«, erläuterte die Zwergin. »Vielleicht kannst du Licht ins Dunkel bringen.«

Ihre Stimme klang leicht verwaschen. Das war definitiv nicht ihr erster Humpen Bier, und es war noch nicht einmal Nachmittag.

»Worum geht es?«, fragte Dûhirion und gab der Schankmaid ein Zeichen, ihm ein Bier zu bringen.

»Sieh dir deinen Handrücken an«, erwiderte Valion und nickte in die Richtung seiner Hände.

Dûhirion musterte die Tätowierung: ein Dolch, der einen Vogelschädel durchbohrte. Sie war mit weißer Tinte unter seine anthrazitfarbene Haut gebracht worden. »Ja, das Zeichen kommt mir bekannt vor.«

»Hast du dich je gefragt, warum das Zeichen von Umbra ein Vogelschädel ist?«, fragte Valion. Er schenkte der Schankmaid ein charmantes Lächeln, als sie einen Humpen vor Dûhirion stellte.

»Nein«, erwiderte dieser desinteressiert.

»Ach komm«, rief Maryn und lehnte sich in ihrem Stuhl zurück. »Du hast nie darüber nachgedacht? Nicht ein Mal?«

»Ich führe seit Jahren ein interessantes Experiment durch und möchte gern damit fortfahren. Der Verlauf ist folgender: Ich verbringe den Rest meines Lebens damit, herauszufinden, was passiert, wenn ich nie eine Antwort auf diese unnütze Frage bekomme«, sagte Dûhirion trocken. »Außerdem wird kein Geheimnis dahinterstecken. Ein Totenschädel als Zeichen für eine Assassinengilde ist nichts Neues.«

»Warum ausgerechnet der eines Vogels?«, fragte Valion.

»Ein Vogelschädel ist gut zu erkennen«, erwiderte Dûhirion und nahm einen Schluck aus seinem Humpen. »Die Schädel von Elfen, Menschen und Zwergen sehen nahezu identisch aus. Ein Vogelschädel hingegen hat eindeutige Merkmale, die ihn von anderen unterscheiden.«

»Mhm«, machte Valion bedächtig und kratzte sich am Kopf. Seine Finger fuhren durch die dunkelroten Haarstoppeln, die seine rechte Schädelhälfte bedeckten. Auf der linken Seite reichte ihm sein Haar bis zur Schulter. »Ich akzeptiere diese Erklärung. Um wie viele Goldkronen wollen wir wetten, dass es sich bei unserem Vogel um einen Raben handelt? Irgendwo findet sich sicher ein Vogelexperte, der den Schädel für uns bestimmt. Ich meine, kommt schon: Eine Assassinengilde, die sich Umbra und ihre Assassinen Schattenklingen nennt. Wenn das kein Rabe ist, war meine Mutter eine Zwergin.«

»Ich verrate euch, woher der Schädel kommt.« Maryn leckte sich über die vernarbten Lippen. »Umbras Gründung war wortwörtlich eine Schnapsidee. Alle Beteiligten waren besoffen. Besoffen und unkreativ, aber in erster Linie besoffen.«

Dûhirion grinste schief. »Mit betrunkenen Einfällen kennst du dich von uns allen am besten aus.«

»Sehr wohl.« Maryn trank ihr Bier aus. »Als es jedenfalls darum ging, ein Emblem zu entwerfen, waren sich schnell alle einig, dass ein Dolch und ein Totenschädel dabei sein sollen. Aber nicht irgendein Totenschädel, nein. Der Anführer dieser Gruppe wurde Elster gerufen und er hat bestimmt, dass sie einen Elsterschädel als Symbol nehmen.«

»Und das weißt du woher?«, fragte Dûhirion.

Die Zwergin winkte die Schankmaid heran und orderte neues Bier. »Von meinem Pa.«

Valion lachte auf. »War dein Vater nicht der betrunkene Holzfäller, der sich im Suff mit der eigenen Axt den halben Fuß abgeschlagen hat?«

»Jup.«

»Keine sehr sichere Quelle, Maryn.«

»Ehrlich, er hat es aus erster Hand«, beharrte die Zwergin. »Wörtlich. Hat mit einem Mitglied von Umbra getrunken und nach dem Tattoo gefragt. Betrunkene sagen bekanntlich immer die Wahrheit.«

Nachdenklich betrachtete Valion seinen Handrücken. »Das heißt, Umbra benutzt unsere Haut, um das Ego eines Gründungsmitgliedes zu streicheln?«

»Jup«, wiederholte Maryn. »Wir sind nicht nur ihre Mordwaffe an einem verlängerten Arm, wir sind auch ihre Werbefläche. Wandernde Propaganda.«

Valion seufzte und wackelte mit den Stümpfen, die von seinen Ringfingern übrig geblieben waren. »Manchmal fühle ich mich tatsächlich wie ein Werkzeug dieser Gilde …«

»Keine Sorge, das bist du nicht.« Freundschaftlich klopfte Dûhirion ihm auf die Schulter. »Werkzeuge sind nützlich.«

»Pass auf, was du sagst«, mahnte Valion amüsiert. »Wenn das die Runde macht, werde ich aussortiert. Willst du dafür verantwortlich sein, dass Umbra mich fallen lässt?«

Dûhirion zuckte mit den Schultern. »Wenn es so weit kommt, wäre es deiner eigenen Unfähigkeit zuzuschreiben, nicht meiner ausgezeichneten Beobachtungsgabe.«

»Deiner halbseitigen Beobachtungsgabe«, korrigierte Valion.

»Schön, der geht an dich«, gab Dûhirion zurück. »Gib mir vier!«

Valion hob die Hand und schlug bereitwillig ein.

»Ihr seid herzallerliebst, wenn ihr euch wie zwei unreife Jünglinge verhaltet. Wirklich.« Maryn rülpste verhalten. Sie warf einen kurzen Blick in den Handspiegel, den sie stets bei sich führte. »Ich geh pinkeln.«

Sie sprang vom Stuhl und trottete aus dem Raum. Valion sah ihr nach und spähte in ihren neu gefüllten Humpen. Er war bereits zur Hälfte geleert. »Manchmal beneide ich sie darum«, murmelte er.

»Um was genau?«, fragte Dûhirion und streckte die Beine.

»Ihre Leber. Laut Maryn haben Zwerge zwei davon.«

»Laut Maryn waren Zwerge einst dreißig Meter groß und schichteten Steinplatten zu Bergen auf«, erwiderte Dûhirion »Als sie damit fertig waren, beschloss einer ihrer Götter, dass sie ihre Arbeit innerhalb der Berge fortsetzen sollen. Er hat ihnen mit seinem Hammer auf den Kopf geschlagen, bis sie so klein und stämmig waren, dass sie in die niedrigen Minenschächte passten.«

Valion lachte. »Unsere Zwergenfreundin erzählt viel, wenn der Alkohol ihre Zunge erst einmal gelockert hat.«

Dûhirion grinste belustigt. »Wenn sie in diesem redseligen Zustand ist, sollte man nicht jedem Unsinn erliegen, den sie von sich gibt.«

»Ich habe meinen Namen gehört. Sprecht nicht hinter meinem Rücken über mich!« Maryn hievte sich zurück auf ihren Platz. »Nun, was gab es zu tuscheln, eh?«

»Nur Gutes, Maryn«, sagte Valion und hob seinen Humpen an die Lippen.

Am Nachmittag stieg Dûhirion die Treppen in den zweiten Stock hinauf. Hier befanden sich die Schlafsäle der höher gestellten Assassinen und die Räumlichkeiten von Taremia, dem Gildenmeister.

Umbra hatte eine feste Hierarchie. Niemand wusste genau, wer die Fäden zog und wie viele Puppenspieler es gab. Doch sie verstanden es zweifellos, immer neue Netze zu spinnen, die Macht der Gilde zu erweitern und zu festigen. Denn Umbra war nicht nur in Adular vertreten, wenngleich die Gilde hier am mächtigsten war. Wie ein wucherndes Krebsgeschwür hatte sie Metastasen überall verstreut. Angeblich hatte keiner die Obersten je gesehen, weshalb einige behaupteten, sie würden nicht existieren. Das glaubte Dûhirion allerdings nicht. Er war sogar davon überzeugt, dass er in seiner Laufbahn mindestens einem über den Weg gelaufen war. Möglicherweise war es einer seiner Ausbilder gewesen, wer konnte das schon wissen. Sogar die Gildenmeister, die in der Hackordnung direkt unter den Anführern standen, wussten angeblich nicht, wer ihnen letztlich Befehle erteilte. Oberste und Gildenmeister kommunizierten über Briefe miteinander. Diese wurden von Tonvögeln überbracht, die mit Magie zum Leben erweckt wurden und zerbröckelten, sobald ihre Aufgabe erfüllt war. Dûhirion glaubte nicht daran, dass die Obersten für jeden gesichtslose Niemande waren. Warum sollten die Gildenmeister Befehle von jemandem annehmen, den sie niemals gesehen hatten? Von dem sie anzweifeln mussten, ob er wirklich existierte? Es war wahrscheinlicher, dass die Gildenmeister die Obersten sehr wohl kannten und bloß den niederrangigen Assassinen verschwiegen wurde, wer zu ihnen gehörte. Was wäre eine Assassinengilde ohne ein bisschen Geheimniskrämerei?

Dûhirion blieb vor Taremias Büro stehen und legte seine Fingerknöchel an die Tür. Es verwunderte ihn, dass sie ihn persönlich sehen wollte. Für die Organisation der Aufträge waren für gewöhnlich ihre linke und rechte Hand zuständig. Der Dunkelelf sah exakt zwei Optionen, die ihn hinter der Tür erwarteten: Entweder war Taremia äußerst unzufrieden mit ihm, was schmerzhaft enden konnte. Oder sie hatte einen Auftrag, den keiner der höhergestellten Assassinen annehmen wollte.

Oder sie weiß von Elanor, dachte er.

Dûhirion klopfte.

»Herein!«

War er jemals hier gewesen? Er konnte sich nicht erinnern.

Das Büro des Gildenmeisters bestand zum großen Teil aus hohen Bücherregalen, die bis ins letzte Fach gefüllt waren. Im Kamin gegenüber der Tür brannte ein einladendes Feuer und brachte trügerische Behaglichkeit in den Raum. Ein großer roter Teppich breitete sich wie eine Blutlache auf dem Dielenboden aus.

Taremia saß hinter ihrem mächtigen Schreibtisch aus dunklem Holz. Wie für einen Hochelfen üblich, waren ihre Haut und ihr Haar weiß wie Schnee. Anders als die meisten ihrer Art trug sie ihr Haar jedoch kurz, es reichte nicht einmal bis zu ihren Schultern. Ihre Iriden waren von einem kräftigen, goldenen Gelb; eine Farbe, die schön sein könnte, würden ihre Augen nicht kalt und hasserfüllt die Welt betrachten. Sie war schlank, ihre Züge ebenso scharf wie ihr Blick.

»Gildenmeister«, grüßte Dûhirion und verneigte sich respektvoll. »Ihr wolltet mich sehen?«

»In der Tat«, erwiderte Taremia. »Ich habe einen Auftrag für Euch.«

Ihre Stimme war kühl und distanziert, hatte aber eine Melodie inne, die sie trotzdem angenehm klingen ließ.

»Wie Ihr Euch denken könnt, ist das ein Auftrag von Wichtigkeit, sonst würde ich meine Zeit nicht mit Euch verschwenden«, fuhr sie fort. »In diesem Fall ist es weniger das Ziel und mehr der Auftraggeber, der die Priorität bestimmt. Es handelt sich um Hastor Adaël.«

»Hastor der Löwe«, sagte Dûhirion leise.

»Er hat explizit einen Dunkelelfen als Assassinen angefordert, darum kann ich keinen der A-Klasse-Assassinen schicken. Ich bin nicht befugt, Euch Details zum Auftrag zu geben, das wird Hastor selbst erledigen. Er will Euch heute noch vor Mitternacht in seinem Arbeitszimmer im Obsidianturm sehen.«

»Das ist ungewöhnlich«, entgegnete Dûhirion.

Taremia verschränkte geschäftig die Finger ineinander. »Dem stimme ich zu. Aber der Auftraggeber ist es ebenfalls. Dieses Gespräch wird gerade für Euch ein Gang über dünnes Eis. Ich denke, Ihr kennt Hastors Einstellung zu Eurem Volk. Deshalb solltet Ihr mehr denn je auf Eure Schritte achten. Ich muss Euch nicht sagen, dass Euch schwerwiegende Konsequenzen erwarten, solltet Ihr versagen, oder?«

Der Dunkelelf verzog keine Miene. »Nein.«

»Ausgezeichnet. Hier, nehmt dieses Schreiben und zeigt es den Wachen am Eingang des Turmes. Sie werden Euch zu Hastor geleiten.« Taremia machte eine knappe Handbewegung. »Ihr dürft Euch entfernen.«

Dûhirion verneigte sich erneut und verließ das Zimmer.

Aus der Ferne war der Obsidianturm in der Nacht kaum zu sehen. Das war Dûhirion ganz recht, er fand dieses Bauwerk unfassbar hässlich. Wer hatte es für eine gute Idee gehalten, dieses Ungetüm ausgerechnet aus schwarzem Stein zu errichten?

Ah, das Zentrum der Macht. Der Sitz unserer Politik. Alles, was Rang und Namen hat, tritt Tag für Tag durch diese heiligen Türen und ist wichtig, dachte Dûhirion, während er sich den Wachen näherte. *Und natürlich muss es aussehen wie ein gigantischer Phallus.*

Die Wachen waren links und rechts neben dem Turmeingang postiert, gekleidet in die schweren mattgrauen Stahlrüstungen der Stadt und mit Kurzschwertern bewaffnet. Dûhirion registrierte, dass diese scheinbar undurchdringlichen Rüstungen die Kehlen ihrer Träger ungünstig offen ließen.

»Was wollt Ihr, Schattenklinge?«, fragte die Wächterin.

»Hastor der Löwe erwartet mich«, antwortete Dûhirion.

»Nehmt die Kapuze ab und lasst uns Euer Gesicht sehen!«

Er tat wie geheißen. Die Waldelfin verengte misstrauisch die Augen.

»Habt Ihr Beweise, die Eure Aussage untermauern?«, fragte der Mann neben ihr.

Dûhirion reichte ihnen das Schreiben, das Taremia ihm mitgegeben hatte. Schweigend betrachteten beide Wachen es eine Weile.

»In Ordnung«, sagte der Mann und tauschte einen Blick mit seiner Kameradin.

Die Waldelfin seufzte unwillig und bedeutete ihm mit einer Geste, ihr zu folgen. »Kommt, ich führe Euch zu ihm.«

Sie stiegen hinauf bis ins siebte Stockwerk, folgten stur dem Pfad, der ihnen vom blauen Teppich auf den Stufen vorgegeben wurde. Das Gestein des Turmes war innen ebenso schwarz wie außen. An den Wänden hing das hellblaue Banner von Kaiser Galdir. Es zeigte ein Schwert, das von einer gepanzerten Faust gehalten wurde. Drei Lichtstreifen zierten den Hintergrund.

Die Wächterin klopfte, wartete auf Hastors Zeichen und trat ein. »Seid gegrüßt, Hastor der Löwe! Draußen ist der Elf, dessen Besuch Ihr erwartet habt.«

»Schickt ihn rein«, antwortete Hastor desinteressiert.

»Soll ich vor der Tür warten, Herr?«

»Das ist nicht nötig.«

Die Wache verbeugte sich, machte auf dem Absatz kehrt.

Dûhirion schritt bedächtig in den Raum. Hastors Arbeitszimmer ähnelte einer schlecht ausgestatteten Waffenkammer. An den Wänden hingen zerbeulte Schilde und zerbrochene Klingen, alte Rüstungen mit deutlichen Gebrauchsspuren waren lächerlich prunkvoll aufgestellt worden. Für Hastor waren es Trophäen seiner zahlreichen Kämpfe, Dûhirion sah vorwiegend Müll und Altmetall.

Der Hochelf beachtete ihn eine ganze Weile nicht und Dûhirion hatte es nicht eilig, auf sich aufmerksam zu machen. Geduldig sah er ihm dabei zu, wie er Dokumente unterschrieb und sie vom einen auf den anderen Stapel legte.

Die stechend gelben Augen des Hochelfen folgten den Papieren rhythmisch. Allein im Sitzen war Hastor eine bemerkenswerte Erscheinung. Er war muskulös, hatte riesige Hände, einen Stiernacken und eine spitze Nase. Sein weißes Haar war kurz geschnitten und wurde von einer langen Narbe zerteilt, die sich von seiner Schädeldecke über die Stirn zum Nasenrücken zog. Schließlich legte er die Feder aus der Hand und wandte sich dem Assassinen zu. »Ihr seid der Attentäter?«

Dûhirion legte seine Hände hinter den Rücken. »Ja.«

»Nach viel seht Ihr nicht aus.« Hastor starrte angewidert auf den Bart des Dunkelelfen und zuckte abfällig mit den Schultern. »Egal, es soll reichen. Ihr werdet verstehen, dass ich Euch keinen Sitzplatz anbieten kann. Die Stühle sind neu, ich möchte sie ungern verschmutzen lassen.«

»Ich hatte nicht beabsichtigt, mich zu setzen«, erwiderte Dûhirion ausdruckslos.

Hastors Mundwinkel kräuselte sich. Er rieb demonstrativ über sein glattes, kantiges Kinn. »Wie ist Euer Name?«

Dûhirion wägte seine Antwort ab und entschied sich dagegen, seinen Vornamen preiszugeben. »Schattenklinge.«

»Testet nicht meine Geduld, Staubfresser«, sagte Hastor barsch. »Ich habe nach Eurem Namen gefragt, nicht nach Eurem Titel.«

»Der Kodex der Gilde erlaubt es mir nicht, Euch meinen Vornamen zu nennen«, entgegnete Dûhirion monoton. »Schattenklingen haben keine Namen, nur eine Zahl.«

»Dann nennt mir Eure Zahl!«

»04-D-721-37. Kurz: Nummer Siebenunddreißig.«

Dûhirion hasste es, sich auf eine Nummer reduzieren zu lassen. An seinem ersten Tag, nachdem er an Umbra verkauft worden war, hatte man ihm seinen Namen genommen und gegen eine Zahl ausgetauscht. Nummer Siebenunddreißig war ein verängstigtes, verletztes kleines Kind. Nummer Siebenunddreißig war ein blutig geprügeltes, zitterndes Bündel Angst und Schmerz. Nummer Siebenunddreißig erstickte an seinen Schreien, seinem Weinen und Flehen. Nummer Siebenunddreißig war gebrochen.

Dûhirion war es nicht.

»Ihr habt einen Auftrag für mich?«, fragte er höflich.

Hastor musterte ihn eine Weile mit unverhohlener Verachtung, dann räusperte er sich und lehnte sich vor. »Ihr werdet nach Orlean gehen und dort einen Adeligen namens Adam Kendall töten. Interessieren Euch die Gründe, warum er sterben soll?«

»Nein«, antwortete Dûhirion knapp.

Hastor erhob sich und stand mit zwei Schritten neben ihm. Er war riesig, selbst für einen Hochelfen. Dieser Hüne sah aus, als könnte er ihm problemlos mit bloßen Händen die Knochen brechen. »Hat man Euch bei Umbra keinen Respekt beigebracht?«

Dûhirion sah neutral zu ihm hoch. »Habe ich etwas Falsches gesagt?«

»Euer Ton gefällt mir nicht«, zischte Hastor.

Mir gefällt Eure Attitüde nicht, dachte Dûhirion. *Damit werden wir beide zurechtkommen müssen.*

»Eine Person wie mich«, fuhr Hastor mit stolzgeschwellter Brust fort, »hat eine kleine Made wie Ihr jederzeit mit Herr oder Meister anzusprechen.«

»Verzeiht, aber das werde ich nicht tun! Ihr seid nicht mein Meister, Löwe. Ich gehorche Umbra, sonst niemandem.« Aus dem Winkel seines gesunden Auges sah er Hastor die Fäuste ballen. »Ich rate Euch, mich nicht zu schlagen. Umbra hat es nicht gern, wenn ihr Werkzeug beschädigt wird. Ihr habt ein Abkommen mit der Gilde, Ihr kennt die Regeln. Wenn Ihr der Meinung seid, dass ich mich unangemessen verhalten habe, meldet mich bei meinen Vorgesetzten und überlasst ihnen eine Bestrafung. Bitte fahrt fort!«

Hastor gab ein schnaubendes Geräusch von sich, das einem Lachen nicht unähnlich klang. »Für einen Dunkelelfen seid Ihr verdammt vorlaut. Wisst Ihr, woher mein Beiname ›der Löwe‹ kommt?«

»Ja«, erwiderte Dûhirion. Weiter sprach er nicht. Hastors Absicht hinter der Frage war nicht schwer zu erkennen, aber Dûhirion hatte keinerlei Absicht, ihn in seiner Arroganz zu unterstützen. Wenn er von seinen zahlreichen Schlachten und Siegen hören wollte, musste er sie selbst aufzählen.

»Was glaubt Ihr«, fragte Hastor lauernd, »wie viele Leben habt Ihr bereits ausgelöscht?«

»Ich habe sie nicht gezählt«, antwortete Dûhirion.

»Das hättet Ihr tun sollen. Es ergibt sich eine faszinierende Statistik. Ich habe in Dutzenden Schlachten gekämpft und meine Gegner in die Knie gezwungen. Ich habe ganze Heere geführt, Städte erobert und Könige entthront. Ich habe Hunderte Dunkelelfen in der Arena getötet.« Hastor wies mit einer ausladenden Armbewegung auf die vielen Trophäen im Raum. »Nach meinem tausendsten Sieg habe ich das Schwert niedergelegt.«

Dûhirion schwieg und musterte ihn mit stoischer Miene.

Beeindruckend. Insbesondere die Siege in der Arena. Es ist wahrlich eine Leistung, als ausgerüsteter Hüne gegen einen abgemagerten Dunkelelfen mit nichts weiter als einem Stock bewaffnet zu gewinnen. Ich verneige mich in Ehrfurcht, Hastor der Löwe.

Hastor gefiel es nicht, dass er in keiner Weise auf seine Worte einging. Entgegen Dûhirions Vermutung sah er jedoch keinen Ärger auf den Zügen des Hochelfen. Stattdessen erkannte er einen Hohn, der ihn beunruhigte.

»Die Nachricht hat sich noch nicht verbreitet, aber in meiner Position ist es wichtig, ständig informiert zu sein«, erwiderte Hastor und nahm wieder hinter seinem Schreibtisch Platz. »In Orlean gab es einen Aufstand innerhalb der Aschegrube, der blutig niedergeschlagen wurde. Es gab viele Tote. Kranke, Frauen … Kinder. Ich weiß nicht, ob es überhaupt Überlebende gab. Weil einige von Eurer Rasse der Meinung waren, das Maul aufzureißen. Tragisch, nicht?«

Das Bild von Faylen, die apathisch und verletzt am Brunnen im Dreck kauerte, kam ihm ins Gedächtnis. Sie hatte gesagt, dass ihre Eltern und alle anderen tot waren.

Etwas Kaltes kroch ihm die Wirbelsäule hinab.

»Tragisch, in der Tat«, erwiderte der Dunkelelf langsam. »Warum erzählt Ihr mir das?«

»Ich dachte, Ihr solltet es wissen. Da es Euer Volk betrifft, habt Ihr das Recht, es zu erfahren.«

»Das ist außerordentlich großzügig von Euch, Hastor.«

Sein Tonfall war beherrscht, auch wenn Dûhirion Lust gehabt hätte, ihn dem schneidenden Sarkasmus seiner Worte anzupassen.

Der Hochelf musterte ihn forschend, suchte nach der beabsichtigten Kränkung, nach Wut und Hass. Doch er würde nichts dergleichen finden. Dûhirion war zu lange als Assassine tätig, um leichtfertig die Kontrolle über seine Miene zu verlieren.

»Adam Kendall hat etwas getan, was mir sehr missfällt«, fuhr Hastor fort, als er das Interesse an seiner Provokation verlor. »Wahrscheinlich tut er das auch weiterhin. Ich denke nicht, dass er bereits vom Tod seiner Kumpane erfahren hat. Im Übrigen, wo Ihr schon einmal hier seid, übermittelt der Gilde meinen Dank für die hervorragende Arbeit beim letzten Auftrag. Ich habe die gute Nachricht über das Ableben der Betreffenden schon gehört.« Er schob eine Papierrolle über seinen Schreibtisch, die der Dunkelelf entgegennahm. »Hier sind alle wichtigen Details vermerkt. Wohnort, Arbeitsplatz und so weiter. Die Sklaven sind eingeweiht und werden Euch helfen.«

Dûhirion wandte sich zum Gehen.

»Siebenunddreißig?«

Er drehte sich halb zu Hastor um.

Der Hochelf hatte wieder zum Federkiel gegriffen und begonnen, ein Schriftstück zu verfassen. »Sollte ich Euch je in meiner Stadt erwischen, lege ich Euch eigenhändig in Ketten und werfe Euch in den Kerker. Ihr solltet vermeiden, in meinen Kerkern zu landen! Verstanden?«

»Klar und deutlich«, sagte Dûhirion. »Guten Abend.«

Er hatte keine zeitliche Vorgabe. Es würde ausreichen, wenn er im Morgengrauen ein Pferd sattelte und nach Orlean aufbrach.

Als er sich auf dem Rückweg zur Gilde befand, spielte er mit dem Gedanken, Elanor einen Besuch abzustatten. Doch ihn verfolgte das dumpfe Gefühl von Hastors Atem in seinem Nacken. Heute Nacht war es nicht sicher.

5

Elanor

Seit zwei Tagen häuften sich negative Meldungen aus Orlean. Bislang war es törichtes Geschwätz. Getuschel zwischen zusammengesteckten Köpfen auf dem Markt. Geschrei von Tisch zu Tisch in den Tavernen. Sie behaupteten, vermuteten, spannen Gerüchte. Niemand wusste etwas, aber jeder hatte eine Meinung und eine eigene Geschichte. Wie üblich.

Elanor saß mit den beiden Näherinnen Fiona und Rhina im hinteren Teil der Schneiderei und hörte ihnen seit Stunden bei ihrer nicht enden wollenden Diskussion zu.

»Ein Massaker«, sagte Fiona erneut. »Sag, was du willst, aber anders sollte man es nicht nennen! Es war ein Massaker.«

»Du bist so dramatisch«, erwiderte Rhina augenrollend. »Wir wissen nich' mal, wie viele gestorben sind. Sind zwei Tote auch schon ein Massaker für dich?«

»Das kommt auf die Umstände ihres Todes an. Wenn jemand getötet wird wie ein tollwütiger Hund, reicht mir schon ein Toter, um es Massaker zu nennen.«

»Wie übertrieben.«

Elanor hatte den Schneidersitz eingenommen, Naras Mantel auf ihrem Schoß, und flickte das große Loch im Rückenteil. Die kleineren Schäden an den Ellenbogen hatte sie bereits behoben, aufgerissene Säume und Knöpfe erneuert.

Rhina und Fiona waren damit beschäftigt, Bettwäsche anzufertigen. Während Rhina wesentlich langsamer damit vorankam, ließ sich Fiona kaum von ihrem Gespräch ablenken. Sie war die Ältere von beiden; eine resolute Menschenfrau, die schon unter Elanors Eltern gearbeitet hatte. Die Waldelfin Rhina hingegen war kaum mehr als eine Maid, gerade einmal zwanzig Jahre alt. Würde Fiona sie nicht regelmäßig daran erinnern, hätte sie ihre Arbeit längst gänzlich niedergelegt, um sich vollends der Diskussion zu widmen.

Wenn Faredir in der Schneiderei war, traute sich Rhina nicht, ihre Arbeit zu vernachlässigen. Leider war er mit dem Lehrling auf dem Weg zum Edelmann, der einen Anzug aus feiner Seide und teurem Samt geschneidert haben wollte.

»Also ich habe gehört, dass eine Seuche in der Aschegrube umging«, sagte Rhina eifrig. »Wenn wirklich so viele gestorben sind, wie es überall heißt, kann ich schon verstehen, dass die Menschen so gehandelt haben. Hätten sie warten sollen, bis sich Pest und Cholera in ihrer Stadt ausbreiten?«

Die Nadel stieß gegen den Fingerhut und Elanor schob ihren Zeigefinger ein kleines Stück zur Seite.

»Damit rechtfertigst du einen Massenmord?«, fragte Fiona scharf.

Rhina zuckte mit den Schultern. »Es sind nur Dunkelelfen. Die vermehren sich doch eh wie Kakerlaken.«

»Rhina«, hob Elanor mahnend an.

»Aber es ist so«, erwiderte sie. »Ich finde das unfair. Warum sind Dunkelelfen fruchtbarer als Waldelfen? Was haben sich die Götter dabei gedacht? Ich würde gern Mutter werden und wäre sicherlich eine bessere als eine Dunkelelfin. Bei mir würde das Kind nich' im Dreck aufwachsen.«

»Du solltest selbst erwachsen werden, bevor du darüber nachdenkst, Kinder zu bekommen«, brummte Fiona. »Ich denke immer noch, dass es eine Reaktion auf die Gegenwehr der Dunkelelfen war. Man hört doch überall etwas von Aufständen und Rebellionen. Armselig. Gewalt ist der Ausweg der Schwachen und Dummen.«

»Die Dunkelelfen sind zuerst gewalttätig gewesen«, entgegnete Rhina. »Hast du gehört, was diese Rebellen bislang verbrochen haben?«

Die Nadel stieß fester gegen den Fingerhut. Elanor schob ihren Zeigefinger auf die ursprüngliche Position zurück. Sie fasste den Stoff gröber, als es nötig war.

»Dummes Ding«, fauchte Fiona. »Wie kannst du so etwas sagen?«

»Warum?«

»Mach deine Arbeit, Mädchen!«

»Was hättest du denn getan?«, fragte Rhina schnippisch.

»Man hätte reden können«, erwiderte Fiona. »Denk daran, dass unter den Opfern auch viele Kinder sind! Kinder, die noch ihr ganzes Leben vor sich hatten.«

»Es wäre ein Leben in Armut gewesen«, unterbrach Rhina sie. »Ich würde so nich' aufwachsen wollen. Ich meine: Was erwartet diese Kinder denn in Zukunft?«

Elanor stach sich in den Mittelfinger und fluchte.

»Hast du dich verletzt, Elanor?«, fragte Fiona.

»Es geht schon. Rhina, was hältst du davon, das Thema zu wechseln? Ihr habt euch lange genug daran aufgehalten und es gibt sicher heitere Dinge, von denen du erzählen könntest.«

Rhina öffnete den Mund und Elanor warf ihr einen vernichtenden Blick zu.

»Besser noch: Du hältst für eine Weile den Mund und siehst zu, dass du deine Arbeit erledigst!«

Rhina wandte sich der Bettwäsche zu. »Jaja. Lächerlich, so was … würde nie … deine geliebten Dunkelelfen … Kein Wunder, dass … müssen recht haben, die Leute …«

Elanor verstand nur Fetzen von dem, was sie vor sich hinmurmelte, ohne die Lippen zu bewegen. Es genügte, um zu wissen, dass sie auf die kursierenden Gerüchte anspielte. Ob Rhina zu den Leuten gehörte, die sie verbreiteten? Zuzutrauen wäre es ihr in ihrem Leichtsinn.

»Wie war das?«, fragte sie scharf.

»Nichts.«

»Das will ich auch gemeint haben.«

Etwa eine halbe Stunde später kehrte Faredir zurück. Der Lehrling hielt eine Rolle weinroten Samts unter dem Arm. Elanor hatte die Arbeit an Naras Mantel beendet und war weiterhin damit beschäftigt, Kleidung zu flicken.

»Elanor, ich habe Noriel auf dem Rückweg getroffen«, sagte Faredir. Er gab dem Lehrling die Papierstreifen, mit denen er Maße genommen hatte, und wies ihn an, die Stoffe für den Zuschnitt vorzubereiten. »Sie wird gleich hier sein.«

Elanor legte die Nadel nieder. »Hat sie ihren Wunsch geäußert?«

»Ja, sie möchte ein Kleid für einen besonderen Anlass haben«, antwortete Faredir. »Wir hatten nicht viel Zeit, uns zu unterhalten.« Er kam zu ihr und übersah die Arbeit, die in der Zwischenzeit von den Näherinnen und ihr verrichtet worden war. Zufrieden nickte er. »Ausgezeichnet. Haltet diese Geschwindigkeit!«

Fiona gab ein amüsiertes Glucksen von sich, das eindeutig an Rhina gerichtet war, aber auch als freudige Reaktion auf die anerkennenden Worte gedeutet werden konnte.

Noriel war eine langjährige Kundin und im Laufe der Zeit zu einer guten Freundin für Elanor geworden. Ihr Gatte war ein reicher Kaufmann und häufig auf Reisen. Sie lebte allein mit einem Sohn und fünf dunkelelfischen Sklaven in einer Villa im Adelsviertel von Malachit. Als sie die Schneiderei betrat, war sie in Gesellschaft einer älteren Dunkelelfin namens Meira. Diese begleitete Noriel, wann immer sie das Haus verließ. Elanor wäre nicht so weit gegangen, zu sagen, die beiden Frauen würde eine Freundschaft miteinander verbinden. Dennoch ließ sich nicht leugnen, dass sie ein inniges Verhältnis zueinander pflegten. Meira trug keine eisernen Ringe um ihren Hals und ihre Handgelenke. Das erinnerte Elanor jedes Mal daran, dass nicht jeder seine Sklaven schlecht behandelte und es durchaus Dunkelelfen gab, die mit ihrem Leben glücklich waren. Sie waren zwar das Eigentum eines anderen, aber sie bekamen ein sauberes Obdach, Kleidung und gutes Essen. Unter diesen Umständen war Sklaverei die barmherzigere Alternative zur Aschegrube. Elanor war sich sicher, würde die Weiße Feder Meira anbieten, sie in die freien Länder zu bringen, die Dunkelelfin würde ablehnen. Sie hatte ein gutes Leben bei Noriel und das machte Elanor froh. Es gab ihr Hoffnung.

»Schön, dich zu sehen, Noriel. Hallo, Meira«, grüßte die Waldelfin.

Meira nickte ihr mit einem sanften Lächeln zu.

»Wie ist es dir ergangen?«

»Danke, ich kann nicht klagen. Auch wenn mein Sohn in letzter Zeit sehr anstrengend ist. Er verhält sich grob den Sklaven gegenüber, gehorcht mir nicht und besteht darauf, dass er mit seinen zwanzig Jahren der Mann im Haus ist, wenn sein Vater nicht da ist.« Noriel kicherte spöttisch. »Ah, noch habe ich das letzte Wort und das gebe ich ihm zu spüren. «

»Ich glaube, in seinem Alter habe ich mich auch erwachsener gefühlt, als ich letztlich war«, entgegnete Elanor mild. »Vor seinen Freunden zu erzählen, dass er gegen sein Elternhaus rebelliert, lässt ihn sicherlich als Helden dastehen.«

»Oder als unerzogenen Bengel.«

»Bei Halbstarken ist das oft dasselbe«, sagte Elanor. »Was kann ich für dich tun, Noriel? Faredir erzählte mir, dass du ein Kleid für einen besonderen Anlass haben möchtest. Um was für einen handelt es sich? Ich hoffe doch, es ist ein freudiger?«

Noriel schenkte ihr ein strahlendes Lächeln. »In der Tat, es ist ein freudiger Anlass. Meine Schwester heiratet bald.«

»Das sind wundervolle Neuigkeiten«, erwiderte Elanor fröhlich. »Richte ihr meine Glückwünsche aus! Folge mir bitte nach hinten. Ich zeige dir einige Stoffe, die ich für die Herstellung deines Kleides verwenden kann.«

»Oh, das ist nicht nötig«, erwiderte Noriel. »Die Materialien werde ich euch zur Verfügung stellen. Ich warte noch auf die Lieferung. Sobald alles da ist, werde ich jemanden schicken, der euch alles vorbeibringt.«

»Ich verstehe. Vielen Dank. Dann können wir gleich dazu übergehen, deine Maße zu nehmen. Einen Augenblick, bitte!«

Die Schneiderei bestand aus zwei Räumen. Die Nähstube befand sich im hinteren Teil und war der größere von beiden. Vorn wurden die Kunden bedient und konnten sich umkleiden. Elanor verdeckte das Fenster neben dem Spiegel und zog den Vorhang vor. Während Noriel sich mit Meiras Hilfe entkleidete, holte die Waldelfin Messschnüre und Papier.

Elanor trat hinter den Vorhang und versicherte sich ein letztes Mal, dass niemand unerwünscht zu ihnen hindurchsehen konnte. Noriel trug nur noch ihre Unterwäsche, die aus einem Brustband und einer kurzen Hose bestand. Ihre silbernen Locken hatte sie zu einer aufwendigen Frisur hochstecken lassen. Offen getragen würde ihr Haar bis zu ihren Hüften reichen. Die honigfarbenen Augen und vollen Lippen waren dunkel geschminkt, was die natürliche Blässe ihrer Haut noch deutlicher hervorhob. Elanors Blick streifte die feingliedrigen Hände der Hochelfin. Ihre Freundin schalt sie oft dafür, sich nicht ausreichend um die Pflege ihrer Hände zu kümmern. Ihre Nägel seien zu brüchig, die Haut zu trocken und es würde sich für eine Frau nicht schicken, Schwielen an den Fingern zu haben. Jedes Mal erklärte Elanor geduldig, dass Hornhaut sich bei ihrem Beruf nicht vermeiden ließ und durchaus ihre Nützlichkeit hatte. Selbst wenn ihre Hände dann weniger zart waren.

Meira nahm vorsichtig Kleid und Unterkleid an sich und ließ beide allein.

»Ich hätte nie damit gerechnet, dass meine Schwester sich vor dir vermählt«, bemerkte Noriel. »Meinst du nicht auch, dass es langsam Zeit wird, dass du dir einen Mann suchst?«

Elanor stieg auf eine kleine Trittleiter, da die Hochelfin sie um zwei Köpfe überragte, und maß ihren Halsumfang aus. »Noriel, wenn ich einmal einen finden sollte, wirst du die Erste sein, der ich davon erzähle. Versprochen!«

Die Hochelfin seufzte. »Warum fürchte ich, dass du auf ewig unverheiratet sein wirst? Willst du den Rest deines Lebens hierbleiben? Für immer in dieser Schneiderei festsitzen?«

»Was ist falsch an Malachit? Es ist meine Heimat«, erwiderte Elanor und maß den Brustumfang der Hochelfin. »Ich sitze keinesfalls in dieser Schneiderei fest. Ich liebe meine Arbeit und ich liebe meinen Onkel.«

»Aber träumst du nicht davon, einmal fortzugehen und die Welt zu sehen?«, fragte Noriel. »Es gibt da draußen so viel mehr als diese Stadt.«

»Oh, ich bin mir sicher, dass ich noch reichlich Gelegenheit haben werde, die Welt zu sehen.«

»Und willst du nicht auch Mutter werden? Was ist, wenn Viriditas dich auserwählt und du niemanden hast, um ein Kind zu empfangen?«, fragte Noriel weiter. »Liebes, such dir einen Mann, der dir die Welt zeigt, wie es meiner getan hat! Dem du ein kräftiges, gesundes Kind gebären und mit dem du eine Familie gründen kannst, bevor es zu spät ist.«

»Du sprichst gerade so, als wäre ich eine alte Frau am Ende meines Lebens«, erwiderte Elanor amüsiert. »Darf ich dich daran erinnern, dass ich gerade einmal vierunddreißig Jahre alt bin? Optimistisch gesehen bleiben mir noch über zweihundert Jahre Lebenszeit.«

Manchmal fragte Elanor sich, ob ein langes Leben nicht mehr Fluch als Segen war. Dunkel- und Waldelfen hatten die gleiche Lebenserwartung von dreihundert Jahren, Hochelfen konnten bis zu fünfhundert Jahre alt werden. Elanor hatte viele menschliche Freunde und wusste, dass sie ihnen dabei zusehen musste, wie sie älter wurden und lange vor ihr starben. Dunkelelfen waren mit einem jahrhundertelangen Leben in Armut, Elend und Unterdrückung gestraft. Wenn sie überhaupt erwachsen wurden, denn die Kindersterblichkeit war hoch.

Rhinas Bemerkung zur Fruchtbarkeit der dunkelelfischen Frauen war in vielerlei Hinsicht unangebracht, doch sie stand nicht allein mit ihrer Meinung. Durch die hohe Lebensspanne war die Fruchtbarkeit von Hoch- und Waldelfinnen eingeschränkt, um eine Überbevölkerung zu vermeiden. Dunkelelfinnen hingegen konnten wie Menschen jederzeit schwanger werden. In Adular schützte es die Dunkelelfen davor, regelrecht ausgerottet zu werden. In den freien Ländern war es ein Relikt der vergangenen Zeit, als sie noch Unterdrückung und Sklaverei ausgesetzt gewesen waren.

Elanor hörte, wie sich die Tür zur Schneiderei öffnete und wieder schloss. Kurz darauf kam jemand aus der Nähstube.

»Nara, ich grüße Euch«, sagte Faredir freundlich und Nara erwiderte seinen Gruß. »Ich nehme an, Ihr seid hier, um Euren Mantel abzuholen? Elanor ist heute damit fertig geworden. Wartet kurz, ich hole ihn von hinten!«

Noriel streckte einen ihrer Arme aus, damit Elanor die Länge erfassen konnte. »Du weißt nie, wann die Götter dich zu sich rufen werden«, fuhr die Hochelfin fort. »Willst du die Ewigkeit damit verbringen, darüber nachzugrübeln, was du alles verpasst hast?« Sie seufzte vernehmlich und schüttelte mit dem Kopf. »Ah, tut mir leid, Liebes. Ich sollte dich nicht so bedrängen. Du hast ganz offensichtlich andere Prioritäten. Aber denk an meine Worte!«

Elanor lächelte. »Jederzeit, Noriel. Und mein Versprechen steht: Du wirst eine der Ersten sein, die von einem Mann, einer Verlobung oder einer Schwangerschaft erfahren.«

»Das will ich hoffen, meine Liebe.«

»Hier«, sagte Faredir hinter dem Vorhang, »Euer Mantel.«

»So gut wie neu«, flötete Nara. »Bitte, Euer Lohn. Würdet Ihr Elanor meinen Dank ausrichten? Sagt ihr bitte, dass mein Bruder und ich sie heute Abend gern zum Essen einladen würden, wenn ihre Zeit es erlaubt.«

»Das werde ich«, versicherte Faredir. »Auf Wiedersehen.«

Nara verabschiedete sich und die Tür der Schneiderei fiel hinter ihr ins Schloss.

Elanor war hellhörig geworden. Eine Einladung zum Essen bedeutete in den meisten Fällen, dass die Zwillinge in die Aschegrube hinabsteigen wollten, um Nahrungsmittel unter den Dunkelelfen zu verteilen.

»Meine Nachbarin hat seit gestern einen neuen Sklaven bei sich im Haus«, erzählte Noriel im Plauderton. »Ich habe dir sicher schon von ihr berichtet. Sie hält sich ausschließlich Männer.« Sie senkte verschwörerisch ihre Stimme. »Es geht das Gerücht um, dass mindestens einer von ihnen ihr persönlicher Lustknabe ist.«

Und die Nächste, von der behauptet wird, sie würde Affären mit Dunkelelfen haben, dachte Elanor ungerührt. *Wenn man allen Gerüchten, die so was behaupten, Glauben schenken würde, hätte jeder zweite Einwohner von Malachit nichts Besseres zu tun, als mit Dunkelelfen zu schlafen.*

Sie verzog jedoch keine Miene. »Ich denke, sie ist verheiratet?«

»Das hält sie nicht davon ab, mit ihren Dunkelelfen zu schlafen«, entgegnete Noriel. »Muss eine gewisse Faszination sein. Der Reiz des Verbotenen, du verstehst?«

Besser, als du glaubst, dachte Elanor und nickte.

»Ihr Mann ist beinahe so oft und lange auf Reisen wie meiner. Sie hat keine Kinder und langweilt sich. Ich frage mich, warum sie dann nicht ins Bordell geht wie jeder andere auch. Damit würde sie kein Gesetz brechen.«

Elanor hatte diese Regelung nie verstanden und würde es in diesem Leben auch nicht mehr tun. Es war verboten, mit seinen Sklaven zu schlafen, wenn sie nicht explizit als Lustsklaven gekauft worden waren. Das Bordell war erlaubt und Vergewaltigungen von Dunkelelfen standen nicht unter Strafe.

»Ehrlich gesagt halte ich sie für naiv und leichtsinnig«, fuhr Noriel fort.

»Warum?«, fragte Elanor, während sie den Taillenumfang maß.

Noriel schnaubte leise. »Ich traue männlichen Dunkelelfen nicht und hätte Angst, mit ihnen allein zu sein. Es sind immer noch Männer, und wir beide wissen, dass die schnell den Verstand verlieren, wenn sie eine hübsche Frau sehen. Deshalb kommen mir nur Frauen in meinen Haushalt. Ich fürchte, es ist nur eine Frage der Zeit, bis einer von ihnen ihr etwas antut.«

»Ich bin mir sicher, dass deine Nachbarin sich nur wohlerzogene Dunkelelfen zu sich holt«, entgegnete Elanor und notierte die letzten Maße, die sie genommen hatte. »Wir sind fertig.«

»Wundervoll«, rief Noriel freudig aus. »Meira! Komm bitte zu mir, ich möchte mich wieder ankleiden! Und dann besprechen wir den Schnitt des Kleides!«

Bevor Elanor sich an diesem Abend auf den Weg zu Nara und Arik machte, ging sie in den Süden der Stadt zum Tempel der Göttin Viriditas. Sie stieg die wenigen Treppenstufen hoch und trat zwischen den Säulen hindurch, die die Überdachung hielten, und auf die große Doppeltür zu. Zwei Priesterinnen des Tempels entzündeten gerade die Feuerschalen an den Seiten. Elanor grüßte sie respektvoll, bevor sie hineinging. Sie durchquerte den Eingangsbereich und trat durch die linke Tür, die in den Teil des Tempels führte, der nur den Frauen zugänglich war.

Seit sie mit Dûhirion zusammen war, war sie selten hier. Sie hatte Angst, mit ihrer Beziehung den Zorn der Göttin auf sich gezogen zu haben.

Im Inneren umgab sie ein vertrauter Duft nach verschiedenen Kräutern, Kiefern und Erde. Die Wände waren mit kunstvollen Mosaiken geschmückt, die die Geschichte der Götter erzählte.

Schwarze Steine zeigten den Anfang, als alles in Dunkelheit gehüllt gewesen war, bis die goldene Hand des Göttervaters Aureus die Sonne an den Himmel setzte. Die schwarzen Mosaiksteine gingen in ein helles Blau über. Sechs weitere Götter wurden in den hellgelben und orangefarbenen Sonnenstrahlen geboren. Gemeinsam formten sie diese Welt. Sie füllten die Meere mit Wasser, webten die Luft, die alles umgab, und säten die Bäume, aus denen Wälder wurden. Danach erschufen sie Tiere und die Völker. Die Schöpfung der Zwerge und Menschen wurde wenig detailliert abgehandelt. Mehr Mühe hatte der Künstler in die Abbildung der Elfenrassen gesteckt.

Argenteus, dargestellt als silberne Schleiereule, war der Gott des Wissens. Er schuf die Hochelfen und gab ihnen eine natürliche Begabung für Magie sowie einen messerscharfen Verstand; ein Gedächtnis, das niemals vergaß.

Viriditas erschuf die Waldelfen. Sie gab ihnen federleichte Schritte und ein feines Gehör, um sie zu idealen Jägern zu machen. Sie war in der Gestalt eines dunkelgrünen Kaninchens zu sehen.

Zuletzt Ater, Gott der Nacht und Dunkelheit, der als schwarze Ratte dargestellt wurde. Er schuf die Dunkelelfen; gab ihnen Augen, die weiter und schärfer sehen konnten als alle anderen. Für die selbst die Finsternis der Nacht kein Hindernis war.

Damals hatten die Völker voneinander getrennt gelebt. Zwerge waren in den Minen unterhalb der Berge geblieben, deren Gipfel einst die Hochelfen bewohnten. Das Mosaik zeigte eindrucksvoll die verschlungenen Pfade des zwergischen Tunnelsystems, über dem die schneeweißen Berggipfel thronten. Waldelfen hatten ihrem Namen alle Ehre gemacht und weitläufige Waldgebiete bewohnt.

Doch auch die Dunkelelfen hatten in den Wäldern gelebt. Mit schwarzblauen und dunkelgrünen Steinen wurde der Nachtwald dargestellt. Ein Ort, an dem es niemals Tag wurde. Zwischen dem Dunkelgrün und dem Schwarzblau schimmerten helle Scherben und zeigten die berühmten fluoreszierenden Pflanzen, leuchtende Blüten und Pilze, die dem Wald ihr eigenartiges Licht gespendet hatten. Elanor war schon als Kind fasziniert davon gewesen.

Einzig die Menschen waren ohne einen festen Lebensraum als Nomaden durch die Welt gereist. Das Mosaik zeigte sie bei den Bergen, an den Waldrändern und nahe den Meeren.

Jahrelang hatten die Götter unter ihren Schützlingen gelebt, bis sie eines Tages von einem der ihren verraten wurden. Ater war der Meinung, dass sein Volk benachteiligt wurde. Er beneidete Aureus dafür, dass sein Licht von jedem geliebt wurde, während viele die Nacht und die Dunkelheit fürchteten, und wollte seinen Platz einnehmen. Ater versuchte, Aureus zu stürzen, scheiterte jedoch und wurde von den Göttern verstoßen.

Sein Fall verfluchte die Dunkelelfen. Es hieß, dass sie früher den edlen Namen Nachtelfen getragen hatten. Ihre Haut sollte die Farbe des Nachthimmels gehabt haben, ihr Haar war weiß wie der Vollmond und ihre Augen silbern wie das Sternenlicht. Nachdem Ater fiel, verdammte Aureus die Dunkelelfen und brandmarkte sie mit dem Verrat ihres Gottes. Ihre Haut wurde dunkelgrau, ihr Haar schwarz und ihre Augen rot.

Danach verließen die Götter ihre Welt und kehrten niemals zurück. Sie schworen sich, dass sie nicht mehr ins Geschehen eingreifen und erst zurückkehren würden, wenn die Zeit dieser Welt abgelaufen war.

Elanor schritt bedächtig auf den Altar zu, hinter dem eine Statue von Viriditas errichtet worden war. Sie wurde als wunderschöne Waldelfin dargestellt. Vollkommen nackt und nur mit einem Blumenkranz auf dem Kopf geschmückt. Zu ihren Füßen saßen Kaninchen, ihre linke Hand berührte den Rücken eines Rehs, die rechte trug einen kleinen Vogel. Viriditas galt als Mutter des Waldes und Hüterin der Erde. Sie schützte Jäger und Holzfäller, schenkte den Bauern und Farmern reichhaltige Ernte. Vor allem aber war sie die Göttin der Fruchtbarkeit. Sie war es, die bestimmt hatte, dass Zwerge, Menschen und Dunkelelfen jederzeit Nachwuchs bekommen konnten. Sie war es, die bei Waldelfen und Hochelfen bestimmte, wann erneut Kinder geboren wurden und wer sie austragen durfte. Denjenigen zeigte sie sich in der Gestalt eines weißen Kaninchens.

Das letzte Mal war sie vor sechzehn Jahren nach Malachit gekommen. Wann Viriditas sich das nächste Mal zeigen würde, war ungewiss. Es konnte schon morgen passieren oder erst in fünfzig Jahren.

Elanor kniete vor der Statue nieder, legte ihre Handflächen aufeinander und senkte den Kopf zum Gebet.

Die Sonne war fast gänzlich versunken, als sie an die Haustür der Zwillinge klopfte. Arik öffnete ihr und geleitete sie in den Keller. Hinter einem großen Schrank, der voller Medikamente, Salben, Tinkturen und Verbandsmaterial war, befand sich eine versteckte Tür. Sie führte in einen geheimen Hinterraum des Kellers, in dem die Weiße Feder ihre Sitzungen abhielt. Außerdem gab es hier einen Zugang zu den Tunneln unterhalb der Stadt. Arik und Nara nutzten ihn häufig, um kranke Dunkelelfen unbemerkt aus der Aschegrube in die Klinik zu bringen, die sich in einem Nebenbau ihres Hauses befand.

Auf einem rechteckigen Tisch stapelten sich Zwieback, Schalen voller Trockenfrüchte und Dörrfleisch. Diese Lebensmittel waren schmackhaft und lange haltbar. Nara saß davor und füllte die Trockenfrüchte gleichmäßig in kleine Lederbeutel ab.

»Elanor, schön, dich zu sehen«, rief sie fröhlich. »Dann kann ich dir endlich persönlich dafür danken, dass du meinen Mantel gerettet hast. Ich weiß, er ist alt und nicht der schönste, aber mein Herz hängt daran.«

»Gern geschehen. Es tut mir leid, dass es etwas gedauert hat. Ich musste noch etwas erledigen«, erwiderte Elanor. »Kann ich dir zur Hand gehen?«

»Du kannst das Dörrfleisch bündeln«, antwortete Nara. »Zwanzig Streifen pro Bündel und die Rechnung sollte aufgehen.«

»Mach dir wegen der kleinen Verspätung keine Gedanken«, sagte Arik beschwichtigend. »Wir sind selbst erst vor Kurzem zurückgekommen.«

Er schnürte die Lebensmittel in einem Leinentuch zu einem kleinen Paket zusammen und legte es in eine der vorbereiteten Taschen. Es waren drei Stück, was Elanor vermuten ließ, dass sie heute Abend allein blieben.

»Wir mussten nämlich auch etwas erledigen«, fügte Nara hinzu. »Jemand hat uns diesen Brief in die Hand gedrückt.« Sie deutete mit dem Kinn zur Tischkante.

Elanor legte das Dörrfleisch beiseite und besah sich das Schreiben. Es war mit Kohle auf einen schmutzigen Stofffetzen geschrieben worden. »Von wem ist das?«

»Von einer dunkelelfischen Rebellengruppe«, antwortete Arik.

Es war schwierig, den Brief zu lesen. Die Schrift war krakelig und ungelenk, jedes zweite Wort falsch geschrieben.

»Sie wollen ein Treffen«, erklärte Nara aufgeregt, die Elanors langsames Lesen nicht aushielt. »Schon in knapp zwei Tagen. Sind das gute Neuigkeiten oder sind das gute Neuigkeiten?«

Elanor nahm ihren Blick nicht von der Nachricht, als sie den Stofffetzen sinken ließ. Sie stützte ihr Kinn auf ihre Hand und legte die Stirn in Falten. »Was ist das für eine Rebellengruppe? Woher wissen sie von uns?«

»Das können wir nicht genau sagen«, erwiderte Arik und kratzte sich an der Wange, die im Schatten eines Dreitagebartes lag. »Wir haben bislang nicht von ihnen gehört.«

»Aber sie von uns«, fügte Nara stolz hinzu. »Unser Ruf eilt uns voraus.«

Elanor sah auf. »Ich bin mir nicht sicher, ob das gut ist, Nara.« Sie setzte ihre vorherige Tätigkeit fort. »Eine Untergrundorganisation sollte geheim bleiben, meinst du nicht auch?«

Unbekümmert zuckte Nara mit den Schultern. »Für unsere Feinde sind wir unsichtbar genug, also kein Grund zur Sorge.«

Arik seufzte.

»Wie und wo habt ihr den Brief bekommen?«, fragte Elanor.

»Du hast sicher von den Vorfällen in Orlean gehört«, antwortete der Magier. »Ein paar unserer Leute, die dort leben, haben nähere Informationen zum Massaker. Sie sind heute erst angekommen.

Einer von ihnen sagte, eine vermummte Elfin hätte ihn mitten auf der Straße angesprochen und ihm das in die Hand gedrückt. Mit der Bitte, es der Weißen Feder zu überreichen. Wir haben Glück, dass diese Elfin tatsächlich unsere Leute erwischt hat und nicht Außenstehende, die sie an die Wachen verraten hätten.«

»Hat sie aber nicht«, unterbrach Nara und machte eine Handbewegung, als wollte sie eine Fliege verscheuchen. »Außerdem: Sie waren mitten auf der Straße. An welche Wachen hätten sie die Elfin denn verraten sollen? Wir haben den Brief doch bekommen, oder nicht? Warum sich Gedanken darüber machen, was alles hätte schiefgehen können?«

»Weil eine Rebellengruppe, von der wir noch nie etwas gehört haben, von uns gehört hat«, antwortete Arik mürrisch.

»Ach komm, viele haben von der Weißen Feder gehört. Dunkelelfen, der Schuster gegenüber und sogar der Statthalter von Kaiser Galdir«, warf Nara ein. »Dass die vermummte Elfin den Brief irgendeinem Reisenden in die Hand gegeben hat, verrät, dass sie keine Ahnung haben, wie sie sonst an uns herantreten sollen.«

»Denkst du wirklich, sie hatte keine Ahnung, an wen sie sich da wendet?«, entgegnete Arik und ließ ein weiteres Paket in den Rucksack fallen. »Diese Rebellengruppe wäre längst in alle Himmelsrichtungen zerschlagen worden, wenn sie derart unvorsichtig wäre. Nein, sie wusste ganz genau, was sie tut. Ich denke, sie hat unsere Kundschafter beobachtet. Wenn sie vorher von der Weißen Feder gehört hat, wird sie ihre Schlüsse gezogen haben.«

Elanor reichte das letzte Bündel Dörrfleisch an ihn weiter. »Gewissheit werden wir erst haben, wenn ihr zu diesem Treffen geht.

Ihr solltet einen Elfen mitnehmen, das weckt Vertrauen. Ein Dunkelelf wäre natürlich ideal.«

»Denkst du, Dûhirion könnte uns helfen?«, fragte der Magier.

»Ich weiß nicht, wann ich ihn das nächste Mal sehe«, erwiderte Elanor. »Und ob er sich dann für die Zeit des Treffens von der Gilde entschuldigen kann.«

Sie hatte ihn nicht mehr gesehen, seit er Faylen in Ariks Klinik gebracht hatte. Das war keine Seltenheit und deshalb kein Grund, besorgt zu sein. Umbra hielt ihn beschäftigt und er konnte im Voraus nie sagen, ob ein Auftrag ihn auf eine längere Reise schickte oder er die nächsten Wochen zuverlässig in Malachit sein würde.

»Macht nichts, ich habe da schon einen anderen im Auge. Er ist zwar ein Waldelf, aber das wird in Ordnung sein«, summte Nara heiter.

Arik stöhnte leise und griff sich an die Stirn. »Nicht den von der Akademie.«

»Natürlich den von der Akademie.«

»Der Akademie Krähenfels?«, fragte Elanor.

»Ja«, murrte Arik und rieb sich die Augenbrauen. »Ein Feuermagier, der einen dezenten Hang zur Pyromanie hat, laut, redselig und rastlos ist und dummerweise Naras Humor teilt.«

»Du weißt, ich bringe nur die Besten mit ins Haus«, sagte diese mit selbstbewusstem Grinsen. »Dieser Feuermagier hat während seiner Zeit in der Akademie viel von den Dunkelelfen erzählt, mit denen er gemeinsam studiert hat. Er sagte, dass er der Akademie und dem Erzmagier dankbar für seine Ausbildung sei und er seine Fähigkeiten einsetzen wolle, um den benachteiligten Dunkelelfen in Adular zu helfen.«

Die Akademie Krähenfels lag außerhalb des Kaiserreiches. Sie war einer der ersten Orte gewesen, an denen Dunkelelfen frei waren, und damit der Stein des Anstoßes. Der derzeitige Erzmagier war ebenfalls ein Mitglied der Weißen Feder. Durch seinen Rang hatte er Einfluss, den die Organisation zu nutzen wusste. Dank ihm konnte Arik Adular regelmäßig verlassen. Befreite Sklaven kamen zunächst in seiner Akademie unter, bis ein neues Zuhause für sie gefunden wurde.

»Laut dem Schreiben werden wir nur einen Stellvertreter des Anführers treffen«, fuhr Nara fort. »Wenn wir das Vertrauen der Rebellen gewinnen, wird auch der Anführer mit uns sprechen. Vielleicht können wir sie als Verbündete gewinnen.«

»Das wäre wünschenswert«, entgegnete Elanor. »Aber zurück zu euren Leuten aus Orlean …«

Nara lehnte sich in ihrem Stuhl zurück und verschränkte die Arme vor der Brust. Ihr Gesicht war verzogen. »Orlean«, unterbrach sie die Waldelfin missmutig. »Mittlerweile hat ja jeder eine Meinung zu den Vorfällen in Orlean, aber niemand hat eine Ahnung, was wirklich passiert ist.«

»Was ist tatsächlich geschehen?«, fragte Elanor ungeduldig.

»Nachher«, wehrte Arik ab. »Zunächst sollten wir diese Pakete in der Aschegrube verteilen, bevor es zu spät wird.«

6

Dûhirion

Gestank drang aus der Grube zu seinen Füßen. Im Laufe der Jahre hatte Dûhirion bemerkt, dass es nicht der Anblick des Todes war, der sich im Gedächtnis festsetzte. Es war der Gestank, den dieser mit sich brachte. Süßlich-schwer, nach faulem Fleisch. Modrig wie feuchter Staub, wie das, was einst gewesen war. Salzig-metallisch nach dem Blut, das vergossen worden war. Oder bitter und scharf nach verbranntem Fleisch.

Dûhirion spähte in den offen liegenden Rachen der Erde, den man mit den verbrannten Leichen der Dunkelelfen gefüllt hatte, die einst hier gelebt hatten. Die deformierten rußschwarzen Gesichter der Toten begegneten seinem Blick mit gaffenden Augenhöhlen. Hände, deren Finger gebrochen waren wie trockene Zweige, streckten sich Hilfe suchend nach ihm aus. Hilfe, die er nicht imstande war, zu geben. Münder, gefüllt mit der Asche der eigenen Zungen, riefen ihn um Gnade an. Gnade, die er nicht mehr gewähren konnte.

Es war zu spät. Das Elendsviertel von Orlean lag in Schutt und Asche.

Der Dunkelelf wandte sich ab und setzte seinen Streifzug durch die verkohlten Hausruinen fort. Überall fand er Spuren vom ehemaligen Leben der Einwohner. Kochstellen, auf denen noch Kessel standen. Schränke, die der Hitze widerstanden hatten und intakte Kleidung bewahrten. Der Boden knirschte wie kohlschwarzer Schnee unter seinen Stiefeln. Es fühlte sich an, als würde er über die verbrannten Knochen der Toten wandern.

Dûhirion hob ein kleines Holzpferd auf und wischte vorsichtig den Ruß ab. Ein Ohr war etwas angesengt und das rechte Hinterbein fehlte, ansonsten war es unversehrt. Selbstvergessen steckte er es ein.

Er sah das Ergebnis, offen blieb, warum es passiert war. Wie konnte es so weit kommen, dass ein ganzes Viertel ausgelöscht wurde?

Als ich Faylen fand, hatte sie Verbrennungen am Oberarm, dachte er. *Wie soll ein verletztes Kind von hier bis nach Malachit gelangt sein? Und warum, wenn sie keine Verwandten dort hat? Jemand muss ihr geholfen haben. Wer und warum?*

Dann fragte er sich jedoch, warum sie Arik so schnell Vertrauen schenkte. Orlean wurde beinahe ausschließlich von Menschen bewohnt. Faylen sollte ein ebenso negatives Bild von ihnen haben wie von Hochelfen oder Waldelfen. Warum hatte sie auf Elanor panischer reagiert als auf Arik?

Zwischen ihm und der Antwort auf seine Fragen lagen ein unerledigter Mordanschlag und eine dreitägige Rückreise. Je schneller er Adam Kendall beseitigte, desto eher konnte er Orlean wieder verlassen. Anders als in Malachit lag die hiesige Aschegrube nicht tiefer als die Oberstadt, sondern wurde nur durch einen hohen Holzzaun davon getrennt. Von außen ließ sich leicht über den Zaun klettern, um ins Elendsviertel zu gelangen. Wenn auch das Zauntor nicht länger explizit bewacht wurde, war es um einiges schwieriger, ungesehen in die Oberstadt zu kommen.

Dûhirion musste vorsichtiger sein denn je. Er hatte noch nie so viele Wachpatrouillen gesehen. Es schien, als wären sämtliche verfügbaren Männer und Frauen unterwegs. Würde er nicht den Ernst der Lage kennen, hätte er es fast komisch gefunden. Orlean war nicht einmal halb so groß wie Malachit und wurde doppelt so schwer bewacht. Nach den Vorfällen in der Aschegrube war das jedoch nicht verwunderlich. Offenbar befürchtete man Vergeltung.

Etwas Unangenehmes lag in der Luft; dicht und geladen wie bei einem Gewitter, das sich nach einem drückend heißen Sommertag zusammenbraute. Der Moment vor dem ersten Donnerschlag, wenn der Wind stärker wurde und noch bevor der Regen einsetzte. Diese Nervosität, die sprichwörtliche Ruhe vor dem Sturm, staute sich in ihm auf, während er seine leichtfüßigen Schritte lautlos durch die nächtliche Dunkelheit lenkte.

Der Schatten, den das Massaker in der Aschegrube geworfen hatte, lag schwer über der Oberstadt. Dûhirion fühlte sich wie eine Maus, die sich an lauernden Katzen vorbeibewegte. Er wich dem Schein der Laternen aus, die von den Patrouillen geführt wurden und wie wachende Augen über Boden und Häuserwände huschten. Würde er auch nur für einen kurzen Moment in ihr Licht geraten, würde man ihn entdecken. Das Letzte, was er wollte, war, die Aufmerksamkeit der gesamten Stadtwache auf sich zu ziehen. Er duckte sich an den Häusern vorbei, deren Fenster schwarz und blind waren. Eine schlummernde Bedrohung, die bei einem zu lauten Geräusch erwachen und ihn verraten würde.

Im Nachhinein konnte Dûhirion nicht sagen, wie es begonnen hatte. Er erinnerte sich noch, dass Kendalls Anwesen in greifbare Nähe gekommen war. Es konnte sich nur um wenige Schritte gehandelt haben, die ihn von seinem Ziel trennten. Dann brach das Chaos über Orlean herein.

»Wölfe«, brüllte jemand und Dûhirion duckte sich alarmiert in den Schatten eines Hauses. »Zu den Waffen!«

Der Dunkelelf presste sich mit dem Rücken an die Wand, um nicht vom Wachtrupp entdeckt zu werden, der mit gezogenen Schwertern am Haus vorbeieilte.

»Feuer«, schrie von irgendwoher ein anderer. »Löscht das Feuer!«

Dichter Rauch stieg nicht weit von ihm in den schwarzen Nachthimmel auf. Das unverwechselbare Klirren von aufeinandertreffenden Klingen mischte sich in das Gewirr aus verschiedenen Stimmen. Schlachtrufe wurden ausgestoßen und Befehle gebrüllt; es wurde geflucht, unter Schmerzen aufgeschrien, entschlossen gegen den Feind gewettert.

Alles vereinte sich zu einem wilden Kampfgeheul, in dem einzelne Stimmen verschwammen und zu einem einzigen disharmonischen Geräusch wurden. Das Flehen um Hilfe, das vereinzelnd ertönte, ging ungehört darin unter.

Dûhirion legte den Kopf in den Nacken, als er das gefräßige Knistern des Feuers direkt über sich hörte. Das Dach des Hauses brannte lichterloh. Im Inneren fiel etwas krachend um, kurz danach schwang die Tür auf und die Bewohner flohen panisch ins Freie.

»Ihr elenden Missgeburten«, fauchte ein Mann. »Ich werde euch …«

Dûhirion erfuhr nicht, was er mit den Angreifern tun würde. Die unausgesprochene Drohung endete in einem langen, gepeinigten Schrei. Eine Frau rief seinen Namen.

»Wartet! Nicht«, schrie sie verzweifelt. »Bitte verschont die Ki…«

Ihr Satz brach mit einem nassen Gurgeln ab. Zwei Kinderstimmen kreischten unisono. Einen Streich später verstummten auch sie.

Der Assassine verließ sein unsicheres Versteck. Fünf Dunkelelfen standen vor der ermordeten Familie. Er hörte nicht, was sie einander sagten, doch sie entfernten sich in Richtung Kampfgetümmel.

Der Frau hatten sie mit einem sauberen Streich die Kehle durchgetrennt. Neben ihr lagen zwei Jungen, einer kaum älter als sieben, der andere vielleicht fünfzehn Jahre alt. Dem älteren hatte man den Kopf abgeschlagen, dem anderen mit der Klinge die Brust durchbohrt.

Rational wusste er, dass er etwas bei diesem Anblick empfinden sollte. Jeder andere hätte es auf die eine oder andere Art getan. Er hingegen fühlte nichts; die Leichen zu seinen Füßen waren eine Tatsache, nüchterne Realität, die er stumpf hinnahm.

Dûhirion bemerkte, dass der Vater noch lebte. Er wand sich in Agonie; die Hände auf dem Schnitt in seinem Bauch gepresst, versuchte er verzweifelt, seine Eingeweide in sich zu behalten.

»Grauhäutige Missgeburt«, brachte der Sterbende unter Blut und Speichel hervor. »Verflucht sei Eure Rasse!«

Wortlos zog Dûhirion den Dolch aus der Halterung und stieß ihn durch die Schläfe des Mannes. Es war nicht der Anblick des Todes, der sich im Gedächtnis festsetzte, sondern der Geruch. Metallisch-salzig. Scharf und bitter wie verbranntes Fleisch. Der beißende Gestank nach Rauch, Angst und Schweiß.

Der Dunkelelf richtete sich auf und rannte dem Stadtzentrum entgegen. Die Straßen waren mit Leichen gepflastert und schwammen vor Blut. Das Feuer, das gierig die Häuser verschlang, ließ die Nacht beinahe so hell werden wie den Tag.

Dûhirions Ohren klingelten und trotz der Hitze in seinem Rücken kroch Kälte in seine Knochen. Er musste nicht mehr darauf achten, unentdeckt zu bleiben. Jeder in der Stadt hatte Besseres zu tun, als auf einen einzigen Assassinen zu achten.

Er musste von hier verschwinden, wenn er überleben wollte, aber das konnte er erst, wenn sein Auftrag erledigt war. Taremia hatte unmissverständlich klargemacht, dass ein Versagen keine Option war. Er konnte sich nicht darauf verlassen, dass Kendall in der Schlacht getötet wurde. Niemand wusste, wie sie ausgehen oder was danach kommen würde. Er durfte nicht riskieren, seine Zielperson aus den Augen zu verlieren.

Auf seinem Weg durch das Kampfgetümmel bemerkte Dûhirion, dass es ausschließlich Dunkelelfen waren, die über die Stadt herfielen. Die dunkelelfischen Krieger zogen eine blutige Schneise durch die Wache von Orlean, sie schien ihnen kaum Probleme zu machen.

Er rannte auf eine am Boden liegende Wache zu und ging vor der blutenden Frau in die Hocke. »Wo ist Adam Kendall?«, fragte er laut über den umliegenden Lärm hinweg.

»Die Wölfe haben ihn«, gurgelte die Frau.

»Lebt er noch?«

»Die Wölfe haben ihn.«

Er spürte die Präsenz vor sich, ehe seine Sinne sie erfasst hatten. Sein von Umbra geschärfter Instinkt ließ ihn aufspringen und den Schlag abwehren, der ihn an der Stirn getroffen und rücklings zu Boden geworfen hätte.

Wer sein Angreifer war, erkannte er nicht. Alles in ihm fokussierte sich aufs Überleben. Geschickt duckte er sich unter dem Schwert weg, ließ die versteckte Klinge aus seiner Armschiene fahren und rammte sie seinem Gegenüber in den Hals. Röchelnd sank die Dunkelelfin auf die Knie. In ihrem Gesicht standen Unglaube und Todesangst geschrieben.

Dûhirion ließ sie zurück. Einer Eingebung folgend schlug er den Weg in die Aschegrube ein. Sie war vom tobenden Kampf seltsam unberührt. Bis auf eine Ausnahme: die Leiche von Adam Kendall. Dûhirion erkannte ihn lediglich an der Rüstung, die allein für den Hauptmann der Wache bestimmt war. Sie hatten ihn an einen Pfahl gefesselt, der eigens für ihn aufgestellt worden war. Bis auf eine klaffende Wunde in seiner Kehle schien er unversehrt.

Es ist ihnen nicht darum gegangen, ihn lange leiden zu lassen, dachte der Dunkelelf. *Es geht darum, seine Leiche zur Schau zu stellen. Sie haben ihn entwürdigt, indem er durch die Hand eines Dunkelelfen gestorben ist. Indem er seine Stadt und ihre Einwohner nicht schützen konnte. Das ist ihre letzte Demütigung.*

Dûhirion holte den Kontrakt aus der Tasche. »Es gehört sich zwar nicht, sich mit fremden Federn zu schmücken, aber mir bleibt nichts anderes übrig«, murmelte er und heftete den Vertrag mit seinem Dolch an Kendalls Oberschenkel.

Er hatte Glück, dass sein Pferd sich nicht vom Lärm der Kämpfe oder dem lodernden Feuer verschrecken ließ. Geschweige denn, dass die Rebellen es hatten stehlen oder töten können. Am späten Vormittag des dritten Tages konnte er den Obsidianturm in der Ferne sehen.

Er klopfte der Fuchsstute sanft den Hals, die gemächlich und mit gesenktem Kopf dem Pfad folgte. »Es ist nicht mehr weit«, murmelte er. »Wenn wir uns beeilen, sind wir in ungefähr einer Stunde da.«

Ihre Ohren drehten sich aufmerksam in seine Richtung. Von allen Pferden in den Stallungen der Gilde war die Fuchsstute sein liebstes. Ein kluges, geduldiges Tier, weder störrisch noch schreckhaft. Im Gegensatz zu Menschen und menschenähnlichen Wesen hatte sie ihm nie Schwierigkeiten bereitet und war meistens die angenehmere Gesellschaft gewesen. Wann immer seine Aufträge ihn von Malachit wegführten, wählte er sie als Reittier. Es war eine Schande, dass sie unbenannt war.

Umbras Pferde bekamen keine Namen. Sie waren ein Werkzeug … wie er.

Unerwartet, aber keinesfalls überraschend traf er seinen Freund Valion außerhalb der Stallungen. Der Dunkelelf saß bequem im Gras gegenüber und stopfte sich eine Pfeife. Dûhirion hob grüßend die Hand, bevor er vom Rücken des Pferdes stieg und es dem Stallmeister übergab.

»Man riecht dich zehn Meilen gegen den Wind, Bruder«, rief Valion.

»Ich muss stinken wie ein Büffel, wenn du das über deinen eigenen Gestank wahrnimmst. Allerdings war ich die letzten Tage unterwegs und hatte leider keine Gelegenheit, zu baden. Was ist deine Entschuldigung?«, entgegnete Dûhirion.

Valion steckte seine Pfeife an und stand auf. »Wenigstens hat Orlean deinem sonnigen Gemüt nicht geschadet.« Er nahm einen tiefen Zug und entließ den Rauch durch seine Nasenlöcher. »Schau nicht so überrascht, das sieht albern aus! Ja, ich weiß, dass du dort warst und dass es vor drei Tagen Kämpfe in Orlean gegeben hat. Darum habe ich hier auf dich gewartet.«

»Du hast dir drei Tage lang den Hintern hier platt gesessen?«, fragte Dûhirion trocken.

Valion schmunzelte spöttisch. »Nur die letzten dreißig Minuten. Ein Vögelchen hat mir gezwitschert, dass du in der Nähe bist.«

»Und ich nehme an, dasselbe Vögelchen hat dir auch erzählt, dass ich in Orlean war und dass sich Dunkelelfen und Menschen dort die Köpfe eingeschlagen haben?«

»So ist es.«

Dûhirion schnaubte. »Einen sehr vorlauten, neugierigen Vogel hast du da. Passt zu dir.«

»Awww, komm schon, Dûhirion, sei nicht so mürrisch! Lächle für mich! Du siehst fast so aus, als würdest du dich überhaupt nicht freuen, mich zu sehen.«

»Was heißt hier fast?«

Valion gluckste und blies Rauchringe in die Luft. »Zur Sache: Ich will wissen, was du gesehen hast. Wann genau sind die Rebellen in die Stadt gekommen? Was hattest du da überhaupt verloren?«

Dûhirion bedeutete ihm mit einer Kopfbewegung, mitzukommen. Sie betraten das Gildengebäude und er ging zielstrebig auf den Waschraum zu. »Tu mir den Gefallen und hol mir neue Klamotten«, bat er. »Danach können wir uns gern über alles unterhalten.«

Während Valion sich aufmachte, seine Bitte zu erfüllen, zog Dûhirion sich in den Waschraum zurück. Das Zimmer teilte sich in einen Bereich für Männer und einen für Frauen. Im Moment hatte er alles für sich allein.

Hinter ihm ging die Tür auf und er ärgerte sich, dass er noch keine Trennwand zwischen sich und den Eingang gebracht hatte. Nun war er den forschenden Blicken ausgesetzt.

»Wenn man dein ständiges Pech bedenkt, ist es fast ein Wunder, dass du es unverletzt aus Orlean geschafft hast«, bemerkte Valion. »Was nicht heißt, dass ich nicht froh darüber bin.«

Dûhirion zog rasch eine Trennwand vor. »Auch ich bin eben noch für die eine oder andere Überraschung gut. Manchmal lässt das Unglück von mir ab und stürzt sich auf andere.«

Es gab hier große Badewannen aus sündhaft teurem Marmor, aber den Dunkelelfen war es nur mit expliziter Genehmigung erlaubt, darin zu baden. Das störte ihn gerade wenig, er hatte ohnehin keine Zeit für ein ausgiebiges Bad. Später vielleicht, sollte er es heute schaffen, Elanor zu besuchen.

Er nahm ein Handtuch, Waschlappen und Seife aus einem Schrank und setzte sich auf einen niedrigen Hocker. Im Eimer vor ihm war warmes Wasser. Er begann, sich zu waschen, und erzählte Valion indessen, was er in Orlean erlebt hatte. Die meisten Fragen seines Freundes konnte er nicht beantworten. Er hatte sich darauf fokussiert, Adam Kendall zu finden und zu überleben.

Danach schwiegen sie lange. Dûhirion zog sich an und fühlte sich besser. Seine Müdigkeit war buchstäblich weggewaschen und er konnte sich wieder selbst riechen.

»Orlean ist seither in der Hand der Rebellen«, schloss Valion seine Erzählung. Er lehnte rücklings mit verschränkten Armen an der Wand und starrte geradeaus. »Die Zahlen der Überlebenden variieren, aber … Sagen wir, die Stadt ist nahezu entvölkert worden. Erst das Massaker in der Aschegrube, jetzt der Überfall der Rebellen. Irgendwann musste es ja dazu kommen. Ich kann mir nicht vorstellen, dass der Angriff überraschend kam.«

»Es sah ganz danach aus«, entgegnete Dûhirion und sammelte seine alte Kleidung auf. »Die meisten Toten, die ich gesehen habe, waren unschuldige Zivilisten.«

Valion warf ihm einen eisigen Blick zu. »Unschuldig war dort niemand.«

»Ich habe mit angehört, wie diese Rebellen eine vierköpfige Familie abgeschlachtet haben.« Dûhirion verließ mit ihm den Waschraum. »Sie haben den Vater und die Mutter vor den Augen der Kinder aufgeschlitzt wie Schlachtvieh.«

»Das sollte dich als Assassinen nicht schockieren.«

»Ich habe niemals Kinder getötet«, entgegnete Dûhirion nüchtern.

Valion schüttelte mit dem Kopf. »Keiner in dieser Stadt war unschuldig, Dûhirion. Sie alle haben zugelassen, dass ein gesamtes

Viertel der Dunkelelfen ausgelöscht wird. Unter den Opfern sind auch Frauen und Kinder und sie gehörten unserem Volk an. Deinem Volk. Wo ist deine Trauer für sie?«

»Fang nicht damit an«, erwiderte Dûhirion harsch. »Was zählt es, welcher Art die Toten angehörten? Ob Mensch oder Dunkelelf, sie sind auf unnötig brutale Weise umgekommen. Ich werde nicht zwei Tragödien miteinander vergleichen und entscheiden, welche von beiden schlimmer war, weil die Betroffenen eine andere Hautfarbe oder Ohrenform hatten. Ja, die Menschen haben angefangen, aber rechtfertigt das in deinen Augen den Angriff der Rebellen?«

»Oh ja, das tut es«, zischte Valion. »Alles, was die Dunkelelfen in Orlean getan haben, war, sich gegen ihre Unterdrücker zu wehren. Die Dunkelelfen sind die Opfer in dieser Geschichte, nicht die Menschen. Die Menschen haben sich das selbst zuzuschreiben.«

»Hörst du dir manchmal selbst zu? Egal. Ich habe keine Lust, mich mit dir zu streiten«, wehrte Dûhirion ab.

Er gab seine schmutzige Kleidung in der Wäscherei ab und ging danach mit Valion zurück nach draußen. Dieses Gespräch würde sich eine Weile hinziehen.

»Wenn die Nachricht über den Sieg der Rebellen die Runde macht, wird das den anderen Dunkelelfen Mut machen«, fuhr Valion fort. »Stell dir vor, sie erfahren, dass Dunkelelfen über die Menschen gesiegt haben!«

»Dich scheint es zu erfreuen, mich beunruhigt der Gedanke eher«, murmelte Dûhirion und lehnte sich mit dem Rücken an die Außenwand des Gildengebäudes.

»Wie lange lassen wir uns schon gefallen, dass die anderen Völker uns in den Dreck treten? Menschen, Hochelfen, Waldelfen, Zwerge. Alle sehen verächtlich auf uns herab, spucken auf uns.«

Valion begann unruhig vor ihm auf und ab zu schreiten.

Dûhirion verschränkte die Arme vor der Brust. »Valion!« Es war ein halbherziger Versuch, seinen Freund zur Räson zu rufen, der wie erwartet auf taube Ohren stieß.

»Generationen von Dunkelelfen sind dazu erzogen worden, sich zu unterwerfen«, fuhr der Dunkelelf energisch fort und rang die Hände. »Man bringt Kindern bei, dass sie wertlos sind. Wir haben uns zu lange alles gefallen lassen. Es ist schon längst überfällig, dass die Dunkelelfen sich erheben und kämpfen.«

Dûhirion seufzte resigniert und massierte seine Stirn. »Das alte Lied schon wieder …«

Verärgert winkte Valion ab. »Siehst du denn nicht, dass das eine Chance ist? Das ist der Beginn von etwas Großem, einer Revolution. Stell dir vor, unser Volk könnte endlich frei sein!«

»Du solltest leiser sprechen«, mahnte Dûhirion und packte ihn am Oberarm. Das brachte Valion endlich dazu, stehen zu bleiben. »Revolutionen laufen selten friedlich ab. Bevor sie etwas bewegen, wird jede Menge Blut vergossen. Aber nehmen wir an, es passiert so, wie du dir das ausmalst. Die Dunkelelfen sind frei. Was dann?«

Valion entwand sich seinem Griff und zog die Stirn kraus. »Worauf willst du hinaus?«

»Denkst du, danach wird Frieden herrschen? Wir beginnen ein neues Leben und alles wird besser, ohne weitere Schwierigkeiten?«

»Warum sollte es nicht?«, antwortete Valion und in seinem Ton schwang leichte Kränkung mit. Er setzte einen Schritt zurück und deutete mit der Hand in Richtung Horizont. »Schau dir die freien Länder an! Da funktioniert es tadellos. Ich bin nicht naiv, Dûhirion, ich weiß, dass es Jahre dauern wird, bis unser Volk auch in Adular wirklich frei ist. Ein Bürgerkrieg sprengt unsere Ketten. Danach müssen wir lernen, uns ohne sie zu bewegen. Es wird mühsam, es wird blutig und es wird Opfer fordern. Aber irgendwann wird es dunkelelfische Kinder geben, die glücklich und fernab von Elendsvierteln aufwachsen. Die in die Schule gehen wie andere Elfenkinder.« Er machte eine Pause, zögerte, bevor er hinzufügte: »Und irgendwann könnte ein Dunkelelf eine Waldelfin lieben, ohne jede Sekunde um ihr Leben fürchten zu müssen.«

Prüfend sah Dûhirion sich um, vergewisserte sich, dass niemand in der Nähe war, der ihnen zuhören konnte. Er hatte Valion Dutzende Male gesagt, dass er selbst die kleinste Andeutung, die seine Beziehung zu Elanor verriet, in der Öffentlichkeit unterlassen sollte. »Wie viele werden auf Rache sinnen?«, fragte er leise. »Wie viele werden ihr Leben lassen?«

»Du bist ein Pessimist. Warum willst du nur die negativen Seiten sehen?«

»Ich versuche, Verstand in dich zu bringen, du Dämlack«, antwortete Dûhirion missmutig. Er widerstand dem Impuls, Valion einen Klaps auf den Hinterkopf zu versetzen, und entschied sich dafür, eine neutrale Miene beizubehalten. »Es ist wahrscheinlicher, dass siegreiche Dunkelelfen sich zur neuen Elite erklären und ihre früheren Peiniger unterdrücken. Das Spiel geht weiter, nur die Rollen werden vertauscht. Es gibt da draußen vernünftige Elfen, die Frieden wollen, das bestreite ich nicht. Aber wir beide wissen, dass die Friedlichen gegenüber den Aggressiven oft nachgeben. Es werden nicht die vernünftigen Dunkelelfen sein, die über die Zukunft in Adular bestimmen. Es werden diejenigen sein, die sich die grausamsten Strafen für die nächsten Generationen Wald- und Hochelfen ausdenken können.«

Valion dachte einige Sekunden still darüber nach. Er holte seine Pfeife zurück aus der Tasche und drehte sie spielerisch in den Händen. »Deine Zukunftsversion ist nur eine«, erwiderte er bedächtig und ohne ihn anzusehen. Stattdessen betrachtete er die Stümpfe seiner Ringfinger. »Du bist kurzsichtig und pessimistisch, Bruder. Ich sehe eine Möglichkeit und nicht unser Verderben.«

Die Diskussion war endgültig an einen toten Punkt gelangt. Dûhirion beschloss, es dabei zu belassen. Er fuhr sich durch den schwarzen Haarkamm, streifte mit der Handwurzel die Stoppeln an der Seite seines Kopfes. »Ich muss Taremia Bericht erstatten«, sagte er.

»In Ordnung. Trinken wir heute Abend was?«

»Heute nicht. Ich habe etwas anderes vor. An jedem anderen Abend gern. Mach's gut!«

Taremias Blick bohrte sich wie eine Speerspitze in seinen Brustkorb. Dûhirion hatte ihr seinen Bericht über Orlean geliefert. Zunächst war er bei der rechten Hand gewesen, doch die hatte ihn sofort an den Gildenmeister verwiesen. Still erwiderte er ihr Starren.

»Damit ich das richtig verstehe«, setzte die Hochelfin bedächtig an, »bevor Ihr Adam Kendall erreichen konntet, hat eine Gruppe von Dunkelelfen Orlean angegriffen, die Häuser angezündet und die Wachen niedergemetzelt, als wären sie kleine Kinder, die mit Holzwaffen spielen. Adam Kendall war als Hauptmann der Wache mitten unter ihnen und Ihr habt ihn tot vorgefunden. Habt Ihr es so aussehen lassen, als hätte Umbra sein Leben genommen?«

»Ich habe den Kontrakt an seiner Leiche befestigt.«

Taremia faltete die Hände und platzierte ihr Kinn darauf. »Das ist gut. Die Umstände seines Todes interessieren mich nicht. Wenn die Leute das Zeichen sehen, werden sie davon ausgehen, dass wir es waren. Hastor wird die Wahrheit nicht erfahren und uns für den Mord bezahlen, wie wir es ausgemacht haben. Die Zielperson ist tot, nur das zählt. Gut gemacht. Ihr dürft Euch entfernen.«

Dûhirion war mild überrascht, ein Lob aus dem Mund der Hochelfin zu hören. Sie musste heute außerordentlich gute Laune haben, wenn sie sich dazu bewog. Er dankte, verneigte sich und wollte gerade gehen, als Taremia ihn zurückhielt.

»Bevor Ihr geht: Ich habe gestern mit Hastor gesprochen. Er deutete an, dass ihm das Verhalten des Assassinen, den ich ihm schickte, nicht gefallen hat. Wollt Ihr mir etwas dazu sagen, Dûhirion?«

Der Dunkelelf gab das Gespräch, das er mit Hastor geführt hatte, aus seinem Gedächtnis wieder. Taremia hörte geduldig zu und gab ein knappes, aber amüsiertes Lachen von sich.

»Ich verstehe.« Sie lehnte sich zurück. »Es hätte mich gewundert, wenn es wirklich einen Anlass gegeben hätte, Euch zu ermahnen. Macht Euch keine Gedanken, Ihr habt absolut nichts falsch gemacht. Ah, Hastor … Euer Ego wird Euch eines Tages erdrücken. Geht!«

Dûhirion verließ den Raum und merkte erst vor der Tür, dass er angespannt gewesen war. Die Muskulatur in seinen Waden und Schultern lockerte sich.

Er erinnerte sich wieder an das Holzpferdchen, das er mitgenommen hatte. Zum Glück hatte er beim Kleidungswechsel daran gedacht, es wieder in die Tasche zu stecken. Vielleicht war jetzt der richtige Zeitpunkt, um mit Faylen über die Ereignisse zu sprechen, die sie nach Malachit geführt hatten?

7

Dûhirion

Es war etwas umständlich, zu Faylen zu gelangen. Zunächst ging er in Ariks Klinik, weil er das Mädchen immer noch in dessen Obhut vermutete. Der Magier erklärte ihm, dass Nara ein Zuhause für sie gefunden hatte, und gab ihm den Namen der Adoptiveltern.

Dûhirion streifte etwa eine halbe Stunde suchend durch die Aschegrube. Die Dunkelelfen, die auf der Straße waren, zeigten sich ihm gegenüber entweder ahnungslos oder wenig auskunftsfreudig. Bei einem jungen Kerl, den er am Brunnen traf, hatte er mehr Glück. Dank seiner Wegbeschreibung fand er endlich das richtige Haus.

Ein Dunkelelf mit stark ergrautem Haar öffnete die Tür einen Spalt weit. Das linke Ohr fehlte gänzlich, wulstige Narben entstellten diese Seite seines Gesichts.

»Seid Ihr Espen?«, fragte Dûhirion. »Derjenige, der ein Mädchen namens Faylen aufgenommen hat? Arik schickt mich.«

Das stimmte nicht, aber Ariks Name war gut, um Vertrauen zu gewinnen. Selbst ihresgleichen gegenüber waren manche Dunkelelfen misstrauisch. Insbesondere, wenn sie nicht aus demselben Viertel kamen. Dûhirions gesamtes Erscheinungsbild, seine Kleidung und sein Körperbau verrieten, dass er kein Einwohner der Aschegrube war.

Nach einem weiteren Moment des Zögerns ließ Espen ihn ein.

»Danke. Mein Name ist Dûhirion.«

Espen schüttelte sacht seine Hand. Sein Gesicht hellte sich ein wenig auf. »Ah, dann seid Ihr derjenige, der Faylen fand und zu Arik brachte. Faylen hat uns von Euch erzählt.«

»Wie geht es ihr?«

»Sie schläft schlecht und leidet unter Albträumen«, antwortete Espen langsam. »Denkt Ihr, Arik könnte ihr damit helfen?«

»Ich werde ihm davon erzählen und er sieht, was er tun kann.«

»Sie hört gern zu, wenn ich Geschichten erzähle oder Liv auf der Flöte spielt«, fuhr Espen fort. »Seit wir unseren Hund bei Faylen schlafen lassen, wird sie seltener wach. Die Nähe des Tieres tut ihr gut. Ganz wie bei unserer verstorbenen Tochter. Es ging ihr immer besser, wenn … Sie hat den Hund geliebt. Es freut mich, dass Faylen es auch tut.«

Dûhirion war bei der Erwähnung einer Tochter hellhörig geworden. Faylen hatte ihre Eltern verloren, Espen und seine Frau eine Tochter? Eine interessante Fügung. Anscheinend hatte das Schicksal sich entschieden, ihnen die Chance zu geben, über ihre Verluste hinwegzukommen, indem es sie zusammenbrachte.

»Kann ich Faylen sehen?«, fragte er.

Espen nickte. »Sicher. Sie ist hinter dem Haus bei meiner Frau.«

Dûhirion durchquerte den Raum und trat durch die Hintertür. Faylen half Liv dabei, Wäsche aufzuhängen. Ein brauner Hund lag zu ihren Füßen und döste. Er räusperte sich. Faylen und Liv drehten sich gleichzeitig um, während der Hund lediglich prüfend den Kopf hob.

»Dûhirion«, rief das Mädchen überrascht aus.

»Es ist alles in Ordnung«, versicherte Espen hinter ihm. »Er ist derjenige, der Faylen gefunden hat.«

Liv entspannte sich und stützte sich schwer auf einen Stock, um ihr zitterndes Bein zu entlasten. Ihr schwarzes Haar war von grauen Strähnen durchzogen und ihre Augen hatten die blassrote Farbe von ausgewaschenen Blutflecken. Sie nickte ihm zu. »Ich grüße Euch.«

»Grüße. Ich bin hier, um zu sehen, wie es dir geht, Faylen«, sagte Dûhirion.

»Gut«, antwortete das Mädchen schulterzuckend und kam schüchtern näher. »Danke, dass du mir geholfen hast.«

Er wollte ihr sagen, dass er froh war, es getan zu haben. Der Gedanke, dass Faylen beinahe Umbra in die Hände gefallen wäre, verursachte ihm dumpfes Unwohlsein. »Es freut mich, dass es dir besser geht«, sagte er stattdessen. Er deutete vage auf einen Fleck am Boden. »Ich würde mich gern mit dir unterhalten. Wollen wir uns setzen?«

Faylen sah zu Liv zurück.

»Die restliche Wäsche kann ich allein aufhängen«, sagte die Dunkelelfin. »Danach bereite ich das Abendessen vor. Wenn ich dich ins Haus rufe, bringst du den Wäschekorb mit?«

»Mache ich«, antwortete Faylen pflichtbewusst.

Sie setzte sich mit untergeschlagenen Beinen auf den Boden und rief den Hund zu sich. Nach kurzem Zögern erhob das Tier sich und trottete gähnend zu ihr, um sich neben ihr niederzulassen. Dûhirion nahm ihr gegenüber Platz.

Welche Taktik sollte er verfolgen? Er konnte direkt sein, bezweifelte allerdings, dass er damit Erfolg haben würde.

Dann eben durch eine Gegenleistung, dachte er. *Ich erzähle dir was und du erzählst mir was.*

»Ich habe einen Vorschlag«, begann er bedächtig. »Wie wäre es mit einem Spiel?«

»Was für ein Spiel?«, fragte Faylen neugierig.

»Ein Frage-Antwort-Spiel.«

»Wie geht es?«

»Ganz einfach: Du stellst mir eine Frage, die ich ehrlich beantworten muss. Im Gegenzug stelle ich dir eine Frage, die du beantwortest.«

»Woher soll ich wissen, dass du mich nicht belügst?«, fragte sie und verengte misstrauisch die Augen.

»Berechtigter Einwand«, räumte er ein. »Ich kann dir mein Versprechen geben, aber bloße Worte sind nicht viel wert, nicht wahr?«

Faylens Kiefer bewegte sich nervös, als würde sie auf etwas kauen.

»Mehr als mein Wort habe ich nicht«, fuhr Dûhirion fort. »Umgekehrt könntest du mich ebenfalls belügen. Dann hat keiner etwas davon.«

»Ich würde niemals lügen«, protestierte das Mädchen halblaut. »Meine Eltern haben mich gut erzogen.«

»Und ich schätze Ehrlichkeit«, sagte Dûhirion geduldig.

Liv humpelte an ihnen vorbei und verschwand im Haus. Dennoch spürte er weiterhin Blicke auf sich liegen. Espen beobachtete sie durch das Fenster.

»Was sagst du? Willst du es versuchen?«

Faylen stupste den Hund an. »Soll ich?« Grummelnd legte er seinen Kopf in ihren Schoß und seufzte zufrieden, als sie ihn hinterm Ohr kraulte. »Einverstanden.«

Dûhirion lächelte aufgesetzt. Es war eine eingeübte Geste, die keine echten Emotionen beinhaltete, von der er aber wusste, dass sie freundlich wirkte. »Dann darfst du anfangen.«

Sie deutete mit dem Zeigefinger in sein Gesicht. »Was ist mit deinem Auge passiert?«

Er widerstand dem Impuls, sein unteres Augenlid zu berühren.

»Jemand hat es zerstört, als ich noch ein Kind war«, antwortete Dûhirion langsam. »Die Narbe hat mir später ein anderer zugefügt.«

Er war neun Jahre alt gewesen und seit zwei Jahren bei Umbra.

Die Gegenwart entrückte und Bilder der Erinnerung füllten in grausiger Klarheit seinen Verstand.

Er sah Nummer Siebenunddreißig, der gefesselt in einer Kiste lag. Der Befehl seines Ausbilders, er solle sich aus eigener Kraft befreien, drang dumpf durch das Holz. Nummer Siebenunddreißig wand sich, schrie und weinte. Hilflos klopfte er gegen den Deckel und flehte, rausgelassen zu werden. Der Ausbilder zerrte ihn an den Haaren raus und drückte ihn zu Boden. Das Knie bohrte sich in den schmalen Brustkorb des Kindes; dicke Finger zogen seine Augenlider auseinander. Aus einer dunklen Tonflasche fiel ein Tropfen klare Flüssigkeit in sein Auge. Säure. Nummer Siebenunddreißig japste, hielt die Luft an, sein gesamter Körper versteifte sich. Zwei weitere Tropfen fielen, die Säure fraß sich in den Augapfel. Nummer Siebenunddreißig brüllte aus voller Kehle. Er war bloß ein Rekrut, noch keine vollwertige Waffe. Rekruten gab es wie Dreck in der Aschegrube. Sie waren ersetzbar.

Eine kühle Hand berührte seinen Unterarm. Dûhirion blinzelte und ignorierte den Schmerz in seinem rechten Auge. Das war Nummer Siebenunddreißig, aber nicht er.

»Eine Sache verstehe ich nicht«, hatte Elanor zu ihm gesagt, als er ihr die Geschichte erzählt hatte, wie er sein Auge verlor. »Umbra will dich zu einem effektiven Mörder ausbilden und nimmt dir trotzdem auf einer Seite das Augenlicht?«

»Ich bin ein effektiver Mörder«, hatte er instinktiv geantwortet.

»Du bist halb blind und damit anderen Assassinen mit zwei sehenden Augen unterlegen. Warum tut Umbra das?«

Dûhirion hatte bis dahin nicht darüber nachgedacht. Erst da war ihm aufgefallen, dass nur den Dunkelelfen Umbras solch verheerende Verletzungen in der Ausbildung beigebracht wurden, ohne sie hinterher mit Magie wieder zu richten. Wäre er ein Waldelf gewesen, hätte Umbra ihn vielleicht einige Tage mit dem blinden Auge leben lassen und ihn dann zu einem Heiler geschickt.

»Weil ich ein Dunkelelf bin«, hatte er nach einer längeren Pause geantwortet. »Ich bin minderwertiger als jeder andere Assassine. Entsprechend darf ich auf keinen Fall besser sein als ein Waldelf, Hochelf, Zwerg oder Mensch. Es ist meine Aufgabe, mein fehlendes Augenlicht zu kompensieren und die Leistung zu erbringen, die man von mir erwartet.«

»Es tut mir leid, dass jemand dir das angetan hat«, nuschelte Faylen und holte ihn gänzlich in die Gegenwart zurück.

»Es ist lange her«, entgegnete er leise.

»Tut es weh?«, fragte das Mädchen.

»Manchmal.«

Ihr Daumen strich sanft über seinen Arm. »Mein Fuß tut manchmal auch noch weh.« Sie zog ihre Hand zurück und rieb vorsichtig ihren Knöchel. »Du bist dran.«

Dûhirion war noch so überrascht von ihrer kleinen, mitfühlenden Geste, dass er völlig übersah, dass sie technisch gesehen zwei Fragen hintereinander gestellt hatte. »Wo hast du vorher gewohnt?«

»In Orlean.«

»Ich komme gerade von dort«, begann er.

Faylens Blick schnellte vom Hund zu ihm. »Du warst dort«, wiederholte sie und es lag etwas Hartes in ihrer Stimme. »Du hast es gesehen.«

»Ja, ich war in der Aschegrube.« Dûhirion holte das Pferdchen aus seiner Gürteltasche und reichte es ihr. »Das habe ich gefunden.«

Faylens Hand zitterte, als sie das Spielzeug entgegennahm, und in ihren Augenwinkeln sammelten sich Tränen. »Das ist Eldars Pferdchen«, flüsterte sie. »Eldar ist … Wir haben manchmal miteinander gespielt. Das Pferdchen war sein wertvollster Besitz.« Sie schniefte und wischte sich mit dem Ärmel über die Nase, dann kicherte sie traurig. »Es heißt ›Blitz und Donner‹. So ein alberner

Name. Pferde heißen Alagos oder Eirien. Wenn, dann müssen es zwei Pferde sein und eines heißt Blitz und das andere Donner.«

»Ich würde ein Pferd Plötze nennen«, erwiderte Dûhirion nachdenklich.

Faylen sah mit schief gelegtem Kopf zu ihm auf. »Aber … das ist ein Pferd und kein Fisch.«

Dûhirion zuckte mit den Schultern. »Das ist der Witz.«

Faylen strich dem Pferdchen sanft mit dem Zeigefinger über die Ohren und den Rücken. »Eldar sagte immer, dass er eines Tages als Stalljunge bei einem reichen Herrn arbeiten wird. Und dass dieser viele Pferde haben würde. Und eines davon wollte er dann ›Blitz und Donner‹ nennen. Und dann würde er reiten lernen.« Sie schluchzte. Verärgert rieb sie sich über die Augen und verbarg ihr Gesicht. »Tut mir leid. Ich will nicht mehr weinen. Eldar war ein Blödian. Kein Adeliger hätte ihm erlaubt, ein Pferd zu benennen, geschweige denn, eines zu reiten.«

»Es ist keine Schande, zu weinen, Faylen«, sagte Dûhirion bedächtig.

»Ich will nicht mehr weinen. Ich will stark sein«, entgegnete sie erneut. »Ich bin wieder dran, zu fragen. W-Warum bist du mit einer Waldelfin befreundet?«

»Weil Elanor eine gute Frau ist«, antwortete er. »Für sie zählt es nicht, welchem Volk du angehörst. Sie behandelt alle gleich. Dunkelelfen sind für sie genauso viel wert wie Wald- und Hochelfen und sie hasst es, dass wir schlecht behandelt werden. Darum tut sie alles, um den Leuten in der Aschegrube zu helfen. Ich bewundere das.«

Faylen ließ das Holzpferd über den Rücken des Hundes galoppieren. Es wendete auf seinem Kopf, machte einen Satz über seinen Nacken und wanderte die Wirbelsäule wieder hinab. »Ich hatte zuerst Angst vor ihr, aber sie war nett. Vor ein paar Nächten war sie bei uns und hat uns Essen gebracht. Sie hat mir Nusskonfekt geschenkt.«

Dûhirion lächelte kaum merklich. »Das klingt nach ihr, ja.«

»Ich hab noch was davon. Willst du kosten? Es schmeckt wirklich gut.«

»Danke, aber es ist für dich. Du solltest es genießen.«

Sie zuckte mit den Schultern. »Gut.«

»Faylen, hast du mitbekommen, dass die Elfen in deiner Stadt sich gegen die Menschen aufgelehnt haben?«, fragte Dûhirion. »Oder dass andere Elfen zu euch gekommen sind, die nicht in euer Viertel gehörten?«

Faylen antwortete lange nicht und beschäftigte sich still mit dem Holzpferd. Den Hund störte es nicht, dass sie ihn als Spielfläche nutzte. »Vor ein paar Wochen kam eine Gruppe fremder Dunkelelfen zu uns in die Aschegrube«, begann sie schließlich. »Ihre Kleidung war ganz in Grau und Schwarz, aber sie trugen weiße Umhänge und leuchtend rote Stirnbänder.«

Dûhirion erinnerte sich nicht mehr an die Kleidung der Dunkelelfen, darauf hatte er nicht geachtet. »Interessant«, murmelte er. »Erzähl weiter.«

»Einer von ihnen, der Anführer, glaube ich, hat sich oft auf Kisten gestellt und Reden gehalten. Alle haben ihm gespannt zugehört. Er hat gesagt, dass wir uns lange genug unterdrücken ließen und dass es Zeit wird, dass wir …« Sie stoppte und runzelte die

Stirn. »Warte, ich kann das auswendig. Er sagte: Es wird Zeit, dass wir … äh … aus der Asche aufstehen. Nein, auferstehen. Wir haben gekniet. Wir haben uns gebeugt. Doch nun … hm … Doch nun … werden wir … ähm … unsere Köpfe heben und zu den Waffen greifen. Wir steigen wie ein … Phönix aus unserer elenden Aschegrube auf und werden alle verbrennen, die uns misshandelt haben.«

Sie nickte stolz, dass sie alles korrekt aus der Erinnerung wiedergegeben hatte.

In Dûhirions Ohren klang das furchtbar albern. Valion wäre begeistert, das zu hören. Die Wahrscheinlichkeit, dass er diesen Anführer kannte und eine Kostprobe seiner Rhetorik bekommen hatte, war hoch.

Könnte er es selbst gewesen sein?, fragte er sich im Stillen. *Nein. Ich hätte mitbekommen, wenn er regelmäßig in Orlean gewesen wäre. Wahrscheinlich … Hätte ich es mitbekommen?*

»Er hat das sehr oft gesagt«, fuhr Faylen fort. »Jedes Mal, wenn er Reden gehalten hat, und immer haben alle gejubelt. Dabei hat er immer dasselbe gesagt. Deshalb kann ich es auswendig.«

Dûhirion wusste, dass er mit seiner nächsten Frage die aufgestellten Regeln brach. Aber er konnte darauf keine Rücksicht nehmen. Faylen war bereit, sich ihm gegenüber zu öffnen, er musste die Gelegenheit nutzen.

»Am Tag, als du geflohen bist, war dieser Dunkelelf auch da?«, fragte er.

»Sie waren davor da, als die Lebensmittel verteilt wurden«, antwortete Faylen. »Sie haben alle dazu angestiftet, mehr Essen zu verlangen. Das haben wir gemacht. I-Ich habe auch Beschimpfungen gerufen, für die ich normalerweise ausgeschimpft worden wäre. Die Menschen haben sich wirklich zurückgezogen und wir konnten uns frei an den Paketen bedienen. So gut haben wir noch nie gegessen. Es war so viel, ich bin richtig satt geworden.«

Der Dunkelelf lehnte sich ein Stück vor. »Und am Tag deiner Flucht?«

Faylens Schultern sanken. »Nein. Keiner von denen, wir waren ganz allein.«

»Was ist passiert?«

Sie presste die Lippen zusammen. »Ich bin nachts wach geworden, weil es draußen laut war. Jemand hat gegen unsere Tür gehämmert. Mama und Papa waren beide aufgeregt und alle hatten Angst. Papa hat mich dann aus dem Fenster gehoben und gesagt, ich soll laufen. Die Menschen haben … s-sie haben die Häuser angezündet, in denen Dunkelelfen waren. Auf der Straße lagen Tote, überall war Blut, Feuer und Rauch. I-Ich habe nicht gesehen, wohin ich lief. Ich habe mir die Ohren zugehalten. D-Dann bin ich mit der Menschenfrau zusammengestoßen, die mich mitgenommen hat.«

Hatte sie deshalb keine Angst vor Arik gehabt? Weil ihr kürzlich eine Menschenfrau das Leben gerettet hatte? Andererseits hatten Menschen zuvor ihr Zuhause niedergebrannt. Dûhirion wurde weiterhin nicht schlau aus ihrem Verhalten und beschloss, es schlicht hinzunehmen.

»Es tut mir leid, was passiert ist, Faylen«, sagte er.

»Glaubst du, hier wird so was auch passieren?« Faylen löste ihren Blick vom Hund und ließ ihn in die Ferne schweifen. »Ich mag es hier. Ich würde gern hier wohnen bleiben. Es wäre schade, wenn es niederbrennen würde.«

»Das ist wahr«, murmelte Dûhirion.

»Darf ich das Pferdchen behalten?«

Er nickte. »Dafür habe ich es dir mitgebracht.«

Faylen betrachtete das Holzpferd. »I-Ich werde es auch nicht umbenennen. Eldar hätte sicher nichts dagegen.«

»Faylen?« Liv streckte ihren Kopf nach draußen. »Das Essen ist fertig.«

Das Mädchen stand auf und nahm eilig den Wäschekorb an sich. »Ich bin gleich da.«

Dûhirion ging mit ihr ins Haus zurück. »Ich muss gehen, Faylen.«

Das Mädchen machte ein enttäuschtes Gesicht. »Wie schade. Kommst du mich wieder besuchen? Bitte!«

»Das … kann ich gern tun«, antwortete er.

»Gleich morgen?«

»Ich kann es dir nicht versprechen, aber ich tue mein Bestes.«

Sie verabschiedete sich freudig von ihm und half Liv dabei, den Tisch fürs Abendessen zu decken. Er reichte Espen nochmals die Hand und verließ das Haus.

8

Elanor

Jedes Elfenvolk hatte seine Rituale und Eigenarten. Hochelfen investierten viel Zeit und Mühe in die Pflege ihres Haupthaares. Dunkelelfen schmückten ihre Ohren mit Ringen oder ihre Haut mit Tätowierungen. Waldelfen hatten eine ausgedehnte Badekultur.

Es gab eine wundervolle Therme in Malachit, die zu jeder Tages- und Nachtzeit besucht werden konnte. Elanor war in ihrer Jugend mindestens dreimal die Woche dort gewesen. Eine der frühesten und schönsten Erinnerungen, die ihr von ihren Eltern geblieben waren, war ihr erster Besuch in der Therme mit fünf Jahren. Sie erinnerte sich an die Fragen, die sie ihrer Mutter gestellt hatte. Warum durften Männer und Frauen nicht gemeinsam baden? Warum wurde keine Ausnahme für Papa gemacht? Warum mussten sie ins kalte Becken, nachdem sie das heiße verließen? Sie erinnerte sich an die verschiedenen Gerüche, die die Luft schwängerten; die duftenden Seifen, mit denen sie sich in den kleineren Kaltwasserbecken wuschen; die der Öle, mit denen sie anschließend massiert worden waren.

Elanor hatte sich bereits entkleidet und ihr Haar hochgebunden. Sie trug lediglich noch einen feinen Seidenmantel, der von einem Gürtel um die Taille zusammengehalten wurde. Ein Geschenk von Noriel. Es war mit Abstand ihr wertvollstes Kleidungsstück, auf das sie monatelang hätte sparen müssen, wenn sie es sich selbst gekauft hätte. Elanor hatte es zunächst höflich abgelehnt, doch Noriel hatte hartnäckig darauf bestanden.

»Es ist nichts«, hatte die Hochelfin gesagt. »Sieh es als Dankeschön für deine hervorragende Arbeit und als Zeichen meiner Wertschätzung unserer Freundschaft!«

Elanor fügte dem heißen Wasser einen nach Lavendel duftenden Badezusatz bei und für den Bruchteil einer Sekunde blickte sie aus der Spiegelung das fünfjährige Elfenmädchen von damals an. Mit großen blauen Augen, geflochtenen Zöpfen und einem fehlenden Eckzahn. Sie hatte den Komfort, eine eigene Blechbadewanne zu besitzen, die Therme betrat sie nicht mehr. Zwar störte sie sich nicht daran, in Gesellschaft Fremder zu baden, doch es wurden mindestens ein Dutzend dunkelelfische Sklaven dort gehalten. Sie konnte sich nicht mit der Weißen Feder für die Rechte von Dunkelelfen einsetzen und sich gleichzeitig für ihr persönliches Wohlbefinden von ihnen massieren und bedienen lassen.

Auf Zehenspitzen ging Elanor zum Kamin und schürte das Feuer. Sie stellte einen Eimer mit kaltem Wasser neben die Wanne und entschied sich, dass sie ein wenig Wein trinken würde, während sie badete.

Gerade als sie sich etwas eingegossen hatte, hörte sie ein Klopfen an der Hintertür. Der vertraute Rhythmus brachte ein Lächeln auf ihre Lippen. Sie zog einen Vorhang leicht zur Seite und blickte durchs Fenster prüfend auf die Straße. Anschließend ließ sie Dûhirion ein.

»Du hast mir gefehlt«, sagte sie und umarmte ihn.

Er platzierte einen federleichten Kuss auf ihre Stirn. Seine Lippen waren weich und trocken. »Du mir auch.«

Elanor musterte ihn sorgfältig. Er schien wohlauf zu sein, wenngleich er etwas erschöpft aussah. »Wo bist du in den letzten Tagen gewesen?«

»Ich habe einen Auftrag für Umbra ausgeführt«, antwortete Dûhirion und massierte mit einer Hand seinen Nacken. Er neigte seinen Kopf zur Seite, bis ein vernehmliches Knacken aus den Tiefen seiner Wirbelsäule erklang. »Mehr oder weniger ausgeführt. Ah, längere Geschichte.«

Sie löste sich von ihm und tätschelte sein Schlüsselbein. »Du hast später reichlich Zeit, um mir alles zu erzählen.«

Inzwischen hatte sie kein Problem mehr damit, ihm zuzuhören, wenn er über seine Arbeit sprach. Zu Beginn ihrer Beziehung, als sich gerade eine Freundschaft entwickelt hatte, hatte sie dieses Thema weitgehend gemieden. Sie hatte nicht hören wollen, dass er losgezogen war, um jemanden zu töten. Mit den Jahren war sie reifer geworden, hatte gelernt, zu akzeptieren und sich abzugrenzen, sollte es ihr doch einmal zu viel werden. Im Gegenzug wusste

Dûhirion seine Worte diesbezüglich besser zu wählen. Er sparte an blutigen Details und besprach die eigentliche Tat nur oberflächlich.

»Gut übrigens, dass du heute kommst«, fuhr Elanor fort. »Nara und Arik werden heute Nacht ein Treffen der Weißen Feder abhalten. Ich weiß nicht, wie viele Mitglieder eingeladen sind, es könnte auch nur eine kleine Runde werden. Kommst du auch?«

»Gern«, antwortete Dûhirion.

Elanor schlenderte zum Tisch zurück und füllte einen zweiten Becher mit Wein. »Ich habe mir gerade ein Bad eingelassen. Leistest du mir Gesellschaft?«

»Ehrlich gesagt habe ich darauf gehofft«, erwiderte der Dunkelelf. »Ich habe die letzten Tage fast ausschließlich auf dem Rücken eines Pferdes verbracht. Meine Muskeln sind verspannt und müde. Ein heißes Bad wird Wunder wirken.«

»Worauf wartest du noch? Runter mit der Kleidung!«

Er lachte und verbeugte sich spöttisch. »Euer Wunsch ist mir Befehl, meine Dame.«

Sie lehnte sich rücklings an die Tischkante und beobachtete unverhohlen, wie er sich auszog. Umbra hatte seinen Körper ebenso gestählt wie entstellt. Alte Verbrennungen, Schnittwunden und Stichverletzungen verteilten sich auf der muskulösen Brust und den breiten Schultern, den kräftigen Armen und Beinen. Lange Striemen zogen sich kreuz und quer über seinen gesamten Rücken. Das alles gab ihr eine ungefähre Vorstellung von den Misshandlungen, die er durchlitten hatte.

Er kam auf sie zu, löste den Gürtel um ihre Taille und öffnete den Mantel. Seine rauen, warmen Hände strichen über ihre Seiten und verweilten auf ihrer Hüfte. Er musterte sie von oben bis unten, ließ seinen Blick langsam über ihren Körper schweifen. »Wie schön du bist«, raunte er.

»Schmeichler«, flüsterte sie, stellte sich auf die Zehenspitzen und küsste ihn.

Er lachte leise gegen ihre Lippen. »Für ein solches Kompliment habe ich mir vorher stundenlang den Kopf zerbrochen.«

»Ich habe nicht gesagt, dass es mir nicht gefallen hat«, entgegnete sie.

Dûhirion lächelte. Es war ein sachtes und unauffälliges Lächeln, wahrscheinlich unbemerkt von ihm selbst. Elanor aber sah es und wusste, dass dieses Lächeln ihr allein vorbehalten war. Wenn er bei ihr war, wurden seine harten Gesichtszüge weich, seine gesamte Mimik sanfter. Die Kälte in seinem dunkelroten Auge wich einer liebevollen Wärme, die von inniger und aufrichtiger Zuneigung erfüllt war. Unter dem Zynismus, der kühlen Unnahbarkeit und den harschen Worten schlug ein gutes Herz.

Umbra hatte seinem Körper und seiner Seele tiefe Narben zugefügt, doch den guten Kern hatte die Gilde nicht zerstören können. Es hatte lange gedauert, bis sie zu diesem vorgedrungen war. Sie hatte das Eis seiner Fassade behutsam geschmolzen und nach und nach war er ihr gegenüber wortwörtlich aufgetaut.

Dûhirion konnte rücksichtslos sein. Er konnte sie mit seinem fehlenden Feingefühl wütend machen. Doch sie wusste, dass er für diejenigen, die ihm wichtig waren, sein Leben lassen würde. Deshalb war sie sich auch sicher, sollte Umbra ihn jemals zwingen, sich zwischen der Gilde und seiner Liebe zu entscheiden, er würde der Gilde mit allen Konsequenzen den Rücken kehren.

Der Dunkelelf räusperte sich und holte sie aus den Gedanken. »Ich glaube, das Wasser wird kalt.«

Eine leichte Röte stieg Elanor in die Wangen, als sie realisierte, dass sie ihn die ganze Zeit angestarrt hatte. Sie schüttelte über sich selbst den Kopf. »Entschuldige, ich habe mich ablenken lassen.«

»Das kann ich dir bei dem Anblick, der sich dir gerade bietet, nicht verübeln.«

Sie gluckste, legte eine Hand auf seine Brust und schob ihn auf die Wanne zu. »Du hältst zu große Stücke auf dich, Dunkelelf.«

Dûhirion grinste. »Gelegentlich. Aber habe ich unrecht?«

Gemeinsam stiegen sie ins Wasser. Dûhirion setzte sich hinter sie und spreizte die Beine, damit sie bequem dazwischen Platz nehmen konnte. Elanor lehnte sich an seine Brust. »Nein, hast du nicht. Es ist schön, dass du hier bist, mein Herz.«

Er reichte ihr den Wein und sie nahm den Becher dankend entgegen. »Ich verstehe nicht, was du an diesem süßen Wein findest«, sagte Dûhirion.

»Du weißt einfach nicht, was gut ist«, entgegnete Elanor und trank einen Schluck.

»Besser, als du glaubst. Zwergenbier zum Beispiel würde ich jederzeit vorziehen.«

Elanor rümpfte die Nase. »Viel zu stark und viel zu bitter.«

»Macht den Kopf aber nicht so schwer, wie es der Wein tut.«

»Trotzdem trinke ich eher Brackwasser als Zwergenbier.«

Dûhirion lachte. »Ich werde dich zu gegebener Zeit daran erinnern.«

Dieser Augenblick war kostbar, das wusste Elanor. Eine kurze Zeit der Stille und des Friedens, in der es sich vollkommen normal anfühlte, bei ihm zu sein, von ihm gehalten zu werden. Nicht wie ein Bruch von Konventionen.

Lange schwiegen sie, die Stille wurde lediglich durch gelegentliches Plätschern des Wassers unterbrochen.

»Vor einigen Tagen war eine Freundin bei uns in der Schneiderei«, erzählte sie irgendwann und schwenkte ihren Becher. »Sie lässt sich ein Kleid für die Hochzeit ihrer Schwester anfertigen. Sie hat mich wieder in die alte ›Wann heiratest du endlich‹-Diskussion verwickelt.«

»Hast du ihr offenbart, dass ein Dunkelelf dich mit schwarzer Magie verzaubert und durch ein finsteres Blutritual an sich gebunden hat?«, fragte Dûhirion belustigt.

Elanor hob ungläubig die Brauen. »Was willst du getan haben? Das habe ich aber anders in Erinnerung.«

Der Dunkelelf küsste ihren Nacken. »Weil ich dein Gedächtnis manipuliert habe und du einen Großteil vergessen hast. Lass mich deine Gedächtnislücken füllen!«

»Kannst du das riskieren?«, fragte Elanor mit einem verschwörerischen Lächeln. »Wird das nicht deinen Zauber brechen?«

»Dafür ist es längst zu spät.« Eine angenehme Gänsehaut kroch über ihre Arme, als sein Mund sich ihrem Ohr näherte. »Für dich gibt es keine Hoffnung mehr«, raunte er.

Elanor kicherte. »Weh mir, oh weh! Schön, ich bin ganz Ohr.«

Dûhirion legte sein Kinn auf ihre Schulter. Die kurzen Barthaare kitzelten sie. »Wie wir beide wissen, würde sich keine Frau, die bei gesundem Verstand ist, auf einen räudigen Dunkelelfen einlassen.«

»Stimmt auffallend. Was habe ich mir nur dabei gedacht?«, erwiderte Elanor amüsiert.

»Deshalb musste ich mir etwas einfallen lassen.« Seine Hände wanderten langsam über ihre Hüfte zu ihrem Bauch. »Als wir uns kennenlernten, habe ich eine Illusion auf mich gelegt, die meine wahre Natur verdeckt. Du kannst dich nicht daran erinnern, aber bei unserem ersten Treffen war ich ein außergewöhnlich attraktiver Waldelf.«

»Ich glaube, die Erinnerung kehrt zurück. Du bist in der Schneiderei aufgetaucht und hast mir schöne Augen gemacht«, fügte sie hinzu und malte mit dem Zeigefinger unsichtbare Kreise auf sein Knie. »Ich bin dir sofort verfallen. Dabei waren deine unbeholfenen Komplimente bestenfalls plump. Hätte ich nicht unter deinem Zauber gestanden, hätte ich dich aus der Schneiderei gejagt.«

»Zweifellos«, brummte er, während er damit fortfuhr, ihren Hals zu liebkosen. »Weil ich dich aber vollends im Griff hatte, brauchte ich nicht lange, um dich zu überreden, dich mit mir zu treffen. Allein, mitten in der Nacht im Wald.«

Elanor neigte genüsslich den Kopf zur Seite. »Dabei hat mein Onkel mich immer vor Männern wie dir gewarnt. Vor allem davor, mich mit ihnen bei Vollmond um Mitternacht allein im dunklen Wald zu treffen. Aber ich wollte ja nicht hören.«

»Und wer nicht hören will …«, Dûhirions Lippen streiften ihre Ohrmuschel, »muss fühlen. Obwohl du eine anständige Dame bist, die sich nicht so einfach verführen lässt, ging der Rest ganz schnell. Ein wenig vom guten Wein, ein bisschen Aphrodisiakum … und schon warst du mir hörig.«

Elanor gab ein leicht kehliges Lachen von sich. »An diesen Teil erinnere ich mich.« Sie drehte sich, setzte sich auf seinen Schoß und küsste ihn innig. Er schmeckte nach süßem Wein und nach einem Hauch Lavendel.

Dûhirion zog sie fester an sich. Sein wachsendes Verlangen presste sich gegen ihren Unterleib und ein Schauer der Erregung rann ihren Rücken hinab. Er streichelte ihre Brüste, ließ seine Lippen über ihre Kehle zum Schlüsselbein wandern. Sein warmer Mund umschloss ihre Brustwarze. Elanor seufzte leise und vergrub ihre Finger in seinem schwarzen Haar. Die zweite Hand tauchte in das Wasser zwischen ihre Körper und berührte ihn.

»Wir sollten die Wanne verlassen«, flüsterte sie. »Das Wasser würde bloß überschwappen. Außerdem werden wir es später noch brauchen. Dafür sollte es sauber sein.«

Dûhirion nickte. Sie verließen die Badewanne und trockneten sich flüchtig ab. Elanor lächelte kokett und bugsierte ihn rücklings aufs Bett zu, bis er mit den Waden gegen die Kante stieß. Sie schubste ihn sacht und er ließ sich bereitwillig aufs Laken fallen. Dûhirion streckte seine Arme nach ihr aus und Elanor kletterte über ihn. Mit einer Hand löste er ihr Haarband, sodass ihre braunen Strähnen über ihn fielen wie ein Vorhang.

»Weißt du, du hättest dir damals überhaupt nicht die Mühe machen brauchen, eine aufwendige Illusion über dich zu legen«, begann sie leise und küsste seine Halsbeuge. »Ich wäre dir auch so gleich verfallen.«

Dûhirion gluckste. »Es sind diese wilden roten Augen, nicht wahr?«

»Unter anderem.« Elanor grinste. »Was soll ich sagen? Ich habe eine Schwäche für Männer, die mich dazu verführen, gegen die Gesellschaft zu rebellieren.«

Verhütung war nicht nötig. Elanor wusste, dass beide gesund waren und sie keine Kinder von ihm empfangen konnte.

Sie gaben sich einander hin. Sanfte Berührungen von Händen und Lippen, die einen bekannten und geliebten Körper erkundeten. Jedes Mal fanden sie erneut etwas, das sie schätzten, dem sie lange Momente ihrer Aufmerksamkeit schenkten.

Sie versanken ineinander. Kleine Geräusche füllten die vier Wände. Zu sanft, um die Ruhe zu stören. Zu laut, um Stille zuzulassen. Das Knistern des Feuers im Kamin vereinte sich mit dem Rascheln der Laken und dem gedämpften Stöhnen.

Sie verloren sich miteinander. Nichts existierte mehr, nichts außer ihm und ihr. Er war alles, was sie hörte, alles, was sie sah. Es gab nur seine Berührungen, die sie spürte, den Geschmack ihrer gemeinsamen Lust in ihrem Mund. Er hatte ein Feuer in ihr entfacht. Es loderte gleißend hell, brachte ihr Blut zum Kochen. Die Flammenzungen leckten das Salz von ihrer Haut, suchten nach ihm, fanden ihn und griffen gierig auf ihn über. Das Feuer verschlang sie und ließ sie zusammen brennen, bis alles in weißem Rauch aufging. Aus der Asche, die zurückblieb, stieg ein Gefühl der Befriedigung und inniger Liebe. Der Rest war Schweigen und der gleichmäßige Klang seines Herzens, das nach der Erregung wieder zur Ruhe gekommen war.

In der Badewanne begann das Wasser allmählich zu erkalten. Der Duft von Lavendel erfüllte den Raum.

»Erzähl mir eine Geschichte«, bat Elanor.

Dûhirion hielt sie im Arm. Sie hatte den Kopf auf seine Brust gebettet und zeichnete die Narben nach, die sich hell von seiner dunkelgrauen Haut abhoben, während er träge ihren Rücken streichelte.

»Die von meinem letzten Auftrag?«

Elanor dachte kurz darüber nach. »Nein, dafür ist später Zeit. Etwas anderes. Etwas …«

»Ohne Mord und Totschlag?«, vervollständigte er mit leichtem Grinsen. »Mal sehen … Es gibt eine Geschichte, die wir uns als Kinder bei Umbra erzählt haben. Ich weiß nicht mehr, wer damit angefangen hat. Aber jedes Mal, wenn einer von uns gestorben ist, hat jemand diese Geschichte erzählt.« Sein Zeigefinger fuhr über die lange dünne Narbe auf ihrem Schulterblatt. »Wir nannten es: die Legende vom Wintersternfest. Alle zehn Jahre geht am Himmel ein besonderer Blauer Mond auf. Die Waldelfen gaben ihm den Namen Winterstern. Sein Licht lässt die Grenze zwischen dem Diesseits und dem Jenseits verschwinden, sodass die Seelen der Verstorbenen eine Nacht lang unter den Lebenden weilen können.«

»Als Geistererscheinungen oder als richtige Person aus Fleisch und Blut?«, fragte Elanor.

»Als richtige Person«, antwortete Dûhirion und ließ ihre braunen Haarsträhnen durch seine Finger gleiten. »Man kann mit ihr sprechen, sie berühren. In dieser Nacht hat man die Möglichkeit, seine verblichenen Liebsten wiederzusehen. Freunde, Verwandte, Ehepartner …«

Sie lächelte verträumt. »Ein schöner Gedanke.«

Dûhirion nickte leicht. »Es hat uns damals getröstet. Bei Umbra bist du immer allein. Wir Rekruten teilten ein Schicksal, waren dadurch miteinander verbunden, und trotzdem ist jeder für sich allein gestorben. Es war unsere Art, unseren verstorbenen Kameraden unseren Respekt zu zollen.«

Elanor schmiegte ihre Wange an seine Schulter.

»Das Wintersternfest ist für jeden zugänglich«, fuhr er fort. »Sogar für Dunkelelfen. In dieser Nacht spielt das Blut keine Rolle. Dennoch kann nicht jeder daran teilhaben. Lass mich nachdenken, was die Voraussetzungen waren. Zum einen braucht man einen persönlichen Gegenstand des Toten. Etwas wie deine Kette, zum Beispiel. Außerdem muss es eine positive emotionale Bindung zwischen dir und dem Toten geben. Und als Letztes benötigt man ein geweihtes Amulett, das mit rituellen Runen verziert ist. Es dient der Seele als Leuchtfeuer, um zu dir zu finden.«

Elanor hob den tropfenförmigen blauen Stein von ihrer Haut und musterte ihn. »Ich glaube, ich würde dieses Fest nutzen, um meine Eltern wiederzusehen. Es gibt so viel, was ich sie fragen will, was ich ihnen noch sagen möchte.«

»Es ist nur eine Geschichte«, murmelte Dûhirion und starrte abwesend an die Zimmerdecke. »Je älter wir wurden, desto seltener haben wir sie uns erzählt. Wir wurden immer weniger und letztlich waren von der alten Gruppe nur Valion und ich übrig.«

»Was ist mit dir?«, fragte Elanor. »Hast du eine Person, die du sehen wollen würdest?«

»Nein«, sagte er nach einer Weile. »Glücklicherweise nicht. Aber …«
Er stoppte. Elanor sah besorgt auf.

»Ich habe einen Albtraum, der mich verfolgt, seit wir zusammen sind«, sagte er zögerlich und zog die Brauen zusammen. »Ich gebe nicht viel auf Traumdeutung und Wahrsagerei, aber dieser Traum hält sich hartnäckig.«

»Erzähl mir davon«, bat sie leise.

»In diesem Traum liegen wir zusammen in deinem Bett, so wie jetzt. Du bist diejenige, die mir vom Wintersternfest erzählt. Vom Blauen Mond, über das besondere Amulett, das Ritual und das Fest. Und du sagst, dass du daran teilnehmen willst, um deine Eltern wiederzusehen. Aber du fürchtest dich davor, weil du nicht weißt, wie sie auf dich reagieren. Ob sie dich zurückstoßen, weil du einen Dunkelelfen liebst. Und dann stirbst du.«

Elanor presste die Lippen zusammen, unterbrach ihn nicht. Sie legte ihre Hand flach auf seine Brust, genau auf die Stelle, unter der sein Herz schlug.

»Manchmal richtet Umbra dich hin. Manchmal erliegst du einer Krankheit. Nie kann ich dir helfen, etwas verhindern oder auch nur bei dir sein. Meine letzte Hoffnung ist das Wintersternfest, um mich von dir zu verabschieden. Ich habe das Amulett und einen Gegenstand von dir in meiner Hütte in der Aschegrube versteckt. Manchmal einen Ring, manchmal einen Armreif … Seltsamerweise nie deine Kette.« Wieder pausierte er. »Ich nehme als einziger Dunkelelf am Fest teil. In einem Moment scheint alles in Ordnung und ziemlich kitschig. Eine seltsame Magie wirkt und du erscheinst vor mir. Dann fangen die anderen Teilnehmer des Festes an, uns zu beschimpfen. Sie reißen mich von dir fort, aber wir können fliehen.« Dûhirion gluckste. »Wir fliehen und dann tanzen wir, wie es das Klischee vorschreibt, bis zum Morgengrauen. Selbst im Traum bin ich ein miserabler Tänzer.«

Elanor schmunzelte, doch das Herz war ihr schwer. Für andere, die ihn nicht kannten, mochte er gleichgültig klingen. Sie hörte die dumpfe Angst in seiner Stimme.

»Sobald die Sonne aufgeht, müssen wir uns trennen, für immer dieses Mal. Dann findet Umbra mich und streckt mich mit einem Pfeil nieder. Ich könnte damit leben, wenn das, was uns verbindet, getrennt wird. So etwas kommt vor, Gefühle können ebenso schnell enden, wie sie beginnen«, fuhr er fort. »Ob ich deinen Tod verkraften würde, steht auf einem anderen Blatt. Ich weiß, dass ich es nicht verhindern kann, wenn es so weit ist, und ich schätze, das ist es auch, was den Tod so … beängstigend macht. Wir sind ihm hilflos ausgeliefert, wissen nicht, wann und wie er uns holen wird.«

»Dûhirion, kannst du mir etwas versprechen?«

»Hm?«

»Wenn ich sterbe … «

Der Dunkelelf zog sie in eine innige Umarmung, sodass sie endgültig auf ihm lag. »Wenn du stirbst, werde ich um dich trauern. Aber ich werde dich nicht zu meinem Anker machen. Ich werde trauern und dann werde ich dich gehen lassen.«

Elanor nickte kaum merklich. »Das war es, was ich hören wollte.«

»Kannst du mir dasselbe versprechen?«

Sie antwortete nicht gleich. Wie sehr würde sein Tod ihre Seele erschüttern? Würde sie daran zerbrechen? Elanor dachte unwillkürlich an ihre Eltern, die ihr zu früh genommen worden waren. An die Wunde, die heute manchmal noch schmerzte. Wenn sie etwas daraus gelernt hatte, dann, dass sie einen Weg finden würde, weiterzuleben. Es wäre eine neue Narbe auf ihrer Seele, aber keine Verletzung, an der sie verbluten würde.

»Ja«, antwortete sie bedächtig, »das kann ich.«

Dûhirion lachte trocken. »Da wir uns nun versprochen haben, dass keiner von uns den Verstand verlieren wird, sollte einer von uns vor dem anderen sterben … wie wäre es, wenn wir nun vereinbaren, so lange wie möglich am Leben zu bleiben? Das wäre doch eine nette Abwechslung. Weniger Tod und Verderben und mehr …«

Elanor legte die Hände flach auf seine Brust und bettete ihr Kinn darauf. »Sonnenschein und Regenbögen?«

Sie küsste seine Nase, die er wegen ihres Vorschlags widerwillig rümpfte. »Nah. Nicht männlich genug.«

»Dann …« Sie wiegte gespielt nachdenklich den Kopf. »Blanke Klingen, die den Sonnenschein reflektieren, und Bier in allen Farben des Regenbogens.«

Er strich ihr eine braune Haarsträhne hinters Ohr und hob die Braue über seinem blinden Auge. »Das klingt nach einer baldigen Schnittwunde und einer Lebensmittelvergiftung,«

Elanor grinste. »Männlich genug für dich?«

»Mhm, damit kann ich mich anfreunden.« Dûhirion lachte. »Lieber Bier in seltsamen Farben als mehr von deinem süßen Wein.«

Elanor griff nach einem Kissen und schlug es ihm ins Gesicht. Er lachte bloß lauter.

9

Dûhirion

»Wann genau erwarten Nara und Arik uns?«, fragte Dûhirion, während er seine Hose schloss.

»Heute Nacht«, erwiderte Elanor und zog ein dunkelgrünes Kleid über ihr weißes Untergewand. »Irgendwann nach Mitternacht. Nara hat die Einladung ausgesprochen und du weißt, dass sie es mit Zeitangaben nicht zu genau nimmt. Solange es zwischen Sonnenuntergang und Sonnenaufgang stattfindet, ist sie zufrieden.«

»Komm irgendwann, aber verspäte dich nicht! Und sei auf keinen Fall zu früh da!«

Er legte den Harnisch und seine Armschienen an. Routinemäßig überprüfte er die versteckten Klingen. Als er eine davon hervorschnellen ließ, zuckte Elanor merklich zusammen.

»Verzeihung.« Er schob die Klinge sacht zurück. »Bis Sonnenaufgang ist reichlich Zeit. Wir hätten also noch ein paar Stunden liegen bleiben können.«

Sie schloss die Fibel ihres hellbraunen Umhangs. »So verlockend das auch klingt, wir sollten jetzt gehen. Ich möchte diese Nacht wenigstens ein paar Stunden Schlaf bekommen. Mein Onkel sieht es nicht gern, wenn ich übermüdet und unkonzentriert in die Schneiderei komme.«

»Wenn wir bei Arik sind, musst du mich daran erinnern, ihn um etwas zu bitten«, sagte Dûhirion.

»Um was genau?«

»Medikamente für Faylen. Sie hat eine Adoptivfamilie gefunden, schläft aber sehr schlecht. Espen bat mich, Arik zu fragen, ob er etwas für sie tun kann.«

Elanor war froh, zu hören, dass das Mädchen eine Adoptivfamilie gefunden hatte. »Es ist schön, dass du noch mal bei ihr warst. Ich glaube, das solltest du öfter machen.«

»Faylen glaubt das auch«, erwiderte er. »Sie hat mich beim Abschied gebeten, sie morgen wieder zu besuchen. Wenn Arik die passenden Medikamente vorrätig hat, werde ich sie heute mitnehmen und morgen zu Faylen bringen.«

»Morgen findet außerdem die wöchentliche Lebensmittelverteilung statt«, erinnerte Elanor ihn. »Du könntest ein zusätzliches Paket für ihre Familie holen.«

»Das ist eine gute Idee.« Dûhirion warf sich seine Kapuze über und zog sie tief in die Stirn. »Ich werde vorausgehen. Wir sehen uns im Haus der Zwillinge!«

Sie hielt ihn am Handgelenk fest, knapp unterhalb der Armschiene, warf die Arme um seinen Nacken und drückte ihn an sich.

Dûhirion erwiderte ihre Umarmung sofort. Einen Moment lang hielten sie sich fest, dann löste er sich von ihr und küsste ihren Scheitel. »Bis gleich.«

»Sei vorsichtig«, bat sie.

Trotz seines Vorsprungs würde Elanor vor ihm da sein, denn er musste einige Umwege machen. Manchmal fragte sie sich, wie oft sich Umbras Assassinen durch die Oberstadt bewegten, ohne dass jemand etwas davon mitbekam.

Elanor lauschte in die Stille der Nacht. Sie hörte den Wind in den Baumkronen und Büschen am Wegesrand, Grillenzirpen und die schweren Schritte einer Patrouille, die sich in ihre Richtung bewegte. Obwohl sie nichts vor ihnen zu befürchten hatte, wurde Elanor nervös und schickte ein Stoßgebet an Viriditas, dass die Wachen Dûhirion nicht entdeckten. Als sie die Waldelfin passierten, grüßten sie einander freundlich.

Nara stand draußen vor dem Haus und unterhielt sich mit Solana, ihres Zeichens Hauptmann der Wache. Sie war eine Waldelfin, hochgewachsen für ihr Volk überragte sie sogar die meisten Männer. Das rotbraune Haar war zu einem strengen Zopf gebunden, die blassblauen Augen waren aufmerksam und durchdringend wie die eines Raubvogels. Ihren Zweiflern und Spöttern, die behaupteten, eine Frau würde sich niemals so durchsetzen können wie ein Mann, hatte sie längst das Mundwerk gestopft. Als sie den Posten des Hauptmanns angenommen hatte, hatte es eine Diskussion darüber gegeben, ob es legitim sei, eine Frau mit einem männlichen Titel anzusprechen. Bevor das Gespräch darin ausartete, dass man für sie die Bezeichnung Hauptfrau einführte, war Solana eingeschritten und hatte die Idee im Keim erstickt. Sie hatte gesagt, dass es ihr egal sei, wie die Leute sie ansprachen, solange sie den nötigen Respekt vor ihr hatten.

Nara bemerkte Elanor und winkte ihr zu. »Da bist du ja. Komm heran, nicht so schüchtern!«

»Hallo, Nara«, grüßte die Waldelfin und verneigte sich vor Solana. »Grüße, Hauptmann.«

Solana nickte ihr zu. Im Gegensatz zu den Rüstungen gewöhnlicher Wachen war ihre silbern und bronzefarben. Auf der Brustplatte war das Zeichen der Stadtwache, der Kopf eines fauchenden Löwen, abgebildet. »Guten Abend. Es ist reichlich spät für einen Besuch bei Freunden, findet Ihr nicht auch? Ihr solltet vorsichtig sein, nach Anbruch der Dunkelheit auf die Straße zu gehen! Umbras Assassinen lauern nachts in den Schatten.«

Elanor lächelte. »Ich danke für Eure Sorge, aber ich fürchte mich nicht. Malachit ist dank Euch und Hastor Adaël die sicherste Stadt im Kaiserreich.«

Dennoch konnten sich Schattenklingen frei bewegen und ungestraft handeln. Doch Solana würde ihr in diesem Punkt nicht widersprechen. Die Bevölkerung sollte sich sicher fühlen.

»Nun … Da habt Ihr recht«, räumte Solana ein. »Passt dennoch auf Euch auf, wenn Ihr um diese Zeit das Haus verlasst! Ich muss jetzt gehen. Guten Abend.«

Nara gestikulierte einladend ins Haus. »Geh ruhig schon einmal rein, ich warte noch auf den Nachzügler. Arik ist hinten.«

»Darf ich fragen, worüber du und Solana gesprochen habt?«, fragte Elanor.

»Nichts Besonderes«, antwortete Nara leichthin. »Sie hat auf dem Weg zur Kaserne kurz angehalten, als sie mich gesehen hat, und wir haben geplaudert.«

»Ihr kennt euch?«

»Flüchtig. Wenn die Zeit da ist, unterhalte ich mich gern mit ihr. Ich habe sie kennengelernt, als sie noch eine untergeordnete Wache war.«

Elanor ging zum Hinterraum des Kellers durch und fand Arik vor dem großen Tisch stehen. Es dauerte nicht lange, bis Nara und Dûhirion sich zu ihnen gesellten. Der Dunkelelf lächelte ihr zu und erwiderte Ariks Händedruck.

»Setzt euch«, sagte der Magier und deutete auf einen Stuhl.

»Jetzt, wo wir soweit vollzählig sind«, setzte Nara an und rieb sich eifrig die Hände.

»Warte«, unterbrach Elanor. »Vollzählig? Du sagtest, es gäbe wichtige Neuigkeiten. Sollten die nicht auch unter den anderen Mitgliedern geteilt werden?«

Nara winkte ab. »Werden sie, werden sie. Später. Wir lassen das erst mal im kleinen Kreis.«

»Wir haben mit einem Stellvertreter des Rebellenanführers gesprochen«, erklärte Arik. »Das Gespräch scheint sie zufriedengestellt zu haben. Heute Nacht habe ich einen Boten getroffen, der mir sagte, dass ihr Anführer uns morgen Nacht treffen will. Er ist bereit, mit der Weißen Feder zu arbeiten, wenn die Konditionen stimmen. Die Rebellen warten irgendwo im Waldgebiet nahe Malachit.«

Dieses Waldstück trug aufgrund seiner einzigartigen Laubbäume den Namen Wechselwald. Die großen Blätter ähnelten in ihrer

Form denen von Eichen und wechselten je nach Tageszeit ihre Färbung. In der Dämmerung leuchteten sie in den herrlichsten Rot- und Orangetönen. Tagsüber waren sie saftig grün und wenn die Nacht über das Land kam, wurden sie schwarz wie der Himmel. Zu dieser Zeit erwachten die Irrlichter, die den Wald bewohnten. Sie brachten die seltsamen fluoreszierenden Pilze, die überall wuchsen, hell zum Schimmern, während sie zwischen den Bäumen entlanghuschten.

»Glücklicherweise haben wir die Irrlichter dieses Waldes auf unserer Seite. Ich wüsste sonst nicht, wo wir die in diesem riesigen Gebiet finden sollten. Wir wissen noch nicht, was er verlangt«, sagte Nara. »Aber ich denke, wir werden uns einig. Es geht immerhin um seine Leute.«

»Gut«, sagte Elanor bedächtig. »Das sind gute Nachrichten.«

»Seid ihr euch sicher, dass ihr mit diesen Dunkelelfen zusammenarbeiten wollt?« Dûhirion verschränkte die Arme vor der Brust.

Überrascht hob Nara die Brauen. »Warum sollten wir nicht? Ich dachte, gerade du könntest das nachvollziehen.«

»Kommt ganz darauf an, worum es geht. Wofür braucht ihr sie?«

»Unsere Gruppe ist klein und unsere Möglichkeiten begrenzt«, antwortete Elanor. »Wir können vielleicht eine Handvoll Sklaven aus einem Adelshaus befreien, aber das sind nur Tropfen auf den heißen Stein. Um wirklich etwas erreichen zu können, müssen wir mehr sein.«

»Die Rebellen denken ähnlich.« Arik begann, an den Fingern abzuzählen. »Sie brauchen uns, weil wir problemlos an Orte gelangen, die ihnen verwehrt bleiben. Wir können uns in den Oberstädten bewegen, öffentliche Gebäude betreten …«

»Du weißt, was wir meinen«, unterbrach Nara. »Wir können uns gegenseitig helfen. Die Rebellen haben große Pläne.«

»Haben sie euch etwas offenbart?«, erkundigte sich Elanor. Sie beobachtete Dûhirion und sein beharrliches Schweigen skeptisch aus dem Augenwinkel. Das minimale Verziehen seiner Mundwinkel, die kaum sichtbaren Falten zwischen seinen zusammengezogenen Augenbrauen gefielen ihr nicht.

»Als Vertrauensbeweis. Vielleicht auch als Köder, damit wir uns schnell einverstanden erklären. Die Rebellen planen, den Tiefbruch zu stürmen. Es ist ein riskantes Unterfangen, die Sklaven dort zu befreien. Er wird gut bewacht und die Besitzer der Minen sorgen dafür, dass die Dunkelelfen zwar in der Lage sind, zu arbeiten, aber nicht zu fliehen«, erzählte Arik, während er mit dem Fingernagel über die Holzmaserung des Tisches schabte. »Jeder weiß, dass die Arbeitsbedingungen, wenn man sie überhaupt so nennen darf, katastrophal sind. Jedem dieser Sklaven fehlt ein Fuß, und der, der ihnen gelassen wird, steckt in schweren Ketten.«

»Manchmal habe ich das Gefühl, die schaffen mehr Leichen aus der Mine, als sie Erz abbauen«, murmelte Nara verächtlich.

»Ganz so schlimm ist es glücklicherweise nicht«, warf Arik ein. Er brach einen kleinen Splitter heraus und drehte ihn zwischen Zeigefinger und Daumen. »Es wird schon dafür gesorgt, dass die Sklaven arbeiten können, damit sie ausreichend Ertrag liefern.«

»Und trotzdem wurden sie verkrüppelt und bekommen das Tageslicht nicht zu sehen. Und trotzdem sterben in dieser Mine regelmäßig Dunkelelfen.«

Arik starrte mit müden Augen auf den Tisch. »Ich weiß.«

»Dass es auch anders geht, zeigen die Farmen nördlich von Malachit«, sagte Elanor. »Den Sklaven dort geht es gut, auch wenn sie harte Arbeit leisten müssen. Sie leben ohne Ketten, haben noch beide Füße und bislang habe ich aus dieser Richtung nichts von Todesfällen gehört.«

»Wer auch immer den Tiefbruch führt, ist ein sadistischer Vollidiot.« Nara strich sich verärgert das schwarze Haar aus der Stirn. »Jedenfalls wissen wir noch nicht, was genau die Rebellen geplant haben, ob sie überhaupt einen Plan haben. Nur dass sie es vorhaben. Ich frage mich: Wie bekommen wir die Sklaven aus dem Tiefbruch und wo bringen wir sie hin? Wenn ein paar von ihnen magiebegabt sind, können wir sie vielleicht in der Akademie Krähenfels unterbringen.«

»Aber das werden wenige sein«, erwiderte Elanor und spielte mit ihrer Halskette. Der blaue Stein glitt zwischen ihren Finger hindurch wie ein Regentropfen. »Und dadurch, dass die Sklaven im Tiefbruch verkrüppelt werden, wird es ohnehin schwer, sie vom einen Ort an den anderen zu bringen. Was mir am meisten Sorge macht, ist die Anzahl der Sklaven. Wie viele sind es? Zweihundert? Dreihundert?«

»Zweihundertsechsundsechzig«, murmelte Arik. Er schnipste den Splitter fort und wiederholte die Zahl trübsinnig.

»Bevor wir uns überlegen, wohin wir sie bringen, sollten wir erst einmal wissen, wie wir sie da rausbekommen«, sagte Nara, die ihnen scheinbar nicht zugehört hatte. »Ich wäre ja für die gute alte Holzhammermethode. Rein, alles niederknüppeln, was nach gemeinem Sklaventreiber aussieht, Ketten sprengen, Dunkelelfen greifen und raus.«

Arik legte seine Stirn in die Handfläche und seufzte tief. »Nara, das ist der beste Weg, uns alle umzubringen.«

»Blödsinn. Wenn die Holzhammermethode gut genug geplant wird, bringt sie nur die richtigen Leute um. Nämlich diejenigen, die den Hammer auf den Kopf bekommen.«

»Ich halte das auch nicht für die beste Idee«, stimmte Elanor zu. »Wir sollten diese Sache möglichst unblutig beenden. Diese Sklaven haben genug Gewalt erlebt und gesehen. Außerdem wissen wir nicht, wie die Rebellen vorgehen wollen.«

Dûhirion hatte sich weiterhin nicht geäußert. Er saß schweigsam und reglos wie eine Statue zwischen ihnen, lauschte und dachte nach. Elanor konnte förmlich sehen, wie er die Informationen langsam durch seinen Verstand sickern ließ – Tropfen für Tropfen, wie ein Destillat – und versuchte, die Tragweite, die sie hatten, zu begreifen.

»Wir haben eine Karte vom Tiefbruch organisieren können«, sprach Arik weiter.

»Und mit organisieren meinst du …?«, setzte Elanor an.

Nara schnipste und deutete mit dem Zeigefinger auf sie. » Genau das meint er damit. Spielt keine Rolle, der Zweck heiligt bekanntlich die Mittel.«

»Nara, tu mir den Gefallen und hol die Karte«, bat Arik.

»Schon unterwegs«, flötete sie und verschwand aus dem Raum.

Dûhirion schüttelte nachdrücklich mit dem Kopf und sprach aus, was er nonverbal die ganze Zeit ausgedrückt hatte: »Ich traue den Rebellen nicht.«

»Wie kommst du dazu?«, fragte Elanor.

»Ich war vor drei Tagen in Orlean«, antwortete er. »Umbra schickte mich, um einen bestimmten Adeligen zu ermorden, aber das tut nichts zur Sache. Es ist nie dazu gekommen. Ich habe die Aschegrube gesehen, oder das, was davon übrig geblieben ist.«

Elanor konnte sich der grausigen Bilder, die sich in ihrem Verstand abspielten, kaum erwehren. Unwillkürlich musste sie an Faylen denken. War sie diesem Massaker entkommen? Es erklärte, warum sie so verstört gewesen war und wie sie ihre Eltern verloren hatte.

Elanor musterte Dûhirion unbehaglich. Er war heute bei ihr gewesen. Wusste er mehr?

Nara kehrte indessen zurück und öffnete den Mund, Arik hielt sie mit einer Geste vom Sprechen ab. Der Dunkelelf fuhr fort und schilderte den Angriff der Rebellen. Er erzählte von der Familie, die regelrecht abgeschlachtet worden war, von der hilflosen Stadtwache und dem toten Adam Kendall.

Die Sorge verdrehte Elanor erneut den Magen. Dûhirion hätte bei diesem Überfall getötet werden können.

»Orlean stand in Flammen, als ich die Stadt verließ«, schloss der Dunkelelf und zupfte an seinen gekürzten Barthaaren. »Valion sagte, die Stadt sei seitdem in der Hand der Rebellen und nahezu entvölkert worden.«

Es war lange still. Elanor legte unwohl die Arme um sich und trommelte mit den Fingern gegen ihre Rippen. Die Gewaltbereitschaft der Rebellen bereitete ihr Angst. Sie konnte ihre Wut verstehen, doch in blinder Rachgier zu handeln, machte sie nicht zu Befreiern, sondern zu Mördern.

Sie werden begeistert sein, wenn Nara vorschlägt, mit der Holzhammermethode in den Tiefbruch einzufallen und jeden niederzuknüppeln, der sich ihnen in den Weg stellt, dachte sie.

»Ich hätte nicht erwartet, dass sie tatsächlich so gewalttätig sind«, murmelte Elanor.

»Was hast du denn von Rebellen erwartet?«, fragte Dûhirion verständnislos. »Dass sie friedlich mit weißen Fahnen in die Stadt kommen und das Gespräch suchen?«

Elanor runzelte die Stirn. Der Sarkasmus war unangebracht und sie hasste es, wenn er mit ihr sprach wie mit einem naiven Kind. »Die Weiße Feder ist auch eine Rebellengruppe und wir haben bislang keine Stadt entvölkert. Sie kämpfen für ihre Freiheit, ja. Aber du sagtest, dass sie vor allem Unschuldige umgebracht haben.«

»Aber vermutlich als Reaktion auf die Vorfälle in der Aschegrube«, warf Nara ein.

»Ich … will nicht glauben, dass sie generell gewalttätig sind«, widersprach Elanor. »Sie waren wütend. In der Aschegrube sind Dutzende Unschuldige gestorben. Sie wollten den Menschen zu spüren geben, wie es ist, in der Opferrolle zu sein.«

»Meinst du das ernst, Elanor?«, fragte Dûhirion.

Sie hob abwehrend eine Hand. »Das heißt nicht, dass ich ihr Vorgehen gutheiße.«

Diese Rebellen bedeuteten Hoffnung für die Dunkelelfen. Bislang war es ihr vorgekommen, als würde die Weiße Feder allein gegen die Unterdrückung dieses Volkes kämpfen. Aber jetzt hatten sich Dunkelelfen diesem Kampf angeschlossen.

Sie als Waldelfin würde nie gänzlich nachvollziehen können, wie es war, in der Aschegrube zu leben. Auch wenn die Weiße Feder viel getan hatte, waren die meisten Dunkelelfen ihnen gegenüber immer noch misstrauisch eingestellt. Eine Rebellengruppe, die aus Dunkelelfen bestand, war etwas anderes. Sie zeigte ihnen, dass es möglich war, sich gegen die Unterdrückung aufzulehnen. Sie zeigte ihnen, dass sie gemeinsam etwas erreichen konnten; dass sie keinesfalls hilflos und schwach waren.

Arik hüstelte verlegen und versuchte, die entstandene Spannung zu lockern, indem er das Gespräch vorantrieb. »Was du über die Vorfälle in der Aschegrube gesagt hast, deckt sich größtenteils mit dem, was unsere Kundschafter herausgefunden haben, Dûhirion. Wenn es stimmt, dass die Rebellen die Stadt eingenommen haben, wird es nicht lange dauern, bis Kaiser Galdir reagiert und sie zurückerobern will.«

»Glaubst du?«, fragte Nara unsicher. »Was schert Galdir eine einzige Stadt?«

»Es ist seine Stadt und die Rebellen – ein Haufen wertloser Dunkelelfen – haben sie ihm weggenommen«, antwortete Dûhirion. »Auf die Dauer verträgt sein Ego das nicht.«

»Der Kaiser hat die Rebellen lange geduldet.« Elanor wippte unruhig mit dem Fuß. »Ich glaube, er hat lange nichts getan, weil er sie nicht für eine ernst zu nehmende Bedrohung gehalten hat. Das wird sich nach Orlean ändern.«

Arik strich sich mit Daumen und Zeigefinger über die Mundwinkel. »Momentan bin ich mir nicht mehr sicher, ob die Weiße Feder mit ihnen kooperieren sollte. Mir gefallen ihre Methoden nicht.«

»Das war nur ein Teil von ihnen«, erwiderte Nara rasch. »Wir haben noch nicht mit dem Anführer gesprochen.«

»Denkst du, der Anführer wird gänzlich anders denken und den Angriff auf Orlean verurteilen?«, fragte Arik skeptisch.

Nara zuckte die Schultern und wischte sich flüchtig das Haar aus den Augen. »Wer weiß? Und wenn nicht er, dann andere aus der Gruppe. Komm schon, es können unmöglich alle Mord und Totschlag gutheißen!«

»Wenn der Anführer gänzlich anders denkt und nichts mit dem Angriff auf Orlean zu tun hat, hat er seine Rebellengruppe nicht unter Kontrolle. So jemand taugt als Anführer nicht viel«, murmelte Dûhirion.

Elanor warf ihm für seinen abfälligen Tonfall einen tadelnden Blick zu. »Wir werden sehen, wie er denkt, wenn wir ihn morgen treffen. Nara, du hast die Karte immer noch unterm Arm. Willst du sie nicht endlich auf dem Tisch ausbreiten?«

Nara schien die Papierrolle erst jetzt wieder wahrzunehmen. Elanor und Dûhirion hielten die Enden fest, während sie und Arik die Karte mit verschiedenfarbigen Stecknadeln bespickten.

»Sie haben sich immerhin schon Gedanken gemacht und offenbar das Gebiet erkundet«, murmelte Dûhirion.

Arik unterdrückte sichtbar ein Gähnen. Elanor fiel auf, wie blass und müde er aussah. Die Schatten unter seinen Augen waren noch dunkler als sonst und das Zittern seiner Hände verriet Erschöpfung.

»Die roten Stecknadeln markieren Schlupfwinkel, die uns zur Verfügung stehen«, begann er zu erklären. »Nicht sehr viele, aber ausreichend, wenn wir die richtigen Leute dort platzieren. Die blauen Stecknadeln zeigen die Positionen der Wachen, die grüne Linie die Route der Patrouillen. Die gelben Stecknadeln hier hinten, das sind die Barracken, in denen die Wachen schlafen.«

»Was markiert der große rote Kreis?«, fragte Elanor.

»Ein Massengrab«, antwortete Arik düster.

Nara leckte sich über die trockenen Lippen. »Niemand hat sich bislang um das Schicksal der Sklaven geschert. Wir bekommen die Möglichkeit, dort gepflegt aufzuräumen. Von mir aus leise, still und heimlich, ohne Holzhammer. Hauptsache, die Dunkelelfen kommen da raus. Lebendig … und weitgehend in einem Stück.«

»Ich würde auch gern etwas für diese Sklaven tun«, sagte Arik gereizt, »aber das ist … schier unmöglich.«

»Blödsinn.«

»Verrat mir, wie wir zweihundertsechsundsechzig Sklaven unauffällig aus der Mine schaffen sollen, Nara!«

»Mit Magie?«, antwortete sie in einem Tonfall, als wäre die Lösung des Problems vollkommen offensichtlich.

Der Heiler griff sich an die Stirn. »Du kannst nicht jedes Problem mit Magie lösen.«

»Warum nicht?«, erwiderte Nara und warf die Arme in die Luft. »Ist Magie nicht genau dafür da? Um Probleme zu lösen? Eine Gruppe Sklavenjäger ist hinter dir her? Wirf einen Feuerball auf sie und das Problem ist gelöst. Das Badewasser ist zu heiß? Ein bisschen Eismagie über den Zuber und das Problem ist gelöst.«

Arik rieb sich die müden Augen. »Schwester …«

Dûhirion und Elanor tauschten vielsagende Blicke. Eine stille Einigung, sich vorerst nicht einzumischen und die Zwillinge ihre Diskussion beenden zu lassen.

Nara ging vor dem Tisch auf und ab. »Was ist mit Teleportation?«

Arik schüttelte mit dem Kopf. »Kein Magier der Welt könnte so viel Energie auf einmal aufbringen, um die komplette Mine zu befreien.«

»Wer sagt denn, dass es ein einzelner Magier sein muss? Wenn mehrere ihre Kräfte vereinen …«

»Es beherrschen nur wenige diese Technik perfekt genug. Und die Anzahl derer, die uns helfen würden, ist verschwindend gering.«

Nara blieb abrupt stehen. »In Ordnung, Herr Pessimist. Hättet Ihr auch die Güte, mir zu sagen, woher Ihr das alles wissen wollt?«

»Wer von uns beiden ist der Magier, hu?«, knurrte Arik.

»Soweit ich die Rebellen einschätzen kann, werden sie ohnehin nicht viel von ›heimlich, still und leise‹ halten und die von Nara zuerst erwähnte Holzhammermethode vorziehen«, fuhr Dûhirion dazwischen. »Außerdem: Für so ein Vorhaben ist Vertrauen unumgänglich. Ihr und die Rebellen müsst euch blind aufeinander verlassen können. Was wisst ihr überhaupt über sie?«

»Nicht viel«, gab Arik zu. »Es hat mit einer kleinen Gruppe angefangen, die sich eigenhändig aus der Sklaverei befreit und in die Wildnis zurückgezogen hat.«

»Sie waren der Stein des Anstoßes«, fügte Nara hinzu. »Durch ihre Hilfe wurden mehr Dunkelelfen befreit und die Gruppe ist gewachsen. Unseren Informationen nach nennen sie sich übrigens Grauwölfe.«

Dûhirion hob eine Augenbraue. »Einfallsreich. Darf ich raten, warum sie diesen Namen gewählt haben? Sie sind lange genug die

Hunde der anderen Völker gewesen. Es wurde Zeit, dass aus den unterwürfigen Hunden gefährliche Wölfe werden, die man fürchten sollte.«

Elanor warf ihm erneut einen strafenden Seitenblick zu. Sie verstand nicht, wie er sich über diese Dunkelelfen lustig machen konnte. Sie hatten ihre Ketten gesprengt und kämpften für ihre Freiheit. Für die ihres Volkes und damit auch für seine. Und er dankte es ihnen mit Hohn.

Nara spendete spöttischen Applaus. »Sogar fast der exakte Wortlaut.«

»Ich möchte einmal einer Rebellengruppe begegnen, die sich Weißes Kaninchen oder Getigertes Kätzchen nennt«, seufzte Dûhirion. »Etwas weniger Abgenutztes.«

Nara gluckste. »Wer würde eine Rebellengruppe ernst nehmen, die sich ›Weißes Kaninchen‹ nennt?«

»Eben«, erwiderte Dûhirion schulterzuckend. »Niemand erwartet etwas von ihnen. Genau das macht sie gefährlich. Weil ihnen keiner etwas zutraut, können sie beinahe ungestört agieren. Und dann holen sie zum großen Schlag aus.«

»Ich hab dir doch gesagt, Weiße Feder ist ein guter Name«, sagte Nara an ihren Bruder gewandt. »Federn sind leicht und weich. Wer erwartet Böses von einer Feder?«

Arik hob abwehrend die Hände. »Ich habe die Wahl des Namens nie infrage gestellt.«

»Bevor wir vom eigentlichen Gespräch abkommen«, fuhr Elanor dazwischen, »worauf wolltest du hinaus, Dûhirion?« Ihre Stimme war um einiges schärfer geworden.

»Auf nichts Bestimmtes«, erwiderte der Dunkelelf. »Ich sagte bereits, dass ich den Rebellen nicht traue. Wir wissen kaum etwas über sie. Was ich bisher von ihnen gesehen habe, trägt nicht gerade dazu bei, dass ich ihnen mein Erstgeborenes in die Arme geben würde.«

»Noch haben wir nicht entschieden, ob wir uns mit ihnen in den Tiefbruch stürzen oder nicht. Wir kennen noch keine Details, keine Konditionen, zu denen wir zustimmen könnten. Gib ihnen eine Chance, Dûhirion«, bat Elanor eindringlich. »Das werden wir schließlich auch tun. Wenn Nara und Arik den Anführer morgen Nacht treffen, werde ich dabei sein. Wir werden uns ein Bild machen und dann entscheiden. Richtig?«

»Richtig«, bestätigte Arik.

Nara gähnte laut. »Gut, dann sollte das erst mal geklärt sein. Es ist spät und ich bin müde.«

Arik erhob sich von seinem Platz. »Ich könnte auch ein wenig Schlaf gebrauchen.«

»Ein wenig? Du hast Schlaf von uns allen am dringendsten nötig«, erwiderte Nara. »Was ist mit euch? Wollt ihr hier übernachten?«

»Ich muss zurück zur Gilde«, antwortete Dûhirion.

»Und ich sollte morgen noch vor Sonnenaufgang in der Schneiderei sein«, sagte Elanor. »Wir haben viel zu tun.«

»Dann gehabt euch wohl«, verabschiedete sich Nara. »Gebt auf euch acht!«

»Wir gehen gleich«, erwiderte Elanor. »Könntet ihr uns allein lassen? Wir schließen alle Türen hinter uns und finden selbst raus.«

Nara und Arik kamen ihrem Wunsch nach.

Dûhirion blieb erwartungsvoll sitzen. Er wusste, dass er nicht ohne Diskussion aus diesem Raum kam.

Elanor überlegte, wie sie beginnen sollte, ohne streitlustig zu klingen. Letztlich entschied sie sich gegen alle Höflichkeiten und dafür, ihrem Ärger freien Lauf zu lassen.

»Manchmal will ich dich ohrfeigen für dein vorlautes Mundwerk. Ich verstehe nicht, wie du dich derart respektlos über die Rebellengruppe äußern kannst.«

Dûhirion verschränkte die Arme vor der Brust. »Du meinst das Wolfsrudel?«

»Diese Dunkelelfen haben sich aus ihrer Unterdrückung befreit und kämpfen da draußen auch für deine Freiheit«, antwortete Elanor unwirsch und machte eine scharfe Handbewegung. »So dankst du es ihnen?«

»Noch habe ich nichts von ihren großartigen Taten gesehen«, entgegnete Dûhirion ruhig und lehnte sich zurück. »Alles, was sie mir gezeigt haben, war Mord und Totschlag. Diese Rebellen haben Gleiches mit Gleichem vergolten. Sie verurteilen die Menschen für das, was sie getan haben, und das zu Recht. Dann aber tun sie ihnen exakt das Gleiche an. Willst du das Gerechtigkeit nennen?«

Es lag Wahres in seinen Worten und aus irgendeinem Grund passte das Elanor nicht. Sie ging einige Schritte auf und ab, suchte nach den richtigen Worten und dem richtigen Tonfall. Eigentlich wollte sie es vermeiden, patzig zu klingen, doch seine gleichgültige Körperhaltung und die Überheblichkeit den Rebellen gegenüber machten sie wütend.

»Ich sage nicht, dass es richtig ist, was sie getan haben. Ganz und gar nicht. Sieh, ich verurteile diesen Racheakt genau wie du!«

Sein dunkelrotes Auge folgte aufmerksam ihren Bewegungen, ohne dass sein Kopf sich regte. »Das Gefühl habe ich nicht.«

Sie zupfte unruhig an ihrer Halskette. Als Kind hatte sie bei Nervosität an den Nägeln gekaut und am liebsten hätte sie das jetzt auch getan. »Wenn sich die Rebellen mit der Weißen Feder zusammenschließen, können wir positiv auf sie einwirken und solche Angriffe in Zukunft verhindern.«

»Das kannst du nicht ernsthaft denken«, entgegnete Dûhirion ungläubig.

»Natürlich kann ich das«, erwiderte Elanor. Sie blieb stehen und drehte sich ruckartig zu ihm. »Du hast in Orlean einen schlechten Eindruck von ihnen gewonnen. Wäre ich an deiner Stelle, würde ich ihnen auch nicht trauen. Aber das war nur ein Teil dieser Gruppe und sie waren blind vor Wut.«

»Wie kannst du so verdammt naiv sein, Elanor? Weißt du, was ich in dieser Rebellengruppe sehe?«, knurrte Dûhirion. Er beugte sich vor, seine Gesichtszüge waren verhärtet und Falten standen auf seiner Stirn. »Ich sehe gewaltbereite Dunkelelfen, die alles tun, um ihre Ziele zu erreichen; die jedes Opfer in Kauf nehmen und vor niemandem haltmachen. Keine neue Chance, keine Aussicht auf Besseres, sondern Radikale, die von einem verirrten Philosophen mit großer Klappe angeführt werden. Tut mir leid, dass es mir schwerfällt, vor solchen Leuten Respekt zu haben. Die sind nicht minder schlimm als die Unterdrücker, gegen die sie kämpfen.«

»Oh, stell deine verdammte Arroganz ein! Du hast kein Recht, dich derart abwertend über diese Dunkelelfen zu äußern«, fauchte Elanor und trat an den Tisch heran.

Dûhirion erhob sich. »Warum nicht?«

»Im Gegensatz zu dir tun sie etwas, um deinem Volk zu helfen.«

Der Dunkelelf gab ein kurzes, hässliches Lachen von sich. »Das tun sie insbesondere dadurch, dass sie durch ihre Gewalttaten den Hass auf Dunkelelfen schüren. Großartig. Gut gemacht, Wolfsrudel.«

»Wenn wir etwas verändern wollen«, Elanor sprach betont gefasst, »wenn wirklich etwas passieren soll, kann das nicht friedlich geschehen. Das wissen wir beide.«

Dûhirion stemmte die Hände auf den Tisch. »Warum verteidigst du diese Rebellen so inbrünstig?«

»Weil ich dasselbe Ziel verfolge wie sie: Ich will, dass dein Volk frei ist, Dûhirion«, antwortete Elanor. »Und das scheine ich mehr zu wollen als du.«

»Von diesen Rebellen habe ich nur gesehen, wie sie Zivilisten ermordet und eine Stadt niedergebrannt haben. Von diesen Leuten will ich nicht vertreten werden. Sie können für ihre eigene Freiheit kämpfen, aber sollen nicht im Namen aller Dunkelelfen sprechen.«

»Du bist ein verdammter Assassine«, fauchte Elanor. Durch eine abrupte Bewegung ihrer Arme entglitt der blaue Stein ihren Fingern. Das dunkle Lederband schürfte unangenehm an ihrem Hals. »Du bist der Letzte, der Mord verurteilen sollte!«

»Lustig, wie ähnlich du und Valion argumentiert.« Er löste eine Hand von der Tischplatte. »Dann werde ich dir dasselbe sagen wie ihm: Ich habe unter anderem niemals Kinder getötet.«

»Damit willst du dich rauswinden? Das mag bei Valion funktionieren, aber nicht bei mir.« Elanors Augen loderten wie blaues Feuer. »Ist das Leben eines Erwachsenen weniger wert als das eines Kindes? Denkst du, weil du keine Kinder ermordet hast, haben die Leben, die du auf dem Gewissen hast, weniger Gewicht?«

Der Streit geriet außer Kontrolle. Sie war diejenige, die ihm immer wieder sagte, dass es für sie nicht relevant war, was er tat. Dass es keine Bedeutung hatte, dass er ein Mörder war, und sie über den Assassinen hinwegsah. Ihre letzten Worte ließen sie nun wie eine elende Heuchlerin aussehen. Aber es war zu spät, sie zurückzunehmen.

»Ich denke, du verurteilst die Rebellen zu schnell«, setzte Elanor ruhiger hinzu. »Sie haben gesehen, was in der Aschegrube geschehen ist, und aus reinem Zorn so gehandelt.«

»Rechtfertigt das einen Mord?«, fragte er.

»Rechtfertigt eine Kindheit bei Umbra einen?«

Das ging unter die Gürtellinie. Sie hätte das nicht sagen sollen und Elanor schämte sich. Was war los mit ihr? Sie stritten nicht zum ersten Mal miteinander, doch sie konnte sich nicht erinnern, jemals so etwas Gemeines gesagt zu haben.

Dûhirions Züge entglitten bloß minimal, doch es reichte für sie, um zu erkennen, wie tief sie ihn gekränkt hatte. Er richtete sich langsam auf. Seine Finger zuckten, als würde er sich davon abhalten müssen, sie zu Fäusten zu ballen. »Ich werde so tun, als hätte ich das gerade nicht gehört«, sagte er leise.

»Es tut mir leid«, stammelte sie. Sie legte eine Hand an ihre Wange, spürte die Hitze in ihr und den Ohrenspitzen, als die Schamröte ihr ins Gesicht stieg. »Ich weiß nicht, was in mich gefahren ist.« Es fiel ihr schwer, doch sie zwang sich, ihm wieder in die Augen zu sehen. »Es tut mir leid.«

Dûhirion verschränkte die Arme vor der Brust. »In Ordnung«, murmelte er.

Nichts war in Ordnung. Sie konnte nicht zurücknehmen, was sie gesagt hatte. Der Schaden war angerichtet und Elanor wusste nicht, wie sie ihn wiedergutmachen konnte.

»Lass es mich anders ausdrücken«, fuhr er fort. »Ich verurteile, was ich in Orlean gesehen habe. Und mir gefällt es nicht, dass diese Wölfe im Namen aller Dunkelelfen handeln.«

Sie waren eine Weile still. Elanor massierte sich wieder die Stirn und atmete tief durch. »Wir sollten gehen«, sagte sie ausdruckslos. »Bevor wir mehr Dinge sagen, die wir bereuen.«

Bevor ich mehr Dinge sage, die ich bereue, korrigierte sie still.

»Gute Nacht, Elanor. Pass auf dich auf, wenn ihr morgen diesen Anführer trefft!«

»Werde ich«, murmelte sie. »Dûhirion?«

Er drehte sich nochmals zu ihr. »Hm?«

»Sei vorsichtig.«

»Jederzeit.«

10

Dûhirion

Dûhirion hatte keine Lust, durch den Tunnel zu gehen. Er konnte die unterirdischen Pfade nicht leiden und brauchte frische Luft. Er wollte nicht weiter über den Streit mit Elanor nachdenken und verdrängte ihn in den hintersten Teil seines Kopfes.

Draußen warf er sich die Kapuze über und zog sie tief ins Gesicht. Er hatte kaum die Hälfte des Weges zur Aschegrube zurückgelegt, als der Nachtwind hektische Stimmen an sein Ohr trug. Schritte mehrerer Personen näherten sich rasch seiner Position. Mit einem geschmeidigen Satz war er hinter einem alten Fass verschwunden, in dem sich stinkendes Regenwasser sammelte. Fünf Schatten huschten an ihm vorbei. Dûhirion sah sie bloß zwei Herzschläge lang, dennoch glaubte er, eine Gruppe Dunkelelfen erkannt zu haben. Sie rannten dem Viertel der Adeligen entgegen.

Er rang mit sich, ob er ihnen folgen sollte oder nicht, und entschied sich dagegen. Diese Gruppe bedeutete Schwierigkeiten. Seit Orlean hegte er dubiosen Gestalten gegenüber, die sich des Nachts durch die Oberstadt schlichen, ein gewisses Misstrauen.

Als Assassine war er sich der Ironie dieser Aussage bewusst. Orlean hatte ihm einen wundervollen Eindruck verschafft, zu was rebellierende Dunkelelfen fähig waren, und ob man es glaubte oder nicht, Dûhirion hatte keine Lust, so etwas in Malachit zu erleben.

Als er sicher sein konnte, dass keine Wachpatrouille in der Nähe war, verließ er sein Versteck und lief eilig weiter. Plötzlich gab es eine heftige Erschütterung und eine Hitzewelle ergriff ihn mit solcher Macht, dass er den Boden unter den Füßen verlor und durch die Luft geschleudert wurde. Er prallte gegen eine Wand des gegenüberliegenden Hauses und landete im Dreck. Seine Ohren klingelten.

Um ihn herum wurden Stimmen laut, Hektik brach aus, doch jedes Geräusch war gedämpft. Er war inmitten eines undurchdringlichen Waldes aus Beinpaaren. Es gelang ihm, sich hinzusetzen und benommen seine rechte Gesichtshälfte zu betasten. Es dauerte erstaunlich lange, bis er die rote Flüssigkeit an seiner Hand erkannte.

Was, träge kroch der Gedanke durch seinen Verstand, *was war das?*

Seine Schläfen hämmerten. Er hob den Blick über die gaffende Menge und begegnete einer gewaltigen Flammenwand. Wie ein rot lodernder Dämon ragte sie vor ihm auf, fauchte wild und verschlang gierig das, was einmal ein Wohnhaus gewesen war.

Allmählich wurde er sich der Schaulustigen gewahr. Elfen, die vom Lärm geweckt auf die Straße gerannt waren und mit ihm auf den Brand starrten. Ob Elanor unter ihnen war? Sie musste es auch gehört haben.

Die Dunkelelfen, dachte er und sah zwischen den Umstehenden hindurch. *Die Dunkelelfen, die an mir vorbeiliefen. Waren sie das?*

Aus dem Nichts erschienen vier kräftige Hände, die ihn packten und auf die Füße zerrten. Dûhirion ächzte, ein dumpfer Schmerz lag wie eine zweite Haut über seinem gesamten Körper.

Vor ihm tauchten die Gesichter zweier Wachen auf. Sie trugen Helme mit heruntergeklappten Visieren. Er konnte nicht erkennen, wer und was sie waren. Beide brüllten ihn an, er hörte sie kaum über das schrille Pfeifen in seinen Ohren. Eine Wache schlug ihm mit der gepanzerten Faust ins Gesicht. Sein Jochbein gab knirschend nach und sein Kopf schnellte zur Seite.

»Ich habe nichts getan«, presste er hervor.

»Lüg mich nicht an«, grollte die Wache, die ihn geschlagen hatte. »Du gehst am Haus vorbei und plötzlich fliegt es in die Luft? Soll das ein Zufall gewesen sein?«

»Wie soll ich das Feuer im Vorbeigehen gelegt haben? Womit?«, fauchte Dûhirion.

»Magie«, behauptete die zweite Wache.

Beide Wachen waren definitiv männlich. Die erste lispelte leicht und war älter.

»Ich bin kein Magier«, erwiderte der Dunkelelf harsch.

Der Ältere schlug ihn zu Boden. Dûhirion landete erneut mit dem Gesicht im Schmutz.

»Zügle deinen Ton, Grauhaut«, keifte der Jüngere und rammte den schweren Stiefel in seine Rippen. »Du wirst dich dafür verantworten.«

Als sie endlich aufhörten, auf ihn einzutreten, gelang es Dûhirion nach einigen Anläufen, sich aufzurichten. Der zertrümmerte Wangenknochen ließ sein blindes Auge schnell zuschwellen. Seine Rippen waren durch den Lederharnisch geschützt, die Tritte hatten sie immerhin nicht gebrochen. Er wischte sich mit dem Handrücken über die blutende Nase.

»Seht lieber nach Euren Adligen! Ich habe fünf Personen in diese Richtung laufen sehen«, krächzte er geistesgegenwärtig genug, um nicht *Dunkelelfen* zu sagen. »Ihr solltet ihnen nachgehen, wenn Ihr nicht wollt, dass bald die ganze Stadt in Flammen steht.«

»Willst du uns drohen?«, knurrte der Ältere. »Hauptmann. Hauptmann, hier drüben. Wir haben den Verantwortlichen.«

Sie packten ihn wieder an den Armen und rissen ihn hoch. Solana wies den Wachtrupp, den sie leitete, an, die Schaulustigen zu verscheuchen und sich um das Feuer zu kümmern. Dann baute sie sich vor ihm auf und musterte ihn aus raubtierhaften blassblauen Augen. Sie war kleiner als er, doch die fehlende Körpergröße glich sie problemlos mit ihrem Selbstbewusstsein aus.

»Wann sollen wir die Gilde benachrichtigen, Hauptmann?«, fragte der Jüngere.

»Später«, antwortete Solana. »Ihr seid … Nummer Siebenunddreißig, richtig? Hastor hat mich über Euch informiert. Ihr seid die Schattenklinge, die sich weigerte, ihm seinen Namen zu verraten.«

Dûhirion nickte widerwillig. Dass Hastor seine Drohung ernst meinte, daran hatte er nie gezweifelt. Dass der Hochelf sich offenbar die Mühe gemacht hatte, eine Personenbeschreibung an seinen Hauptmann weiterzugeben, überraschte ihn dennoch.

»Für diesen Dunkelelfen hat Hastor mir besondere Vorgaben gegeben«, fuhr Solana fort. »Er hat Euch gewarnt, Schattenklinge. Ihr habt sein Verbot übergangen und steht im dringenden Tatverdacht, ein Haus gesprengt zu haben. Wir verhören Euch, bevor Umbra uns ins Handwerk pfuschen kann. Schlagt ihn in Ketten!«

Dûhirion ließ sich widerstandslos fesseln. Er wusste, wann er verloren hatte. Selbst wenn es ihm gelänge, sich loszureißen, würde er nicht weit kommen. Eine Flucht machte ihn außerdem verdächtig. Es gab zwei Möglichkeiten für ihn, das hinter sich zu bringen. Entweder sträubte er sich, was darin resultieren würde, niedergeschlagen und zum Gefängnis geprügelt zu werden. Oder er hielt die Füße still, war folgsam und wartete ab, was geschah.

Es beunruhigte ihn, dass Hastor Pläne für den Fall geschmiedet hatte, dass die Wachen ihn in die Finger bekamen. Dûhirion hatte seine Drohung nicht vergessen. Die Pest sollte ihn holen, wenn dieser Hochelf nicht binnen weniger Minuten überheblich grinsend vor seiner Zelle stehen würde.

Solana stülpte ihm die Kapuze über. »Bislang hat niemand Euer Gesicht gesehen«, sagte sie gedämpft. »Haltet den Kopf unten und sorgt dafür, dass das so bleibt!«

Sie hielt die schwere Eisenkette, die an seinen Handschellen befestigt war, in der rechten Faust und gab das Schritttempo vor. Der Dunkelelf wurde von den beiden Wachen flankiert.

Sei vorsichtig, hat sie gesagt. Jederzeit, habe ich gesagt. Dass neben mir ein Haus plötzlich eine spontane Selbstentzündung erleidet, hat mir keiner gesagt, dachte er grimmig. *Großartig, wirklich. Das letzte Gespräch, das ich mit ihr geführt habe, war ein Streit.*

Er hatte ein unangenehmes Talent dafür, sich unverschuldet in Schwierigkeiten zu bringen. Hastor war dazu verpflichtet, Umbra Bescheid zu geben, dass sich einer ihrer Assassinen in Gewahrsam befand. Die Gilde entschied dann im Einzelfall, ob der Gefangene befreit wurde oder zur Hinrichtung freigegeben war. Wenn er Solanas Worten Glauben schenkte und Hastor richtig einschätzte, würde er mindestens bis zum Vormittag darauf warten müssen.

Dûhirion stellte sich darauf ein, in den nächsten Stunden ein unangenehmes Verhör über sich ergehen zu lassen, bei dem er nur wiederholen konnte, was er bereits gesagt hatte. Alles, was er getan hatte, war, zur falschen Zeit am falschen Ort zu sein.

Umbra hatte ihn gelehrt, Schmerzen hinzunehmen, selbst wenn sie die Grenzen der Erträglichkeit überschritten. Damit er die Gilde niemals verriet, hatte er gelernt, unter Folter zu schweigen und selbst dem Einfluss von Magie zu widerstehen.

Dûhirion wusste, wie er Folter überstand. Das bedeutete nicht, dass er ein geringeres Schmerzempfinden hatte als andere Sterbliche. Er fürchtete die Qualen, die man ihm zufügen würde. Er hatte sie zu oft durchstehen müssen, um es nicht zu tun.

In einem Punkt hatte er sich geirrt: Sie brachten ihn nicht ins Gefängnis, sondern zum Obsidianturm. Wenige Fenster waren erleuchtet. Für Dûhirion zählte nur das eine Licht oben im siebten Stock.

»Sieh ihn dir an, wie er jetzt schon die Hosen voll hat«, spottete die jüngere Wache. »Na, wie fühlt sich das an, wenn einem die Gilde nicht mehr den Arsch retten kann?«

Dûhirions Mundwinkel zuckte. Sein Gehör hatte sich nur minimal erholt und jedes Wort drang leise und dumpf zu ihm durch. Dennoch war er zu angespannt, um sich wichtige Geräusche wie ein Gespräch entgehen zu lassen. »Hat man Euch schon einmal das Knie in die Testikel gerammt? Wenn ja, habt Ihr Eure Antwort.«

Die ältere Wache verpasste ihm einen groben Klaps gegen den Hinterkopf. »Maul halten, Aschebrut!«

»Assassine und Klugscheißer«, murmelte der Jüngere missbilligend. »Testikel sagt er. Zu anständig, Schwanz in den Mund zu nehmen?«

»Es freut mich, dass Ihr so offen mit Eurer sexuellen Präferenz umgeht. Viele sind grundlos beschämt deswegen«, erwiderte Dûhirion leise. »Ich für meinen Teil bevorzuge die Gesellschaft von Frauen und habe daher keine Erfahrungen damit, männliche Genitalien in den Mund zu nehmen.«

Der Jüngere packte ihn abrupt am Kragen, was die Kette zum Rasseln brachte und Solana zum Stehenbleiben animierte. »Nennst du mich etwa eine Schwuchtel?«

»Hey, loslassen«, rief Solana herrisch.

Die jüngere Wache gehorchte sofort. »Er hat mich provoziert.«

»Und das überrascht Euch?«, fragte Solana. »Ihr hättet längst lernen sollen, Euer Temperament zu zügeln und nicht auf jede dumme Provokation einzugehen.« Der Hauptmann zog kräftig an der Kette und Dûhirion stolperte einen Schritt vor. »Ihr werdet mir weiterhin folgen, ohne aufzumucken, verstanden?«

Sie betraten den Turm und Solana führte ihn in einen kleinen Raum im Erdgeschoss. Ein rotes Glühen ging vom Kohlebecken aus, vier Eisen streckten sich wie steife Gliedmaßen aus der Glut und nahmen die Hitze in sich auf. Die Werkbank daneben war mit einem schmuddeligen Leinentuch abgedeckt. Nur die Erhebungen ließen erahnen, dass die Bank darunter keinesfalls leer war. Direkt vor ihm stand ein rechteckiger Tisch, auf dem sorgfältig Papier, ein Tintenfass samt Feder und eine brennende Kerze arrangiert waren.

Solana löste seine Fesseln und nahm ihm sofort die Armschienen ab, in der sich die versteckten Klingen befanden. »Ihr zwei, nehmt ihm die Sachen ab!«

Nachdem sie ihm den Lederharnisch vom Leib gezerrt hatte, stieß die jüngere Wache ihn grob zurück. Dûhirion verlor das Gleichgewicht und landete unsanft auf dem Hintern. Ein scharfer Schmerz raste durch sein Steißbein.

»Was ist mit seiner Hose und der Tunika?«, fragte die ältere Wache, die seinen Gürtel in der Hand hielt.

»Tastet ihn ab«, befahl Solana. »Solltet Ihr nichts Verdächtiges finden, kann er seine Kleidung anbehalten.«

Der Dunkelelf biss die Zähne zusammen, als der Ältere ihm die Arme auf den Rücken drehte, während der Jüngere ihn von oben bis unten abklopfte. Mit einem herablassenden Grinsen griff die Wache ihm in den Schritt.

»Ich kann Euch versichern, dass das keine Waffe ist«, knurrte Dûhirion.

Der Jüngere packte fester zu und der Dunkelelf zuckte zusammen. »Man kann nie sicher genug sein. Wer ist jetzt die Schwuchtel, hm?«

Nun … Ihr seid derjenige, der die Hand zwischen meinen Beinen hat, dachte Dûhirion.

Er hielt den provokanten Konter zurück, der ihm auf der Zunge lag. Einerseits hatte die Wache gerade ein empfindliches Körperteil im Griff, das Dûhirion gern noch eine Weile funktionsfähig wissen wollte. Andererseits steckte er bis zum Hals in Schwierigkeiten und wollte seine Lage nicht verschlimmern.

Solanas Miene war wie versteinert. »Das reicht, nehmt Eure Hand da weg und macht weiter!«

»Er scheint nichts mehr zu verbergen«, meldete die jüngere Wache.

»Kettet ihn fest«, erwiderte Solana zufrieden.

Raue Eisenringe schlossen sich erneut um Dûhirions Handgelenke und hielten seine Arme ausgestreckt über seinem Kopf. Eine ungünstige Position für die geprellten Rippen, die ihm seine Haltung dadurch dankten, dass sie die Atmung einschränkten.

»Ich werde Hastor Bescheid geben. Er wird wissen wollen, dass wir einen Verdächtigen gefasst haben. Und selbst wenn Ihr unschuldig seid, werdet Ihr uns zu den Tätern führen«, erklärte Solana. »Ihr zwei geht wieder auf Patrouille! Seht nach, ob das Feuer inzwischen gelöscht oder wenigstens unter Kontrolle gebracht wurde!«

Sie verließ den Raum und kehrte wenig später mit Hastor zurück.

»Wie weit sind die Eisen, Solana?«, fragte der Hochelf.

Sie zog eines aus den glühenden Kohlen und betrachtete es eingehend. »Sie sind heiß genug.«

Hastor setzte sich an den Tisch und schraubte das Tintenfass auf. »Gut. Ihr werdet mir bei diesem Verhör assistieren. Sollte der Dunkelelf nicht schnell genug mit den gewünschten Antworten herausrücken, werdet Ihr ihm dieses Eisen ans Ohr setzen.«

Dûhirion wusste, dass er nicht die Antworten geben würde, die Hastor hören wollte. Vollkommen egal, ob sie der Wahrheit entsprachen. Der Hochelf erwartete nichts anderes als ein Geständnis.

Angst griff mit kalter Hand in seinen Brustkorb und presste sein Herz zusammen. Die Vorstellung, wie ihm weiß glühender Stahl die Ohrmuschel wegbrannte, wurde in seinen Verstand getrieben. Beinahe konnte er das verbrannte Fleisch riechen, das dumpfe Zischen hören.

»Herr?« Solana klang verwirrt. »Erlaubt Ihr die Frage, warum Ihr keinen professionellen Folterknecht bringen lasst?«

Hastor tauchte die Feder in die Tinte. »Erlaube ich, werde sie aber nicht beantworten. Ich habe so entschieden und Ihr habt das nicht infrage zu stellen, Hauptmann.«

Solana straffte sich. »Verstanden.«

»Nehmt Euch einen Schlagstock und stellt Euch hinter den Gefangenen«, ordnete Hastor an. »Wir beginnen ganz einfach und er hat die Wahl, ob wir ihm schlimmere Schmerzen zufügen oder nicht.«

Dûhirion kämpfte darum, sich nicht von einer irrationalen Furcht übermannen zu lassen, die ihm einzureden versuchte, dass er in diesem Raum erblinden würde.

Erst brennen sie dir die Ohren weg, wisperte die Angst, *und dann brennen sie dir das Auge aus. Selbst wenn die Gilde dich vor dem Schafott rettet, wirst du ein blinder Krüppel bleiben. Nutzlos für Umbra.*

»Wir fangen an, wie das Protokoll es verlangt«, verkündete Hastor. »Nennt mir Euren vollständigen Namen, Gefangener!«

Dûhirion schwieg.

Hastor schielte zu ihm hoch. »Hier unten schützt Euch kein Kodex, Dunkelelf. Entweder Ihr antwortet oder ich prügle Euren Namen Silbe für Silbe aus Euch heraus.«

»Dûhirion Varavi.«

Er hatte seit mehr als zwei Jahrzehnten nicht mehr an seinen Nachnamen gedacht.

»Alter?«

»Siebenunddreißig«, antwortete er.

Hastors Brauen hoben sich kaum merklich. »So ein Zufall, dass Euer Alter genau mit der Nummer übereinstimmt, die Ihr mir genannt habt.«

»Zu schade, dass mir diese Freude nur noch wenige Monate bleibt«, erwiderte Dûhirion leise.

»Stimmt es, dass Ihr ein Mitglied der Assassinengilde Umbra, eine sogenannte Schattenklinge seid?«

»Ja.«

»Das Protokoll verlangt, dass ich Euch über den Ablauf des Verhörs aufkläre, also hört gut zu! Mir wurde der Vorfall, zu dem ich Euch befragen werde, ausführlich vom Hauptmann der Wache geschildert. Ihr habt die Chance, mir Eure Version der Ereignisse zu berichten. Wenn ich Euch nicht glaube, ist es mir gestattet, Folter anzuwenden. Knochenbrüche, Narben und dauerhafte Verstümmlungen sind dabei nicht auszuschließen.« Hastor legte die Feder nieder. »In Anbetracht der Tatsache, dass Ihr ein Meuchelmörder seid und Euren Worten ohnehin nicht zu glauben ist, werde ich gleich zu … gröberen Methoden greifen.«

Trotz allem war Dûhirion zum Lachen zumute. Es war erstaunlich, wie beiläufig Hastor ihm deutlich machte, dass er dieses Verhör nutzen würde, um persönliche Genugtuung zu erfahren. Er hatte auf eine Gelegenheit gewartet, seinen verletzten Stolz zu heilen, weil sich ein Dunkelelf ihm gegenüber nicht unterwürfig genug verhalten hatte.

Der Hochelf lächelte schmal. »Also, was habt Ihr zu Eurer Verteidigung zu sagen, Siebenunddreißig?«

Er besteht darauf, meinen Namen zu erfahren, damit er ihn ignorieren kann, dachte Dûhirion und verdrehte innerlich die Augen. *Sollte ich ihm sagen, dass ich mich davon nicht unbedingt mehr gedemütigt fühle als von meiner Situation generell?*

Er wiederholte die Aussage, die er Solana gegenüber geäußert hatte. Er war am Haus vorbeigegangen und es war explodiert. Mehr gab es nicht zu sagen, weil mehr nicht passiert war.

Hastor hörte ihm geduldig zu, ohne eine Miene zu verziehen. »Solana, schlagt ihn! Zehn Schläge auf den Rücken.«

Solana zögerte, schien protestieren zu wollen. Doch ein Befehl war ein Befehl und sie führte ihn ohne Einwand aus. Die Schläge trieben dumpfen Schmerz wie einen Pfahl in seinen Brustkorb, waren aber nicht stark genug, um seine Rippen zu brechen.

»Ich glaube Euch nicht«, sagte Hastor schlicht. »Was hattet Ihr am Haus zu schaffen?«

»Gar nichts. Ich habe es nicht einmal näher angesehen«, erwiderte Dûhirion.

»Zehn Schläge auf den Rücken, Hauptmann.«

Der Dunkelelf biss die Zähne zusammen. Die Ketten schepperten im Gleichtakt der Hiebe.

»Ihr wollt mir also weismachen, Ihr seid rein zufällig dort gewesen?«

»Ja, verdammt.«

»Zehn Schläge gegen den Rücken.«

Dûhirion hielt den Atem an und ertrug still, bis die Schläge wieder stoppten. Dann erst holte er mühsam Luft. Sein Oberkörper schien eingedellt worden zu sein wie dünnes Blech, die Lungenflügel komprimiert. Er atmete langsam und kontrolliert gegen das Gefühl, zu ersticken. Seine lädierten Rippen hoben sich ächzend und er merkte, dass mindestens drei davon gebrochen waren.

Hastor erhob sich von seinem Platz und stellte sich vor ihn. »Ich habe Euch gewarnt, Grauhaut. Bleibt meiner Stadt fern! Ihr habt diese Warnung missachtet und Ihr seht, wohin es Euch geführt hat. Macht es Euch leicht und gesteht!«

»Kurz vor der Explosion ist eine Gruppe von fünf Elfen an mir vorbeigerannt«, erzählte Dûhirion. »Elfen oder Menschen, ich habe sie bloß für einen kurzen Moment gesehen. Sie sind in Richtung Adelsviertel gelaufen.«

»Es wurde niemand gefunden«, erwiderte Hastor knapp. »Wir müssen den guten Leuten aus der Oberstadt einen Täter liefern. Momentan haben wir nur Euch.«

»Ihr wisst genau, dass Ihr mich nicht verurteilen dürft, ehe Umbra kein Urteil gefällt hat«, entgegnete Dûhirion.

Hastor betrachtete die Tintenflecke auf seinem Zeige- und Mittelfinger. Er leckte seine Daumenkuppe an und rieb darüber. Die Flecken wurden blasser. Er seufzte. »Es ist armselig, wie Ihr versucht, Euch hinter Eurer Gilde zu verstecken. Wie ein unartiger Junge, der Schutz unter dem Rock seiner Mutter sucht. Malachit gehört mir, Siebenunddreißig. Und ich habe das letzte Wort. Wenn ich Euch hängen sehen will, wird das passieren.«

Plötzlich schlug er ihm ins Gesicht. Dûhirions Kopf wurde in den Nacken geworfen. Ein Schwall Blut schoss aus seiner Nase, die krachend unter der Faust nachgegeben hatte.

»Solana, haltet seinen Kopf fest«, forderte Hastor scharf.

Die Hände des Hauptmanns pressten sich unbarmherzig wie zwei Stahlplatten von links und rechts gegen seine Schläfe. Hastor schlug mehrmals zu. Dûhirions Lippe platzte auf, die Haut über seiner Augenbraue riss und einer seiner Schneidezähne brach nahe der Wurzel. Blut rann von seinem Kinn, bedeckte seine rechte Gesichtshälfte und füllte seinen Mund. Dann erklang das unverkennbare Geräusch von splitternden Knochen, trocken und hohl wie das Zerbrechen eines morschen Astes.

Das war mein Kiefer, dachte er, als der Schmerz einsetzte und ihm die Kehle zuschnürte. Ihm wurde schwarz vor Augen. Solana ließ ihn los, sein Kopf rollte schwach zur Seite und fiel gegen seinen gestreckten Arm. Für eine kurze, gnädige Zeit war er nicht bei Bewusstsein.

Als er wieder zu sich kam, war sein Mund voller Blut. Er spuckte aus und tastete vorsichtig mit der Zunge über den abgebrochenen Zahn.

Hastor stand geduldig vor ihm. »Ihr wart in Orlean, als die Rebellen angegriffen haben, oder?«, fragte er, als der Dunkelelf blinzelnd das sehende Auge öffnete. »Ich habe bereits Berichte darüber gelesen.«

»Ja, ich war dort«, antwortete Dûhirion benommen. Er bemühte sich, deutlich zu sprechen, obwohl jede Silbe sich wie ein Glassplitter anfühlte, die seine untere Gesichtshälfte zerfetzten. Seine Sprache war verwaschen, als wäre er betrunken.

»Findet Ihr nicht auch, dass das ein seltsamer Zufall ist?«, fragte der Hochelf lauernd.

Dûhirion spürte die Messerklinge nahe an seinem Fleisch, als Hastor sein Hemd und die Tunika zerschnitt.

»Nur drei Tage nach den Vorfällen in Orlean, kaum dass ihr nach Malachit zurückkehrt, wird ein Haus in der Oberstadt angezündet. Weit und breit kein Dunkelelf außer Euch. Von dieser angeblichen Gruppe hat niemand etwas bemerkt. Ihr wart der Einzige, der sich unerlaubt in der Oberstadt herumgetrieben hat.« Hastor schob die zerschnittene Kleidung mit dem Fuß zur Seite und kratzte mit der Dolchspitze getrocknetes Blut unter seinen Fingernägeln weg. »Solana, holt ein Eisen aus der Glut«, wies er im nonchalanten Tonfall an. »Wir sparen uns die Ohren für später auf und fangen mit dem Oberkörper an.«

»Herr, ich«, setzte Solana an, »ich bitte darum, einen amtlichen Folterknecht dafür zu holen. So etwas gehört nicht zu meinen Aufgaben und ich …«

»Ich denke, ich habe mich klar genug ausgedrückt, Hauptmann«, unterbrach Hastor scharf. »Holt ein Eisen aus der Glut und brennt ihm die Brustwarzen weg!«

Solanas Schultern sanken nur kurz, rasch nahm sie wieder Haltung an. »Sehr wohl, Löwe.«

Jemand klopfte heftig an die Tür, wartete jedoch nicht darauf, reingebeten zu werden. Die Tür wurde schwungvoll aufgeworfen und eine bekannte Stimme erklang.

»Halt, halt, halt«, rief Maryn. »Sofort aufhören!«

Dûhirion war nie so erleichtert gewesen, sie zu sehen.

Hastor drehte sich zu der Zwergin um. »Was nehmt Ihr Euch heraus, dieses Verhör zu unterbrechen?«

»Ich vertrete Umbra in dieser Sache. Ich bin hier, um diesen Dunkelelfen mitzunehmen. Hier habt Ihr ein Schreiben von Taremia, dem Gildenmeister. Und jetzt losmachen, hopp!«

»Warum sollte Taremia eine betrunkene Zwergin herschicken?«, fragte Hastor missmutig und riss ihr das Schreiben aus der Hand.

»Weil … Keine Ahnung. Sie hat es eben gemacht«, entgegnete Maryn.

»Das Schreiben ist legitim«, murrte der Hochelf. »Von mir aus. Macht ihn los, Solana!«

Dûhirions Arme schnellten nach unten. Er taumelte, hielt sich mühsam auf den Füßen. Maryn kam an seine Seite und stützte ihn.

»Vielen Dank. Taremia empfiehlt sich und wird sich ab jetzt darum kümmern. Sie wird Euch kontaktieren, Löwe«, sagte sie und winkte zum Abschied.

Dûhirion humpelte neben der Zwergin her. Es war etwas umständlich, sich auf eine Person zu stützen, die um einiges kleiner war als er. Doch ohne sie würde er den Weg zur Gilde wahrscheinlich kriechend zurücklegen.

»Wie hat Taremia davon erfahren?«, erkundigte er sich mühsam.

»Auf demselben Weg, wie sie immer von allem erfährt«, antwortete Maryn ominös. »Die Frau hat ihre Augen und Ohren überall. Ich wette, sie hat ein paar Spione von Umbra in die Wache eingeschleust und die haben ihr gesteckt, dass einer ihrer Assassinen mitgenommen wurde.«

Das klang glaubhaft und beunruhigte Dûhirion. Er verdrängte oft, wie viel Einfluss Umbra in Adular hatte und wie weit Taremia ihre Fühler ausstrecken konnte. Es war vielleicht nur eine Frage der Zeit, bis sein Verhältnis mit Elanor aufgedeckt wurde.

»Ich würde dich gern zu unserer Lieblingsheilerin Jonna bringen, aber Taremia wird zuerst mit dir sprechen wollen.«

Sie betraten das Gildengebäude und Dûhirion war froh, hinter bekannten Wänden zu sein.

»Versuch, ihr nicht auf den Teppich zu bluten«, riet Maryn ihm und klopfte an die Tür des Gildenmeisters. »Taremia hasst Flecken auf ihrem guten Boden.«

»Kommt rein«, rief die Hochelfin.

Maryn tätschelte sanft seinen Unterarm. »Ich warte hier auf dich.«

Er nickte träge und schob sich in das Arbeitszimmer.

»Dûhirion.«

In Taremias Stimme lag trügerische Geduld; die Ruhe vor dem Sturm. Sie kam gemächlich auf ihn zu und baute sich mit verschränkten Armen vor ihm auf.

Der Dunkelelf wusste nicht, wohin mit seinen Armen. Bedächtig legte er einen davon um seine schmerzenden Rippen. Er fühlte sich nicht wohl dabei, mit entblößtem Oberkörper vor ihr zu stehen.

»Ihr wollt mir doch sicher erklären, woher Eure Verletzungen kommen, oder?«

Er räusperte sich vorsichtig. »Ich habe eine Kostprobe von Hastors Verhörtechniken bekommen.«

Dûhirion hatte Schwierigkeiten, sich selbst zu verstehen. Die Worte auf seiner Zunge schwammen in einem Gemisch aus Speichel und Blut. Schafften sie es an seinem abgebrochenen Schneidezahn vorbei, zerquetschten seine aufgerissenen Lippen sie zu einem undeutlichen Nuscheln.

»Warum hielt er es für nötig, Euch eine Kostprobe davon zu geben?«, fragte Taremia weiter.

Dûhirion berichtete, was sich in den letzten Stunden zugetragen hatte.

Ihre rechte Hand schoss vor und packte grob seinen lädierten Kiefer. Dûhirion stöhnte. Greller Schmerz brannte sich durch seine untere Schädelhälfte. Sein Magen krampfte sich unter aufkommender Übelkeit zusammen. Taremia bog seinen Kopf zurück, ihre Nägel gruben sich in seine Wangen. Seine zitternden Knie knickten ein.

»Und was«, fragte die Hochelfin lauernd, »hattet Ihr in der Oberstadt verloren?«

Dûhirion atmete schwer. »E-Ein Mitglied der Weißen Feder hat mich in der Aschegrube angesprochen und gesagt, es gäbe einen Auftrag für mich«, brachte er mühsam hervor.

Taremia hob ihre linke Hand und die Luft begann zu knistern.

Er hatte sie ein paar Mal Magie wirken sehen. Das letzte Mal, als ein dunkelelfischer Assassine für einen Fehltritt öffentlich bestraft worden war. Was diese Dunkelelfin getan hatte, wusste er heute nicht mehr. Er erinnerte sich bloß daran, dass sie an den Armen am Galgen aufgehängt worden war, während Taremia ihr mit Feuermagie die Füße verbrannte. Die Schreie der Dunkelelfin echoten durch seinen Kopf, während hellblaue Blitze zwischen Taremias

Fingern entlangzuckten. Ihre eiserne Miene war unlesbar. Dûhirion spürte kalten Schweiß auf seiner Stirn.

»Ihr solltet mich nicht belügen, Dûhirion«, warnte die Hochelfin eindringlich. »Fahrt fort!«

»Die Weiße Feder will den Tiefbruch befreien. Dafür sucht sie die Hilfe von ein oder zwei Assassinen. Sie ist bereit, jeden Preis zu zahlen.«

Taremias Griff verstärkte sich. Schwarze Punkte tanzten vor seinem Auge. Sie brachte die Hand, in der sich Elektrizität bündelte, näher an ihn heran. Dûhirions Haut prickelte unangenehm.

»Wenn Euch dieses Mitglied in der Aschegrube angesprochen hat, was hattet Ihr dann in der Oberstadt verloren?«

»Er bestand darauf, unser Gespräch in einem leer stehenden Haus in der Oberstadt zu führen«, ächzte der Dunkelelf.

Taremia streckte die Finger ihrer linken Hand. Dûhirion spürte das Brennen, als ihre Magie unter seine Haut fuhr. Jeder Muskel in seinem Leib verkrampfte sich. Er schrie, zuckte unkontrolliert in ihrem Griff.

»Ihr kennt die Regeln«, sprach Taremia über seine Schreie hinweg. Zu keiner Sekunde verlor sie die ruhige Melodie, die ihrer Stimme innewohnte. »Solange ich es nicht ausdrücklich erlaube, habt Ihr nichts in der Oberstadt verloren. Ob Euch ein Mitglied der Weißen Feder anspricht oder nicht, kann Euch egal sein.«

Sie ließ von ihm ab. Dûhirion fiel kraftlos zur Seite. Er krümmte sich zitternd zusammen und hoffte, dass die Feuchtigkeit zwischen seinen Beinen nicht das war, was er befürchtete. Taremia hasste es, wenn ihr guter Teppich verschmutzt wurde.

»Habt Ihr zugestimmt? Einen Preis ausgemacht?«, fragte sie weiter.

»Nein«, krächzte Dûhirion stimmlos.

»Gut. Ich sehe keinen Grund, dieser Organisation zu helfen. Sie verpflegt die Dunkelelfen wie zu groß geratene Kinder, füttert sie und pudert ihnen die Ärsche. Wären die Dunkelelfen stärker, könnten sie sich problemlos selbst versorgen. Das Problem Eures Volkes ist, dass es sich in seiner Opferrolle wohlfühlt. Es sitzt zitternd im Dreck und jammert, dass ihm kalt ist und es Hunger hat, aber ändert nichts daran.« Sie stemmte ihren Stiefel auf seinen Kopf. Ihr spitzer Hacken bohrte sich in seine Schläfe. »Es widert mich an, durch die Aschegrube zu gehen und überall diese feigen, kuschenden Ratten zu sehen. Wie sie sich vor ihren Peinigern beugen und sich für die Handvoll Dreck bedanken, die sie zu fressen bekommen. Euer Volk ist armselig und schwach. Ihr könnt Euch glücklich schätzen, dass Umbra Euch aufgenommen hat. Ihr habt die Ausbildung überlebt und seid eine Schattenklinge geworden. Ihr seid etwas Besseres, der Tiefbruch kann Euch gänzlich egal sein.« Sie lehnte sich vor und verlagerte mehr Gewicht auf ihren Fuß. Der Blick ihrer goldenen Augen war unerbittlich und ließ keinen Zweifel an ihren nachfolgenden Worten. »Sollte ich noch einmal hören, dass Ihr unerlaubt durch die Oberstadt streift, lasse ich Euch die Beine brechen. Haben wir uns verstanden?«

»Ja«, stieß Dûhirion aus.

»Ja?«, wiederholte Taremia scharf.

»Ja, Gildenmeister.«

»So ist es besser.«

Taremia kehrte ihm den Rücken zu und ging einige Schritte. Sie kniete sich vor den Kamin und legte zwei Holzscheite nach. »Ihr dürft Euch entfernen.«

Dûhirion schleppte sich mit letzter Kraft aus dem Büro, sein Bewusstsein schwand. Maryn kniete sich zu ihm und sagte irgendetwas.

»Heilerin«, flüsterte er tonlos und schloss die Augen.

11

Elanor

Elanor hatte den Knall gehört und die Erschütterung gespürt. Danach war ein dicker Brei aus verschiedenen Geräuschen auf die Straßen geflossen. Dutzende Türen, die aufgerissen und wieder zugeschlagen wurden; aufgeregte Stimmen; durcheinander geführte Gespräche. Schritte, leicht und federnd, schwer und laut, rennend, laufend oder vorsichtig schleichend. Sie hatte die einzelnen Klänge irgendwann nicht mehr aus dem Klumpen lösen können und selbstvergessen einem undeutlichen Rauschen gelauscht.

Nun stand sie an einem Fenster und betrachtete die dunkelgraue Rauchwolke, die in den schwarzen Nachthimmel emporstieg. Was auch immer passiert war, es würde morgen Stadtgespräch sein. Zehn Minuten in einem Raum mit Rhina und sie sollte alle wichtigen Informationen haben. Sie hoffte, dass es keine Verletzten gab.

Elanor seufzte und flocht ihr Haar für die Nacht zu einem Zopf. Ruhe war eingekehrt und sie wurde wieder an den Streit mit Dûhirion erinnert, der ihr wie ein Stein im Magen lag. Ihre Augen brannten noch von den Tränen, die sie vergossen hatte, bis der Schreck über die Explosion sie abrupt vertrieben hatte.

Verärgert wischte sie sich über die Wangen. Sie hatte aus Wut oder reiner Enttäuschung geweint. Wütend darüber, dass sie sich hinreißen ließ, derart gemeine Dinge zu ihm zu sagen, und wütend über seinen herablassenden Spott. Enttäuscht darüber, dass Dûhirion nicht verstand, dass die Rebellen seinem Volk wirklich helfen konnten, und enttäuscht darüber, dass diese Gruppen zu unnötigen Gewalttaten neigten.

Sie wollte diese Nacht schnellstmöglich hinter sich bringen. Faredir pflegte zu sagen, dass ein paar Stunden Schlaf heilsam für ein aufgebrachtes Gemüt waren. Elanor würde sich mit dem Dunkelelfen aussprechen, später, wenn sie beide nicht emotional aufgeladen waren. Sie hasste es, wenn ein ungelöster Konflikt zwischen ihnen stand.

Träge ließ sie sich auf ihr Bett fallen. Vor wenigen Stunden hatte sie mit Dûhirion hier gelegen und alles war in Ordnung gewesen. Elanor drehte sich auf die Seite und vergrub das Gesicht im Kissen; atmete seinen Geruch ein. Zu dem vertrauten würzigen Duft mischte sich eine leichte Lavendelnote ihres Badezusatzes.

Bevor sie in den Schlaf sinken konnte, holte ein Klopfen an der Hintertür sie gänzlich ins Wachsein zurück. Sie blinzelte verwirrt und schlug die Decke zurück. War das Dûhirion?

Das rhythmische Klopfen erklang ein zweites Mal. Sie öffnete die Tür, doch wider Erwarten stand niemand davor.

Elanor lehnte sich nach draußen und merkte, dass es vollkommen windstill war. Nicht nur das. Neben dem Wind war jegliches Geräusch verstummt. Sie konnte keinen Rauch riechen. Selbst wenn das Feuer gelöscht worden war, würde der penetrante Geruch von Verbranntem und kalter Asche in der Luft liegen.

Ihr Puls beschleunigte sich. Unruhig rieb sie sich über die Gänsehaut, die sich auf ihren Armen gebildet hatte. »Dûhirion?«, rief sie halblaut.

Ein Schatten huschte an ihr vorbei, zu schnell für ihre Sinne.

Sie stand auf der Schwelle zwischen Angst und Neugier. Ein Teil von ihr wollte sich wie ein kleines Kind unter der Bettdecke verstecken. Der andere trieb sie dazu, dem Schatten zu folgen, den sie vage gesehen hatte.

Die Neugier siegte. Barfuß und nur im Nachthemd bekleidet ging sie auf die leere Straße. Alle Fenster waren dunkel, alle Türen verschlossen. Sogar die Taverne war völlig verlassen.

Wo waren alle? Elanor bekam Angst, dass sie eine Evakuierung verpasst hatte. Was war, wenn dieser Rauch giftig war? Wenn die Explosion absichtlich verursacht worden war, um Malachits Einwohnern zu schaden?

Niemand hatte ihr Bescheid gegeben, niemand war gekommen, um sie zu warnen.

Nein, das war nicht möglich. Ihr Onkel, Nara und Arik, Dûhirion … keiner von ihnen hätte sie im Stich gelassen.

Elanor blieb stehen, hatte plötzlich vergessen, warum sie nach draußen gegangen war. Ihre Füße hatten sie in den Wechselwald getragen. Sie erinnerte sich nicht, so lange gelaufen zu sein. Auch im Wald war alles still. Kein Vogel zwitscherte, kein Rascheln in den Büschen und kein Knacken im Unterholz. Die schwarzen Blätter über ihrem Kopf verschlossen den Himmel vor ihr. Dennoch konnte sie klar sehen wie am Tage. Deshalb erkannte sie auch das Tier, das wenige Meter von ihr entfernt saß und sie beobachtete.

Ein weißes Kaninchen.

Wie in Trance ging sie ihm nach. Es führte sie auf eine kleine Lichtung, die Elanor nie zuvor gesehen hatte. Irrlichter bildeten einen hellen Kreis um einen alten Baumstumpf. Sie wiegten sich in einem seltsamen Takt, als würden sie sich zu einer inneren Melodie bewegen.

Das Kaninchen sprang auf den Baumstumpf und Elanor stoppte vor den Irrlichtern. Die Gestalt des Tieres veränderte sich. Staunend sah Elanor dabei zu, wie aus ihm eine unbeschreiblich schöne Waldelfin wurde. Gänzlich nackt und nur mit einem Blumenkranz auf dem Kopf geschmückt. Ihr fiel auf, dass sie weder Brustwarzen noch einen Bauchnabel und Genitalien hatte. Ihr Körper sah seltsam puppenartig aus. Viel zu spät begriff sie, wen sie vor sich hatte.

»Viriditas«, hauchte Elanor und ließ sich ehrfürchtig auf die Knie fallen. »Viriditas, Mutter des Waldes, Hüterin der Erde.«

Sie hatte der Göttin unerlaubt ins Antlitz geblickt. Die Lähmung, verursacht von Schock und Überraschung, hatte sie dazu gebracht, einen groben Fehler zu begehen.

»Sei mir gegrüßt, Elanor Loracas«, sprach Viriditas.

»V-Verzeiht, dass ich Euch angestarrt habe«, stammelte Elanor. »Es lag nicht in meiner Absicht, Euch zu beleidigen, ehrenwerte Mutter des Waldes.«

»Es gibt nichts, wofür du dich entschuldigen müsstest. Sieh auf und erhebe dich!«

Elanor gehorchte und hob scheu den Blick zur Göttin. Viriditas' Haut war dunkel wie die Erde, das hüftlange Haar war vom dunklen Grün der Tannennadeln. Ihre mandelförmigen Augen waren tiefschwarz, ohne Iris oder Pupille. Nur zwei Seen von endloser Tiefe.

»Du bist die Tochter von Tinuven und Meluil Loracas«, sagte die Göttin leise.

»So ist es«, erwiderte Elanor vorsichtig.

»Ich erinnere mich an deine Mutter Meluil. Ich vergesse keine Frau, der ich die Möglichkeit gewähre, ein Kind zu empfangen. Komm zu mir, Elanor«, bat Viriditas. Ihre Stimme war sanft und melodisch.

Die Waldelfin ging auf sie zu. Ihr brannten Fragen auf der Zunge.

Waren ihre Eltern bei Viriditas? Ging es ihnen gut? Waren sie enttäuscht von ihr oder waren sie stolz auf sie?

Viriditas lächelte liebevoll und legte ihre feine Hand auf Elanors Bauch. »Du trägst ein Kind in deinem Leib«, flüsterte sie in ihr Haar. »Es ist noch klein, doch sein Herz schlägt bereits. Du wirst spüren, wie es in dir wächst.«

Elanors Herz schlug ihr bis zum Hals. »I-Ich bin schwanger? Aber … A-Aber das ist …«

Sie hatte mit keinem anderen Mann geschlafen als mit Dûhirion. Waldelfen und Dunkelelfen konnten keine Kinder miteinander bekommen, das war ganz und gar unmöglich.

»Komm morgen in meinen Tempel und ich werde dich und dein Kind segnen«, flüsterte Viriditas. »Wenn die Priesterin dich fragt, sag ihr, dass Viriditas die Saat in deinem Leib erblühen lassen wird.«

»D-Der Vater dieses Kindes ist ein Dunkelelf«, sagte Elanor stimmlos. »Wie ist das möglich?«

Die Göttin lehnte sich vor und küsste ihren Scheitel. Der Wald versank in Dunkelheit und Elanor verlor den Boden unter den Füßen. Sie fiel lange durch die Finsternis und als sie aufschlug, fand sie sich in ihrem Bett wieder.

Schwer atmend lag sie auf dem Rücken. Sie legte eine Hand auf ihren Bauch und verkrallte sich im Stoff ihres Nachthemdes, das schweißnass an ihrem Leib klebte.

Das war kein gewöhnlicher Traum gewesen. Viriditas hatte sie auserwählt, ein Kind zu bekommen. Ausgerechnet sie. Die Götter mussten sich irren. Elanor konnte kein Kind von Dûhirion austragen. Jeder wusste, dass das nicht möglich war.

Mischling werden sie es nennen, dachte sie betäubt. *Mischling, wie einen Hund. Sie werden dieses Kind … UNSER Kind wie eine Missgeburt behandeln.*

Wie lange war sie schon schwanger? Ihr Bauch war flach. Sie hatte nichts gespürt.

Es ist noch klein, doch sein Herz schlägt bereits, wiederholte sie die Worte der Göttin. *Man wird dem Kind ansehen, dass sein Vater ein Dunkelelf ist. Es wird rote Augen und schwarzes Haar haben. Die Gesichtszüge werden zu scharf sein, die Haut grau.*

Man würde das Kind töten, Dûhirion hinrichten lassen und Elanor ins Exil schicken. Wenn man sich nicht dazu entschied, sie für den Rest ihres Lebens in den Kerker zu sperren und jeden Tag für ihre Sünde büßen zu lassen.

Es ist noch klein, doch sein Herz schlägt bereits, hallte es durch ihren Kopf. *Es lebt. Ist das die Strafe dafür, dass ich mich auf ihn eingelassen habe? Sie schenkt mir ein Kind und mein eigenes Volk wird es mir mitsamt seinem Vater wieder entreißen.*

Elanor rollte sich unter ihrer Bettdecke zusammen und schluchzte.

Den Rest der Nacht schwankte sie zwischen Akzeptanz und Verleugnung. Wann immer sie sich überzeugt hatte, dass Viriditas sich irrte und sie unmöglich schwanger sein konnte, verfiel sie in unruhige Träume. Abwechselnd sah sie darin ein kleines Mädchen oder einen Jungen, beide nicht älter als fünf Jahre.

Das Mädchen hatte langes braunes Haar, eine feine Stupsnase, auf der sich Sommersprossen tummelten wie bei Elanor. Die markanten, hohen Wangenknochen hatte es unverkennbar von seinem dunkelelfischen Vater. Das und einen Graustich in seiner bronzefarbenen Haut. Der Junge hatte rabenschwarzes Haar. Seine Gesichtszüge waren schärfer als die des Mädchens, seine Nase spitzer und die Haut grauer. Ansonsten waren sie einander wie aus dem Gesicht geschnitten. Er lachte sie aus dem Traum heraus an und entblößte eine Zahnlücke im Oberkiefer. Auffällig an beiden war ihre violette Augenfarbe; eine Mischung aus Elanors Blau und Dûhirions Rot. Die Augen des Mädchens erinnerten sie an die zarte Farbe von Lavendel, dessen Duft sie so schätzte; die des Jungen an die dunkle Tönung reifer Pflaumen im Herbst.

Jedes Mal erwachte sie mit der Gewissheit, dass Viriditas ihr Bilder ihres zukünftigen Kindes zeigte. So würde es aussehen. Dann konnte sie ihre eigenen Lügen nicht mehr glauben und resignierte. Sie wollte nicht mehr schlafen, wollte diese Kinder nicht mehr sehen. Also setzte sie sich, in eine Decke gewickelt, vor den kalten Kamin und wartete auf den Sonnenaufgang.

Bei Tagesanbruch verließ sie das Haus. Der Morgen hüllte sich in dichten Nebel, den die Sonne nicht zu durchbrechen vermochte. Ihre Füße versanken in der grauen Masse, die kalt ihre Knöchel packte und klamm ihre Kleidung durchdrang.

Elanor zog den Mantel enger um sich, ihre Schritte waren schwer und ungelenk. Ihr Rumpf existierte nicht. Kopf und Gliedmaßen schienen an einen morschen Holzklotz geschlagen zu sein. Sie spürte weder ihren Herzschlag noch den Atem, der ihre Lungen kühl füllte und warm ihren Rachen verließ. Dort, wo sich vor wenigen Stunden ihr Bauch befunden hatte, gähnte ein schwarzes Loch erstickender Übelkeit.

Mit tauben Händen strich sie über ihre Oberarme und schauderte. Es war, als würde sie von einem Fremden gegen ihren Willen berührt werden. Rasch senkte sie die Arme und zwang sich, sie nicht um ihren Bauch zu schlingen.

Die unsichtbare Schlinge um ihren Hals zog sich fester zu, je näher sie dem Tempel kam. Als sie den Schein der entzündeten Feuerschalen durch den Nebel erkennen konnte, bekam sie keine Luft mehr.

Zwei Priesterinnen versperrten ihr den Weg. Sie trugen weiße Gewänder, die aus dem umliegenden Dunst gewoben zu sein schienen. Ihre Gesichter waren ernst und verschlossen wie das Antlitz zweier Statuen.

Elanor räusperte sich. »Die Göttin lässt … die Saat …« Sie verschluckte sich an den Worten und brachte den Satz mühsam zu Ende: »Viriditas lässt die Saat in meinem Leib erblühen.«

Hätte sie etwas im Magen gehabt, hätte sie sich vermutlich vor den Füßen der Priesterinnen übergeben. Das wäre eine Respektlosigkeit gewesen, die Elanor sich niemals verziehen hätte.

Der Weg öffnete sich vor ihr und sie trat über die Schwelle ins Tempelinnere. Sobald der Geruch von Kräutern, Kiefern und Erde sie umgab, beruhigte sie sich. Es war, als würde Viriditas sie erneut in ihre Arme schließen. Ein Gefühl der Geborgenheit überkam sie, die Sicherheit, in die schützende Obhut einer liebenden Mutter gekommen zu sein.

Die Hohepriesterin des Tempels kam mit federleichten, lautlosen Katzenschritten auf sie zu. »Seid gegrüßt! Ihr seid eine der auserwählten Mütter, dafür möchte ich Euch beglückwünschen.«

Speichel sammelte sich in Elanors Mund, doch sie war unfähig, zu schlucken. Ihr Kehlkopf hatte sich wie eine Klette im Inneren ihres Halses festgesetzt. Sie nickte knapp und zwang sich zu einem Lächeln.

»Ihr seid blass«, bemerkte die Hohepriesterin besorgt. »Hat die Neuigkeit Euch den Schlaf geraubt?«

»Ich hatte nicht damit gerechnet«, beschwichtigte Elanor tonlos. »Ich muss das Ganze noch verarbeiten. Wie … Wie geht es jetzt weiter?«

»Viriditas sprach in dieser Nacht auch zu mir«, antwortete die Hohepriesterin. »Sie nannte mir die Zahl der auserwählten Frauen und zeigte mir ihre Gesichter.«

Schön und gut, aber das beantwortet meine Frage nicht, dachte Elanor und rieb sich die Schläfe. Sie hatte Kopfschmerzen und ihre Übelkeit kehrte zurück. Ihr Magen fühlte sich an, als wollte er sich von innen nach außen stülpen.

Die Hohepriesterin sprach nicht weiter und machte ein überlegenes Gesicht. Sie schien auf etwas zu warten. Eine Reaktion?

»Ich … verstehe«, murmelte Elanor. »Ihr wurdet auserwählt, die … Zeremonie zu leiten?«

Die Hohepriesterin nickte gewichtig. »So ist es. So geschieht es schon seit Jahrzehnten. Wann immer Viriditas Frauen aus unseren Völkern die Fruchtbarkeit schenkt, lässt sie es mich zuerst wissen, damit ich alles vorbereiten kann.«

Elanor bezweifelte, dass die Göttin derlei Arroganz gutheißen würde, doch wer war sie, dass sie darüber urteilen durfte? Sie war eine einfache Schneiderin in Gegenwart einer ehrwürdigen Hohepriesterin.

»M-Müssen wir auf die anderen Frauen warten?«, fragte Elanor weiter.

»Nicht direkt. Dies ist ein sehr privater Moment für die werdenden Mütter, deshalb werden sie einzeln in den Tempel kommen. Da Ihr als Erste angekommen seid, werde ich mit Euch beginnen. Die anderen Frauen, sollten sie eingetroffen sein, werden draußen warten. So folgt mir dann!«

Die Hohepriesterin führte sie zum Altar und gebot Elanor mit einer Geste, niederzuknien. Sie nahm ein Messingschälchen an sich, dessen Inhalt Elanor nicht erkennen konnte.

»Schließt die Augen.«

Wortlos gehorchte sie. Mit dem Zeigefinger strich die Priesterin ihr über die Stirn, ihre Nase, Lippen und Kinn. Sie malte ein Muster auf das Gesicht der Waldelfin und murmelte dabei in der altelfischen Sprache. Elanor verstand einzelne Vokabeln, aus denen sie sich keinen Zusammenhang erschließen konnte. Da sie den Grund ihrer Anwesenheit kannte, lag die Vermutung nahe, dass die Priesterin über Mutterschaft und Kinderglück sprach.

»Senkt Euer Haupt und empfangt den Segen der Göttin Viriditas.«

Elanor presste das Kinn auf ihre Brust und kniff die Lider zusammen. Das Stechen in ihrem Leib verschlimmerte sich; winzige Nadeln stachen durch ihre Magenwand ins Bauchfell. Stumm begann sie ihr Gebet, bis sie aus scheinbar weiter Ferne eine Stimme hörte.

»Ich grüße dich, Elanor Loracas.«

Etwas, das kalt wie Eis war, kletterte über ihre Wirbelsäule. Scheu öffnete sie die Augen, ohne den Kopf zu heben. Sie wusste nicht, wo sie war, doch der Tempel war es nicht mehr. Sie kniete in bunten Laubblättern, einer herrlichen Farbpracht aus Gold und feurigem Rot. Direkt vor ihr wuchs ein hellbrauner Pilz aus dem Boden.

»S-Seid gegrüßt, Viriditas, Mutter des Waldes und Hüterin der Erde! Ich fühle mich geehrt, mit Euch sprechen zu dürfen und von Euch auserwählt worden zu sein. Ich danke Euch dafür, ehrenwerte Mutter des Waldes.«

Elanor zitterte. Ihre Finger krallten sich so fest in den Stoff ihres Rockes, dass ihre Knöchel weiß hervortraten. Die nackten Füße der Göttin erschienen in ihrem Blickfeld. Eine warme, weiche Hand berührte ihr Kinn und hob sacht ihren Kopf an.

»Hab keine Angst«, sagte die Göttin sanft. »Du bist nicht hier, um eine Strafe zu empfangen. Steh auf!«

Langsam richtete Elanor sich auf. Sie hatte befürchtet, ihre Beine würden sie nicht tragen, dass ihre Knie zu schwach sein würden.

Doch es fiel ihr erstaunlich leicht, einen festen Stand zu finden. Sie befand sich auf einer hellen Lichtung. Die Bäume hatten einen unnatürlichen Kreis darum gebildet, die Stämme dicht an dicht wie eine undurchdringliche Mauer.

Viriditas berührte ihren Bauch und der stechende Schmerz, die Übelkeit und das Hämmern in ihren Schläfen verschwanden. »Nicht nur ein Herz schlägt, es sind sogar zwei.« Die Göttin wiegte ihren Kopf leicht hin und her, wie eine Blume im Wind. »Ein Mädchen und ein Junge. Diese Kinder stehen unter meinem Schutz. Sie sollen ungestört in dir heranwachsen und gesund zur Welt kommen.«

Zwillinge. Elanor hatte ein Mädchen und einen Jungen in ihren Träumen gesehen. So würden sie aussehen. Zwillinge. Eine Tochter und ein Sohn.

Das war unter Waldelfen und Hochelfen keine Seltenheit. Dadurch, dass Frauen nur sehr selten schwanger wurden, passierte es überdurchschnittlich oft, dass eine von ihnen mehr als ein Kind auf einmal austrug. Faredir war der Zwillingsbruder von Elanors Vater gewesen. Noriel und ihre Schwestern waren sogar Drillinge.

»Warum ich?«, fragte Elanor stimmlos. Sie schwankte. »Wenn die Leute erfahren, dass der Vater der Kinder ein Dunkelelf ist, werden sie … sie werden sie töten, sobald sie geboren sind.«

Viriditas begann langsam, das Muster auf ihrem Gesicht nachzufahren, das die Hohepriesterin zuvor gezeichnet hatte. Elanor fühlte Wärme auf ihrer Haut. »Von vier Monaten sind noch knapp drei übrig«, sprach die Göttin leise. »Obgleich deine Kinder gesund zur Welt kommen, werden sie anfangs mit Schwierigkeiten zu kämpfen haben. Das Mädchen wird schlecht essen und deshalb lange klein und dünn sein. Der Junge wird anfangs hinken, weil seine Beine ungleichmäßig wachsen.«

Warum ging Viriditas nicht auf ihre Befürchtungen ein?

Sie hat einen Plan für mich, dachte Elanor. *Ich vertraue ihr. Sie tut das nicht, um mich zu bestrafen.*

Doch ihre wichtigste Frage blieb unbeantwortet: Warum ausgerechnet sie? Gab es keine Frauen, die würdiger waren? Andere Frauen, die nicht gegen Gesetze verstießen und es verdienten, Kinder zu bekommen?

Sie ist nicht hier, um mich zu bestrafen, wiederholte Elanor. *Sie weiß, dass der Vater ein Dunkelelf ist. Aber sie behandelt es nicht wie eine Sünde. Das … verstehe ich nicht.*

Sie blinzelte und fand sich plötzlich im Tempel wieder. Verwirrt sah sie sich um. Die Hohepriesterin musterte sie forschend.

»Wie … Wie bin ich zurückgekommen?«, fragte Elanor.

»Ihr wart nie fort«, antwortete die Priesterin. »Ihr habt Euch in einer Art Trance befunden, während die Göttin zu Euch sprach. Keine Sorge, Ihr habt nicht laut gesprochen.«

Elanor schluckte trocken und legte eine Hand auf ihren Bauch. »Was war das für ein Muster, das Ihr in mein Gesicht gemalt habt?«

»Es ist das Symbol der Göttin. Ihr kennt es. Damit werden alle Schwangeren gezeichnet, damit jeder sieht, dass sie mit Kinderglück gesegnet wurden.«

»Kann ich einen Spiegel haben?«, bat Elanor.

Die Hohepriesterin zog einen runden Spiegel unter dem Messingschälchen auf dem Altar hervor und hielt ihn hoch.

Viriditas' Zeichen war die vereinfachte Darstellung eines Baumes. Die Linien waren erstaunlich filigran. Der Baumstamm verlief über ihren Nasenrücken, sparte die Nasenspitze aus und setze sich an der Oberlippe fort. Krumme Wurzeln streckten sich von ihrer Unterlippe über ihr Kinn, die längsten von ihnen reichten bis zu ihrem Hals. Ausladende Äste, die ihre Stirn bedeckten, waren kahl, zierlich und aufwendig verzweigt. Die weiße Farbe, mit der die Zeichnung aufgebracht worden war, hob sich erschreckend deutlich von ihrer dunklen Haut ab.

Jeder wird es sehen, kroch es langsam durch ihren Kopf. *Jeder wird es erkennen. Ich müsste mein gesamtes Gesicht verbergen, um dieses Zeichen zu verstecken.*

Mit zitternder Hand gab sie den Spiegel zurück.

»In vier Wochen erwarte ich Euren nächsten Besuch«, sagte die Hohepriesterin. »Seid Ihr mit der Zeremonie der Geburtsvorbereitung und der Geburt vertraut?«

»Nein«, gestand Elanor.

»In vier Wochen werdet Ihr Euch mit den anderen Müttern treffen, um den Kuss der Göttin zu empfangen. Es ist ein Ritual, in dem Euer Körper für die bevorstehende Geburt gestärkt wird. Die Geburt findet im Tempel statt. Die Priesterinnen des Tempels werden Euch als Hebammen zur Seite stehen. Euer Kind wird mit dem geweihten Wasser Viriditas' gewaschen und sein Name laut vor ihrer Statue gesprochen, damit sie ihn hört und das neue Leben in ihr Herz schließt.«

Elanor nickte immer wieder wie betäubt. Es wurde unerträglich, im Tempel zu verweilen und sich anzuhören, was ihr bevorstand. Sie konnte ihre Kinder auf keinen Fall im Tempel zur Welt bringen.

Sobald die Hebamme nur eines von ihnen im Arm hielt, würde sie es im geweihten Wasser ertränken.

»Es wird Euch gefallen«, fuhr die Hohepriesterin fort. »Am Abend vor der Geburt wird es zu Ehren der Mütter ein großes Fest im Tempel geben.«

Elanor musste hier raus. Sie bedankte sich, sprach ein paar Abschiedsworte und eilte hinaus. Sie wollte zu Arik. Dunkelelfen konnten Waldelfen nicht schwängern. Das war nicht möglich. Die Göttin musste sich irren. Sie würde sich von Arik untersuchen lassen. Er war ein Heiler, hatte schon viele Schwangere betreut und Kinder auf die Welt gebracht. Mit einem einfachen Diagnosezauber konnte er ihr sagen, dass sie nicht schwanger war, und ihr damit Erleichterung verschaffen.

»Elanor? Elanor!«

Sie zuckte unwillkürlich zusammen.

»Oh, das tut mir leid. Ich wollte dich nicht erschrecken.«

Maldis, eine Schmuckverkäuferin, stand mit breitem Lächeln und leuchtenden Augen vor ihr. Elanor unterhielt sich manchmal mit ihr, wenn sie über den Markt ging und Zeit hatte. Sie mochte die andere Waldelfin.

»M-Maldis, hallo.« Elanor lächelte unsicher. »Was machst du hier?«

»Dasselbe wie du«, antwortete Maldis freudestrahlend. »Ich bin schwanger.«

»Herzlichen Glückwunsch.« Elanor klang nicht einmal halb so erfreut, wie sie wollte. »Dann bist du gekommen, um dich und dein Kind segnen zu lassen.«

»Ja, ganz richtig; mein Mann und ich hoffen, dass es mehr als ein Kind wird; vielleicht Drillinge oder sogar Vierlinge; wir wünschen uns mehr als ein Kind; es soll nicht als Einzelkind aufwachsen, weißt du? Es ist schöner, wenn es Geschwister hat, mit denen es spielen kann«, plapperte Maldis aufgeregt. »Oh, ich freue mich so sehr; aber sag mal … du hast mir nie erzählt, dass du einen Mann hast; oder hast du, und ich Schussel habe es nur vergessen?«

Elanor spürte, dass ihre Ohren und Wangen heiß wurden. »Ich … Wir … W-Wir haben uns nie wirklich über dieses Thema unterhalten.«

»Oh, das kann sein; ja, das wird es sogar sein.«

Sie hatte Glück, dass Maldis völlig im Freudentaumel war und ihre gedrückte Stimmung nicht registrierte.

»Der Vater wird sicherlich völlig aus dem Häuschen sein; weiß er schon davon?«

Elanor schüttelte den Kopf.

»Dann rasch nach Hause und erzähl es ihm! Oh, wir müssen uns in den nächsten Tagen unbedingt treffen und quasseln; ich bin so froh, dass eine Bekannte auch schwanger ist; ich brauche einfach eine andere Frau, die mich in der Schwangerschaft unterstützt; bring den Vater gern mit! Ich bin mir sicher, dass mein Mann sich freuen wird, ihn kennenzulernen; wenn er dein Herz gewonnen hat, kann er ja nur ein anständiger Kerl sein; weißt du, welche Frauen noch auserwählt wurden? Hast du jemanden gesehen? Wie viele sind es? Elanor, ich muss gehen, Viriditas erwartet mich; wir sehen uns auf dem Markt, ja?«

Da eilte Maldis auch schon davon und verschwand im Tempel.

Elanor atmete hörbar auf. Sie hatte noch nie jemanden in so kurzer Zeit so viele Worte aussprechen gehört. Rasch warf sie sich die Kapuze ihres Mantels über und lief zu Ariks Klinik.

Die Laterne über der Tür leuchtete, Arik war bereit, Patienten zu empfangen. Es war ein kleiner Anbau neben dem Haus der Zwillinge und bot gerade einmal Platz für ein Dutzend Betten. Nicht viel, wenn man bedachte, dass Malachit ein großes und fortschrittliches Krankenhaus hatte.

Dennoch gab es viele, die eine Behandlung in Ariks Räumlichkeiten vorzogen. Es war billiger, sodass auch ärmere Bewohner sich Medikamente leisten konnten. Zudem konnte der Magier sich besser um seine Patienten im Einzelnen kümmern, niemand musste befürchten, zu einer gesichtslosen Nummer zu verkommen. Jeder, der Hilfe brauchte, wurde in Ariks Klinik behandelt. Absolut jeder, auch Dunkelelfen. Es war ihm nie verboten worden, stieß vielen Einwohnern aber sauer auf. Nicht selten kam es vor, dass ein Waldelf oder Hochelf eine Behandlung verweigerte, wenn ein Dunkelelf sich mit im Raum befand. Arik wies diesen Leuten meist freundlich den Weg nach draußen.

Elanor griff nach oben und läutete an der Glocke, die neben der Laterne über der Tür baumelte.

Es war Nara, die sie einließ. »Grüße dich, Elanor. Was bringt dich so früh her?«

»Ich brauche Ariks Hilfe«, antwortete sie langsam.

»Arik braut im Haus neue Tränke zusammen. Ich sage ihm Bescheid. Such dir ein freies Bett und setz dich.« Sie musterte sie forschend. Elanor senkte den Kopf und hätte sich am liebsten weit in ihren Umhang zurückgezogen. »Es ist doch hoffentlich nichts Schlimmes?«

»Nein, keine Sorge«, antwortete Elanor. Sie tat wie geheißen und setzte sich auf eines der Betten. Unwohl zog sie die Kapuze tiefer in die Stirn.

Arik kam kurze Zeit später aus der Nebentür, die die Klinik mit dem Wohnhaus der Zwillinge verband. »Ich bin gleich bei dir, Elanor«, sagte er und krempelte seine Hemdärmel über die Ellenbogen. »Lass mich schnell meine Hände waschen!« Als er damit fertig war, kam er auf sie zu. »Also, was kann ich für dich tun?«

Elanors Mund war plötzlich so trocken, dass es ihre Zunge lähmte. Sie fühlte sich wie ein Stück altes Leder an. Widerwillig strich sie sich die Kapuze vom Kopf und entblößte ihr gezeichnetes Gesicht. »Ich bin schwanger«, krächzte sie. »Z-Zumindest denke ich, d-dass ich das bin. Es wurde mir gesagt, aber … a-aber das ist nicht möglich. I-Ich möchte absolut sichergehen.«

Arik zog sich einen niedrigen Hocker heran und setzte sich. »Ganz langsam und am besten von Anfang an«, bat er.

Elanor erzählte ihm alles, von ihrem Traum und ihrem Besuch im Tempel; von ihren Gesprächen mit der Hohepriesterin und Viriditas selbst.

Arik hörte geduldig zu. Auf ihr Drängen wirkte er den gewünschten Diagnosezauber und bestätigte ihr letztlich, was sie längst wusste: »Es ändert nichts an der Tatsache. Du bist schwanger.«

Elanor sackte in sich zusammen wie ein Stofftier, das achtlos aufs Bett geworfen worden war.

»Es ist … nicht unmöglich, dass Dûhirion der Vater ist«, setzte Arik behutsam an.

Ungläubig schüttelte Elanor mit dem Kopf. »Sie sagen, dass die Völker sich nur untereinander vermehren können. Das muss ein Irrtum sein. Es kann nicht …«

»Ich werde oft in das örtliche Bordell gerufen, um den Huren mit ungewollten Schwangerschaften zu helfen. Wie du weißt, sind alle Prostituierten Dunkelelfen. Die Freier geben nicht viel auf Verhütung, Geschlechtskrankheiten aller Art sind ein großes Problem. Leider werde ich auch oft gerufen, weil eine der Frauen geschwängert wurde.«

Elanor fühlte sich, als würde sie den Boden unter sich verlieren. Sie hielt sich krampfhaft am Laken fest, um nicht der Angst vorm Fallen ausgeliefert zu sein.

»Die Öffentlichkeit soll davon nichts erfahren und … ich bin als Heiler an eine Schweigepflicht gebunden. Der Gedanke, dass es da draußen Kinder gibt, die nicht«, der Heiler verzog das Gesicht, »reinblütig sind, scheint einigen unerträglich zu sein. Darum werden diese Kinder unter Verschluss gehalten, bestenfalls versteckt, und der Bevölkerung erzählt, es würde sie nicht geben.«

»Warum hast du mir das nie erzählt?«, flüsterte Elanor stimmlos.

Unwohl rieb Arik sich den Nacken. »Wie ich bereits sagte, ich bin an eine Schweigepflicht gebunden. Außerdem … war es nie wirklich ein Thema, wenn …«

»Du hast es nicht für nötig gehalten, mich zu warnen?«, brauste Elanor auf. »Mir zu sagen, dass ich verhüten sollte, wenn ich mit Dûhirion zusammen bin?«

»Elanor, beruhige dich bitte«, begann der Magier.

»Ich denke nicht daran«, fauchte sie. »Warum hast du mir das verheimlicht? Warum hast du mich in diese Lage gebracht? Weißt du, was sie meinen Kindern antun werden, kaum dass sie geboren sind?«

»Was ist hier los?«, fragte Nara.

»Ich bin schwanger«, keifte Elanor, »weil keiner von euch es für nötig hielt, mir zu sagen, dass ich auf Verhütung achten sollte.«

Nara blinzelte irritiert. »Oh … Scheiße.«

Arik hob beide Hände, um ihr Einhalt zu gebieten. »Wir haben dich nicht in diese Lage gebracht.« Seine Stimme klang schärfer und eindringlicher. »Selbst wenn wir es dir gesagt hätten, hätte das etwas geändert?«

»Ihr habt mir wichtige Informationen vorenthalten«, schrie Elanor.

»Ich kenne mich sicherlich nicht so gut mit den elfischen Göttern aus wie du, aber einige Dinge weiß auch ich«, sagte Arik. »Viriditas wählt unregelmäßig Frauen aus, denen sie Fruchtbarkeit gewährt. Ich bin bislang immer davon ausgegangen, dass die Frauen erst dann fruchtbar sind, wenn Viriditas ihnen erschienen ist. Aber laut meiner Diagnose bist du schon seit knapp sechs Wochen schwanger.«

Die Übelkeit brannte ein Loch in Elanors Bauch. Ihre Augen schmerzten, als würden sie von einer Macht in ihre Höhlen gepresst werden.

»Selbst wenn wir dir gesagt hätten, dass du unter den richtigen Umständen durchaus von Dûhirion schwanger werden kannst, was hätte das geändert? Du sagtest einmal, dass es in den Augen der Götter eine Sünde sein muss, dass du ihn liebst. Wärst du in

Anbetracht dessen davon ausgegangen, dass Viriditas dir dieses Geschenk machen will?«, fragte Arik.

»Und Viriditas ist meines Wissens nach eine eher sanfte und liebevolle Göttin«, fügte Nara nachdenklich hinzu. »Sie ist nicht dafür bekannt, dass sie eine Schwangerschaft als Strafe nutzt, oder?«

»Selbst wenn du es gewusst und penibel verhütet hättest, hätte die Göttin wahrscheinlich auf die eine Nacht gewartet, in der du es vernachlässigst. Du kennst ihre Wege besser als ich«, fuhr der Magier fort.

Elanors Ärger schwand. So sehr sie weiter wütend sein wollte, sie konnte nicht. Angst und Traurigkeit überwältigten sie und sie begann hemmungslos zu weinen.

Sie hatten recht. Warum sollte Viriditas eine Waldelfin auserwählen, wenn sie mit einem Dunkelelfen zusammen war?

Nara setzte sich neben sie und schloss sie in die Arme. »Niemand wird deinem Kind etwas zuleide tun«, flüsterte sie. »Nicht, solange es die Weiße Feder gibt. Du hast unsere volle Unterstützung.«

»Wie bringe ich das Dûhirion bei?«, schluchzte Elanor. »Onkel Faredir? Was soll ich denen sagen, die fragen? Ich … Ich habe keinen M-Mann vorzuweisen. S-Soll ich etwa sagen, dass diese Schwangerschaft das Ergebnis einer gedankenlosen Affäre ist?«

»Wir finden jemanden, der dafür einsteht«, erwiderte Nara. »Jemanden aus unserer Organisation.«

»Berkar zum Beispiel«, schlug Arik vor. »Er ist Händler und selten in der Stadt. Erzähl ihnen, dass du dich bei eurem letzten Treffen mit ihm verlobt hast, und sag ihnen, du wirst ihn vorstellen, sobald er zurück in Malachit ist.«

Elanor nickte kaum merklich. Das war eine vorübergehende Lösung. Jeder bis auf ihren Onkel würde es ihr glauben.

»Und die eigentliche Geburt?«, fragte sie matt. »Es wird von mir erwartet, dass ich zusammen mit den anderen Müttern im Tempel gebäre. Ich … weiß nicht, was passiert, wenn ich dem Tempel fernbleibe und stattdessen hier …«

»Wie viel Zeit bleibt bis zur Geburt?«, fragte Arik.

»Noch drei Monate. Nicht mehr lange und mein Bauch wird wachsen«, raunte Elanor abwesend und presste beide Hände auf ihren Leib. »Was soll ich tun?«

»Nara und ich lassen uns etwas für die Geburt einfallen«, versicherte Arik. »Ich werde meine Zauberbücher durchsuchen, ob sich etwas findet. Vielleicht eine Illusion, die deine Kinder für kurze Zeit wie gewöhnliche Waldelfen aussehen lässt? Wir finden eine Lösung, Elanor. Das verspreche ich dir.«

Die Zwillinge tauschten vielsagende Blicke. Arik nickte und entschuldigte sich für einen Moment.

»Ich verstehe das nicht«, brummte Nara, als sie allein waren. »Was haben sich eure Götter dabei gedacht, nur die Fruchtbarkeit der Frauen einzuschränken? Ich meine … warum nicht auch die Zeugungsfähigkeit der Männer?«

Elanor hob den Kopf. Darüber hatte sie nie nachgedacht.

»Elfische Männer sind offenbar jederzeit zeugungsfähig«, fuhr Nara ärgerlich fort. »Und korrigiere mich, wenn ich falschliege, aber hauptsächlich besuchen Männer das Bordell, oder nicht? Ja, es gibt männliche Huren und genug Frauen, die auch regelmäßig dort sind. Aber das ist nicht der Punkt. Wenn eure Götter die Fruchtbarkeit der Frauen einschränken, sollte das auch für die Zeugungsfähigkeit der Männer gelten. Oder nicht? Dann würde vielen Prostituierten erspart bleiben, dass … du weißt schon.«

»Wart ihr so oft dort, um Abtreibungen durchzuführen?«, fragte Elanor kleinlaut.

Nara seufzte tief. »Arik war öfter da als ich. Als ob es die Frauen nicht schon schwer genug hätten, als Hure gebrandmarkt zu sein und sich jeden Tag von widerwärtigen …«

»Hast du je so ein Kind gesehen?«, fragte die Waldelfin weiter. »So einen …«

»Halbling«, ergänzte Nara. »Zumindest benutze ich das Wort lieber als Mischling, Mischblut oder Sonstiges. Nein, ich habe bis jetzt kein solches Kind getroffen. Wenn es sie gibt … und es wird sie geben … dann sind sie gut versteckt. Ich glaube, ich habe einmal einen Halbzwerg getroffen, bin mir dessen aber nicht ganz sicher.«

Elanor legte eine Hand auf ihren Bauch. »Es sind Zwillinge, Nara. Ein Mädchen und ein Junge. Viriditas hat sie mir im Traum gezeigt.«

Nara lächelte aufmunternd. »Du solltest sie Arik und Nara nennen. Sind wunderschöne Namen, wenn du mich fragst.«

Das brachte Elanor trotz allem kurz zum Lachen.

12

Dûhirion

Der dichte Nebel legte sich im Laufe des Vormittags. Dûhirion war seit Sonnenaufgang wach und beobachtete das Wetter. Er hatte die restliche Nacht im Krankenzimmer der Gilde verbracht, nachdem Maryn ihn in die Obhut der Heilerin Jonna übergeben hatte. Obwohl ihre Magie ihm die Schmerzen nahm, hatte er kaum Schlaf bekommen. Zum einen hatte er ein penetrantes Pfeifen in den Ohren; ein Überbleibsel der Explosion, die sein Gehör erschüttert hatte. Zum anderen schwirrten seine Gedanken wie ein aggressiver Wespenschwarm in seinem Kopf und stachen in seine Schädelwände. Er konnte nur schwerlich einzelne Fragmente aus dem zornigen Summen filtern.

Das Verhör, die Schläge und die Androhung schlimmerer Folter hatten an alten Wunden gekratzt. Nicht genug, um sie bluten zu lassen, aber zu reizen.

Das Pochen warf ein Echo aus der Vergangenheit in den Raum, erfüllt von Geräuschen, Gerüchen und Bildern. Erinnerungen tanzten in lebhafter Deutlichkeit vor seinem blinden Auge und die vernarbten Striemen auf seinem Rücken juckten. Ein Jucken, das tief unter der Haut lag. Es machte ihn schier wahnsinnig, dass er es nicht erreichen konnte.

Valion betrat das Krankenzimmer unerwartet und ohne anzuklopfen. »Grüße, Jonna.«

Die junge Heilerin lehnte sich stirnrunzelnd aus der kleinen Kammer nebenan. Sie war gerade dabei, ihre langen rotblonden Locken zu einem einfachen Zopf zusammenzubinden. »Guten Morgen.«

Er legte etwas auf dem Beistelltisch neben Dûhirions Nachtlager und schlug ihm kräftig auf die Schulter. »Raus aus dem Bett!«

»Scher dich weg«, knurrte Dûhirion.

»Ah, komm schon! Schlechte Laune an einem solch herrlichen Tag ist unangemessen«, gluckste Valion.

»Dein Gesicht ist unangemessen.« Dûhirion setzte sich auf. Die Decke rutschte runter und gab den Blick auf seinen bandagierten Oberkörper frei. Die Verbände waren von einem starken Kräuterduft durchtränkt. »Hat Hastor Adaël verkündet, dass er an einer tödlichen Krankheit leidet, die ihn langsam und qualvoll zugrunde richten wird, oder woher kommt deine Heiterkeit?«

»Es ist mir schlichtweg eine Freude, dich zu sehen, Bruder«, antwortete Valion fröhlich und deutete mit dem Kinn auf einen Stapel saubere Kleidung. »Ich habe dir etwas Neues zum Anziehen mitgebracht. Sieh zu, dass du dich umziehst, und dann komm mit mir!«

»Wohin und warum?«, fragte Dûhirion skeptisch.

»Einen kleinen Spaziergang durch die Aschegrube machen.«

»Das trifft sich gut. Ich wollte ohnehin zur Lebensmittelverteilung.«

Jonna trat an die beiden Dunkelelfen heran. »Einen Augenblick, bitte. Bevor Ihr geht, möchte ich Euch einer abschließenden Untersuchung unterziehen. Wie geht es Euch?«

Valion trat zurück und lehnte sich mit der Hüfte gegen den Beistelltisch.

»Besser als gestern«, erwiderte Dûhirion und bewegte seinen Unterkiefer prüfend. »Keine Schwellungen, keine Schmerzen, soweit ich spüren kann.«

»Es freut mich, das zu hören«, erwiderte Jonna. »Wie fühlt sich der neue Schneidezahn an?«

Dûhirion fuhr mit der Zunge über die obere Zahnreihe. »Ich merke keinen Unterschied zum alten.«

»Dir wurde ein Zahn ausgeschlagen?«, fragte Valion mit erhobenen Brauen.

»Das Jochbein zertrümmert, mehrere Rippen, Nasenbein und Kiefer gebrochen sowie zahlreiche Prellungen und Hämatome zugefügt«, antwortete die Heilerin missmutig.

»Anders gesagt: ein durchschnittlicher Tag eines aufstrebenden Assassinen bei Umbra«, scherzte Valion. »Wenn die Ausbilder gute Laune gehabt und sich entschieden haben, es heute locker angehen zu lassen.«

»Lass gut sein, Valion«, mahnte Dûhirion. »Weck die schlafenden Hunde nicht!«

Ergeben hob er die Hände und verschränkte abwartend die Arme vor der Brust.

Jonna räusperte sich vernehmlich. »Ihr solltet mindestens eine Woche keine harten oder zähen Dinge essen, etwa Äpfel oder Fleisch. Das schont sowohl Euren neuen Zahn als auch Euren frisch verheilten Kieferknochen.«

Sie wickelte die Verbände ab und der Geruch der Salben, die in seine Haut eingezogen waren, verstärkte sich. Dûhirion empfand es nicht als unangenehm. Die Heilerin warf die gebrauchten Verbände in einen Weidenkorb und betastete seinen Oberkörper mit ihren schmalen, kühlen Fingern.

»Ihr könnt Euch ankleiden und gehen«, sagte sie zufrieden.

»Danke, Jonna.«

Sie lächelte.

Dûhirion hegte Sympathie für die junge Menschenfrau. Sie war seit drei Jahren als Heilerin bei Umbra tätig. Es lag Wärme in ihren Augen, die ebenso blau und schön waren wie Elanors.

Valion warf ihm ein neues Hemd ins Gesicht. »Du hast die Dame gehört. Zieh dich an und steh auf! Wir müssen uns beeilen, wenn du noch ein Paket haben möchtest.«

»Hast du wenigstens den Anstand, dich umzudrehen, während ich mich umziehe?«, fragte Dûhirion trocken.

Valion gluckste und verneigte sich spöttisch. »Natürlich, meine Dame.«

Er kehrte ihm demonstrativ den Rücken zu und Dûhirion war froh, dass er dadurch das Grinsen nicht sehen konnte, das sich unwillkürlich auf seine Züge schlich.

»Einmal«, murmelte er, während er sich ankleidete, »nur einmal will ich, dass du mich meiner Griesgrämigkeit überlässt.«

»Das kann ich nicht verantworten«, entgegnete Valion unbekümmert. »Dein Gesicht würde irgendwann so stehen bleiben, würde ich dich nicht regelmäßig aufmuntern.«

»Mein Gesicht ist das Geringste, worum ich mich sorge«, entgegnete Dûhirion.

»Das sagst du nur, weil du es nicht die ganze Zeit sehen musst.«

Dûhirion stand auf und legte ihm kräftig die Hand auf die Schulter. »Halt doch einfach dein blödes Maul«, sagte er freundlich.

Valion lachte. »Ich sehe, die Dame hat sich frisch gemacht. Hast du sonst alles?«

»Ja«, seufzte Dûhirion, »ich hasse alles.«

»Wiedersehen, Jonna, und danke für Eure Fürsorge«, rief Valion winkend.

Die Heilerin nickte. »Passt auf Euch auf! Es würde mich freuen, Euch so bald nicht wiederzusehen. Oder wenigstens unter angenehmeren Umständen.«

Auf dem Weg in die Aschegrube fasste Dûhirion seinem Freund die Ereignisse der letzten Nacht zusammen und erklärte ihm den Grund für die Abneigung, die Hastor für ihn hegte. Abseits der Tatsache, dass er die falsche Hautfarbe hatte.

Valion wurde mit jedem seiner Worte ernster, bis nichts mehr von seiner guten Laune übrig war. »Du hast wahrlich ein Talent dafür, zur falschen Zeit am falschen Ort zu sein«, bemerkte er und es lag nichts Scherzhaftes in seiner Stimme. »Ich bin froh, dass

Maryn ins Verhör geplatzt ist, bevor Hastor seine Drohung wahr machen konnte.«

Dûhirion wollte ungern daran denken, dass er ohne Maryn jetzt zwei Brandlöcher im Brustkorb hätte. »Erinnere mich bitte daran, ihr noch mal ausdrücklich dafür zu danken!«

»Werde ich. Aber warum ich eigentlich mit dir allein sein wollte … was die Vorfälle in der Oberstadt betrifft …« Valion unterbrach sich jäh. »Warte! Irgendetwas ist da vorn los.«

Die Einwohner der Aschegrube hatten sich um den alten Brunnen versammelt. Es war der zentralste Platz des Viertels, deshalb wurden die Lebensmittelverteilungen hier durchgeführt. Normalerweise standen die Dunkelelfen gehorsam und resigniert in einer Linie. Dieses Mal hatte sich ein regelrechter Pulk um den Brunnen gebildet. Das Raunen und Murmeln klang wie das Rauschen der aufgewühlten See. Gefährlich, drohend, denjenigen zu verschlingen, der sich aufs unruhige Meer hinauswagte.

Hastor stand gemeinsam mit zwei Wachen und Solana auf einer provisorischen Bühne. Wie ein Fels in der Brandung überragten sie die Menge, unerschüttert vom wachsenden Unmut.

Dûhirion und Valion näherten sich rasch, schoben sich an anderen Dunkelelfen vorbei.

»Nein«, knurrte eine junge Dunkelelfin. »Lieber hungere ich.«

»Das ist Lari«, murmelte Valion. »Neben ihr steht Fen, ihr Liebster.«

»Wir haben nichts mit den Vorfällen zu tun«, fügte Fen säuerlich hinzu. »Bestraft diejenigen, die das Feuer gelegt haben!«

»Woher kennst du sie?«, raunte Dûhirion.

Das Paar wollte gehen, doch Hastor hielt sie harsch zurück. »Stehen bleiben! Ihr habt gefälligst zu gehorchen.«

»Unwichtig«, murmelte Valion angespannt.

Lari funkelte den Hochelfen über ihre Schulter hinweg an. »Wir werden uns nicht für unser Essen in den Schmutz werfen.«

»Und ihr solltet das auch nicht tun«, rief Fen der Menge zu.

Das Murmeln wurde lauter, schlug hohe Wellen, die wirkungslos an Hastor zerschellten. Seine gepanzerte Hand schloss sich um Fens Hals und zerrte ihn zu sich hoch. Die roten Augen des Dunkelelfen weiteten sich angstvoll. »Ich könnte ganz leicht behaupten, ich hätte dich gestern Nacht in der Oberstadt gesehen. Willst du für die Explosion verantwortlich gemacht werden, Aschebrut?«

»Lasst ihn sofort los«, fauchte Lari.

Hastor nickte den Wachen zu. »Packt sie und holt sie hoch!« Wütend sah er in die Menge, während eine der Wachen Lari an den schwarzen Haaren auf die Bühne zerrte. »Wir sollten euch überhaupt nichts zu essen geben, sollten euch hungern lassen, bis sich die Schuldigen melden. Aber wir sind keine Monster … ich bin keines. Ihr bekommt euer Essen, wenn ihr es euch verdient.« Er gab Solana ein Zeichen, Fens Arme auf dem Rücken zu fesseln, und zwang den mageren Dunkelelfen mit Leichtigkeit auf die Knie. »Jeder, der sein Essenspaket haben will, muss ihm ins Gesicht schlagen. Keine sachte Ohrfeige, ich will richtige Faustschläge sehen.« Hastor warf seinen Wachen einen vielsagenden Blick zu. »Vergnügt euch mit dem Weibsstück, Männer! Ihr habt es euch verdient. Aber sorgt dafür, dass alle es sehen!«

Fen wehrte sich stärker, versuchte vergeblich, auf die Beine zu kommen.

Die hochelfische Wache lachte dreckig, zerriss Laris Kleid und entblößte ihre Brüste. Die Dunkelelfin stieß einen spitzen Schrei aus, schlug ziellos nach ihm. Ihre Fingernägel verfehlten sein Gesicht und brachen an seiner Rüstung ab.

Die Wache lachte lauter. »Los, zeig uns deine Titten, Hure!«

»Nehmt Eure dreckigen Hände von ihr«, fauchte Fen.

Sie werden ihn töten, während die Wachen diese Frau vor aller Augen schänden, dachte Dûhirion gefasst. *Diese Dunkelelfen sind hungrig, haben Familien. Sie werden nicht lange zögern und den Mann schlagen. Jeder Einzelne, bis er sich nicht mehr rührt. Dafür wird Hastor sorgen.*

Valion fluchte und verschwand in der Menge.

Eine verdrängte Erinnerung wollte sich mit Macht zurück an die Oberfläche schieben. Dûhirion verscheuchte die Schemen, ehe sie klare Bilder ergeben konnten.

Die hochelfische Wache presste Laris Oberkörper auf den Boden, während die zweite ihre Hüfte anhob und an ihrem Rock zerrte. Solana stand mit stoischer Miene daneben und starrte ins Leere.

Dûhirion presste die Kiefer aufeinander und ein bohrender Schmerz grub sich durch den frisch verheilten Knochen. Rasch kämpfte er sich vor. »Hauptmann! Solana, lasst das nicht zu«, rief er.

Ihre blassblauen Augen huschten zu ihm. »Mischt Euch nicht ein, Grauhaut!«

»Wollt Ihr dabei zusehen, wie diese Frau vergewaltigt wird?«, fragte er scharf. »Hey, du hässlicher Bastard. Lass die Frau los!«

Die Wache hinter Lari sah auf. »Wer hat das gesagt?«

»Niemand«, sagte Solana kalt. »Weitermachen!«

Ein Dunkelelf war vorgetreten. »Tut mir leid, Fen … Lari …«, murmelte er. »Ich habe Kinder.« Er holte zum Schlag aus.

Valion tauchte neben ihm auf und hielt sein Handgelenk fest. »Stopp! Warum solltest du deinen Bruder schlagen, wenn die eigentlichen Schuldigen direkt vor dir stehen?«

»Pass auf, was du sagst, Grauhaut«, grollte Hastor.

»Lasst diese Leute gehen«, forderte Valion. »Wenn Eure Männer dieser Frau weiter Gewalt antun, schwöre ich, sie eigenhändig zu kastrieren.«

Zu Dûhirions Überraschung gab Hastor ein Handzeichen, um den beiden Wachen Einhalt zu gebieten. Dûhirion nutzte die Ablenkung, packte Lari und zerrte sie von der Bühne in Sicherheit.

»Und wer gibt dir das Recht, mir Befehle zu erteilen?«, fragte Hastor hochmütig.

»Umbra«, erwiderte Valion knapp.

Kälte sickerte in Dûhirions Blutbahn. *Was verdammt noch mal redet er da?*, dachte er.

Ein Schaudern ging durch die Menge. Einige sanken ängstlich in sich zusammen, schlangen die Arme um sich oder griffen nach der Hand eines Liebsten. Andere sahen ehrfürchtig zu Valion oder neidisch zu Fen auf.

Vor allem die Dunkelelfen aus der Aschegrube hielten am Irrglauben fest, von Umbra Erlösung erfahren zu können. Sie sahen die Assassinen, die wohlgenährt und stark waren, die sich frei von Ketten in der Oberstadt bewegen konnten, und wünschten sich, mit ihnen zu tauschen. Einige wollten Rache an den anderen Völkern nehmen und sahen in Umbra ihre Chance, ungehindert morden zu dürfen. Andere glaubten, in der Gilde ein freies Leben führen zu können.

Als Kind hatte er sich gefragt, ob seine Mutter damals aus ähnlichen Gründen gehandelt hatte. Dass sie ihn weggegeben hatte, weil sie das Beste für ihn gewollt hatte. Je älter er wurde, desto mehr war ihm klar geworden, dass seine Mutter sich einen Dreck um ihn scherte. Sie hatte nicht das Beste für ihn gewollt, sie hatte ihn loswerden wollen.

Umbra war keine Rettung, für niemanden.

Lari versuchte, sich mit den Resten ihres Oberteils zu bedecken. »Fen«, murmelte sie zittrig und ging taumelnd ein paar Schritte. »Fen.«

Hastor verschränkte die Arme. »Und warum sollte sich Umbra für die Lebensmittelverteilung interessieren?«

»Diese Leute sind künftige Rekruten«, sagte Valion im Brustton der Überzeugung. »Dem Gildenmeister würde es nicht gefallen, wenn sie verletzt oder gar getötet werden.«

Dûhirion hörte ihm mit wachsender Fassungslosigkeit zu. Er verstand, dass Valion das nur tat, um den beiden zu helfen. Aber Umbras Namen zu missbrauchen, war, als würde er einem schlafenden Drachen ins Auge stechen.

Irgendetwas veränderte sich in Hastors Gesicht. Etwas, das Dûhirion nicht beschreiben konnte, aber es beunruhigte ihn. Der Löwe zeigte ein raubtierhaftes Lächeln, bloß für den Moment zwischen zwei Herzschlägen. Die Kälte in seinem Inneren weitete sich explosionsartig aus.

Dûhirion bekam Angst.

»Solana, löst die Fesseln«, befahl Hastor.

Der Hauptmann folgte seiner Anweisung verwirrt.

Hastor stieß Fen von sich, der unsanft im Dreck landete. Lari kämpfte sich zu ihm durch und sank schluchzend neben ihm auf die Knie. Betäubt schloss er sie in die Arme, flüsterte zu ihr. Seine Augen waren weit aufgerissen, Tränen rannen über seine schmutzigen Wangen.

»Zufrieden, Schattenklinge?«, fragte Hastor spöttisch.

Dûhirion stellten sich die Nackenhaare auf.

Valion lächelte und verneigte sich höflich. »Danke, Löwe.«

»Gut. Weitermachen«, wies der Hochelf an.

Eine Wache warf Fen und Lari ein Lebensmittelpaket vor die Füße. Lari hob es auf und verschwand mit ihrem Mann.

Langsam kam alles wieder in Bewegung und Dûhirion verlor Valion aus den Augen. Es gelang ihm, ohne Zwischenfälle eine Ration für Faylens Familie abzuholen. Die hochelfische Wache warf ihm zwar einen missbilligenden Blick zu, sagte aber nichts. Das Paket wirkte zu klein, wenn er bedachte, dass ganze Familien eine Woche davon leben mussten.

Dûhirion beeilte sich, Valion zu finden. Er stand an eine Hauswand gelehnt und rauchte Pfeife. »Hast du neuerdings Todessehnsucht?«, fragte er.

Valion blies gelassen einen Rauchring in die Luft. »Nicht dass ich wüsste.«

»Was ist in dich gefahren?«

»Hätten wir zusehen und abwarten sollen, was passiert?«, schnaubte Valion.

»Du hast gesagt, dass die beiden Umbras neue Rekruten sind. Hastor arbeitet eng mit der Gilde zusammen. Er weiß, dass du gelogen hast. Was glaubst du, wird dich erwarten, sobald sein Wort Taremia erreicht?«

»Das war es mir wert.«

Dûhirion packte ihn an den Schultern und schüttelte ihn. »Du hast Umbras Namen missbraucht. Sie könnte dich dafür hinrichten lassen, du Idiot.«

Unwirsch schlug Valion seine Hände weg. »Scheiß auf die Gilde. Ich hab die Schnauze voll von Umbra.«

Falten bildeten sich auf Dûhirions Stirn. So hatte er ihn seit über zwanzig Jahren nicht mehr reden gehört.

Valion lächelte leicht. »Wo wir gerade dabei sind, muss ich dir ein Geständnis machen: Ich bin für die Explosion in der Oberstadt verantwortlich.«

Dûhirion starrte ihn entgeistert an. Langsam hob er die Hand, dachte sekundenlang darüber nach, ihn zu ohrfeigen. Stattdessen massierte er sich mit Daumen und Zeigefinger den Nasenrücken. »Hast du völlig den Verstand verloren?«, fauchte er.

»Im Gegenteil: Mein Verstand ist schärfer denn je«, entgegnete Valion und zeigte mit dem Finger auf ihn. »Es wird Zeit, dass sich was bewegt.«

»Du hast gesehen, was deine Aktion beinahe bewegt hätte«, knurrte Dûhirion. »Wer waren die anderen Elfen, die bei dir waren?«

Valion blies weiterhin gelassen Rauchringe in die Luft. »Kontakte.«

»Was für Kontakte? Gehören Lari und Fen auch dazu?«

»Nein, sie nicht. Aber bald, wenn es gut läuft. Hast du schon etwas von den Grauwölfen gehört? Der Rebellengruppe?«, fragte er und beobachtete, wie der Rauch sich verflüchtigte. »Sie hätten schon eher etwas in Malachit getan, wäre Hastor nicht hier. Noch fürchten sie sich vor ihm. Noch. Der Erfolg der letzten Nacht hat sie mutiger gemacht.«

Dûhirion verzog den Mund, als hätte er auf etwas Ungenießbares gebissen. »Ich kann dieses Wolfsrudel immer weniger leiden. Eure unüberlegte Aktion hätte beinahe verhindert, dass die Dunkelelfen diese Woche etwas zu essen bekommen«, grollte er. »Sie hätte beinahe einen von denen umgebracht, die du schützen willst. Ach, wahrscheinlich beide, nachdem sich die Wachen an der Frau vergriffen haben.«

Valion musterte ihn unbeeindruckt und nahm einen weiteren Zug von seiner Pfeife. »Ich weiß. Dich hätte es auch beinahe den Hals gekostet und das tut mir leid. Es tut mir leid, dass es für Fen und Lari so weit kommen musste; und es tut mir leid, dass du in Hastors Fänge geraten bist.« Er grinste schief. »Die Explosion war nicht beabsichtigt. Wir haben Feuer gelegt, wussten aber nicht, dass sich etwas Explosives im Haus befindet.«

»Ich bin mir nicht sicher, ob es das bloß noch schlimmer macht«, entgegnete Dûhirion und kniff sich in den Nasenrücken.

Wie ein paar dumme Kinder, die mit Zündhölzern gespielt und versehentlich das elterliche Haus in Brand gesteckt haben, dachte er.

Valion kratzte sich an der Wange. »Das nächste Mal warne ich dich vor, hm?«

»Es wird kein nächstes Mal geben«, erwiderte Dûhirion bestimmend. »Valion, was auch immer du vorhast: So bringst du keine Freiheit, sondern den Tod. Es wird enden wie in Orlean.«

»Nein, das hier ist anders.«

»Kommt mir nicht so vor.«

»Und selbst wenn«, schnaubte Valion mit der Pfeife zwischen den Lippen. »Soll mir recht sein, wenn es endet wie in Orlean. Soll Malachit doch in die Hände der Rebellen fallen!«

Dûhirion trat näher an ihn heran, senkte die Stimme. »Darf ich dich daran erinnern, dass Malachit auch der Sitz der Weißen Feder ist? Dass die Mitglieder hier leben? Wenn die Rebellen wie in Orlean vorgehen, werden sie jeden in der Oberstadt töten.«

Auch Elanor, fügte er im Stillen hinzu.

»Sieh mal, wer uns mit seiner Gesellschaft beehrt«, murmelte Valion.

Dûhirion wandte sich um und sah Hastor auf sie zukommen. *Großartig,* dachte er. *Kann es noch schlimmer kommen?*

»Ich grüße Euch, Siebenunddreißig«, begann Hastor. »Es freut mich, zu sehen, dass Ihr Euch erholt habt. Wer ist Euer vorlauter Freund?«

Valion klopfte seine Pfeife aus und steckte sie in die Hosentasche. »Man nennt mich Valion Briel.«

Dûhirion schrie innerlich wütend auf; schrie ihn an, dass er seine Klappe halten sollte. Ein Muskel in seinem Gesicht zuckte unruhig. Er verschränkte die Arme vor der Brust.

»Sieh einer an! Andernfalls gibt man selbst räudigen Kötern einen Namen«, entgegnete Hastor kühl.

Da könnt Ihr ja froh sein, überhaupt einen bekommen zu haben, nicht wahr?, dachte Dûhirion trocken.

Valion lächelte auf eine Weise, die ihm nicht gefiel. »Da könnt Ihr ja froh sein, überhaupt einen bekommen zu haben, nicht wahr?«

Dûhirion senkte die Stirn in seine Handfläche und wünschte sich abermals, er hätte sich verhört. Es war nicht das erste Mal, dass Valion und er zum exakt selben Moment das Gleiche gedacht hatten. ›Zwei Dummköpfe, ein Gedanke‹ nannte Maryn dieses Phänomen liebevoll. Warum Valion diesen unbändigen Drang verspürte, jeden dummen Gedanken, der ihm in den Kopf kam, laut auszusprechen, war Dûhirion ein immerwährendes Rätsel.

Hastor rang sich ein humorloses Lachen ab. »Ihr solltet lernen, Eure Zunge zu hüten, sonst wird sie Euch eines Tages abgeschnitten werden. Ihr solltet aufpassen, was Ihr sagt, wenn Ihr Eure Lage nicht weiter verschlimmern wollt.«

»Ich bereue nichts«, gab Valion zu verstehen. »Soll Umbra mich bestrafen!«

»Ich kann jederzeit jemanden schicken, die beiden Dunkelelfen zu holen, die Ihr so inbrünstig verteidigt habt. Das ist Euch doch klar, oder?«, fragte Hastor.

Dûhirion machte eine geistige Notiz, dass die Weiße Feder Lari und Fen schützen musste.

Valion schwieg und Hastor nickte bedeutungsschwer. »Ganz recht. Schweigt und macht es nicht noch schlimmer«, sagte der Hochelf. »Sonst könnte ich Eurem Gildenmeister erzählen, dass ich Euch verdächtige, etwas mit dem Vorfall in der Oberstadt zu tun zu haben.«

Gelächter kitzelte Dûhirions Kehle und er hielt mühsam seine Gesichtszüge unter Kontrolle. Das war derart absurd, dass es nur noch komisch war. Wenn Hastor wüsste, dass er mit seinem Verdacht nicht mal falschlag.

Im Gegensatz zu ihm machte Valion keinen Hehl aus seiner Belustigung. »Das wäre wahrlich unerfreulich«, erwiderte er grinsend. »Ich bitte untertänigst um Vergebung, Hastor der Löwe.«

»Was amüsiert Euch daran so sehr?«, fragte Hastor scharf.

»Der Gedanke erscheint ihm absurd«, antwortete Dûhirion schnell. »Valion würde so etwas nicht wagen. Er hat eine große Klappe, viel ist aber nicht dahinter.«

Valion schien protestieren zu wollen, wurde aber von einem vernichtenden Blick seitens Dûhirion zum Schweigen gebracht.

Hastor grunzte verächtlich. »Das habe ich mir gedacht.« Er sah zwischen den Dunkelelfen hin und her. »Ich habe mich lange genug in Eurer Nähe aufgehalten. Die Pflicht ruft. Guten Tag.«

»Aufgeblasener Hundesohn«, knurrte Valion.

Dûhirion schlug ihm unsanft auf den Hinterkopf.

»Au! Wofür war das?«

Er schlug ein zweites Mal auf die Stelle.

»Hör auf damit!«

»Idiot«, knurrte Dûhirion. »Dummkopf. Dämlack. Volltrottel.«

Valion sah ihn ratlos an. »Bitte?«

»Das Problem ist nicht, dass du vorlaut bist«, erklärte Dûhirion mürrisch. »Das Problem ist, dass du nicht aufhören kannst, vorlaut zu sein. War es notwendig, Hastor zu provozieren? Wenn du sterben willst, kannst du Taremia auch auf ihre teuren Stiefel kotzen. Geht schneller, als sich mit Hastor anzulegen.«

Valion rieb sich den schmerzenden Hinterkopf. »Ich war lange genug still. Dachte, gerade du könntest das verstehen.«

»Es fällt mir schwer, solch idiotisches Verhalten zu verstehen«, gab Dûhirion zurück.

Valion schüttelte mit dem Kopf und seufzte tief. »Ich sehe nach Lari und Fen, stelle sicher, dass es ihnen gut geht.«

»Valion, Halt!«

»Geh zu Maryn, wenn du jemanden brauchst, um dich über mich zu beschweren«, rief Valion über die Schulter.

Er reagierte nicht auf weitere Nachrufe. Dûhirion blieb frustriert zurück.

Valion hatte die Zwergin nicht ohne Hintergedanken erwähnt. Vermutlich hatten die beiden sich gestritten und Dûhirion bezweifelte, dass es eine Kleinigkeit gewesen war, wegen derer sie aneinandergeraten waren. Er ging davon aus, dass Valion Maryns Meinung über die Rebellen ebenso wenig gepasst hatte wie Dûhirions.

Die Taverne in der Gilde war immer der erste Anlaufpunkt, wenn man nach Maryn suchte. Dûhirion ließ den Blick langsam durch den Raum schweifen. Eine Handvoll Assassinen verteilten sich auf mehrere Tische. An einem saß ein Hochelf, der konzentriert seinen Dolch schleifte, ein paar Plätze weiter spielte ein anderer mit sich allein Karten. Zwei Dunkelelfinnen saßen einander gegenüber und waren leise ins Gespräch vertieft, während der einzige Waldelf finster in seinen Humpen starrte. Das waren alle. Keine Maryn.

»Hey«, rief Dûhirion laut genug, um die volle Aufmerksamkeit auf sich zu lenken. »Hat einer von euch Maryn gesehen?«

Eine Weile fühlte sich niemand dazu berufen, ihm zu antworten. Schließlich meldete sich der grüblerische Waldelf. »Bis eben saß sie noch hier, hat vor sich hin geflucht und getrunken. Dann ist sie plötzlich aufgesprungen und rausgestampft. Wenn ich mich nicht verhört habe – und das tue ich nie – wollte sie ihren Kopf in kaltes Wasser tauchen, um ihr Mütchen zu kühlen. Ihre Worte, nicht meine.«

Dûhirion bedankte sich und verließ die Taverne. Nach Valions wenig subtiler Andeutung hatte er damit gerechnet, dass sie wegen ihm aufgebracht war, aber nicht in diesem Ausmaß.

Er blieb vor dem Waschraum der Frauen stehen und klopfte vernehmlich gegen die Tür. »Maryn?«

Etwas wurde mit großer Wucht gegen die Tür geworfen. Auf das Poltern folgte das Splittern von Glas.

Dûhirion zuckte zurück und klopfte abermals. »Maryn?«

»Verschwinde«, fauchte die Zwergin.

»Ich möchte mit dir sprechen«, erwiderte er. »Ich werde die Tür jetzt öffnen und hoffe, dass du bekleidet bist.«

Maryn kauerte mit dem Rücken zu ihm auf dem Boden. Die Scherben des zerbrochenen Spiegels knirschten unter seinen Füßen, als der Dunkelelf über die Schwelle trat.

Skeptisch hob er eine Braue. »War das nötig? Den Spiegel wollte noch jemand nutzen.«

»Könnte mir nicht egaler sein«, knurrte Maryn und funkelte ihn feindselig an. »Nun? Willst du dich bloß über mich lustig machen oder hast du auch was zu sagen?«

»Was hat Valion dir über die Oberstadt erzählt?«, fragte er.

Die Zwergin wischte sich über den Mund. Sie grummelte einige unverständliche Worte, bevor sie erneut zu ihm sprach. »Vermutlich nichts, was du nicht schon weißt. Denke nicht, dass er sich mit seiner Geschichte zurückgehalten hat, so stolz wie er war. Hab ihm nicht gesagt, dass du wegen seiner Aktion festgenommen und verdroschen wurdest. Nur, dass du im Krankenzimmer liegst.«

Dûhirion verschränkte die Arme und lehnte sich in den Türrahmen. »Warum habt ihr euch gestritten?«

»Weil er ein minderbemitteltes Stück Scheiße ist und ich ihm das genau so gesagt habe«, keifte Maryn und drehte sich endlich zu ihm um. Erst als sie ihre Stimme hob, begann diese zu schwanken und zu verwaschen.

Betrunken, dachte Dûhirion knapp, *wie so oft.*

»Weißt du … Weißt du, was dieser Dämlack gesagt hat?«, fragte Maryn, rang unkoordiniert die Hände. »Wie er über die Gilde gesprochen hat?«

Dûhirion wusste, wie Valion sich ihm gegenüber geäußert hatte. Dass er sich auch mit Maryn darüber unterhalten hatte, war interessant. »Erzähl es mir.«

»Der Holzkopf dachte, er könnte mich dafür gewinnen. Nein, nein, nicht mit mir.« Maryn überkreuzte die Beine zum Schneidersitz. »Er sagte … sagte, dass er die Rebellen suchen will. Und wenn er sie gefunden hat, würde er sie dazu überreden, Umbra zu zerstören.«

Dûhirion zog ungläubig die Brauen zusammen. »Das hat er so gesagt?«

»Nicht wörtlich, aber das hat er so gemeint«, erwiderte Maryn barsch. »Spielt das eine Rolle? Ich hab ihm den Kopf gewaschen, ihm gesagt, dass er aufpassen soll, was er über die Gilde sagt. Hab ihm gesagt, dass seine beschissenen Rebellen bald alle auf dem Schafott enden werden. Oder so ähnlich.«

Dûhirion schob eine große Spiegelscherbe mit dem Fuß zur Seite.

Valion sagte, er hat genug von der Gilde. Aber ein ›Ich habe die Schnauze voll‹ ist kein ›Ich suche die Rebellen und werde Umbra dem Erdboden gleichmachen‹, dachte er stirnrunzelnd.

Würde Valion sich derart hinreißen lassen und den Untergang der Gilde verkünden? Gerade Maryn gegenüber? Es war nicht so, dass ihr nicht zu trauen war, aber Dûhirion wusste, dass sie Umbra bedingungslos treu war. Ihre Reaktion auf den zurückliegenden Streit sprach Bände.

»Wie auch immer. Er ist dann beleidigt weggestampft, nachdem ich ihm gesagt habe, dass du im Krankenzimmer wartest«, sagte Maryn und stützte den Kopf in die Hände. »Und nachdem ich sagte, dass er sich besser vom Acker macht, wenn er nicht von mir verprügelt werden will.«

Dûhirion brummte, um zu zeigen, dass er die Information zur Kenntnis genommen hatte. Er deutete mit dem Kinn auf den Boden. »Was hat dir der Spiegel getan?«

Maryn biss sich auf die vernarbte Unterlippe. »Mir mein Spiegelbild gezeigt.«

»Das ist es, was ein Spiegel tun sollte.«

Er wusste, dass sie Probleme mit ihrem Aussehen hatte. Maryn war eine eitle Zwergin und zu Spiegeln verband sie eine seltsame Hassliebe. Sie wollte sich darin betrachten, ohne sich dabei ansehen zu müssen. Sich oder ihre entstellte untere Gesichtshälfte.

»Solltest du den Anblick nicht gewohnt sein?«, fragte Dûhirion kühl.

Maryns Augen wurden hart und hasserfüllt, sausten zu ihm hinauf und durchbohrten ihn. »Du weißt nicht, wie das ist, mit solchen Narben zu leben.«

»Doch, das weiß ich.« Er zeigte ungerührt auf die wulstige Narbe unter seinem blinden Auge. »Die meisten von meinen sieht man bloß unter der Kleidung nicht.«

Wutentbrannt sprang die Zwergin auf. »Was ist der Kratzer gegen meine Verbrennungen? Nichts! Du bist ein Mann, du verstehst das nicht. Weißt du, wie es für eine Frau ist, mit solchen Entstellungen zu leben? Solchen, die nicht mit Schminke überdeckt werden können? Ich kann mir nicht einmal einen anständigen Damenbart wachsen lassen. Weißt du, was ein Zwerg ohne Bart ist? Ein Krüppel!«

»Du lebst seit Jahren damit«, unterbrach Dûhirion ruhig und setzte einen Schritt in ihre Richtung. »Wenn der Anblick dich derart belastet, warum hast du nicht längst etwas dagegen getan? Du könntest von einem kundigen Magier eine Illusion über dein Gesicht legen lassen, niemand würde die Narben noch sehen. Du könntest dir von einem Magier Schminke herstellen lassen, die fähig ist, die Narben zu überdecken. Es gibt Möglichkeiten. Nutze sie oder auch nicht, aber lass das Gejammer!«

Maryn stürzte auf ihn zu, machte einen Satz und wäre ihm an die Kehle gesprungen, hätte er keinen Ausfallschritt zur Seite gesetzt. Sie landete plump auf dem Boden und fluchte derart unflätig, dass selbst der rauste Seemann errötet wäre.

Dûhirion verschränkte die Arme wieder vor der Brust. Er hätte das Gespräch zu einem Zeitpunkt führen sollen, an dem Maryn nüchtern war.

Sie richtete sich taumelnd auf. »Ohne mich hätte Hastor dir Löcher in den Pelz gebrannt.«

»Ich habe nie behauptet, dir nicht dankbar dafür zu sein«, erwiderte er.

Maryn winkte verärgert ab. »Ah, leckt mich doch alle! Ich gehe … irgendwo anders hin … Ach …«

13

Dûhirion

Er entschied sich dagegen, Maryn zu folgen oder nach Valion zu suchen, und nahm sich vor, beide Gespräche später wieder aufzunehmen. Bis dahin verbannte er das alles aus seinen Gedanken. Jetzt gab es ein Versprechen, das er einzulösen hatte. Nach seinem Streit mit Elanor hatte er nicht mehr daran gedacht, Arik um Medikamente für Faylen zu bitten. Er würde das so bald wie möglich nachholen.

Dieses Mal war es Liv, die ihn einließ. Er gab ihr das Lebensmittelpaket, das sie verwundert, aber dankbar annahm.

»Das ist großzügig von Euch«, dankte sie. »Aber Ihr hättet nicht … Ihr müsst Euch keine Umstände für uns machen.«

»Es ist für Faylen«, erwiderte Dûhirion. »Die Weiße Feder entsendet ihre Grüße. Leider konnte Arik noch keine passenden Medikamente für Faylens Schlafstörungen bereitstellen.«

»Schon zu wissen, dass er willens ist, sich um uns zu kümmern, ist mehr, als wir verlangen dürfen«, entgegnete Liv. »Wie man hört, ist Faylen draußen und spielt mit dem Hund. Sie wird sich freuen, Euch zu sehen.«

Das aufgeregte Gebell des Tieres hatte er schon auf der Hälfte des Weges zum Haus der Familie gehört.

Dûhirion trat auf der anderen Seite wieder ins Freie. Ein kaum sichtbares Lächeln schlich sich auf seine Lippen, als er das Schauspiel erblickte. Faylen schwang einen Stock durch die Luft, während der Hund kläffend um sie herumsprang und danach schnappte. Sie wich ihm geschickt aus. Faylen lachte frei, herzlich und unbeschwert, als wäre die Aschegrube in Orlean niemals niedergebrannt worden.

»Nimm das, scheußlicher Werwolf!«, schrie sie und ließ den Stock auf ihn zu sausen.

Der Hund packte das Holz und begann daran zu zerren. Sie stemmte sich dagegen, beide rangelten, bis sie losließ. Triumphierend rannte der Hund mit seiner Beute davon, immer im Kreis, Faylen auf seinen Fersen. Als er einen Moment schwanzwedelnd stehen blieb, stürzte sie sich auf ihn und warf sich mit ihm zu Boden.

»Hab ich dich.«

Der Hund wälzte sich auf dem Rücken, grummelte zufrieden und ließ sich von ihr das braune Fell zerzausen. Faylen nutzte die Gelegenheit, den Stock wieder an sich zu reißen. Sie richtete das Ende auf seine Brust und verkündete: »Der Werwolf ist erschlagen, das Viertel ist in Sicherheit.«

Der Hund klopfte mit dem Schwanz auf den Boden, hechelte und sah sie mit schief gelegtem Kopf an.

Dûhirion räusperte sich, Faylen wirbelte herum und ihr vom Toben gerötetes Gesicht wurde sofort ernst. Sie klopfte sich die schmutzigen Knie ab und straffte sich. »Hallo«, grüßte sie höflich.

Der Hund rollte sich zurück auf alle viere und schüttelte sich. Er nahm den Stock, der auf dem Boden gelandet war, zwischen seine Zähne und trottete zur Wäscheleine.

»Hat der Hund einen Namen?«, fragte Dûhirion.

»Er heißt Boric«, antwortete Faylen. »Espen hat ihn nach dem Zwerg benannt, von dem er ihn als Welpen bekommen hat.«

»Wie nett von ihm«, sagte Dûhirion trocken. »Wer möchte nicht, dass ein Hund nach einem benannt wird?«

»Ich mag den Namen«, entgegnete Faylen unbekümmert. »Und ich hätte nichts dagegen. Ein Hund ist besser als eine Kröte.«

»Das ist wahr.«

»Ein Junge hat mal eine hässliche Kröte gefunden und sie Faylen genannt. Ich habe ihm gesagt, er soll das sein lassen und …«

Sie verstummte jäh. Ihr Gesicht fiel ein und das Leuchten in ihren roten Augen erlosch. Sie schien zu schrumpfen, sah plötzlich klein, hilflos und traurig aus.

Dûhirion konnte ihr keinen Trost spenden. Nichts, was er sagte, würde ihren Schmerz lindern und physische Zuwendung erschien ihm unangebracht. Er war ein Fremder und würde eine Grenze überschreiten, wenn er sie jetzt in die Arme schloss. Ablenkung war alles, was er ihr bieten konnte.

Er nahm Boric den Stock ab. »Möchtest du lernen, wie man richtig mit dem Schwert kämpft?«

»Ja«, rief Faylen eifrig.

»Viel kann ich dir nicht beibringen.« Er winkte sie zu sich. »Ich kenne die Grundtechniken, aber einem erfahrenen Schwertkämpfer wäre ich weitaus unterlegen.«

Faylen nahm den Stock an sich. »Das ist nicht schlimm.«

Dûhirion brach einen dünnen Ast vom Baum und brachte sich in Position. »Stell dich genauso hin wie ich«, wies er sie an. »Die Beine etwas weiter auseinander, du brauchst einen festen Stand. Ja, so ist es gut.« Er hob den Stock. »Das ist der erste Schlag, er wird Zwerg genannt.«

Faylen kicherte über den Namen.

Dûhirion machte einen Schritt nach vorn und führte mit gestreckten Armen einen horizontalen Streich aus. Sie spiegelte seine Bewegung, ihr Schlag ging ein wenig zu hoch und sie streckte die Arme nicht durch. Er korrigierte sie und ließ sie wiederholen. Beim zweiten Mal sah es besser aus.

»Warum heißt der Schlag Zwerg?«, fragte Faylen.

Dûhirion zuckte die Schultern. »Vermutlich, weil du einen Zwerg …« *… mithilfe dieses Schlages in zwei Hälften teilen könntest,* dachte er und beendete den Satz: »… direkt auf den Kopf treffen würdest. Der zweite Schlag, den ich dir zeigen will, heißt Ochs. Er zielt auf das Schlüsselbein und –«

»Was ist das Schlüsselbein?«, fragte Faylen.

Dûhirion tippte mit dem Zeigefinger gegen seines. »Der schmale Knochen unter deinem Hals. Du hebst die Arme über den Kopf und zielst darauf, der Schlag geht einmal schräg über den gesamten Oberkörper und kommt an der gegenüberliegenden unteren Rippe zum Abschluss.«

Er führte den beschriebenen Streich aus. Faylen beobachtete ihn genau und tat es ihm anschließend gleich.

In dieser Art setzte sich ihr Training für einige Zeit fort. Er brachte ihr alle Schläge bei, die er kannte, und zeigte ihr, wie man sie parierte. Zwischendurch legten sie immer wieder Pausen ein, an die Faylen ihn die ersten Male noch erinnern musste. Ohne sie wäre er nicht einmal auf die Idee gekommen, das Training zu unterbrechen. Umbra hatte ihnen in ihrer Ausbildung nichts dergleichen gegönnt. Mit der Zeit fiel es ihm leichter, auf Faylen zu achten und ihre Grenzen zu erkennen.

Ihre größte Schwierigkeit bestand darin, Haltung zu bewahren. Er musste sie oftmals daran erinnern, ihre Arme durchzustrecken oder den Stock nicht nach hinten fallen zu lassen, wenn sie sie über den Kopf hob. Dûhirion blieb geduldig, erklärte und wiederholte.

Als er die Übung beendete, neigte sich der Nachmittag dem Abend zu. Er fühlte eine angenehme Erschöpfung und konnte sich eines gewissen Stolzes nicht erwehren. »Das hast du gut gemacht«, lobte er.

Faylen strahlte übers ganze Gesicht. »Das hat Spaß gemacht«, erwiderte sie aufgeregt. »Ich suche mir einen langen Stock und werde üben, versprochen!«

Boric, der die ganze Zeit im Schatten gefaulenzt hatte, trottete zu ihnen und stupste Faylen mit seiner kalten Nase gegen das Knie.

Sie zerzauste das Fell an seinem Hals und umarmte ihn. »Hast du mir zugesehen? Wie fandest du mich?«

Boric leckte sanft mit seiner großen Zunge über ihren Unterarm.

»Du hilfst mir beim Üben, ja?« Sie sah zu Dûhirion auf. »Gehst du schon? Oder kannst du noch ein bisschen bleiben?« Es klang eine unterschwellige, aber deutliche Bitte in ihren Worten mit.

»Ich habe Zeit«, erwiderte er. »Wollen wir uns setzen?«

Sie ließen sich im Schatten nieder. Der Hund streckte sich neben Faylen aus und bettete seinen Kopf in ihrem Schoß. »Was ist gestern Nacht in der Oberstadt passiert?«, fragte sie leise. »Ich weiß, dass etwas passiert ist. Liv und Espen wollen mir aber nicht erzählen, was.«

»Mhm«, erwiderte Dûhirion tief brummend.

»Ist es etwas so Furchtbares, dass ich es nicht wissen sollte?«

»Kommt darauf an. Es könnte unangenehme Erinnerungen wecken.«

Faylen wartete ab. Dûhirion berichtete ihr nach kurzem Überlegen von den Vorfällen der letzten Nacht. Er ließ aus, dass er in der Nähe gewesen war, als das Haus explodiert war, und von dem unangenehmen Verhör sagte er ebenfalls nichts.

»Meinst du, das waren die Rebellen?«, fragte Faylen.

»Ja, ich denke schon.«

Ihre Schultern bebten. Sie holte zittrig Luft und konnte kaum ihre Stimme kontrollieren. »Ich will nicht, dass so was noch mal passiert.«

»Malachit ist sicherer als Orlean. Haben Liv und Espen dir je von Hastor Adaël erzählt? Hastor dem Löwen? Er ist das Oberhaupt der Stadtwache, selbst die Rebellen fürchten ihn. Solange er hier ist, werden sie nicht wagen, etwas Größeres zu veranstalten.«

»A-Aber das Haus …«

»Sie haben Feuer gelegt, die Explosion war nicht beabsichtigt«, erklärte Dûhirion.

Faylen wischte sich mit dem Handrücken über die Nase. »Woher weißt du das?«

»Ich habe mit einem, der daran beteiligt war, gesprochen«, antwortete er.

Sie runzelte die Stirn. »Und deshalb gab es heute Unruhen bei der Lebensmittelverteilung?«

»Ja, es war unruhig, aber nicht in der Art, wie es damals in Orlean gewesen ist«, beschwichtigte Dûhirion. »Die Situation ließ sich schnell schlichten.«

Faylen begann mit dem Zeigefinger im Schmutz zu malen. »Wer ist dieser Hastor, dass die Rebellen Angst vor ihm haben?«

Wie beschreibe ich diesen Elfen, ohne die Worte Bastard, Hurensohn und arrogantes Stück Scheiße zu verwenden?, fragte er sich.

»Ein unangenehmer Zeitgenosse, wenn man kein Hochelf ist«, antwortete Dûhirion letztlich.

Faylen nickte. »Espen und Liv hatten deswegen große Angst. Sie sind ganz anders als Mama und Papa.«

»Inwiefern?«

Das Mädchen verlagerte sein Gewicht von links nach rechts und rutschte mit dem Gesäß nervös über den Boden. Unsicher setzte sie mehrmals an, zu sprechen. »Sie sind die ganze Zeit traurig«, antwortete sie schließlich und senkte das Kinn. Ihr schwarzes Haar fiel wie ein Vorhang hinab und bedeckte ihr Gesicht. »Sie scherzen nie und lachen nie. Und sie spielen nicht mit mir. Ich … darf auch nicht mit anderen Kindern spielen. Sie wollen nicht, dass ich mich zu weit vom Haus entferne.«

Dûhirion schwieg.

»Liv spielt wunderschön auf der Flöte und Espen ist ein toller Geschichtenerzähler«, fuhr sie fort. »Aber selbst dabei klingen sie traurig. Mama und Papa konnten so was nicht, aber wir haben viel miteinander gelacht. Manchmal machen sie stundenlang nichts. Espen starrt aus dem Fenster und Liv liegt im Bett, ohne zu schlafen. Ich glaube, sie schlafen genauso schlecht wie ich. Liv weint nachts oft. Ich denke, weil ihr Bein schmerzt. Espen schläft manchmal gar nicht.«

»Ich denke, sie fühlen sich in Malachit einfach nicht wohl«, sagte Dûhirion nach einer Weile. »Ich kann's ihnen nicht verübeln. Es dauert noch ein bisschen, aber wir können euch von hier fortbringen. Ich habe mit den Leuten von der Weißen Feder gesprochen … mit Arik und Elanor.«

Faylen neigte den Kopf. »Wohin könnt ihr uns bringen?«

»Raus aus Adular. Es gibt dahinter Länder, in denen Dunkelelfen nicht in Aschegruben leben müssen«, erzählte Dûhirion.

Faylens Augen weiteten sich überrascht. »Wo leben sie denn dann?«

»Sie wohnen Seite an Seite mit anderen Elfen, Menschen und Zwergen«, antwortete der Dunkelelf.

»Das geht?«, fragte Faylen erstaunt. »Einfach so?«

»Es ist nicht immer einfach und oft werden Dunkelelfen noch benachteiligt. Aber so schlimm wie hier ist es nicht überall«, erwiderte er. »Wir können dich in eine Stadt bringen, in der dich niemand versklaven oder ungestraft verletzen darf. Du könntest in die Schule gehen, lesen und schreiben lernen.«

Das Mädchen sah aus, als würde er ihm gerade ein Wunderland beschreiben. Es schien für sie unfassbar, dass ein solcher Ort tatsächlich existierte. »Mit Liv und Espen?«

»Ja, mit ihnen.«

»Ich mag die beiden«, murmelte Faylen, »und will nicht undankbar erscheinen. Wenn ich ohne sie gehe, sind die beiden noch trauriger.«

Dûhirion betrachtete die Zeichnung, die sie in den Dreck gemalt hatte. Es war ein kleiner Galgen, mit wellenförmigen, bauchigen Wolken und kurzen Strichen, die Regen darstellen sollten. Ein Strichmännchen mit spitzen Elfenohren baumelte von einem Strick.

»Am liebsten würde ich bei dir leben«, nuschelte Faylen. »Aber ich weiß, dass das nicht möglich ist.«

»Es wäre auch keine gute Idee«, brummte Dûhirion. »Glaub mir, ich bin der Letzte, den du als Ziehvater haben möchtest.«

»Warum?«

»Ich bin nicht unbedingt der beste Umgang für ein Kind wie dich.«

»Hm.« Faylen stützte den Kopf in die Hände. »Aber du besuchst mich weiterhin?«

»Wann immer ich kann«, bestätigte er. »Versprochen.«

»Das ist gut. Ich mag dich nämlich.«

Erneut traf Dûhirion ihre liebevolle Geste völlig unerwartet. Für den Bruchteil einer Sekunde zeigte sich ein Riss in seiner sorgfältig aufgebauten Fassade. Er war verunsichert. Wie sollte er darauf reagieren?

Faylen musterte ihn erwartungsvoll. »Magst … du mich auch?«

Dûhirion handelte bedächtig. Unsicher hob er seine Hand und legte sie auf ihren schmalen Rücken, spürte ihre Rippen und die Wirbelsäule so deutlich, dass er die einzelnen Segmente hätte zählen können. »Ich mag dich auch.«

Angespannt beobachtete er und erwartete, dass Faylen sich unter einer ungewollten Berührung wand, unwohl den Kopf zwischen den Schultern einzog. Aber sie tat es nicht.

»Das ist schön«, sagte sie leise, mehr zu sich als zu ihm.

Er schenkte ihr ein nahezu unauffälliges Lächeln. Zu seiner eigenen Überraschung war es in keiner Weise gekünstelt. Eine Tatsache, die Faylen nicht entging.

»Ich mag es, wenn du so lächelst«, sagte sie. »Vorher sah es … irgendwie komisch aus.«

»Ich werde dafür sorgen, dass du dieses hier häufiger siehst«, entgegnete Dûhirion.

Der Dunkelelf verließ das Haus der Familie und machte sich auf den Rückweg zur Gilde. Er kam am alten Brunnen vorbei und blieb kurz stehen. Nichts zeugte mehr von den Unruhen am Vormittag. Lediglich eine Ansammlung von verschiedenen Fußspuren auf engem Raum deutete an, dass einige Elfen auf diesem Fleck gestanden hatten.

Jede Woche, dachte er. *Jede Woche versammeln sich die Dunkelelfen aus diesem Viertel und betteln um etwas zu essen.* Er spuckte auf den Boden. *Jede Woche das gleiche Theater. Ich hätte gern die Dunkelelfen in Orlean gesehen, wie sie die Menschen fortgejagt und sich reichlich an den Paketen bedient haben. Aber der kleine Sieg war die anschließende Tragödie nicht wert.*

Maryn saß neben dem Eingang des Gildengebäudes auf einem alten Baumstamm, den irgendwann irgendjemand an seinen Platz gezogen hatte. Sie lehnte rücklings an der Wand, den Kopf leicht in den Nacken gelegt, den Blick gen Himmel gerichtet. Ihr Tuch hing locker um ihren Hals.

»Komm, leiste mir Gesellschaft«, rief sie und winkte mit einer Flasche. »Hab auch was zu trinken da.«

»Wird es mir den Hals verbrennen?«, fragte Dûhirion.

»Darauf kannst du Gift nehmen«, grinste Maryn.

»In dem Fall hole ich mir lieber ein Bier.«

Dûhirion verschwand im Gebäude und kam bald darauf mit einem gefüllten Humpen zurück. Er setzte sich neben sie. Der Himmel war sternenklar und ein ovaler Mond schien matt auf sie herab. In wenigen Stunden war Mitternacht und Elanor würde gemeinsam mit Nara und Arik den Rebellenanführer treffen.

»Ich möchte mich bei dir entschuldigen«, sagte Dûhirion leise.

»Ach, längst vergessen«, entgegnete Maryn unbekümmert. Sie tätschelte seinen Unterarm. »Nun, ich konnte dir nie lange böse sein.«

Er grinste schief. »Liegt an meinem einzigartigen Charme.«

Die Zwergin schnaubte. »Du bist in etwa so charmant wie ein eitriges Furunkel zwischen den Arschbacken.«

»Einmal mehr bewundere ich deine Eloquenz, Maryn.«

Sie trank einen Schluck aus ihrer Flasche und rülpste. »Die wird mit jedem Liter besser.«

Eine Weile saßen sie still beisammen und tranken.

»Habe ich dir eigentlich je erzählt, wie ich mir die verdammten Narben zugezogen habe?«, fragte Maryn leise.

»Nicht dass ich mich erinnere«, erwiderte der Dunkelelf. »Ich habe dich aber auch nie danach gefragt.«

»Stimmt.« Maryn blinzelte. »Warum eigentlich nicht?«

Er zuckte mit den Schultern. »Hatte das Gefühl, dass du auf mich zukommen wirst, sobald du bereit dazu bist, mir diese Geschichte zu erzählen.«

Maryn grunzte und es lag ein Hauch Belustigung in diesem Laut. »Nun, da stellt sich tatsächlich heraus, dass du mal recht behältst. Wer hätte es gedacht. Wie auch immer … Die tragische Geschichte meines entstellten Gesichtes …« Die Zwergin nahm einen weiteren kräftigen Schluck und leckte sich über die Oberlippe. »Zuerst: Umbra hat nichts damit zu tun. Ich hab die schon, seit ich ein kleines Mädchen war. Mein Pa ist manchmal sehr wütend geworden. Vor allem, wenn er nicht gesoffen hat.« Sie schwenkte ihre Flasche. »Rate mal, von wem ich diese schlechte Angewohnheit habe. Nein, es ist kein Zwergen-Ding, sich permanent Bier in den Rachen zu schütten. Das ist bloß ein Klischee und dummerweise entspreche ich ihm im vollen Maße.«

Dûhirions Mundwinkel hob sich zu einem halben Grinsen. »Immerhin frisst du keine unartigen Elfenkinder.«

»Ja … Versteh mich nicht falsch, ich liebe Kinder, aber …«

»Aber ein Ganzes würdest du nie schaffen«, vervollständigte er. »Der Witz ist alt, Maryn.«

Die Zwergin schmunzelte. »Er hat mehr Bart als ich. Nun, wo war ich? Mein Pa, richtig. Also ich mochte meinen alten Herrn. War schließlich alles, was ich hatte. Ma ist bei meiner Geburt gestorben, meine Schwester hat eine Lungenentzündung dahingerafft und mein Bruder ist an einem einfachen Bienenstich gestorben. Am Ende gab es nur mich und Pa. Gab zu viele Tote in der Familie, deshalb hat er gesoffen. Musste den ganzen Scheiß irgendwie aus seinem Kopf spülen. Manchmal hat er versucht, damit aufzuhören, wollte mir ein besserer Vater sein. Das erste Mal, als er sich im Suff den halben Fuß abgeschlagen hat. Er hatte Angst, dass er sich irgendwann tödlich verletzt und ich als Waise ende. Tja … War keine gute Idee, das Trinken sein zu lassen.«

Dûhirion hob den Humpen auf, den er zwischen seine Füße gestellt hatte. Er hatte das Bedürfnis, etwas in den Händen zu halten.

»Wir haben Abendessen gemacht. Ich war nicht schnell genug damit, Zwiebeln und Fleisch zu schneiden, während die Pfanne längst heiß war«, fuhr Maryn fort und starrte abwesend in die Ferne. »Pa war hungrig und schlecht gelaunt. Er hat mich geschlagen, nur einmal mit der flachen Hand. Aber ich hab angefangen zu weinen. Hat ihn noch mehr aufgeregt. Hat mich geschubst. Bin umgefallen und hab mir den Hinterkopf angehauen. Er stand plötzlich über mir, mit der Bratpfanne in der Hand. Er sagte: ›Verdammte Heulsuse. Ich geb dir mal 'nen richtigen Grund zum Heulen.‹ Dann hat er die Pfanne geneigt und mir das heiße Öl ins Gesicht gekippt.« Sie holte ihren Handspiegel aus der Tasche und betrachtete ihre Narben eingehend. »Tat ihm am nächsten Tag leid. Hab ihm gesagt, er soll nie wieder aufhören, zu saufen. Glaube ich zumindest. Weiß nicht, ob ich am nächsten Tag schon wieder richtig sprechen konnte.«

Dûhirion schwenkte den Humpen, ließ das Bier sacht hin und her schwappen und musterte sie aus dem Augenwinkel. »Wie alt warst du?«

»So um die elf Jahre.«

»Wann und wie bist du an Umbra geraten?«

Maryn legte den Spiegel beiseite und rutschte mit dem Hintern etwas zurück, um den Schneidersitz einzunehmen. »Mit dreizehn. Ganz schön alt für Umbra, aber gerade noch im oberen Bereich.«

»Es gibt ein Mindestalter für Rekruten?«, fragte der Dunkelelf überrascht.

»Wusstest du nicht?«, entgegnete Maryn. »Umbra holt Kinder ab sechs Jahren bis maximal vierzehn Jahre. Aber sie nehmen selten die Älteren, am liebsten haben sie welche unter zehn. Weil sie am einfachsten zu formen sind.«

Dûhirions Finger trommelten gegen den Humpen. Sein rechtes Auge begann penetrant zu jucken. »Bis jetzt habe ich geglaubt, dunkelelfische Kinder wären die einzigen, die von Umbra geholt werden.«

»Die nehmen sie auch am liebsten, weil es niemanden schert, wenn ein Dunkelelf entführt wird. Bei Kindern aus anderen Völkern ist es schon schwieriger. Hier zumindest, keine Ahnung, wie das in den freien Ländern so ist. Nun, Umbra hat meinem Pa erzählt, dass sie mich in eine Schule bringen wird«, fuhr die Zwergin fort. »Du musst wissen, Pa war ein einfacher Zwerg. War selbst nie in der Schule, hatte nur sein Handwerk und hat das bei mir auch so gehalten. Als Umbra ihm aber erzählte, welche Vorteile Bildung so hat, wollte er, dass ich lesen und schreiben lerne, damit was aus mir wird. Also hat er mich mitgegeben und nie wieder was von mir gehört. Ende der Geschichte.«

»Gänzlich gelogen hat Umbra nicht«, murmelte Dûhirion. »Lesen und Schreiben hast du gelernt.«

Maryn lachte spöttisch. »Wenn ich mal nicht damit beschäftigt war, jemandem ein Messer zwischen die Rippen zu jagen.«

Schweigen legte sich über sie. Sie tranken und lauschten dem Wind in den Bäumen. Ein Käuzchen rief in die Nacht hinaus und einer seiner Artgenossen antwortete ihm.

»Weißt du«, sagte Maryn langsam, »auch wenn ich Pa geliebt habe, war er weit davon entfernt, ein guter Vater zu sein. Ich bin ihm nicht böse, im Gegenteil. Umbra ist mein Zuhause und ich habe hier eine bessere Ausbildung bekommen als sonst wo. Trotzdem verbrennt man seinen Kindern nicht das Gesicht. Ich sage dir, wenn du mal Vater wirst, wirst du ein besserer sein.« Sie klopfte ihm freundschaftlich auf die Schulter.

Dûhirion gluckste trocken und ohne Humor. »Das wird nie passieren, denke ich.«

»Ja?« Maryn zog die Brauen hoch. »Was sagt dir das?«

Dûhirion hob den Zeigefinger. »Zuerst die Tatsache, dass ich keine Familie plane. Assassine und Familienvater verträgt sich nicht. Und dann …« Er hob den Mittelfinger dazu und ließ den Satz unvollendet in der Luft hängen.

Maryn nickte verstehend. »Elfen werden steinalt. Versteif dich nicht darauf, dass es niemals passieren wird. Hey, darf ich Tantchen spielen, wenn du Pa wirst?«

»Von mir aus«, erwiderte Dûhirion. »Meine Kinder würden ihre verrückte Tante Maryn lieben.«

Sie grinste. »Ich werde sie mit vielen Geschenken bestechen.«

Er verzog das Gesicht. »Du würdest sie zu sehr verhätscheln. Und ich müsste hinterher mit verzogenen Blagen zurechtkommen.«

»Das ist dann dein Problem, mein Freund.« Sie klopfte ihm kräftig auf den Rücken. »Ich bin nur dazu da, sie zu verwöhnen und besser zu sein als Ma und Pa.«

»Ich bin froh, dass es nie so weit kommen wird«, sagte Dûhirion.

Maryn schüttelte mit dem Kopf. »Verlass dich nicht drauf.«

Er stieß sie mit dem Ellenbogen an. »Drohst du mir, Zwerg?«

»Niemals.« Maryn hob beschwichtigend die Hände. »Aber wenn es so weit ist, bin ich da … mit Spielzeug und Süßigkeiten.« Sie sprang vom Baumstamm und streckte sich gähnend. Sie neigte ihren Kopf erst nach links und dann nach rechts, beide Male knackte ihr Genick dumpf. »So. Gehst du ein Stück mit mir? Ich muss mir die Beine vertreten.«

»Ich habe mich gerade erst gesetzt«, murrte Dûhirion.

»Blödsinn, wir sitzen schon eine ganze Weile. Los, beweg deinen Arsch!«

Lustlos erhob er sich und schlenderte neben der Zwergin her. Sie erreichten den Rand des Wechselwaldes, wo Maryn stehen blieb. Sie spitzte die vernarbten Lippen und blies sacht in den Flaschenhals. Ein hohles Pfeifen erklang und wurde Sekunden später vom knisternden Summen der Irrlichter beantwortet. Ihr sanfter Schein leuchtete aus der rabenschwarzen Dunkelheit des Waldes. Irrlichter waren entgegen ihrem Ruf harmlose und freundliche Kreaturen. Sie liebten es, anderen Streiche zu spielen, und das taten sie am liebsten, indem sie ihrem Namen gerecht wurden und Wanderer in die Irre führten. Es war kein Akt der Boshaftigkeit, mehr die unbedachte Handlung eines Kindes, das nicht wusste, dass sein Streich schwere Konsequenzen mit sich bringen konnte.

»Also«, begann Maryn, »erzählst du mir freiwillig, was heute in der Aschegrube passiert ist, oder muss ich dich dafür erst betrunken machen?«

»Da gibt es nicht viel zu erzählen«, erwiderte Dûhirion gleichmütig. »Was auch immer du gehört hast, war schon die ganze Geschichte.«

Die Zwergin grinste dreckig. »Auch der Teil, in dem alle nackt waren und die Verteilung in einer riesigen Orgie endete?«

»Ganz besonders dieser Teil«, bestätigte der Dunkelelf trocken.

Maryn seufzte. »Und ich bin nicht dabei gewesen.« Sie trank einen Schluck und ging weiter am Waldrand entlang. »Valion war vor nicht allzu langer Zeit hier und hat so grimmig dreingeblickt, wie du es für gewöhnlich tust. Du kennst mich, ich bin nicht nachtragend. Bin also zu ihm hin und hab ihn gefragt, was ihn gebissen hat. Er hat mir seine Sicht der Dinge erzählt und ich bin an deiner Sicht interessiert. Wir sind weit genug von der Gilde weg, du kannst also frei sprechen.«

Dûhirion wählte die Worte bedächtig, mit denen er seine Geschichte wiedergab. Er wollte den Streit zwischen Maryn und Valion nicht erneut anfachen, selbst wenn die Zwergin behauptete, es sei wieder alles in Ordnung. Sie musste nicht unbedingt wissen, dass Valion den Gildennamen missbraucht hatte, und seine Mitschuld an der Explosion verschwieg Dûhirion vorsorglich ebenfalls.

Maryn hörte ihm zu, ohne ihn zu unterbrechen. Sie trank ab und zu aus ihrer Flasche. »Mir gefällt sein Gehabe in letzter Zeit nicht«, brummte sie letztlich. »Liegt an diesen ekeligen Rebellen.«

»Vermutlich«, erwiderte Dûhirion schulterzuckend.

»Ich mag die Rebellen nicht.«

»Ich auch nicht.«

»Gut, dann sind wir uns da einig.« Maryn klang zufrieden. »Die setzen ihm irgendwelche Flausen in den Kopf, die definitiv schlecht für ihn sind. Hab dir ja erzählt, was er mir gesagt hat.

Denkt er ernsthaft, er könnte der Gilde mit den Rebellen gefährlich werden?«

Dûhirion bereute es, dass er seinen Humpen beim Baumstamm stehen gelassen hatte. »Valion ist ein Idealist.« Er legte die Hände hinter seinen Rücken. »Das ist er schon, seit ich ihn kenne.«

»Und wie lange ist das?«, fragte Maryn.

»Seit unserer Ausbildung. Ich war sieben, Valion zehn Jahre alt. Wir sind etwa mit einem Monat Abstand an die Gilde geraten.«

Sie hielt ihm die Flasche hin. »Sicher, dass du nichts Stärkeres willst?«

Dûhirion wägte ihr Angebot ab und verneinte schließlich. »Danke. Wie gesagt, Valion war schon immer rebellisch. Vor Umbra hat er einem Adelshaus gedient. Er war so etwas wie das persönliche Haustier für den gleichaltrigen Sohn des Herrn. Während einer Kutschfahrt konnte er entkommen und ist Umbra direkt in die Arme gelaufen.«

»Vom Regen in die Traufe«, fasste die Zwergin zusammen.

Es knackte leise im Unterholz. Für den Bruchteil einer Sekunde sah er einen Schatten am Rande seines Sichtfeldes. Ein Irrlicht folgte dem, was Dûhirion für ein Tier hielt, fröhlich summend.

»Er hat sich so oft gegen die Ausbilder gewehrt, dass ich manchmal fürchtete, er hätte den Verstand verloren«, brummte der Dunkelelf kopfschüttelnd.

»Wie um alles in der Welt hat er seine Ausbildung überlebt?«, fragte Maryn mit hochgezogener Augenbraue.

»Mehr Glück als Verstand«, antwortete Dûhirion. »Das hat Spuren hinterlassen. Kaum ein Zentimeter seiner Haut scheint unversehrt. Er hat mehr Narben, als man zählen kann.«

Maryn kniff ein Auge zu und blickte mit dem anderen in den Flaschenhals. Sie schürzte enttäuscht die Lippen. »Hat er so seine Ringfinger verloren?«

»Das ist eine andere Geschichte«, erwiderte er und musterte sie von der Seite. »Das Adelshaus, dem er einst diente, markierte seine Sklaven mit Ringen, die es permanent an ihren Fingern anbrachte. Umbra hätte sich Ärger eingehandelt, wenn jemand das Familienwappen erkannt hätte.«

Maryn schnaufte. »Oh ja, wäre teuer geworden.«

»Deshalb … mussten sie ab. Samt Finger.« Dûhirions Fäuste ballten sich hinter seinem Rücken. »Wir haben uns schnell angefreundet, er und ich. Dreimal darfst du raten, wer ihm die Finger abtrennen musste.«

Maryn rümpfte die Nase. »Das ist unschön.«

»In der Tat«, murmelte er und spürte, wie sich seine Fingernägel in die Handflächen gruben. »So kam ich übrigens auch zur Narbe unter meinem Auge.«

»Dachte immer, die hätte was mit der Blindheit zu tun.«

»Nein, die Säure kam zuerst. Das hier«, Dûhirion strich die Narbe mit dem Zeigefinger nach, vom unteren Augenlid hinab zum Kiefer, »das hier war ein Dolch.«

»Warum?«, fragte die Zwergin.

»Ich war zu langsam damit, Valion die Finger abzutrennen. Der Ausbilder sagte, dass das meine letzte Verwarnung sei. Sollte ich ihn noch mal verärgern, würde die Klinge das nächste Mal in mein gesundes Auge stechen. Valion lag derweil fluchend und blutend neben mir, die Fäuste gegen seine Brust gepresst.« Dûhirion fuhr sich durch den schwarzen Irokesenschnitt. »Wir haben Rekruten kommen und sterben sehen. Irgendwie haben wir es immer geschafft, mit dem Leben davonzukommen. Valion wurde mit der Zeit ruhiger, aber …«

»Aber er hasst Umbra«, vervollständigte Maryn kühl. »Dieser Hass ist nie erloschen, oder?«

»Keiner von uns wollte dieses Leben«, erwiderte Dûhirion leise. »Wir haben uns daran gewöhnt; uns angepasst; akzeptiert, was wir nicht ändern konnten, um zu überleben.«

Die Rebellen fütterten Valions Idealismus und teilten seinen Wunsch, den Dunkelelfen in Adular Freiheit zu schenken. Wahrscheinlich war durch sie seine alte, nie erloschene Abneigung gegen Umbra neu aufgeflammt. Vielleicht hatte er die Hoffnung, dass er mit ihnen der Gilde entkommen konnte.

»Denkst du, Valion könnte zum Verräter werden?«, fragte Maryn lauernd.

Ein Schauer kroch Dûhirion kalt über Nacken und Rücken. Ihm gefiel der Ton nicht, den Maryn angeschlagen hatte. Er starrte eine Weile nachdenklich ins Nichts. »Ich weiß es nicht«, gestand er. »So gern ich manchmal auch in Valions Kopf blicken möchte, ich kann es nicht.«

»Was ist mit dir?«, fragte Maryn.

»Was soll mit mir sein?«

»Wenn Valion die Gilde verrät, was wirst du dann tun?«

Dûhirion blieb stehen. »Worauf willst du hinaus, Maryn?«

»Auf gar nichts«, erwiderte sie und ließ die letzten Tropfen aus der Flasche auf ihre Zunge fallen. »Mache mir bloß Sorgen, weißt du? Ihr zwei seid meine einzigen wirklichen Freunde hier. Einen Freund zu verlieren, weil er dumm genug ist, zu glauben, Umbra hintergehen zu können, ist schon schlimm genug. Zwei Freunde deswegen zu verlieren … wäre zu viel. Was würdest du tun?«

»Das Richtige«, antwortete Dûhirion langsam. »Damit sollten wir das Thema beenden. Das ist alles rein hypothetisch und ich habe das Gefühl, dass du dich in etwas Unnötiges hineinsteigerst.«

Maryns kräftige Hand umschloss sein Handgelenk. »Du würdest die Gilde nicht verraten, oder, Dûhirion?«

»Das Thema ist beendet«, wiederholte er schärfer und entwand sich ihrem Griff. »Lass uns zurückgehen! Mein Bier wartet auf mich.«

Maryn war still, während sie den Rückweg antraten. Erst als sie beide wieder auf dem Baumstamm saßen und die Zwergin sich ein Bier geholt hatte, wurde sie wieder redseliger. Die angespannte Stimmung löste sich und der restliche Abend verlief entspannt. Dennoch ging Dûhirion ihre Frage nicht aus dem Kopf.

Umbra ist ein schwarzes Krebsgeschwür, das seine Metastasen übers ganze Land verstreut hat, dachte er, eine alte Phrase wiederholend, die Valion einst zu predigen gepflegt hatte. *Wenn Valion gegen die Gilde kämpft, würde ich an seiner Seite kämpfen? Ja … Ja, das würde ich.*

Valion war sein Bruder und er würde ihn nicht allein gegen diesen Drachen kämpfen lassen.

14

Elanor

Arik hatte ihr angeboten, sie für heute bei ihrem Onkel zu entschuldigen, und zunächst war Elanor seinem Vorschlag zugeneigt gewesen. Es brachte aber nichts, das Gespräch hinauszuzögern. Außerdem würde sie sich unwohl damit fühlen, ihn mit der Arbeit allein zu lassen. Nun stand sie vor der Schneiderei. Ihr Magen war ein verkrampfter Fleischklumpen aus Übelkeit und Schmerz, ihre Glieder klamm und taub. Sie versuchte, ihr aufgeregtes Herz mit einem tiefen Atemzug zu beruhigen, bevor sie die Schneiderei betrat. Eilig durchquerte sie den vorderen Raum und lief mit gesenktem Kopf in die Nähstube.

»Guten Morgen, Elanor«, sagte Fiona und stutzte hörbar. »Geht es dir gut?«

Elanor nickte rasch. »Mach dir keine Sorgen«, sagte sie leise und blickte sich verstohlen um. Sie konnte weder ihren Onkel Faredir noch Rhina entdecken. Der Lehrling saß wie üblich still in seiner Arbeitsecke und schnitt aus Stoffresten Flicken zu. Er grüßte nie, sprach nie mit ihr oder den Näherinnen und konzentrierte sich hauptsächlich auf seine Ausbildung.

Elanor trat näher an Fiona heran und nahm ihre Kapuze ab. »Fiona, kann ich dich um etwas bitten?«

Fiona betrachtete Viriditas' Zeichen und Begreifen leuchtete in ihren graublauen Augen auf. In den bald sechzig Jahren, die sie bereits in Malachit lebte, musste sie mindestens drei Zyklen miterlebt haben, in denen elfische Frauen schwanger geworden waren. Sie stellte keine überflüssigen Fragen, sprach keine überschwänglichen Beglückwünschungen aus, nickte lediglich.

»Ich muss dringend mit meinem Onkel sprechen«, fuhr Elanor fort. »Allein. Ich werde versuchen, ihn abzufangen.«

»Er sollte gleich zurück sein«, antwortete Fiona sanft. Sie legte ihre Hand auf die der Waldelfin. »Du wirst mit ihm sprechen und ich mit Rhina, damit sie nicht über ihre vorschnelle Zunge stolpert.«

Elanor spürte, wie ihr vor Erleichterung und Dankbarkeit Tränen in die Augen stiegen. »Darum wollte ich dich bitten. Danke, Fiona.«

»Alles wird gut«, erwiderte sie und tätschelte ihr sacht den Handrücken, bevor sie von ihr abließ.

Elanor wischte sich über die Wangen. »Wo sind Rhina und Faredir?«

»Herr Faredir hat etwas im Haus vergessen. Rhina hat wahrscheinlich wieder einmal verschlafen, das unzuverlässige Ding.« Fiona schnaubte ärgerlich. »Sie kann froh sein, dass Herr Faredir ein nachsichtiger Mann ist. Zu meiner Zeit hätte sie für ihre dauernden Verspätungen längst ihre Arbeit verloren. Ich weiß nicht, welche Erziehung sie genossen hat, aber ihre Eltern hätten ihr mehr Disziplin beibringen sollen.«

Die Tür zur Schneiderei ging auf und kurz darauf erschien ihr Onkel in der Nähstube. Er legte die Tasche, die er bei sich trug, ab. »Elanor, da bist du …« Jäh verstummte er. Sein Mienenspiel wechselte zwischen Verwunderung, Fassungslosigkeit, Sorge und Freude.

»Können wir reden?«, fragte Elanor leise. »Ungestört.«

Faredir nickte verunsichert.

Sie gingen zurück in den vorderen Raum, zum großen Spiegel, vor dem sich Kunden in ihrer neuen Kleidung betrachten konnten. Faredir zog den schweren Vorhang zu und verdeckte das Fenster. Die Situation war ihm sichtlich unangenehm und seltsamerweise zog Elanor dieses Unwohlsein vor. Sie hätte es überstanden, wenn er wütend geworden wäre; wenn er sie angeschnauzt, gepackt und vielleicht geschüttelt hätte. Sie hätte mit seiner Enttäuschung umgehen können; wenn er sie fragte, warum er erst von einem möglichen Mann in ihrem Leben erfuhr, wenn sie bereits von diesem schwanger war. Doch sie wusste nicht, was sie getan hätte, wäre er ihr glücklich um den Hals gefallen.

Elanor rieb ihre zusammengepressten Handflächen aneinander. Zwei Stimmen stritten sich in ihrem Kopf.

Sag ihm die Wahrheit, schrie die eine. *Die ganze Wahrheit. Er verdient es, sie zu erfahren. Irgendwann wird er es ohnehin herausfinden. Du hast doch nicht geglaubt, es ewig geheim halten zu können?*

Sag es ihm nicht, schrie die zweite. *Er wird dich verstoßen, wenn er es erfährt. Er wird dafür sorgen, dass deine Kinder getötet werden. Lüg ihn an!*

»Ich habe es heute erst erfahren«, begann sie. Ihr war, als würde sie unter seinem prüfenden Blick immer kleiner werden. Bis sie sich wie ein Kind fühlte, das eine wertvolle Vase im Haus zerbrochen hatte und nun eine Strafpredigt erwartete.

»Du siehst nicht so aus, als würdest du dich darüber freuen«, erwiderte Faredir vorsichtig.

»Doch, ich freue mich. Natürlich tue ich das. Es kommt überraschend, ich habe es selbst noch nicht begriffen«, erklärte Elanor defensiv.

»Du hast mir nie erzählt, dass du … dass es jemanden gibt … Hm.« Faredir rieb sich peinlich berührt den Nacken. »Du hättest mir sagen können, dass du einen Mann gefunden hast.«

Was Sexualität anging, war ihr Onkel äußerst unbedarft.

»Es tut mir leid, ich wollte den richtigen Moment abwarten«, erwiderte Elanor. »Ich wollte selbst davon überzeugt sein, dass er der Richtige ist.«

»Das verstehe ich. Nun … Wer ist es?«

Ihr Herz schlug heftig in ihrer Brust, als versuchte es, aus seinem knöchernen Käfig auszubrechen. Faredir hörte es. Natürlich hörte er es. Er stand unmittelbar vor ihr, seine Ohren waren empfindlich, und so aufgeregt wie sie war, hätte es auch ein Mensch gehört.

»Hast du … Hast du Angst, es mir zu sagen? Du brauchst dich nicht vor mir zu fürchten. Elanor …« Faredir legte seine Hände auf ihre Schultern. »Veilchen, ich werde dich dafür nicht verurteilen.

Ich liebe dich. Wer auch immer er ist, aus welcher Schicht er kommen mag, wenn du diesen Mann liebst, akzeptiere ich ihn.«

Sie wollte es ihm sagen. Die ganze Wahrheit. Als sie den Mund öffnete, lagen Dûhirions Name und seine Volkszugehörigkeit auf ihrer Zungenspitze wie ein Stück Blei. »Sein Name ist Berkar. Er ist ein Händler und deshalb nur selten in der Stadt. Momentan ist er wieder unterwegs und weiß noch nichts von seinem Glück. Ich … weiß nicht, wann ich ihn das nächste Mal sehe, aber sobald er die Nachricht selbst verdaut hat, werde ich ihn dir vorstellen.«

Es entstand eine nahezu erdrückende Pause.

»Warum glaube ich dir nicht?«, fragte Faredir leise.

Innerlich zuckte Elanor zusammen, als wäre sie geohrfeigt worden. »Warum sollte ich dich belügen?«

»Ich bin mir nicht sicher«, murmelte ihr Onkel und musterte sie eindringlich. »Etwas sagt mir, dass du mir nicht die Wahrheit erzählst.«

Elanor machte einen Schritt zurück. »Und an welcher Stelle soll das gewesen sein?«, fragte sie ungewollt barsch.

»Elanor, ich meinte damit nicht …«

»Du bezichtigst mich der Lüge«, unterbrach sie, »dann sag mir auch, wo ich dich belogen haben soll.«

»Zügle dich«, forderte er scharf. »Du musst zugeben, dass deine Geschichte seltsam klingt. Ich hätte erwartet, dass du mit mir darüber sprichst, wenn du einen Mann findest. Selbst wenn es nur eine Liebelei ist. Ich hätte erwartet, dass du es zumindest erwähnst.«

»Es ist meine Entscheidung, wann und wem ich von einem Liebhaber erzähle«, erwiderte Elanor. »Ich bin kein Kind mehr und dir keine Rechenschaft schuldig.«

»Ich bin deine Familie«, sagte Faredir enttäuscht. »Ich will keine Rechenschaft von dir, lediglich weiterhin an deinem Leben teilhaben.«

Hilflosigkeit kroch kalt und zäh in ihre Glieder. Sie war gelähmt wie ein Kaninchen vor einer Schlange, doch ihre Gedanken rasten. Dûhirion war kein spezifisch dunkelelfischer Name. Ein Waldelf hätte ebenso benannt werden können. Faredir würde davon ausgehen, dass es sich bei ihrem Liebsten um einen solchen handelte. Seine Nichte, seine liebe und unschuldige Nichte, würde niemals gegen das Gesetz verstoßen.

»Du hast recht«, gestand sie stimmlos und beinahe unhörbar. »Ich habe dir nicht ganz die Wahrheit gesagt. Es tut mir leid, i-ich weiß nicht, wie ich es dir erklären soll. Der Vater ist nicht gerade ein vorbildlicher Elf, verstehst du?«

Faredir runzelte die Stirn. »Wie meinst du das?«

Die Tür ging auf und Elanor ging davon aus, dass Rhina endlich zur Arbeit kam. »Er ist …«, begann sie zögerlich. Doch es war Noriels Stimme, die in den Laden rief.

Der Blick ihres Onkels sagte Elanor, dass dieses Gespräch noch nicht beendet war, als er hinter dem Vorhang hervortrat. »Noriel, ich grüße Euch«, sagte er. »Seid Ihr für die erste Anprobe da?«

»Ja, so ist es«, erwiderte die Hochelfin fröhlich.

Elanor folgte ihrem Onkel. »Hallo, Noriel. Ich habe das Kleid soweit fertig. Bitte tritt hinter den Vorhang, ich komme gleich zu dir!«

»Ist das Viriditas' Zeichen in deinem Gesicht?«, fragte Noriel und trat eilig auf sie zu. »Oh Elanor, ich hatte ja keine Ahnung. Meine herzlichsten Glückwünsche.«

Die Waldelfin fluchte innerlich und setzte ihr bestes Lächeln auf, als sie Noriels Umarmung erwiderte. »Vielen Dank. Ich weiß, ich habe versprochen, dass du die Erste bist, die davon erfährt. Aber wie du weißt, haben die Götter oft andere Pläne.«

Noriel lachte. »Fürwahr. Dafür erwarte ich gleich einen ausführlichen Bericht über alles.« Sie verschwand hinter dem Vorhang.

Elanor massierte den Punkt ihrer Stirn, der zwischen ihren Augen lag. Faredir verschwand wortlos in der Nähstube und brachte ihr das Kleid. Es wurde nur von losen Nähten und Stecknadeln zusammengehalten, um es gegebenenfalls anpassen zu können. Sie dankte ihm und ging zu Noriel. Wie üblich war Meira bei ihr. Elanor gab das Kleid an die Dunkelelfin weiter, die ihrer Herrin dabei half, es anzuziehen.

»Ich danke dir, Meira. Würdest du uns bitte allein lassen?«, sagte Noriel.

Die Dunkelelfin machte einen höflichen Knicks und tat wie geheißen. Elanor überprüfte den Sitz des Kleides und begann, ein paar Nadeln zu stecken.

»Ich wusste von Anfang an, dass diese dümmlichen Gerüchte über dich falsch sind«, sagte Noriel heiter. »Ich habe dich jedes Mal verteidigt und jedem, der über dich getratscht hat, das Maul gestopft.«

»Danke, Noriel. Ich weiß das zu schätzen.«

»Jederzeit, Liebes. Angeblich hat jetzt sogar jemand gesehen, wie ein Dunkelelf dein Haus betreten hat und du Unzucht mit ihm getrieben hast.«

Elanor war selbst darüber erstaunt, wie echt das Lachen war, das ihrer Kehle entkam. »Du willst mir sagen, jemand hätte des Nachts durch mein Fenster geblickt und mich dabei beobachtet, wie ich mit einem Dunkelelfen geschlafen habe?«

Habe ich die Vorhänge immer zugezogen, wenn Dûhirion bei mir war?, fragte sie sich panisch. *Könnte jemand tatsächlich gesehen haben, wie er mein Haus betreten hat?*

»Ich weiß nicht, wie die Leute darauf kommen«, entgegnete Noriel augenrollend. »Wenn sie so etwas über meine Nachbarin erzählen, hat es Hand und Fuß. Warum ausgerechnet du das Ziel bist, verstehe ich nicht. Vielleicht möchte jemand der Schneiderei schaden? Ein solches Gerücht könnte sich schädlich auf den Ruf auswirken.«

»Das ist gut möglich, ja«, murmelte die Waldelfin.

»Hast du je versucht, das richtigzustellen?«, fragte Noriel mit einem Blick über die Schulter zu ihr.

»Kennst du das Sprichwort ›Getroffene Hunde bellen‹? Wenn ich mich dazu äußere, werden die Leute erst recht glauben, dass ich etwas zu verbergen habe. Jemand, der nichts verbrochen hat, braucht sich auch nicht zu rechtfertigen, oder?«

Die Hochelfin nickte bedächtig. »Wenn du es so formulierst …«

»Das Gerücht wird irgendwann im Sand verlaufen«, fuhr Elanor fort. »Ich bin keine Person, die im Auge der Öffentlichkeit steht. Irgendwann wird ihnen langweilig werden und sie beschweren sich wieder über den Statthalter oder den Hauptmann der Wache.«

»Zumal deine Schwangerschaft jetzt eindeutig beweist, dass du keinen dunkelelfischen Liebhaber haben kannst«, entgegnete Noriel. »Erstens hätte er dich nicht schwängern können und zweitens würde Viriditas niemals jemanden auserwählen, der eine solche Sünde begeht. Ein weiterer Grund, warum meine liebe

Nachbarin wohl niemals Mutter werden wird. Aber kommen wir endlich zu dir: Erzähl mir, was Viriditas dir über deinen Nachwuchs offenbart hat!«

Nie war ihr ein Arbeitstag so lang vorgekommen. Jede Minute dehnte sich zu einer vollen Stunde aus. Rhina beobachtete sie unentwegt aus dem Augenwinkel und es schien ihr physische Mühe zu bereiten, sie nicht auf ihre Schwangerschaft anzusprechen.

Faredir wartete ungeduldig auf eine Gelegenheit, ihr Gespräch wieder aufzunehmen, und Elanor tat ihr Möglichstes, das zu vermeiden.

Kurz bevor die Schneiderei am Abend für die Kundschaft schloss, tauchte Nara auf. Unter dem Vorwand, sie würde Elanors Hilfe für eine nicht näher erläuterte Sache brauchen, nahm sie die Waldelfin mit sich. Es wäre gelogen, würde sie behaupten, dass sie nicht erleichtert war, mit Nara vor die Tür zu treten. Spätestens am nächsten Morgen würde sie ihrem Onkel Rede und Antwort stehen müssen. Bis dahin waren einige Stunden Zeit und sie wollte sich mental auf das Treffen mit dem Rebellenführer vorbereiten.

»Wie lief das Gespräch mit deinem Onkel?«, fragte Nara und scheiterte daran, beiläufig zu klingen.

Elanor griff nach ihrer Kette. Sie bewegte den tropfenförmigen blauen Stein spielerisch zwischen ihren Fingern. »Ich hätte ihm fast von Dûhirion erzählt«, murmelte sie bedrückt.

Erstaunt fuhr Naras Kopf zu ihr herum. Leise gab Elanor das Gespräch wieder, das sie mit Faredir geführt hatte.

»Wir denken uns etwas aus«, sagte Nara letztlich. »Keine Sorge, bis Mitternacht dauert es noch ein Weilchen. Bislang hast du ihm nur gesagt, der Vater wäre kein vorbildlicher Elf. Da findet sich sicher einer, der … hm … Wir haben seit Neustem Mithanar in unserer Organisation. Ein feiner Kerl, aber vorbildlich würde ich ihn mit seinem Hang zur Pyromanie nicht nennen.«

»Ganz davon abgesehen traut Faredir Magiern nicht über den Weg«, erwiderte Elanor. »Er versteht Magie nicht und selbst wenn er einräumt, dass beispielsweise Heiler wie Arik nützlich und wichtig sind, würde er sich nicht bei ihm in Behandlung begeben.«

»Dann ist Mithanar perfekt.« Nara stoppte. »Willst du noch mal nach Hause? Ich würde vorschlagen, dass wir in unserem Haus auf die Mitternachtsstunde warten. Arik ist in seiner Klinik tätig, wir könnten uns also einen gemütlichen Abend machen.«

»Ich möchte mich bloß umziehen«, entgegnete Elanor lächelnd.

Sie tauschte ihr Kleid gegen ein langärmliges weißes Hemd und eine braune Hose, dunkelbraune Stiefel und einen kurzen Mantel. Ihr Haar band sie zu einem Dutt zusammen. Sie entfernte das weiße Band, das sie in eine vordere Strähne eingeflochten hatte, und legte ein wenig Puder auf. So war das Zeichen in ihrem Gesicht wenigstens marginal bedeckt.

»Gut siehst du aus«, sagte Nara, als Elanor wieder zu ihr stieß. »Aber warum?«

»Erstens verstecken sich die Rebellen tief im Wechselwald«, antwortete die Waldelfin. »Sich mit langen, offen getragenen Haaren und einem knöchellangen Rock durchs Dickicht zu bewegen, ist bestenfalls hinderlich, schlimmstenfalls schmerzhaft. Zweitens möchte ich den anwesenden Männern dort wenig Reize bieten. Wir wissen nicht, wie sie auf uns reagieren, wie sie sich verhalten.«

Nara fand einen Kiesel, den sie geschäftig vor sich her trat. »Besser so. Wir wissen, dass Männer aus anderen Völkern sich ständig an ihren Frauen vergreifen. Ich kann mir gut vorstellen, dass es unter den Rebellen viele Männer gibt, deren Frauen geschändet wurden. Wer weiß, wie viele von denen Gleiches mit Gleichem vergelten wollen.«

Elanor war nicht unbewaffnet. Sie hatte ein Stilett in ihrem Stiefelschaft versteckt und trug einen gut sichtbaren Dolch an ihrem Gürtel. Benutzen wollte sie die Klingen nicht. Sie glaubte an einen positiven Ausgang des Gesprächs.

Im Haus der Zwillinge deckte Nara den Tisch für ein schnelles Abendessen. Sie füllte etwas vom Gemüseeintopf in zwei Schüsseln und stellte ein halbes Laib Brot auf den Tisch.

Elanor aß mit wachsendem Appetit. »Noriel war heute zur Anprobe da«, erzählte sie zwischen zwei Löffeln. »Sie war so begeistert davon, dass ich Nachwuchs erwarte. Ich fürchte, bald weiß es ganz Malachit.«

»Was eine Leistung wäre, Malachit ist riesig. Ich stelle mir das so vor: ›Hey, habt Ihr schon gehört? Elanor ist schwanger!‹ ›Wer zum Henker ist Elanor?‹«, entgegnete Nara belustigt.

Die Waldelfin wischte mit einem Stück Brot ihre leere Schüssel aus. »Was ist eigentlich mit dir?«

»Tut mir leid«, antwortete Nara gespielt bedauernd. »Ich kann nicht als Vater für deine Kinder herhalten.«

Die Waldelfin bedachte sie mit einem halbherzigen Lächeln.

Nara lachte und hob beschwichtigend die Hände. »Entschuldige. Ich werde mir wahrscheinlich keinen Mann suchen.«

»Warum nicht?«

»Ich mag Frauen lieber.«

»Ach?« Elanor war überrascht. »Hätte ich nicht erwartet.«

Nara nahm ihre leere Schüssel entgegen und füllte ihnen beiden einen Nachschlag auf. »Nicht? Dabei würde ich mich nicht als sonderlich subtil bezeichnen. Das heißt nicht, dass Männer mir nicht gefallen würden. Ich finde beide Geschlechter attraktiv.« Sie setzte sich. »Das stört dich doch nicht, oder?«

»Warum sollte es?«, erwiderte Elanor und nahm ihre Schüssel. »Du sprichst mit einer Frau, die eine verbotene Liebschaft führt. Soll jeder lieben, wen er will.«

»Solange es nichts mit Kindern, Tieren oder Toten zu tun hat«, fügte Nara hinzu und schwenkte den Löffel im Takt ihrer Worte. »Oder toten Tierkindern.«

Der Abend schritt voran, unaufhaltsam in die späten Nachtstunden hinein. Arik kam kurz vor Mitternacht zu ihnen. Zu dritt verließen sie die Stadt. Am Rand des Wechselwaldes warteten vier Irrlichter auf sie, alle in verschiedenen Farben. Rot, Gelb, Blau und Grün. Es waren faustgroße Wesen, deren Erscheinung Elanor an tanzende Feuerbälle erinnerte. Sie beherrschten die hiesige Sprache, waren aber unfähig, sie zu artikulieren. Ihre Kommunikation lief über simple Ja-Nein-Fragen nach dem klassischen Muster: einmal blinken für Ja, zweimal für Nein.

»Ich habe sie gebeten, nach den Rebellen Ausschau zu halten«, erklärte der Magier. »Und sie sicherheitshalber im Auge zu behalten. Ich hoffe, sie haben ihnen keine Streiche gespielt, sonst müssen wir die Rebellen womöglich erst im Wald suchen, bevor wir mit ihnen verhandeln können.«

»Der Vorteil«, Nara hob belehrend den Zeigefinger vor sein Gesicht, »sollten wir die verirrten Dunkelelfen finden und zurück zur Gruppe bringen, würden wir sofort von ihnen als Helden angesehen werden.«

Arik schob ihre Hand von sich weg. »Das glaubst du hoffentlich selbst nicht.«

Der Irrwisch, der in einem blassen Gelbton leuchtete, löste sich aus der kleinen Gruppe und schwirrte auf sie zu.

»Habt ihr die Rebellen im Wald gesehen?«, fragte der Heiler.

Der Irrwisch summte und flackerte bestätigend auf.

»Dann führt uns hin, bitte!«

Arik brachte den Kristall, der auf der Spitze seines Stabes saß, zum Leuchten und folgte den Irrlichtern in den Wechselwald.

»Ich weiß ja, dass wir einen Pakt mit ihnen geschlossen haben«, raunte Nara, »dennoch finde ich es ein wenig widersprüchlich, mich von ihnen führen zu lassen.«

Elanor antwortete ihr nicht. Sie war abgelenkt. Ein weißes Kaninchen stand zwischen den Bäumen. Sein Fell leuchtete weich und kühl wie Mondlicht. Es stand reglos und sie wusste, dass sie die Einzige war, die es sehen konnte.

Gib auf uns acht, bat sie im Stillen.

Der Wald war rabenschwarz, doch stand mitnichten schweigend. Da waren die Tiere; die Wald- und Raufußkäuze, deren Rufe durchs Dunkel schallten; ein Dachs, der auf Nahrungssuche war, bewegte sich schnaufend durchs Unterholz. Trockenes Laub begleitete raschelnd ihre Schritte, während die ganze Zeit die Irrlichter ihr Lied summten. Es klang wie eine Mischung aus knisterndem Feuer und dem dumpfen Brummen einer Hummel, die in einen Weinkelch geraten war.

Es begann mit einem Kribbeln im Nacken, das Gewicht lauernder Blicke legte sich schwer auf Elanors Rücken. Sie betrachtete die schwarzen Baumkronen. War es wirklich nur der Wind, der die Blätter bewegte?

Nara schien es ebenfalls zu spüren. Nervös blickte sie sich um, hob zögerlich eine Hand zu ihrem Bogen. Ein Pfeil sauste durch die Luft und schnitt ihren Unterarm. Sie fluchte, die Irrlichter stoben erschrocken auseinander, Arik wirbelte herum und ein Schlag gegen den Hinterkopf warf Elanor zu Boden.

Von allen Seiten schossen ihre Angreifer aus der Deckung. Fünf Finger krallten sich schmerzhaft in ihr Haar und zerrten sie auf die Füße. Kalter, scharfer Stahl wurde gegen ihre Kehle gedrückt.

»Stopp!«, rief Arik. »Wir sind die Weiße Feder. Euer Anführer hat zugestimmt, mit uns zu sprechen.«

Sie waren von Dunkelelfen umstellt. Ihre mit schwarzer und roter Farbe bemalten Gesichter sahen im fahlen Licht von Ariks Stab wie dämonische Fratzen aus.

»Wir wissen, wer ihr seid«, erwiderte der Dunkelelf hinter ihr. »Waffen weg!«

»Lasst sie zuerst los«, forderte Nara.

Elanor versuchte, hinter sich zu sehen. Wie hoch war das Risiko, nach ihrem Dolch zu greifen, um es dem Mann hinter ihr ins Bein zu rammen? Die Klinge an ihrem Hals grub sich tiefer in ihre Haut, als hätte er ihre Gedanken gelesen.

»Waffen weg«, wiederholte der Dunkelelf eindringlicher.

Arik ließ ergeben seinen Stab fallen. Nara warf ihren Köcher und den Bogen unter gezischten Flüchen in den Dreck.

»Jetzt du, Borkenkäfer«, zischte der Dunkelelf.

Elanor bewegte ihre Hand mit Bedacht. Sie zog den Dolch aus der Scheide, hielt ihn sichtbar hoch und ließ ihn dann neben ihre Füße fallen.

»Fesselt sie«, befahl einer aus der Gruppe.

Der Dunkelelf ließ ihr Haar los, drehte ihr grob die Arme auf den Rücken und wickelte ein raues Seil um ihre Handgelenke.

»Was soll das?«, fauchte Nara und wehrte sich heftig. »Behandelt man so seine Verhandlungspartner?«

»Ich glaube nicht, dass hier noch jemand verhandeln will«, murmelte Elanor gepresst.

Ein Dunkelelf sammelte ihre Waffen ein und als er Ariks Stab berührte, erlosch das Licht an der Spitze. Es wurde finster.

»Vorwärts!«, grollte der Rebell hinter ihr und stieß die Waldelfin vor sich her.

Blindlings setzte Elanor einen Fuß vor den anderen. Hinter sich hörte sie Nara unaufhörlich schimpfen und fluchen. Arik versuchte nur einmal, sie zur Ruhe zu bringen. Als er nach der ersten Ermahnung keinen Erfolg hatte, verhielt er sich still und folgsam.

Elanor tat es ihm gleich. Die Fesseln saßen straff, ein stechendes Prickeln begann in ihren Fingerspitzen und breitete sich langsam bis in ihre kalten Hände aus. Sie klammerte sich an die schmale, kaum vorhandene Hoffnung, dass dies nur ein Test der Rebellen war. Eine Art Aufnahmeritual, das sie bestehen mussten, um ihr Vertrauen zu gewinnen.

Wenn Elanor sich in die Rebellen hineinversetzte, konnte sie verstehen, dass sie ihnen zunächst die Waffen abnahmen und sie fesselten. Diese Gruppe konnte nicht vorsichtig genug sein. Sie könnten Spione des Kaisers sein, könnten der Stadtwache angehören. Es würde sich alles klären, sobald sie beim Anführer waren.

Und was, wenn nicht?, flüsterte eine Stimme in ihrem Hinterkopf. *Sie könnten euch hier und jetzt hinrichten. Mitten im Wald würde niemand eure Hilfeschreie hören.*

Elanor ballte ihre tauben Hände zu Fäusten. Ihr Puls klopfte in ihren Ohren, dumpf und schnell wie ein hungriger Specht an einen Baumstamm.

Meine Kinder, dachte sie und Übelkeit zwängte sich ölig ihre Kehle hinab, presste ihre Eingeweide zusammen. *Was wird mit ihnen, wenn sie mir etwas antun? Keiner wird meinem Bauch zu nahe kommen. Keiner wird meinen Kindern etwas zuleide tun.*

Ein warmer Lichtschein tauchte zwischen den Bäumen auf. Nara war verstummt. Elanor drehte ihren Kopf, versuchte, einen Blick auf sie zu werfen, doch der Körper des Dunkelelfen, der sie führte, versperrte ihr die Sicht.

Die Rebellen hatten ein kleines Lager auf einer Lichtung errichtet. Fünf Dunkelelfen saßen um ein Feuer. Zusammen mit denjenigen, die sie überfallen hatten, konnten es nicht mehr als ein Dutzend sein. Es befand sich nur ein kleiner Teil der gesamten Gruppe hier.

Sämtliche Gespräche verstummten, als sie das Lager betraten. Misstrauische Augenpaare taxierten sie, fingen jede ihrer Regungen ein. Elanor bemerkte ausschließlich Männer. Ihre Kleidung fühlte sich plötzlich schwer an, als hätten sich die Fasern mit Wasser vollgesogen. Einige Männer betrachteten sie unverhohlen lüstern, Wortfetzen schwappten an ihr Gehör. Hauptsächlich waren es anzügliche Kommentare zu ihrer Lendenregion, ihrem Busen und was sie damit zu machen gedachten, würden sie die Chance bekommen.

Elanor ließ sich ihr steigendes Unwohlsein nicht anmerken. Sie hielt sich aufrecht, die Schultern zurück und den Blick geradeaus. Nicht so stolz, dass es hochmütig wirkte, denn das wäre in ihrer derzeitigen Lage lächerlich. Aber selbstbewusst genug, um zu demonstrieren, dass sie davon nicht eingeschüchtert war. Selbst wenn die Angst drohte, ihr den Atem zu rauben.

Abseits des Feuers stand ein einzelner Dunkelelf im Schatten eines Baumes und erwartete geduldig ihr Kommen. Er war ein schlanker, hochgewachsener Mann mit schulterlangem schwarzen Haar. Das Fell eines weißen Wolfes hing von seinen Schultern, die Vorderläufe kreuzten sich vor seiner Brust, während sich die Wolfsohren auf seinem eigenen Haupt aufrichteten. Sein dunkles Gesicht war von weißen Tätowierungen geziert, die es wie einen Totenschädel aussehen ließen. Gepaart mit seinen glutroten Augen hatte diese Zeichnung eine schaurige Wirkung. Seine Ohren waren stolz mit zahlreichen goldenen Ringen, Steckern und feinen Kettchen geschmückt.

Wenn er so vor seine Feinde trat, würde er zweifellos Eindruck schinden. Das Bild von ihm, wie er blutverschmiert in der brennenden Oberstadt Orleans stand, drängte sich machtvoll in Elanors Kopf und sorgte dafür, dass sich ihre Nackenhaare aufstellten. Dann hob sich ein Gedanke über den Sturm, der ohrenbetäubend in der Dunkelheit ihrer Schädelwände toste. Getragen von Dûhirions Stimme war er lauter als alles andere: *Sogar bei seinem Äußeren gibt er sich keinerlei Mühe, nicht wie das klischeehafte Bild eines Rebellen zu wirken.*

Trotz allem schaffte es dieser Gedanke, leichte Belustigung in ihr auszulösen. Der Sturm in ihrem Kopf löste sich und Elanor konnte sich ordnen.

Der Dunkelelf gab den Rebellen ein Handzeichen. Sie spürte einen Tritt in die Kniekehlen und sackte zu Boden.

»Was soll das?«, brauste Nara zornig auf. »Wir sind die Weiße Feder. Euer Anführer hat zugestimmt, mit uns zu sprechen. Hat er Euch das nicht gesagt?«

»Würden wir euch wie unsere Feinde behandeln, hätte man mir eure Köpfe auf Pfählen gebracht«, entgegnete der tätowierte Dunkelelf kühl.

Arik atmete hörbar durch und straffte sich. »Gehe ich recht in der Annahme, dass Ihr der Anführer dieser Rebellen seid? Wie lautet Euer Name?«

Der Dunkelelf verzog misstrauisch den Mund. »Warum willst du das wissen, Borstenschwein?«

»Gängige Höflichkeit«, antwortete Arik trocken. »Wir sollten wissen, wie wir Euch anzusprechen haben, meint Ihr nicht auch?«

»Mein Name ist Canis Lupus.«

Der Rebellenanführer sprach seinen Namen voller Stolz aus. Mit erhabener Miene berührte er die Wolfspfoten vor seiner Brust.

Naras schnaubte spöttisch. »Canis Lupus«, wiederholte sie so leise, dass nur Elanors feines Gehör es wahrnehmen konnte. »Warum habe ich auch so etwas wie Kreativität erwartet?«

»Warum habt Ihr uns gefesselt?«, fragte Elanor geduldig.

Lupus musterte sie, als hätte er erst jetzt Notiz von ihr genommen. »Habt ihr ernsthaft geglaubt, wir würden mit euch zusammenarbeiten wollen? Einer Organisation, die von zwei Affenmenschen angeführt wird? Ihr wisst nicht, wie es ist, in der Haut eines Dunkelelfen zu stecken. Warum sollte ich euch glauben, dass ihr für unsere Rechte kämpft? Ihr würdet uns bei der erstbesten Gelegenheit verraten. Ihr dreckigen Menschen und Waldelfen seid schuld an der Situation in Adular. Euch in unsere Mitte aufzunehmen, kommt einem Verrat an unserem Volk gleich.«

»Warum habt Ihr dann einem Treffen überhaupt zugestimmt?«, knurrte Nara.

»Bist du wirklich so dumm?«, erwiderte Lupus herablassend.

Nara zerrte an ihren Fesseln. »Kommt her und findet es heraus!«

»Halt den Mund, Nara«, sagte Arik ruhig.

»Leck mich am Arsch, Arik«, fauchte sie.

Lupus ignorierte beide und trat an Elanor heran. Er streckte eine Hand nach ihr aus, packte grob ihren Kiefer und bog ihren Kopf zurück. Ruckartig drehte er ihn hin und her, wie ein Händler, der sein neues Vieh begutachtete. »Was ist denn mit deinem Gesicht passiert, kleiner Borkenkäfer? Wolltest du uns näher kommen, indem du dein Gesicht tätowierst?«

»Hey, Finger weg«, rief Nara scharf.

Der Rebellenanführer strich mit dem Daumen über Elanors Lippen und grinste gehässig. »So ein süßer, kleiner Mund …« Seine Finger gruben sich schmerzhaft in ihre Wangen. »Ich denke, wir behalten das Ungeziefer hier.«

Elanors Herz setzte einen Schlag aus und ihre Lungen fassten keine Atemluft mehr.

»Wagt es nicht, ihr etwas anzutun«, presste Arik zwischen zusammengebissenen Zähnen hervor. »Lasst sie los und wir können verhandeln!«

»Lass sie endlich los, du Hund«, keifte Nara. »Nimm deine dreckigen Finger von ihr! Ich schwöre, wenn du ihr etwas zuleide tust …«

Lupus blickte abwartend zu ihr. »Ja …?«

Elanor wollte nicht mehr von ihm angefasst werden. Sie wollte ihm nicht so nah sein. Er würde ihr Furchtbares antun. Er würde ihren Kindern Furchtbares antun. Ihren ungeborenen Kindern. Das Gefühl, zu ersticken, verstopfte ihren Hals, als wären die Eingeweide ihre Kehle hinaufgestiegen.

Nara wand sich stärker in ihren Fesseln und versuchte, auf die Beine zu kommen. »Du kannst das nicht machen.«

Der Dunkelelf hinter Nara hieb ihr seine Faust gegen den Kopf. Nara verlor das Gleichgewicht und fiel bäuchlings zu Boden. Lupus nickte ihm zu und der Dunkelelf platzierte seinen Fuß auf ihrem Rücken, hielt sie unten.

Lupus ließ von der Waldelfin ab. Elanor drehte sich weg, Leben kehrte in ihren Körper zurück. Ihr Puls und ihr Atem rasten, doch sie zitterte nicht. Sie hielt die Tränen zurück, die ihr in die Augen steigen wollten. Diese Blöße würde sie sich nicht geben.

Der Rebellenanführer packte Elanor an den braunen Haaren und zerrte sie über den Boden an seine Seite. Wie eine Hündin kauerte sie zu seinen Füßen, erneut seinem eisernen Griff ausgeliefert.

Warum tat Arik nichts? Er konnte auch ohne einen Stab Magie wirken. Es war ein Leichtes für ihn, die Fesseln durchzubrennen. Warum tat er es nicht?

Es sind zu viele, dachte Elanor. *Wir sind von bewaffneten Feinden umzingelt. Sie haben ihn schneller niedergestochen, als er einen weiteren Zauber wirken kann.*

Sie fing seinen Blick, eine stumme Frage auf den Lippen. Der Heiler nickte ihr kaum merklich zu und sie sah eine unaufhörliche, aber unauffällige Bewegung seiner Arme. Man konnte es für Nervosität halten, für das Winden seiner Handgelenke in den Seilen.

Hoffnung keimte in ihr auf, als sie glaubte, seine Botschaft verstanden zu haben. Er bereitete einen Zauber vor. Vielleicht arbeitete er längst daran, seine Fesseln zu durchtrennen? Er musste dabei sehr vorsichtig sein, weder der Geruch noch ein sichtbarer Funke durfte ihn verraten.

»Was ist mit dem Tiefbruch?«, brachte Elanor hervor und hielt mühsam ihre Stimme ruhig. »War das auch nur ein Köder?«

»Wir werden den Tiefbruch befreien«, erwiderte Lupus trocken. »In wenigen Tagen. Aber das ist nicht eure Sorge.«

»Wir können Euch dabei helfen«, offerierte Elanor. »Arik kann Magie wirken. Sollte es zu Kämpfen kommen, kann er sich um Eure Verletzten kümmern. Nara ist eine der geschicktesten Bogenschützen in ganz Malachit.«

Lupus lachte lauthals. »Ist das so? Und was kannst du, mein kleiner Borkenkäfer?«

»Ich kann zwar nicht kämpfen, aber mich auf andere Weise nützlich machen«, antwortete Elanor. »Ich kann mit Dietrichen umgehen – Schlösser knacken. Außerdem bin ich Schneiderin, das heißt, ich kann nähen. Nicht nur Stoff, sondern auch Wunden, wenn es sein muss.«

Sie war gut und schnell darin, Schlösser aufzubrechen, doch eine Wunde hatte sie noch nie genäht, kannte nur die Theorie, die Arik ihr erklärt hatte. Den Gedanken, einen gewaltfreien Weg zur Befreiung der Minenanlage vorzuschlagen, hatte sie längst aus ihrem Kopf verbannt.

»Wir brauchen euch nicht«, sagte Lupus. »Für euch habe ich andere Pläne.«

»Dann werdet endlich konkret«, forderte Arik unruhig. »Was fordert Ihr?«

»Du und das vorlaute Weib habt Zugang zur Oberstadt von Malachit«, antwortete der Rebellenführer. »Du bist ein Heiler. Wen behandelst du?«

»Jeden, der zu mir kommt«, erwiderte der Magier. »Jeden, auch Dunkelelfen.«

»Das wird sich fortan ändern«, verfügte Lupus. »Du wirst dich hauptsächlich auf meine Leute konzentrieren. Wir können im Lager ihre Wunden verbinden, aber uns fehlt ein fähiger Heiler. Kümmere dich um die Dunkelelfen aus dem Elendsviertel, die deine Hilfe brauchen! Alle anderen Patienten – Menschen, Waldelfen und Hochelfen insbesondere und Zwerge – wirst du töten. Vergifte sie mit deinen Kräutern, setz deine Magie falsch ein … du wirst eine Methode finden!«

»Das wird er nicht tun«, grollte Nara gedämpft gegen den Erdboden.

Arik schüttelte den Kopf. »Was versprecht Ihr Euch davon?«

»Chaos«, erwiderte Lupus. »Zugegeben, es wird klein ausfallen. Aber es ist auch erst der Anfang. Jeder Stein des Anstoßes ist ein Kiesel, der einen größeren Stein in Gang setzt.«

»Damit erreicht Ihr nichts. Alles, was darunter leiden wird, ist mein Ruf«, erwiderte Arik. »Euren Zwecken ist das nicht dienlich.«

Der Rebellenführer rümpfte die Nase. »Was weißt du schon von meinen Zwecken, Affenmensch? Die Einwohner Malachits trauen dir. Je mehr Patienten unter deiner Hand sterben, desto misstrauischer werden sie. Sie werden deine Klinik meiden. Das bedeutet mehr Platz für meine Leute, mehr Medikamente für Dunkelelfen.«

Elanor lauschte der Konversation still. Mit tauben Fingern tastete sie nach ihrem Stilett, doch sie kam nicht weit genug nach unten, um den Stiefelschaft zu erreichen. Ihre Kopfhaut brannte unter dem permanenten Zug an ihren Haaren.

»Ihr zwei werdet Chaos in unserem Namen stiften«, fuhr Lupus fort. »Sorgt dafür, dass Malachit von uns hört! Sorgt dafür, dass sie unseren Namen so sehr fürchten, dass sie es nicht wagen, ihn auszusprechen! Ich werde euch keine Vorgaben machen, was ihr tun sollt. Werdet kreativ! Eure Organisation sollte so was können.«

Etwas sagte Elanor, dass dieser Dunkelelf zwar ein passabler Anführer für die Rebellen war, aber die Pläne ein anderer machte. Seine Forderungen waren nicht durchdacht.

»Und dann werdet ihr uns den Weg ebnen, die Stadt zu erobern. Ihr kennt alle Schleichwege, kennt eventuelle Geheimgänge. Ich will eine Karte von Malachit, auf der ihr alle wichtigen Wege für mich einzeichnet! Wir werden Malachit stürmen und Hastor Adaël töten.«

Nara verfiel in hysterisches Gelächter. »Ihr wollt ernsthaft Hastor töten? Wenn es sonst nichts ist. Das macht Ihr doch mit links. Oh, Ihr habt keine Ahnung, von wem Ihr da sprecht.«

Der Dunkelelf hob den Fuß von ihrem Rücken und trat ihr kraftvoll gegen die Rippen. Sie keuchte schmerzerfüllt auf und fluchte.

»Währenddessen wird dieses Ungeziefer bei uns bleiben. Als Druckmittel.« Lupus zog Elanor am Hals auf die Beine, zwang sie, auf Zehenspitzen zu stehen und mit ihm auf Augenhöhe zu sein. »Die Tätowierung in deinem Gesicht sagt mir, dass du gern eine Dunkelelfin wärst, kleiner Borkenkäfer. Ich werde eine Dunkelelfin aus dir machen.« Er kam ihr so nahe, dass sie seinen Atem auf der Haut spürte. Seine Zunge fuhr ihre Wange entlang und die Waldelfin schüttelte sich vor Ekel. »Ich werde dich Tag und Nacht ficken«, zischte er. »Wie es Männer aus deinem Volk mit unseren Frauen tun. Ich werde dich zu meiner Hure machen und du wirst mir auf Knien dafür danken.«

Elanor handelte impulsiv, geblendet von einer Mischung aus Panik und Zorn. Ruckartig hob sie das Knie und rammte es ihm in den Unterleib. Lupus heulte gepeinigt auf und krümmte sich vor Schmerz. »Du wirst mich nicht anrühren«, schrie sie.

Sein Griff um ihren Hals löste sich, doch bevor Elanor Abstand zwischen sie bringen konnte, krallte er sich an ihrem Hemdkragen fest.

Arik sprang auf, nutzte den Bruchteil einer Sekunde, der ihm für das Überraschungsmoment blieb. Er wirbelte herum, presste einem Dunkelelfen seine Hände ins Gesicht, in denen helle Flammen loderten. Lupus drehte seinen Kopf keuchend in die Richtung. Elanor schoss wie eine wütende Schlange vor und biss zu. Sie erwischte seine empfindliche Ohrspitze und schmeckte Blut. Ihre Kiefer verkrampften, trieben ihre Zähne weiter ins knorpelige Fleisch.

Der Rebellenführer brüllte vor Schmerz. Er zerrte im erfolglosen Versuch, sich von ihr zu befreien, an ihrem Dutt. Elanor wusste nicht, was sie tun würde, wenn er ihr in den Bauch trat. Er schlug ihr mit der Faust ins Gesicht, strauchelte mit ihr zurück, doch ihrem Bauch blieb er fern.

Inzwischen war das gesamte Lager in Aufruhr. Arik hatte seinen Stab an sich nehmen können und hielt die übrigen Rebellen mit seiner Magie in Schach. Er hatte eine Barriere um sich und Nara errichtet und wich Schritt für Schritt zurück, immer näher an die Waldelfin heran. Aus dem Augenwinkel sah sie das Aufblitzen von Stahl.

»Waldelfisches Miststück«, grollte Lupus.

»Elanor!« Nara warf sich mit ihrem gesamten Körpergewicht gegen den Rebellenanführer.

Die Waldelfin hörte ein reißendes Geräusch, während sie mit ihm zu Boden ging. Sie spürte, wie sich das, was sie zwischen den Zähnen hielt, löste, und ein Schwall Blut floss in ihren Mund.

Arik stürzte zu ihnen und ließ seinen Stab fallen. Er packte Nara und Elanor je an einem Arm und sprach hastig eine unverständliche Formel. Das Nächste, was die Waldelfin spürte, war ein kraftvoller Sog. Als wäre sie in einen Fluss mit reißender Strömung geraten. Das Gefühl ließ kurz darauf nach, doch sie wagte erst, ihre Augen zu öffnen, als sie die Stimme des Magiers hörte.

»Alles in Ordnung?«

Sie blinzelte und blickte sich um. Arik musste sie aus dem Lager teleportiert haben; sie waren plötzlich irgendwo im Wald. Elanor nickte benommen, wollte ihm antworten. Stattdessen rollte sie sich auf die Knie und erbrach sich geräuschvoll. »Ich habe ihm einen Teil von seinem Ohr abgebissen«, keuchte sie würgend.

Nara durchtrennte ihre Fesseln und strich ihr sacht die Strähnen aus dem Gesicht, die sich aus dem zerzausten Dutt gelöst hatten. Elanor betrachtete angewidert die Pfütze vor sich. Zwischen Galle und Klumpen halb verdauter Nahrung schimmerte ein schmaler silberner Ring. Die Erkenntnis, dass sie Lupus einen Ohrring ausgerissen haben musste, trieb eine neue Welle Übelkeit in ihr hoch.

»Das war knapp«, murmelte Nara. »Mein Gott, hätte Arik nicht … Er hätte dich … W-Warum hat das so lange gedauert, Arik?«

»Wag es nicht, mich anzugreifen«, bellte der Magier. »Das Einzige, was du getan hast, war, unsere Lage durch dein Großmaul zu verschärfen. Ich musste bedächtig vorgehen, sonst hätten sie etwas gemerkt.«

Elanor wischte sich über den Mund. »Streitet jetzt nicht! Wie konntest du die Fesseln lösen?«

»Feuer wäre zu auffällig gewesen. Ich habe einen schmalen, scharfen Eissplitter auf meiner Fingerspitze wachsen lassen. Damit habe ich langsam das Seil durchtrennt«, antwortete der Magier.

Es war untypisch, doch Nara verzichtete darauf, einen größeren Streit mit ihrem Bruder vom Zaun zu brechen. »Geht es dir besser, Elanor? Spürst du … irgendwas? Wegen deinen Kindern, meine ich. Kannst du spüren, ob es ihnen gut geht?«

Elanor legte eine Hand auf ihren Bauch. »Viriditas wacht über sie«, erwiderte sie. »Es geht ihnen gut.« Sie stand mit zitternden Knien auf. »Wie kommen wir jetzt heim?«

»Gebt mir einen Moment, um mich zu sammeln«, erwiderte Arik. »Dann teleportiere ich uns nach Hause.«

Elanor nickte müde und lehnte sich schwerfällig gegen Nara. Das Adrenalin versiegte in ihren Adern und ließ nichts als Erschöpfung zurück. »Ich denke, ich kann nicht …«

Ihre Sinne schwanden. Sie konnte ihren Satz nicht beenden. Die letzten Worte quälten sich schwerfällig und unverständlich über ihre Zunge. Aus weiter Ferne hörte sie Nara sprechen, doch sie konnte sie nicht verstehen. Elanor taumelte, verlor das Gleichgewicht und stürzte. Die Dunkelheit des Waldes umfing sie, bevor sie den Aufprall spürte.

15

Dûhirion

Undurchdringlicher Nebel umgab ihn wie ein dichtes Netz aus grauen Spinnweben. Dûhirion sah auf seine Hände hinab. Dunkelrotes Blut tropfte von seinen Fingerspitzen in eine breite Lache zu seinen Füßen. Der metallische Geruch drang mit scharfen Spitzen in seine Nase und der brennende Geschmack von Kupfer in seinen Mund.

Eine Spur aus roten Fußabdrücken führte von der Pfütze tiefer in den Nebel. Der Dunkelelf folgte ihnen bedächtig. Er zog seinen Dolch aus der Halterung an seinem Gürtel. Die Klinge war verschmutzt von geronnenem rotbraunen Blut. Eine gallertartige Flüssigkeit lief aus dem gaffenden Augapfel, der auf ihrer Spitze aufgespießt war.

Hastig betastete Dûhirion sein rechtes Auge und fasste in eine verkrustete leere Höhle. Schaudernd warf er den Dolch von sich. Der Nebel teilte sich vor ihm und er fand sich in Malachits Aschegrube wieder.

»Willkommen, Siebenunddreißig«, brüllte Hastor feierlich. Er stand mit seiner Stadtwache auf der provisorischen Bühne vor dem Brunnen, von der sie die Lebensmittelverteilung regelten; Lari und Fen in seiner Gewalt.

Dûhirion versuchte, sich durch die schweigende Menge zu kämpfen. Unüberwindbare Hürden aus Rücken und Hinterköpfen säumten seinen Weg, Hindernisse aus Ignoranz und Resignation. Sie standen fest, ragten unbeweglich wie spitze Felsen aus dem Boden. Sein Zerren und Schubsen war wirkungslos, gleichgültig, wie viel Kraft er aufwand.

Solana betrat die Bühne, ein weiß glühendes Eisen in der Hand. Sie stellte sich vor den gefesselten Fen, der jedoch nicht sie, sondern Dûhirion ansah.

»Helft mir!«

Emotionslos begann Solana, ihm die Ohren wegzubrennen. Seine Schreie hallten mit der Macht eines Sturms über den Platz. Dûhirion musste sich dagegen stemmen, um nicht von den Füßen gerissen zu werden.

»Helft mir«, flehte Fen.

»Ich habe Euch gesagt, ich kann mit ihnen machen, was ich will«, brüllte Hastor. »Männer, vergnügt euch mit der Hure!«

Zwei Wachen rissen Lari die Kleider vom Leib. Als sie versuchte, ihre Blöße zu bedecken, brachen sie ihr die Arme. Die Wachen zwangen sie auf alle viere. Strahlendweiße Knochensplitter stachen aus ihrer grauen Haut, als ihre Arme ihr Gewicht tragen mussten. Eine der Wachen trat hinter sie und packte sie an der Hüfte. Seine gepanzerten Finger durchbohrten ihr Fleisch und Blut spritzte auf die modrigen Holzdielen der Bühne.

Dûhirion hatte die versteckten Klingen aus seinen Armschienen fahren lassen und kämpfte sich durch die Menge. Er stach sie nieder, schnitt ihre Hälse auf oder rammte ihnen die Klinge durch die Schläfen in die Schädel.

»Malachit gehört mir. Die Aschegrube und jeder Dunkelelf gehört mir. Und ich darf mit meinem Eigentum tun und lassen, was ich will«, rief Hastor und stimmte ein manisches Gelächter an. »Habt Ihr gedacht, Eure kleine Rebellion hätte ernsthaft etwas bewirkt? Seht her!«

Der Dunkelelf kletterte hastig über die Leichen hinweg, die den gesamten Boden säumten. Laris und Fens Schreie vereinten sich zu einem Orkan, dem er nicht standhalten konnte. Seine Füße rutschten über das vergossene Blut und verloren den Halt. Er prallte gegen die hohe Mauer, die Aschegrube und Oberstadt trennte. Er blinzelte benommen, sah Hastor plötzlich vor sich stehen.

»Seht her«, wiederholte er flüsternd und hob die Arme. In der linken Faust hielt er den abgetrennten Kopf von Valion, in der rechten Elanors. Ihre Gesichter waren in schierer Todesangst erstarrt, ihre Augen waren nichts weiter als zwei blutige schwarze Höhlen.

Dûhirion hyperventilierte. Er wollte ebenfalls schreien, doch lediglich ein stimmloses Krächzen verließ seine Kehle.

»Dûhirion.«

Sein Blick raste zur Bühne zurück. Faylen stand dort; gefesselt, das glühende Eisen nur Zentimeter von ihrem Ohr entfernt.

»Dûhirion.«

Der Dunkelelf stürzte vor, doch ehe er sie erreichen konnte, erschütterte eine gewaltige Explosion das gesamte Viertel.

Er wurde in die Dunkelheit geschleudert, fiel minutenlang, bis er in einem schwach beleuchteten Raum landete. Hastig setzte er sich auf und erkannte, wo er war. Ein Schlafzimmer für Umbras Rekruten. Er war wieder ein Knabe, zwölf Jahre alt und seit fünf Jahren das Eigentum der Gilde. Seinen Namen hatte er zu dieser Zeit verloren. Er war nicht Dûhirion, er war Nummer Siebenunddreißig.

Zusammengepfercht zwischen den anderen Rekruten kauerte er am Boden. Es waren ausschließlich Dunkelelfen, unabhängig ihres Alters und Geschlechts. Sie lagen dicht an dicht gedrängt auf den nackten Fliesen. Es gab kaum Platz, sich zu drehen, für Größere keine Möglichkeit, die Beine zu strecken, ohne die Füße auf andere Körper zu legen.

Er erinnerte sich an diese Nacht. Es war eine Erinnerung, die lange in ihm geschlafen hatte, bis Lari sie geweckt hatte. Er wollte raus, wollte aufwachen und sich der Gegenwart stellen. Was sollte es ihm nutzen, die Fehler seiner Vergangenheit erneut zu durchleben, wenn er nichts tun konnte, um sie zu beheben?

Langsam drehte er seinen Kopf zur Seite und erblickte ein dunkelelfisches Mädchen. Sie war älter als er, älter als die meisten hier, und bekam sichtbar weibliche Rundungen. Das machte sie zu einem bevorzugten Opfer, und sie wusste es.

Mit angsterfülltem Blickt starrte sie geradeaus, ihre Lippen bewegten sich in stummem Flehen. Nummer Siebenunddreißig wusste, was manche Ausbilder den Rekruten antaten, er konnte es nur nicht begreifen. Dûhirion hingegen hatte verstanden. Für ihre Ausbilder war es eine neue Methode der Folter, mit der sie gleichzeitig ihre sexuellen Gelüste befriedigten. Sie konnten den Rekruten ihre absolute Überlegenheit beweisen, sie demütigen und quälen, ohne sie schwerwiegend zu verletzen.

Nummer Siebenunddreißig wäre selbst beinahe zum Opfer geworden. Sein Glück war es, dass die Narbe in seinem Gesicht und sein rechtes Auge abschreckend gewirkt hatten. Er war zu hässlich.

Dieses Mädchen war nicht hässlich.

Nummer Siebenunddreißig hörte die dumpfen, schweren Schritte eines Ausbilders, die sich zielstrebig in ihre Richtung bewegten. Er hörte die gedämpften Aufschreie der Rekruten, die unter diese Stiefel gerieten, als er über sie hinwegtrampelte wie über Insekten. Je näher die Schritte kamen, desto stärker wurde ihr Zittern.

Nummer Siebenunddreißig legte sich auf die Seite und zog sie in seine Arme. Sie verkrampfte sich instinktiv. »Ich werde dir nichts tun«, hauchte er. »Ich schütze dich.«

Er versuchte, sie mit seinem eigenen Körper zu verstecken. Sie kauerte sich zusammen und barg ihr Gesicht an seiner schmalen Brust.

»Du kannst mich nicht schützen«, flüsterte sie.

Plötzlich bekam er einen Tritt in den Rücken, der seine Rippen knirschen ließ. Jemand riss an seinen Haaren und zerrte ihn grob von dem Mädchen weg. Er landete auf zwei anderen Rekruten, während sie verschleppt wurde. Nummer Siebenunddreißig gelang es nicht, auf die Füße zu kommen, die Hände der Rekruten hatten seine Arme gepackt wie eiserne Ketten.

Sie zwangen ihn, dabei zuzusehen, wie er bei Lari hatte zusehen müssen. Das Weinen und die Schreie des Mädchens vereinten sich mit dem hämischen Gelächter ihres Schänders zu einer grausamen Kakophonie.

Sein rechtes Auge schmerzte unerträglich; brannte, als würde sich erneut Säure in die Netzhaut fressen. Er brach zusammen, presste sein Knie gegen sein Auge und stimmte in die Schreie ein, die auf ihn einschlugen wie riesige Hagelkörner.

Dûhirion fand in die Gegenwart zurück. Er setzte sich zögerlich auf und wischte den kalten Schweiß von seiner Stirn. Stumm blieb er eine Weile auf der Bettkante sitzen und ließ seinen Traum Revue passieren.

Die junge Rekrutin von damals, die ihm entrissen worden war, war eine Woche später getötet worden. Umbra hatte dafür gesorgt, dass er sah, wie ihr der Kopf abgetrennt wurde. Sie war häufig das Opfer von sexueller Gewalt gewesen. Gemeinsam mit zahllosen anderen Rekruten, nicht nur den Mädchen. Jungen wurden seltener ausgewählt, aber sie waren nicht davor geschützt. Dûhirion war oft Zeuge gewesen. Meistens waren es nur die Geräusche, doch waren diese eindringlich genug, um sich tief in seine Seele zu graben.

Der Dunkelelf fuhr sich mit beiden Händen durchs Gesicht und seinen zerzausten Irokesenschnitt. Er stieg aus dem Bett. Für heute hatte er geplant, Faylen besuchen zu gehen, sollte es keinen Auftrag für ihn geben. Er zog sich um, streifte mit seiner Schlafkleidung auch die Überreste seines Traumes ab und trottete aus dem Zimmer.

Die Wachen warfen ihm einen feindseligen Blick zu, als er durch das hintere Tor die Aschegrube betrat. Der schwere Gestank nach Verwesung, der ihn schon auf halbem Wege begrüßt hatte, traf ihn wie ein Faustschlag ins Gesicht. Dûhirion rümpfte die Nase und streifte seine Kapuze ab.

Sechs Galgen waren aufgestellt worden, je drei auf der linken und rechten Seite des Tores. An sechs Stricken baumelten die Dunkelelfen, die man für die Explosion verantwortlich gemacht hatte. Dûhirion wusste, dass eine Gruppe Dunkelelfen dahintersteckte, aber er bezweifelte, dass auch nur einer der Täter unter den Toten war.

Immerhin gehörten Lari und Fen nicht zu den Unglücklichen, die gehängt worden waren. Er hätte fast darauf gewettet, dass sie allein für ihren Widerstand verurteilt wurden.

Dûhirion musterte die Leichen eingehend. Ihre Körper wiesen Spuren von Folter auf; gebrochene Finger und herausgerissene Nägel; Schnitte und Brandwunden auf ihrer aufgedunsenen Haut.

Vier Tage war die Explosion her. Seitdem waren die Sicherheitsmaßnahmen in der Oberstadt erhöht worden. Nachts waren doppelt so viele Patrouillen unterwegs, tagsüber streiften Wachen durch die Aschegrube. Das machte es schwer für ihn, Elanor zu erreichen.

Dûhirion hätte längst bei ihr sein sollen, um sich für ihren Streit zu entschuldigen. Valion hatte er seitdem ebenfalls nicht mehr zu Gesicht bekommen.

Hoffentlich bringen Elanor und die Zwillinge positive Ergebnisse, dachte er mürrisch, während er sich endlich von den Toten abwandte und weiterging. *Wenn die Weiße Feder mit den Rebellen kooperiert, kann sie das Wolfsrudel in Zukunft vor solchen Dummheiten bewahren.*

Er glaubte nicht, dass etwas Produktives aus dem Gespräch hervorging. Vorgestern waren die Rebellen über die Farmen nördlich von Malachit hergefallen. Sie hatten die Ernten vernichtet und Häuser in Brand gesteckt. Zu den Toten zählten nicht nur die Farmer und Sklaventreiber, sondern auch die dunkelelfischen Sklaven, die sie vermutlich hatten befreien wollen. Diese Tat verriet ihm, dass die Rebellen alles andere als kooperationsbereit waren.

Die Weiße Feder würde derart gewalttätiges Vorgehen nicht unterstützen. Nachdem er gehört hatte, dass einige Rebellen gefangen genommen worden waren und auf ihre Hinrichtung warteten, war er allerdings froh darüber. Es hätte leicht passieren können, dass sich unter den Gefangenen auch Mitglieder der Weißen Feder befanden. Er hoffte dennoch, dass das Aufeinandertreffen der beiden Gruppierungen nicht so katastrophal ausgefallen war, wie er mittlerweile befürchtete.

Sie sind nicht hilflos, sagte er sich, während er sich im Schatten vor patrouillierenden Wachen verbarg. *Arik kann sie mit ihrer Magie schützen. Nara wird das Haus nicht ohne ihren Bogen verlassen. Und auch wenn Elanor nicht für den Kampf ausgebildet ist, ist sie nicht wehrlos. Es wird ihnen nichts geschehen. Und sollte es doch dazu kommen und sollte dieser Bastard ihr auch nur ein Haar krümmen, ziehe ich ihm die Haut streifenweise vom Körper und stopfe sie ihm in den Rachen.*

Nach dem, was er in Orlean gesehen hatte, und nach allem, was Faylen wegen der Unfähigkeit dieses Anführers durchmachen musste, erschien Dûhirion dieser Gedanke erschreckend befriedigend.

Er kam an einer Dunkelelfin vorbei, die aggressiv mit einem Lappen die Außenwand ihres Hauses schrubbte. ›Miestvicher‹ stand dort in verschmierten roten Lettern, wahrscheinlich mit Schweineblut geschrieben.

In dieser Art waren in den letzten vier Tagen viele Häuser verschmutzt worden. Neben den offensichtlichen Rechtschreibfehlern fragte Dûhirion sich, ob der Vandale daran gedacht hatte, dass niemand in diesem Viertel imstande war, seine Botschaft zu lesen.

Das zählt nicht, dachte er nüchtern. *Es ist in Blut geschrieben, das reicht aus. Damit fängt es an. Wie lange wird es dauern, bis es zu schlimmeren Übergriffen seitens der Oberstadt kommt?*

Die Tür zu Faylens Zuhause war aus den Angeln gerissen worden. Der Anblick missfiel ihm, überraschte ihn aber nicht. Es war der nächstlogische Schritt für Vandalen, wenn ihnen das Beschmieren von Wänden nicht mehr ausreichte. Er würde dafür sorgen, dass die Tür ersetzt wurde.

Dûhirion klopfte gegen den Türrahmen, bevor er eintrat. »Hallo«, rief er. »Faylen? Espen, Liv?«

Niemand antwortete.

Langsam durchschritt er den Raum. Sie mussten kürzlich erst gekocht und gespeist haben. Er fand die benutzten Schüsseln und einen zur Hälfte gefüllten Krug Wasser. Vielleicht hatten Espen und Liv endlich nachgegeben und Faylen gestattet, das Viertel zu erkunden. Unter der Bedingung, dass sie den Hund als ihren Beschützer mitnahm.

Doch wo waren Espen und Liv?

Dûhirions Blick fiel auf den Schlafplatz der Familie. Unter der hochgezogenen Decke zeichneten sich deutlich zwei Silhouetten ab. Er näherte sich beinahe vorsichtig, als würde ein wildes Tier darunter lauern. Langsam zog er die Decke zurück. Espen und Liv schmiegten sich eng aneinander. Liv lag auf ihm, den Kopf auf seine Brust gebettet und die schmalen Beine zwischen seine gestreckt. Er hielt seine Arme fest um ihren Leib geschlungen.

Dûhirion verzog den Mund. Die Szenerie war trügerisch, denn er sah den dünnen Draht, der tief in Espens Handgelenke schnitt und seine Arme in dieser Position hielt. Er sah die Würgemale an seiner und Livs Kehle. Was er nicht sah, waren Bewegungen. Ihre Brustkörbe hoben und senkten sich nicht im Takt ihrer Atemzüge. Ihre Nasenflügel blieben still, keine willkürlichen Augenbewegungen unter ihren geschlossenen Lidern.

Der Dunkelelf fluchte kaum hörbar. *Sie sehen aus, als würden sie schlafen. Wenn Faylen nach Hause kommt, wird sie glauben, dass alles in Ordnung ist. Bis sie versucht, sie zu wecken, weil sie zu Abend essen möchte. Oder bis sich Espen und Liv am nächsten Tag immer noch nicht bewegt haben.*

Das sah nicht wie das Werk von Vandalen aus. Wären es Einwohner aus der Oberstadt gewesen, denen es nicht genügte, ihre Tür zu zerstören, hätten sie das restliche Mobiliar nicht ganz gelassen. Sie hätten die beiden nicht erwürgt, sondern ihnen vermutlich die Schädel eingeschlagen oder sie zu Tode geprügelt.

Wer sollte sich die Mühe machen, zwei Leichen so zu drapieren?

Gerade als er die Decke über die Toten ziehen wollte, fiel ihm ein Stück Papier ins Auge. Dûhirions Herzschlag beschleunigte sich. Entsetzen senkte sich langsam wie eine vergiftete Messerklinge in seine Brust.

Seine Finger zitterten, als er das Papier aufhob und entfaltete. Das Blut gefror in seinen Adern. Mit angehaltenem Atem starrte er auf das Emblem der Gilde.

Dûhirion ballte die Fäuste, grub seine Nägel tief in sein eigenes Fleisch. »Nein«, grollte er. »Nein, ihr bekommt sie nicht. Ihr bekommt sie nicht.«

Dûhirion fluchte laut und rannte auf die Straßen des Viertels.

Umbra hat ihre Zieheltern getötet, dachte er. *Entweder ist der Assassine sofort aufgebrochen, sie zu holen, oder er wartet in der Nähe. Wartet, bis Faylen den Tod der beiden bemerkt, um ihr dann seine Hilfe anzubieten.*

So wie er ihr damals seine Hilfe angeboten hatte. Umbra würde einen Dunkelelfen schicken und Faylen würde ihm vertrauen. Dûhirion musste sie finden, bevor es ein anderer tat.

Er kam bei der Dunkelelfin an, die immer noch damit beschäftigt war, ihre Fassade zu reinigen. »Habt Ihr ein Mädchen gesehen?«, fragte Dûhirion.

»Was?«, erwiderte sie verständnislos.

»Ein Mädchen, in etwa so groß.« Er hielt eine Hand auf die Höhe seiner Hüfte. »Wahrscheinlich ist ein Hund bei ihr.«

»Lasst mich in Ruhe«, schnaubte die Dunkelelfin.

Dûhirion packte sie an den Schultern und riss sie zu sich herum. »Antwortet!«

Sichtlich erschrocken über seine Heftigkeit, ließ sie den Lappen fallen. »I-Ich bin mir nicht sicher«, stammelte sie. »Bitte tut mir nichts!«

»Antwortet mir«, wiederholte er ruhiger und ließ sie los. »Es ist wichtig. Eine Dunkelelfin, elf Jahre alt. Schulterlanges schwarzes Haar. Bei ihr sollte ein großer brauner Hund sein.«

»Ja … Ja, ich glaube …« Sie deutete in eine Richtung. »Es ist nicht lange her, da lief sie hier herum. Ich glaube, sie ging dort entlang.«

Ohne ein weiteres Wort folgte Dûhirion ihrem Fingerzeig. Eine gute Spur. Dort befand sich die Hütte, in die er Faylen bei ihrem ersten Treffen gebracht hatte. Wenn ihr gestattet worden war, das Haus zu verlassen, wollte sie ihn vielleicht mit einem Besuch überraschen. Sie konnte nicht wissen, dass er nicht wie die anderen Dunkelelfen in der Aschegrube lebte.

Nur wenige Meter weiter mischte sich Blut in den grauen Dreck. Die Spuren wiesen darauf hin, dass ein Kampf stattgefunden hatte.

Dûhirion blickte zur putzenden Dunkelelfin zurück. Wut brannte sich heiß durch seine Adern. Sie musste etwas bemerkt haben. Sie musste es gehört haben. Und sie hatte nichts getan. Sie hatte ignoriert, dass ein kleines Mädchen nach Hilfe geschrien hatte, um ihre verdammte Wand zu reinigen.

Er wollte zu ihr, wollte sie anschreien, doch er besann sich. Niemand würde sich mit Umbra anlegen. Erst recht nicht, wenn es nicht das eigene Kind war, das um Hilfe rief. Und wäre er an ihrer Stelle besser gewesen? Hätte er an ihrer Stelle alles stehen und liegen gelassen, sich selbst in Gefahr gebracht, um ein fremdes Kind zu retten? Er konnte es nicht ehrlich sagen.

Die Blutspur führte ihn in eine der Gassen zwischen den Häusern. Aus einzelnen Tropfen wurde eine durchgängige Linie, die sich wie eine dicke dunkelrote Schlange über den Boden zog. Hinter einem Haufen aus verrottenden Laken und schimmelnden Lebensmitteln fand er Boric.

Dûhirion hatte in seinem Leben viele Leichen gesehen. Zu viele. Für die meisten war er selbst verantwortlich gewesen. Er hatte Frauen und Männer kaltblütig getötet, auch Hunde, die ihre Besitzer vor ihm hatten schützen wollen. Nie hatte er erwartet, dass ihn der Anblick eines sterbenden Tieres einmal so sehr erschüttern würde.

Borics Pfoten rutschten schwach über den Boden. Er hatte nicht aufgegeben, wollte kriechen, weil er nicht mehr laufen konnte. Doch er fand keinen Halt. Er hechelte, sein Atem ging schwer und unregelmäßig. Dutzende Stichwunden säumten seinen mageren Körper, sein braunes Fell war blutverschmiert.

Dûhirion ging in die Hocke und berührte ihn sanft am Kopf. Auch an seinen Lefzen klebte Blut und er hoffte inständig, dass es einem der Assassinen gehörte, die Faylen verfolgten.

»Du hast sie beschützt, nicht wahr?«, fragte er leise und streichelte ihn. »Guter Junge.«

Boric winselte, versuchte, seine Hand zu lecken, doch war zu schwach. Seine Zunge hing lose aus seinem Maul.

Dûhirion ließ die versteckte Klinge aus seiner rechten Armschiene fahren. »Der Schmerz ist gleich vorbei.«

Mit einer schnellen Bewegung stieß er die Klinge zwischen die Rippen des Hundes. Boric zuckte ein letztes Mal zusammen, bevor sein Körper zur Ruhe kam.

Langsam richtete der Dunkelelf sich auf. Er hatte nicht viel Hoffnung, Faylen unversehrt zu finden, dennoch würde er nicht aufgeben. Boric hatte sich gegen ihre Verfolger gestellt, hatte ihr möglicherweise eine Flucht ermöglicht.

Dûhirion erreichte das Ende der Gasse und erstarrte. Kinderfüße, denen der linke Schuh fehlte, ragten um die Ecke des Hauses gegenüber. Seine Beine waren taub, als er weiterging. Faylens kleiner Körper lag im Schmutz, mit dem Gesicht nach unten. Er kniete sich neben sie und drehte sie herum. Ihr Kopf rollte haltlos zur Seite. Man hatte ihr das Genick gebrochen.

Rote Augen, die vor wenigen Tagen noch voller Leben gewesen waren, starrten tot ins Leere. Das Leuchten in ihnen, die nie erloschene Hoffnung, dass sie es eines Tages besser haben würde, war fort. Erstickt von Umbras Stiefel, als er auf ihren Hals niedergefahren war und die Wirbel zertrat.

Dûhirion schloss ihre Lider. Ihr Körper war noch warm. Wäre er nur ein paar Momente früher bei ihr gewesen, er hätte sie retten können.

Faylen hatte die Zerstörung ihres Zuhauses überlebt. Sie war der Wut der Menschen entkommen, den Flammen, und hatte ihre Familie dafür zurücklassen müssen. War das alles nur passiert, damit Umbra ihr Leben auslöschen konnte?

Seine Augen brannten. Er hatte Faylen ein besseres Leben versprochen. Er hatte ihr versprochen, sie in die freien Länder zu bringen, damit sie dort eine Zukunft hatte. Sie hatte sich nicht einmal ihren Wunsch erfüllen und in die Schule gehen können.

Der Dunkelelf fluchte durch zusammengebissene Zähne, schlug wütend seine Fäuste auf den Boden. Er verfluchte die Gilde, verfluchte die Götter. Er verfluchte sich, dass er sie im Stich gelassen hatte. Sogar Valion, der nichts damit zu tun hatte.

Dûhirion zog Faylen vorsichtig an sich. Er lehnte sich rücklings gegen die Hauswand und schloss die Augen.

Weinen konnte er nicht, selbst wenn sein Herz blutete. Er trauerte still, während Faylens Körper in seinen Armen langsam kälter wurde.

16

Elanor

Auf dem Platz vor dem Obsidianturm fand die Hinrichtung der Rebellen statt, die man lebend gefangen hatte. Ihre Schreie wurden bis auf den Marktplatz getragen. Elanor wusste nicht, was sie ihnen vor ihrem Tod noch antaten, und sie wollte es auch nicht wissen. Sie wollte es nicht sehen und nicht hören müssen. Es gab nichts, was sie für diese Dunkelelfen tun konnte, und sie hasste ihre Hilflosigkeit. Die Frage, ob der Überfall auf die Farmen vorgestern hätte verhindert werden können, wenn Canis Lupus nicht derart dumm und engstirnig gewesen wäre, ließ sie nicht los.

Die Tätowierung in deinem Gesicht sagt mir, dass du gern eine Dunkelelfin wärst, raunte seine Stimme in ihrer Erinnerung.

»Zu schade, dass ich nicht dabei sein kann«, sagte der Gewürzhändler zu einem Kunden. »Ich würde zu gern sehen, wie sie den aufmüpfigen Mistkerlen die graue Haut vom Fleisch schälen.«

»Haben sie ihren Anführer eigentlich auch erwischt?«, fragte der Käufer.

»Soweit ich weiß, nicht.«

»Erst Orlean, jetzt unsere Farmen«, murmelte der Kunde beunruhigt. »Hastor sagt zwar immer, Malachit sei die sicherste Stadt im Kaiserreich, aber die Explosion hat er nicht verhindern können, oder?«

Elanor spürte ein bitteres Lächeln an ihren Mundwinkeln kitzeln. Plötzlich war Orlean kein Einzelfall mehr. Bislang hatte sich jeder eingeredet, dass sich diese Tragödie nicht wiederholen würde. Was konnten ein paar Dunkelelfen schon ausrichten? Diejenigen, die diese Frage stellten, ignorierten, dass sie in der Lage waren, eine ganze Stadt zu zerstören und nahezu ausgerottet zurückzulassen.

Es ist nur eine Frage der Zeit, dachte sie und ließ den Blick über das Gemüse in der Auslage schweifen. *Diese Rebellen sind zu allem entschlossen. Irgendwann werden sie genug sein, um Malachit zu stürmen. Und selbst der große Hastor wird nur hilflos zusehen können. Der unerschrockene Löwe wird von Dunkelelfen erlegt werden. Was dann aus Malachit wird?*

»Es wird Zeit, dass Kaiser Galdir endlich nach Malachit zurückkehrt«, sagte der Gewürzhändler verärgert. »Die Rebellen rücken uns mehr und mehr auf die Pelle. Er wird hier gebraucht.«

»Ich bin mir sicher, sobald seine Zeit es zulässt, wird er seinen Platz im Obsidianturm wieder einnehmen«, beschwichtigte der Kunde. »Außerdem finde ich, dass sein Statthalter gute Arbeit leistet.«

Der Händler schnaubte. »Wenn die Rebellen Malachit stürmen, brauchen wir unseren richtigen Herrscher und keinen Stellvertreter. Außerdem wisst Ihr genauso gut wie ich, dass der Kaiser sich im Ausland eine schöne Zeit mit seiner Familie macht, weil er zu faul ist, seiner Pflicht nachzugehen.«

Der Kunde räusperte sich nervös. »Senkt bitte Eure Stimme! Oder wollt Ihr für diese feindseligen Aussagen im Kerker landen?«

»Nein.« Der Händler seufzte schwer. »Ich habe Angst, mein Herr. Und ich würde mich wesentlich sicherer fühlen, wenn Kaiser Galdir wieder in Adular wäre.«

Elanor konzentrierte sich auf die Frage, was sie zum Abend essen wollte. Sie entschied sich für Frühlingszwiebeln und Pilze. Noch wirkten sich die zerstörten Farmen nicht im Preis aus, doch die leeren Stände, an denen sie vorbeikam, verursachten einen Stich in ihrer Magengegend.

In der Ferne erklang ein markerschütterndes Heulen, direkt neben ihr lachte jemand. Der Korb in ihrer Hand wurde schwer und die Gänsehaut auf ihren Armen schmerzte beinahe.

»Seht mal«, zischte jemand. »Da ist sie.«

»Wer?«, fragte ein anderer.

»Sie teilt mit Dunkelelfen das Bett«, antwortete jemand.

Elanors Finger schlossen sich fester um den Griff, bis ihre Knöchel weiß hervortraten. Sie zwang sich, ihren schlendernden Gang beizubehalten und so zu tun, als hätte sie nichts gehört.

Der tägliche Heimweg war zu einem Spießrutenlauf geworden. Die Gerüchte, die über sie kursierten, hatten mit Bekanntwerden ihrer Schwangerschaft nicht geendet. Im Gegenteil, es war schlimmer geworden. Vorher hatte sie ab und zu Geflüster gehört. Die Leute waren vorsichtig gewesen, hatten sich zurückgehalten, wenn ihre Gegenwart bemerkt worden war. Jetzt waren sie ganz offen mit ihrer Abneigung und lästerten gezielt. Als würden sie wollen, dass Elanor es hörte. Sie spürte die missbilligenden Blicke im Nacken wie unzählige kleine Insektenbisse.

»Widerwärtig«, sagte ein anderer. »Sie könnte sich ebenso gut mit Schweinen paaren.«

Wie viele von denen, die betont angewidert von der Vorstellung waren, mit einem Dunkelelfen zu schlafen, gingen regelmäßig ins Bordell? Sie tippte auf mindestens die Hälfte. Es war eben nur dann widerwärtig, wenn andere es taten oder man die Dunkelelfen nicht dazu zwingen musste.

Ich mache dich zu einer Dunkelelfin, kleiner Borkenkäfer, raunte Lupus in ihrer Erinnerung. Sie schüttelte seine Stimme ab.

»Man sagt, die Götter haben sie dafür bestraft. Dass das Kind in ihrem Leib von einem Dunkelelfen ist. Sie ist verdammt dazu, ein Monster auszutragen«, murmelte jemand.

»Ihre Kinder werden schrecklich missgestaltet und schwachsinnig zur Welt kommen«, raunte ein anderer. »Stell dir vor, sie werden graue Haut und rote Augen haben!«

Elanor biss sich fest auf die Innenseite ihrer Wange und widerstand dem Drang, sich umzudrehen und die Lästermäuler anzufahren. Wie konnten sie es wagen, ihre Kinder als Monster zu bezeichnen? Wie konnten sie es wagen, sich überhaupt derart einzumischen?

»Man sollte ihr diese Kinder aus dem Leib schneiden«, flüsterte jemand. »Keine Frau sollte eine solche Bürde tragen, egal, was sie getan hat.«

Abrupt blieb die Waldelfin stehen. Betont langsam wandte sie sich derjenigen zu, die gerade gesprochen hatte. »Was habt Ihr gesagt?«

Die Hochelfin blinzelte ertappt. »Ich … Wie bitte?«

Elanor schritt auf sie zu und baute sich vor ihr auf. Obwohl sie das Kinn heben musste, um ihr ins Gesicht sehen zu können, schien sie in diesem Moment größer zu sein als die Hochelfin. »Ihr habt mich schon verstanden, werte Dame. Nun möchte ich, dass Ihr wiederholt, was Ihr gerade gesagt habt.«

»Ich weiß wirklich nicht, was Ihr …«, begann die Hochelfin.

»Das wisst Ihr«, unterbrach Elanor und warf dem Gesprächspartner hinter dem Stand einen eisigen Blick zu. »Habt Ihr den Mut, mir das ins Gesicht zu sagen? Dass man mir meine Kinder aus dem Leib schneiden sollte?«

Abwehrend verschränkte die Hochelfin ihre Arme vor der Brust. »Ich gebe zu, das war drastisch ausgedrückt. Aber ich werde es keinesfalls zurücknehmen. Ihr tragt die Brut eines Dunkelelfen in Euch. Solch ein Wesen sollte nicht existieren.«

»Habt Ihr jemals davon gehört, dass ein Dunkelelf in der Lage ist, eine Waldelfin zu schwängern?«, fragte Elanor.

»Dann gebt Ihr zu, dass Ihr eine Affäre habt?«

Elanor schüttelte den Kopf. »Meine Kinder haben einen waldelfischen Vater. Sie werden als gesunde und völlig gewöhnliche Waldelfen zur Welt kommen. Bei den Göttern, Ihr solltet wissen, dass es anders nicht möglich ist.«

»Und warum hat man Euch nie in Begleitung des angeblichen Vaters gesehen?«, fragte die Hochelfin weiter.

»Bei allem Respekt, meine Dame, aber Ihr kennt mich nicht. Ihr wisst nichts von mir«, entgegnete Elanor. Der bissige Unterton ihrer Stimme gewann an Stärke. Allmählich verlor sie die Lust, Freundlichkeit zu heucheln.

Die Hochelfin rümpfte verächtlich die Nase. »Oh doch. Ich weiß, dass Ihr mit Dunkelelfen ins Bett steigt. Solche Gerüchte kommen nie von ungefähr. Wenn Viriditas will, könnt Ihr auch von einem Dunkelelfen geschwängert werden. Wenn Viriditas will, wächst ein Monster in Eurem Leib heran.«

»Ich will Euch etwas sagen, werte Dame«, sagte Elanor gepresst. »Viriditas hat ihren Segen über mich gelegt. Falls Euch die Bedeutung des Wortes entgangen ist: Segen bedeutet, dass meine Kinder unter göttlichem Schutz stehen.«

»Ihr redet viel, aber nichts davon zieht Euren Kopf aus der Schlinge«, erwiderte die Hochelfin abfällig. »Redet Euch nur ein, dass Eure Brut unter göttlichem Schutz steht! Spätestens nach der Geburt wird die Wahrheit ans Licht kommen. Werden wir die Schreie eines Neugeborenen aus dem Tempel hören? Oder die entsetzten Schreie der Priesterinnen, die ein Paar Monster auf die Welt gebracht haben?«

Elanor war sprachlos vor Wut.

Die Hochelfin reckte triumphierend den Kopf. »Beweist mir das Gegenteil, wenn Ihr könnt! Ihr wisst, dass jedes Wort, welches über Euch gesprochen wird, wahr ist.«

»Ich bin Euch gar nichts schuldig«, sagte Elanor betont ruhig. »Keinen Beweis und keine weiteren Worte. Das Gespräch ermüdet mich.«

»Ich werde dafür sorgen, dass die Leute erfahren, was in Eurem Leib heranwächst«, drohte die Hochelfin.

»Ich wünsche viel Erfolg. Denkt daran, dass es schnell peinlich für Euch werden kann, wenn der Tag meiner Entbindung kommt«, erwiderte Elanor lächelnd. »Ich verspreche Euch, ich werde Euch mit meinen Kindern besuchen. Vielleicht benenne ich sogar eines davon nach Euch. Das hochnäsige.«

Ohne ein weiteres Wort machte sie kehrt und setzte ihren Heimweg fort. Weitere Nachrufe ignorierte sie.

Sie kam nach Hause, stellte ihre Einkäufe ab und schlüpfte aus ihren Stiefeln. Es fühlte sich gut an, nicht mehr von Schuhen eingeschränkt zu werden. Elanor ließ sich auf die gepolsterte Sitzbank fallen. Sie streckte sich und legte einen Arm über ihre Augen. Müdigkeit überkam sie schwer und dunkel, hüllte sie in warme Trägheit. Schläfrig strich sie über ihren Bauch, der kaum gewachsen war.

Sie würde Mutter werden. Eine Erkenntnis, die ihr immer noch seltsam fern erschien.

Sie hatte ihrem Onkel nicht gesagt, dass ein Magier namens Mithanar der Vater ihrer Kinder war. Einen Tag nach ihrem ersten Gespräch über dieses Thema hatte er sie in einem ruhigen Moment erneut zur Seite gezogen und Antworten verlangt. Irgendwie war es ihr gelungen, ihm viel über Dûhirion zu erzählen, ohne wirklich etwas zu sagen. Faredir kannte seinen Namen und ging davon aus, dass er ein Waldelf war.

Sie hatte ihm erzählt, dass Dûhirion als Jüngling in illegale Aktivitäten verwickelt war. Harmloses, hatte Elanor versichert. Ein paar Äpfel vom Marktstand klauen, dem Farmer eine Handvoll Eier aus dem Hühnerstahl stehlen. Vorwiegend Dinge, die man tat, wenn man jung und dumm war und sich beweisen wollte. Faredir war skeptisch gewesen, doch sie hatte ihm versprochen, dass er ein anständiger Mann war, der kopfschüttelnd auf seine Jugend zurückblickte und sich selbst fragte, was ihn dazu getrieben hatte.

Ihre Gedanken kehrten zu den Tagen ihrer Kindheit zurück und sie versuchte, sich die Gesichter ihrer Eltern ins Gedächtnis zu rufen. Sie sah zwei blaue Augenpaare, das eine dunkler als das andere. Sie sah braune Haare, erahnte Sommersprossen auf der dunklen Haut. Aber die Gesichtszüge waren undeutlich wie eine verwischte Kreidezeichnung.

Sie konzentrierte sich auf den Klang ihrer Stimmen. Ihr Vater, der nachts an ihrem Bett war und ihr vorlas oder ihr ein Schlaflied sang. Ihre Mutter, die gemeinsam mit ihr auf dem Boden saß und ihr das Nähen beibrachte. Doch da war nur ein unerreichbarer Klang, bloß ein dumpfes Murmeln. Alles war undeutlich; ihre Gesichter, ihre Stimmen und die Erinnerung an sie. Elanor war sieben Jahre alt gewesen, als ihre Eltern umgekommen waren. Ermordet bei einem Raubüberfall.

Deine Eltern wurden ermordet, flüsterte es in ihrem Kopf. *Dennoch liebst du einen Mörder. Siehst du darin keinen Widerspruch? Denkst du, deine Eltern sehen mit Stolz aus Viriditas' Reich zu dir? Dass sie wahrhaftig über dich wachen?*

Dûhirion war anders. Er war kein Räuber, der seine Opfer aus reinem Ärger darüber tötete, dass seine Beute nicht wie erwartet ausfiel.

Nein, er ist schlimmer, zischte die Stimme in ihrem Kopf. *Er ist ein Assassine. Er tötet für Gold, wenn ihm jemand sagt, dass er töten soll.*

In der Dunkelheit hinter ihren geschlossenen Lidern sah Elanor das kleine Elfenmädchen, das sie einst gewesen war. Sie hatte damals nicht gänzlich begriffen, was mit ihren Eltern geschehen war.

Faredir hatte versucht, es ihr zu erklären, doch ihr kindlicher Verstand war nicht in der Lage gewesen, den Tod zu verstehen. Sie hatte gesehen, wie traurig ihr Onkel gewesen war, und auch sie war traurig gewesen, dass ihre Eltern nicht mehr bei ihr waren. Doch der Gedanke, dass ihre Seelen behütet durch Viriditas' Wald streiften, tröstete sie bis heute.

Es war nicht leicht gewesen, als Waise aufzuwachsen. Die anderen Kinder hatten sie ausgegrenzt. Die Ältesten hatten damit angefangen, Jüngere waren bald gefolgt und Elanor war allein gewesen. Niemand hatte mit einem Waisenkind befreundet sein wollen. Ihr Onkel war alles gewesen, was sie hatte.

Es war wohl dieser Tatsache zu verschulden, dass sie mit kaum zwanzig Jahren der Weißen Feder beigetreten war, um gegen die Ungerechtigkeit zu kämpfen, die anderen widerfuhr.

Ein bekanntes Klopfen an der Hintertür holte sie aus dem dämmrigen Halbschlaf. Elanor gähnte und zog rasch sämtliche Vorhänge im Haus zu, bevor sie öffnete.

Dûhirion stand mit einem Bündel getrockneter Kräuter vor der Tür. Er war kein Mann für Blumen. Sie ließ ihn rasch ein und nahm sein Geschenk dankend entgegen.

»Ich möchte mich entschuldigen«, begann er. »Nicht für meine Meinung über die Rebellen, aber dafür, dass wir gestritten haben. Ich habe mich respektlos verhalten. Es tut mir leid.«

Elanor seufzte. »Nein, ich bin diejenige, die sich entschuldigen muss. Ich habe furchtbare Dinge gesagt«, erwiderte sie schuldbewusst. »Ich wollte deine Kindheit nicht mit in die Diskussion bringen. Dazu war ich nicht berechtigt. Es ist mir in der Hitze des Gefechts herausgerutscht.«

Sie umarmten sich und es kam ihr vor, als drückte er sie fester an sich als sonst.

»Ich schätze, es wird immer etwas geben, bei dem wir nicht auf einen grünen Zweig kommen«, fügte sie hinzu. »Bist du hungrig? Ich habe Pilze und Gemüse gekauft.«

»Danke, nein«, erwiderte er.

Elanor musterte ihn forschend. Irgendetwas stimmte nicht mit ihm, wenngleich sie nicht sagen konnte, was. »In Ordnung«, sagte sie bedächtig. »Setz dich. Ich werde das Abendessen zubereiten. Es ist genug, damit du später zuschlagen kannst, solltest du Appetit bekommen.«

»Was ist das für eine Zeichnung in deinem Gesicht?«, fragte Dûhirion.

Elanors Wangen wurden heiß. Er berührte ihr Kinn, wollte es anheben, um sie besser ansehen zu können. Für den Bruchteil einer Sekunde erschien Canis Lupus vor ihr. Für den Bruchteil einer Sekunde spürte sie die schmerzhafte ungewollte Berührung fremder Finger auf ihrer Haut.

Elanor zuckte instinktiv zurück. Irritiert verharrte Dûhirions Hand in der Luft. Sie begann zu zittern. »E-Es tut mir leid, ich wollte nicht …«, stammelte sie.

Plötzlich verdunkelte sich sein Blick und ein hasserfüllter Schatten fiel über sein Gesicht. »Was hat er dir angetan?«, fragte Dûhirion bebend.

»Was?«, fragte sie irritiert. »Wer soll mir etwas angetan haben?«

»Der Anführer der Rebellen«, grollte er. »Was hat er dir angetan?«

»Wie kommst du darauf, dass er …«

Dûhirion machte einen Schritt vor und Elanor musste alle Willenskraft aufbringen, um nicht erneut zurückzuweichen. »Du bist noch nie vor meiner Berührung zurückgeschreckt«, sagte er langsam und es war unüberhörbar, dass er darum kämpfte, seine Stimme ruhig zu halten. »Was ist passiert? Hat dieser Bastard dich angerührt?«

»Dûhirion, beruhige dich«, bat sie eindringlich. »Es ist nichts passiert. E-Er … hat mir gedroht, dass er mich …« Sie konnte ihn nicht ansehen. Die Worte wollten ihr im Hals stecken bleiben. »Er hat mir angedroht, mich zu vergewaltigen. Es ist nicht geschehen.«

Während sie den genauen Ablauf des Treffens schilderte, lief Dûhirion angespannt vor ihr auf und ab.

»Er kam mir nahe. Zu nahe. Ich habe ihm mein Knie in den Leib gerammt. Als er mich trotzdem nicht losgelassen hat, habe ich zugebissen«, fügte sie hinzu. »Was blieb mir anderes übrig? Ich habe sein Ohr erwischt, und ja, er hat geheult wie ein Wolf.« Sie räusperte sich. »Arik konnte sich währenddessen befreien und uns in Sicherheit bringen.«

»Dann hat er wenigstens bekommen, was er verdient«, schnaubte Dûhirion. »Trotzdem sollte er mir in seinem armseligen Leben niemals über den Weg laufen. Ich bin stolz auf dich. Es tut mir leid, dass ich dich so angefahren habe. Und es tut mir leid, dass ihr die Rebellen nicht zur Vernunft bringen konntet. Aber ich habe mir schon gedacht, dass ihr keinen Erfolg hattet, nachdem ich vom Überfall auf die Farmen gehört habe.«

»Geht es dir gut?«, fragte sie leise.

Dûhirion zögerte, wich ihrem Blick aus. »Nein«, antwortete er schließlich.

»Was ist passiert?«

»Umbra«, murmelte er. »Die Gilde hat mich daran erinnert, warum ich sie hasse. Ich will lieber nicht darüber sprechen.«

Elanor nickte widerwillig. »Ich verstehe.«

Dûhirion küsste ihre Stirn. »Danke. Aber zurück zu deinem Gesicht …«

»Das ist das Zeichen der Göttin Viriditas«, begann Elanor vorsichtig. »Du kennst es nicht?«

»Nein. Umbra hat uns von jeglicher Religion ferngehalten«, antwortete er. »Sie sagte, die Götter hätten unser Volk ohnehin verlassen. Es würde keinen Sinn ergeben, wenn ein Dunkelelf zu ihnen betete.«

Es fühlte sich an, als würden ihre Eingeweide sich verknoten. Nervös leckte sie sich über die trockenen Lippen. »Es wird auserwählten Frauen ins Gesicht gemalt, wenn … sie schwanger sind.« Sie hob den Blick. »Ich bin schwanger, Dûhirion.«

Gleich wird er aufbrausen und mich anschreien, dachte sie angespannt. *Er wird mich bezichtigen, ihn mit anderen waldelfischen Männern betrogen zu haben.*

»Schwanger«, wiederholte Dûhirion, als wäre ihm die Bedeutung des Wortes nicht klar. »Aber … ich dachte, ich könnte dich nicht …«

Elanor erklärte ihm, was Arik ihr gesagt hatte. Sie berichtete von ihrem Traum, in dem Viriditas ihr die Schwangerschaft offenbarte. Von ihrem Onkel; den Gerüchten, die über sie in der Stadt kursierten. Von allem, was in den letzten Tagen geschehen war und sie belastet hatte. Danach entstand eine lange Pause, die für Elanor nahezu unerträglich war.

»Dûhirion, sag etwas!«

Der Dunkelelf musterte sie still. Sie suchte nach Wut oder Verachtung. Etwas, das darauf hinwies, dass er ihr nicht glaubte. Seine Miene war nicht deutbar. Sein Blick wanderte zu ihrem Bauch, verblieb dort nachdenklich.

Er will die Kinder nicht, dachte Elanor panisch. *Er wird mich dazu drängen, sie abzutreiben.*

Er rang sichtlich mit seinen Emotionen oder auch nur damit, sie zu verstehen. Ein hilfloses Glucksen entkam seiner Kehle. »Ich würde mich gern darüber freuen, Vater zu werden. Aber ich … ich weiß nicht, ob …«

Elanor stockte der Atem.

»Ich weiß nicht, ob ich der Aufgabe gewachsen bin.«

»D-Das heißt … du glaubst mir?«

Der Dunkelelf runzelte die Stirn. »Warum sollte ich nicht?«

»Ich … konnte es anfangs nicht glauben, dass ich schwanger von dir bin«, erklärte Elanor hastig, die Worte sprudelten nur so aus ihr heraus. »Weil uns beigebracht wird, dass die Völker sich nur untereinander vermehren können. Erst als Arik mir erklärt hat, dass es durchaus möglich ist … Ich hatte Angst, du würdest mich wegstoßen. I-Ich hatte Angst, du würdest wollen, dass ich abtreibe und …«

»Elanor.« Dûhirions Stimme war sanft und warm. »Wie könnte ich von dir verlangen, dass du unsere Kinder tötest?«

»Ich bin so froh, dass du das sagst«, flüsterte Elanor erstickt. »Ich fürchte mich vor dem, was kommt.«

Er schloss sie in die Arme und lehnte sein Kinn auf ihren Kopf. »Was auch kommt, wir stehen das zusammen durch. Wir können nicht in Malachit bleiben. Wenn unsere Kinder hier zur Welt kommen, werden sie sich verstecken müssen. Vom Tag ihrer Geburt, ihr ganzes Leben lang. Dennoch werden irgendwann die falschen Leute von ihnen erfahren.«

»Wir müssen Adular verlassen«, schloss Elanor.

Der Dunkelelf nickte. »Ich kenne einen Ort, an dem wir sicher wären. Die Magierakademie Krähenfels. Dort gibt es ausreichend Heiler, die dich bei der Geburt unterstützen können.«

Elanor konnte nicht fassen, wie schnell er seine Vaterschaft akzeptiert hatte. Er hielt sich nicht damit auf, ihre Treue infrage zu stellen, sondern ging gleich dazu über, die nächsten Schritte zu planen. Damit hätte sie rechnen können. Es entsprach schlichtweg seinem Charakter. Dennoch glaubte sie, dass er innerlich einen Kampf mit sich austrug. Eine solche Nachricht konnte selbst er nicht einfach hinnehmen. Sie wünschte sich, er würde sie daran teilhaben, sich von ihr helfen lassen.

»Was ist mit Umbra?«, fragte Elanor unsicher. »Die Gilde wird dich nicht einfach gehen lassen.«

»Nein«, erwiderte er kühl. »Wird sie nicht. Sie wird mich verfolgen, aber solange wir in der Akademie sind, sind wir sicher vor ihr. Außerdem ist Umbras Macht außerhalb von Adular kleiner. Es wird leichter sein, sich vor den Assassinen zu verstecken. Ich kenne die Gilde, weiß, wie sie vorgeht, und auch, wie man sie umgehen kann. Je weiter wir uns von Adular entfernen, desto schwächer wird Umbra.«

»Arik kann uns helfen, zur Akademie zu kommen«, murmelte Elanor. »Vielleicht können wir sogar Faylen und ihre Adoptiveltern mitnehmen.«

Erneut fiel ein Schatten über Dûhirions Gesicht. Nur für den kurzen Moment zwischen zwei Lidschlägen. Dieses Mal jedoch konnte sie deutlich Schmerz und Traurigkeit sehen.

Sorge wuchs in ihr. Was hatte Umbra ihm angetan? Sie wollte nachfragen, doch respektierte seinen Wunsch, nicht darüber sprechen zu wollen. Wenn er bereit war, ihr zu erzählen, was ihn belastete, würde er von allein auf sie zukommen.

»Was ist mit deinem Onkel? Wirst du ihm die Wahrheit sagen?«, fragte Dûhirion.

»Das bin ich ihm schuldig«, erwiderte Elanor. »Wenn ich ihn schon zurücklassen muss …«

Der Gedanke schnitt ihr tief ins Herz. Faredir, Nara, Noriel, Arik. Es gab viele Personen in Malachit, die ihr wichtig waren und die sie verlassen musste. Niemand garantierte ihr, dass sie einen von ihnen je wiedersehen würde.

»Wird er dich gehen lassen?«

Elanor seufzte leise. »Ja, ich denke schon. Ich ringe schon lange mit mir, wie ich ihm von dir erzählen soll. Faredir wird nicht glücklich sein, aber er wird wollen, dass ich es bin. Er wird mich ziehen lassen.« Sie spielte unruhig mit ihrer Halskette. »Ich … habe ihm deinen Namen verraten.«

Dûhirion hob die Augenbrauen, schwieg aber.

»Nicht, dass du Assassine oder Dunkelelf bist«, fügte Elanor rasch hinzu. »Ich sagte, du wärst in deiner Jugend ungestüm und einfältig gewesen, hättest ein paar Diebstähle begangen. Meine erste Lüge bezüglich des Vaters hat er sofort durchschaut. Ich konnte ihm keine weitere unterbreiten. Also …«

»Hast du die Wahrheit umschrieben, so gut es ging«, vervollständigte er.

»Ja«, erwiderte sie und lächelte entschuldigend.

Der Dunkelelf nickte. »Das verstehe ich.«

Elanor war erleichtert. Sie atmete leise auf und spiegelte sein Nicken. »Wann, meinst du, sollten wir aufbrechen?«

»So bald wie möglich«, antwortete Dûhirion. »Spätestens nächste Woche. Ich werde mir von Umbra einen Auftrag außerhalb von Malachit geben lassen, sodass ich zumindest für ein paar Tage entschuldigt bin.«

Ihr blieben wenige Tage, um ihrem Onkel die Wahrheit über ihre Schwangerschaft zu beichten und gleichzeitig Abschied zu nehmen. Elanor hatte keine Ahnung, wie sie das schaffen sollte.

Was war, wenn er sie doch an die Wachen verriet? Nicht aus Boshaftigkeit, sondern weil er tatsächlich glaubte, dass es das Beste für sie sei.

Eigentlich wollte sie nicht gehen. Aber Dûhirion hatte recht: In Malachit würden sie ihre Kinder nicht großziehen können.

»Alles wird gut«, versprach er leise. »Was auch kommt, ich werde dich und unsere Kinder beschützen.«

Elanor schmiegte den Kopf an seine Brust. »Ich liebe dich.«

Er küsste ihren Scheitel. »Und ich liebe dich«, murmelte er in ihr Haar.

17

Dûhirion

Dûhirion brachte es nicht über sich, Elanor von Faylens Tod zu erzählen. Worte, die er sich zurechtgelegt hatte, um zu erklären, lagen schwer in seinem Kopf wie Steine auf dem Meeresgrund. Unerreichbar für ihn, unmöglich, sie auf seine Zunge zu bringen und auszusprechen. Nachdem Elanor ihm ihre Schwangerschaft gebeichtet hatte, war es für ihn gänzlich ausgeschlossen gewesen, mit ihr darüber zu reden. Zumindest heute.

Der Dunkelelf verließ ihr Haus spät in der Nacht. Er fand keinen Schlaf und würde ohnehin in ein paar Stunden den Rückweg zur Gilde antreten müssen. Der Wind war mild und angenehm, roch frisch und klar. Dûhirion lehnte sich mit dem Rücken an die Hintertür und wagte es für einige Sekunden, zu verweilen. Taremias Warnung, dass sie ihm die Beine brechen würde, sollte er sich erneut unerlaubt in der Oberstadt herumtreiben, hatte er nicht vergessen. Es stellte ein Risiko dar, das er bereit war, einzugehen.

Er betrachtete den schwarzen Schmutz unter seinen Fingernägeln. Vor wenigen Stunden hatte er Faylens Körper im Wechselwald beerdigt. Jetzt hatte er erfahren, dass er Vater werden würde, und das zog ihm den Boden unter den Füßen weg.

Dûhirion kannte seine charakterlichen Schwächen. Es mangelte ihm an Empathie und Feingefühl, er war zu zynisch, zu bitter. Er war von Umbra erzogen worden, die ihm beibrachte, dass Gefühle eine Schwäche waren, die er sich nicht leisten konnte. Die ihm ein Auge verätzt hatte, weil er es wagte, zu weinen. Die aus ihm einen kaltblütigen Mörder gemacht hatte.

Wie sollte er mit solchen Eigenschaften ein guter Vater sein? Der Gedanke, dass die Gilde ihn in der Erziehung seiner Kinder beeinflussen könnte, ließ ihn schaudern.

Wie sollte er seine Familie vor Umbra schützen, wenn er schon bei Faylen daran gescheitert war?

Jemand wie er sollte nicht Vater werden. Nun war es geschehen und er musste diesen Fakt akzeptieren. Elanor brauchte ihn. Er musste ihr Sicherheit vermitteln und durfte sie nicht zusätzlich mit seinen Ängsten und Sorgen belasten.

Dûhirion zog seine Kapuze über und duckte sich tiefer in die Schatten. Er sollte sich aufs Wesentliche konzentrieren. Sie mussten Adular schnellstmöglich verlassen, damit ihre Kinder überhaupt eine Chance auf Leben hatten. Wie er sich um sie kümmern, wie er seine Familie ernähren und beschützen sollte, konnte er sich überlegen, sobald sie in Sicherheit waren.

Schnellen Schrittes durchquerte er die Oberstadt und erreichte den versteckten Tunneleingang ohne Zwischenfälle. Eines stand fest: Er würde seine Kinder ebenso sehr lieben, wie er Elanor liebte. Anders als sein eigener Vater, den er nie kennengelernt hatte. Anders als seine Mutter, die ihm nichts als Verachtung entgegengebracht hatte. Seine Kinder würden frei von Gewalt und Angst leben. Niemand würde sie zwingen, eine Klinge ins Fleisch eines anderen zu senken. Niemand würde seine Kinder zu Mördern machen.

Dûhirion hoffte, dass Valion bald zur Gilde zurückkehrte. Wenn er ihm von seinen Fluchtplänen erzählte, würde er nicht zögern, ihm zu helfen, vielleicht sogar mitkommen.

Als er die Aschegrube betrat, wurde ihm klar, dass er sie bald nie wieder sehen würde. Die freien Länder hatten längst keine Aschegruben mehr. Faylens Lachen hallte geisterhaft durch die Nacht, begleitet von Borics aufgeregtem Bellen. Ihr Schatten tanzte vor seinen Augen und führte die Schwerthiebe aus, die er ihr beigebracht hatte.

Alles verschwand mit dem nächsten Lidschlag. Er hätte sie mit sich nehmen können. Nur ein paar Tage noch, dann wäre sie frei gewesen.

Auf seinem Weg durch die Aschegrube bemerkte er zwei Dunkelelfen, die sich links und rechts an einer Haustür positioniert hatten. Sie trugen die Kleidung, die Faylen ihm als Erkennungszeichen der Rebellen beschrieben hatte. Hemd und Hose waren dunkelgrau, ein weißer Mantel und ein auffällig rotes Stirnband.

Es war eine dumme Idee. In dem Moment, in dem sie ihm in den Kopf kam, wusste er das. Doch sie verbiss sich wie eine Zecke in ihm. Ehe er sich davon abhalten konnte, ging er auf die beiden Dunkelelfen zu. »Grüße«, sagte er.

»Grüße, Bruder«, erwiderte der Linke.

»Ihr seid Grauwölfe, nicht wahr?«, fragte Dûhirion.

Der Rechte rückte stolz seine Kopfbedeckung zurecht. Statt eines Stirnbands trug er ein rotes Tuch. Es saß so auf seinem Kopf, dass es beide Ohrenspitzen bedeckte. »So ist es.«

»Ihr habt von uns gehört?«, fragte der Linke misstrauisch.

»Ja, Euer Ruf eilt Euch voraus«, erwiderte Dûhirion bedächtig und deutete mit dem Kinn auf die Hütte. »Was geht darin vor?«

Schwaches Licht schien durch die Fenster. Sie waren für ein Gebäude in der Aschegrube erstaunlich intakt.

Die Wachen wechselten einen flüchtigen Blick.

»Ihr seht nicht aus wie ein typischer Einwohner der Aschegrube«, bemerkte der Linke.

»Ihr auch nicht«, entgegnete Dûhirion schulterzuckend. »Hört mal, wenn das hier ein Geheimtreffen sein soll, dann sind zwei Wachen in auffälliger Kleidung keine gute Idee. Wäre ich ein Spion, hätte ich längst allen Grund, zur Stadtwache zu laufen.« Als der Linke nach seiner Waffe griff, hob Dûhirion beschwichtigend eine Hand. »Ich bin kein Spion und auch kein Einwohner der Aschegrube. Ich bin Assassine.«

»Dann gehört Ihr zur Gilde«, stellte der Rechte fest.

»So ist es.«

Der Linke entspannte sich und ließ vom Griff seines Dolches ab. »Wir kennen ein paar Assassinen von Umbra.«

Dûhirion schenkte ihnen ein gekünsteltes Lächeln. »Erfreulich, dass sie sich dem Widerstand angeschlossen haben. Wärt Ihr nun so freundlich, meine Frage zu beantworten? Was geht im Haus vor?«

»Unser Anführer Canis Lupus befindet sich im Inneren«, antwortete der Rechte.

»Er hält eine Ansprache?«, fragte Dûhirion. »Mitten in der Nacht?«

»Es ist die sicherste Zeit«, erwiderte der Rechte und ließ den Blick durchs leere Viertel schweifen. »Tagsüber sind zu viele Wachen unterwegs. Nachts gibt es weniger Patrouillen.«

»Aber auch weniger Publikum für Canis Lupus«, bemerkte Dûhirion.

»Es werden mehr werden, wenn es sich rumgesprochen hat.« Der Linke klang zuversichtlich. »Irgendwann wird eine kleine Hütte wie diese nicht mehr reichen, um alle begeisterten Zuhörer von Canis Lupus unterzubringen.«

»Eine Sache interessiert mich noch: Nennt Ihr ihn immer bei seinem vollen Namen?«, fragte Dûhirion. »Oder dürft Ihr ihn mit Lupus abkürzen?«

»Nein«, sagte der Rechte ernst. »Es ist nie Lupus.«

Dûhirion ging an ihnen vorbei und betrat das Haus. Zu seiner Überraschung hatten sich einige Einwohner des Elendsviertels hier eingefunden. Unter ihnen erkannte er Lari und Fen. Canis Lupus stand auf einem Stuhl, die Arme vor der Brust verschränkt und das Kinn hochgereckt.

Das war der Elf, der Elanor angedroht hatte, sie zu vergewaltigen. Der für die Ereignisse in Orlean verantwortlich war. Dûhirion verspürte große Lust, ihm die Arroganz aus dem Gesicht zu prügeln.

Gerade als er sich dazu entschlossen hatte, auf Lari und Fen zuzugehen, begann Lupus mit seiner Ansprache.

»Willkommen, Freunde.«

»Willkommen auch dir, Köter«, murmelte Dûhirion beinahe lautlos.

»Lasst mich zu Beginn etwas fragen: Wie lange müsst Ihr schon hier im Dreck leben?«

Die Antworten kamen zögerlich. Jahre, Jahrzehnte, einige wussten es nicht einmal mehr. Dûhirion schwieg.

»Ich kenne dieses Leben, habe es selbst führen müssen«, fuhr Lupus fort und unterstrich seine Worte mit eifrigen Gesten. »Ich habe im Dreck gekniet, wurde bespuckt und getreten. Aber ich habe mich dazu entschieden, mich zu wehren. Ich bin aufgestanden und habe zurückgeschlagen.«

»Das haben wir auch versucht«, rief Fen und trat vor. Dûhirion drehte den Kopf in seine Richtung. »Es resultierte darin, dass sie meine Frau beinahe vor allen Augen schändeten. Mich hätten sie totprügeln lassen.«

»Ja, Widerstand erfordert einen hohen Preis«, entgegnete Lupus. »Ihr habt ihnen gezeigt, dass Ihr diese Behandlung nicht länger hinnehmen werdet. Einzeln sind wir schwach, aber gemeinsam können wir unsere Peiniger schlagen. Was wäre gewesen, wenn mehr von Euch aufgestanden wären? Was wäre gewesen, wenn Ihr eine Gruppe, eine ganze Armee hinter Euch gehabt hättet? Denkt Ihr, sie hätten es dann trotzdem gewagt, Euch oder Eure Frau anzurühren?«

Denkst du das etwa nicht?, fragte Dûhirion im Stillen. *Eine Gruppe oder ›Armee‹, die bei der Lebensmittelverteilung aufmüpfig wird, hätte*

Hastor auf der Stelle niedermetzeln lassen. Was sind ein paar unterernährte, kampfunerprobte Dunkelelfen schon gegen Hastor den Löwen?

»Ihr seid lange genug die Hunde der anderen Völker gewesen«, rief Lupus und streckte die Arme zu den Seiten aus. »Menschen, Hochelfen, Zwerge, Waldelfen … sie sind alle gleich. Sie sehen Euch an und sehen dreckige Hunde. Hunde, die sie treten können, wenn sie ihnen im Weg sind. Die sie für ihre persönlichen Bedürfnisse dressieren können. Wenn Euch ein Waldelf sagt, Ihr sollt Sitz machen, was tut Ihr dann?«

Schweigen antwortete ihm. Dûhirion kratzte sich an den kurzen Barthaaren unter seinem Kinn.

»Wir … gehorchen«, antwortete eine Dunkelelfin langsam.

»Richtig: Ihr macht Sitz«, schrie Lupus und wies auf sie. »Wenn sie sagen: ›Mach Platz!‹, legt Ihr Euch hin. Damit ist Schluss. Ihr seid keine Hunde mehr. Es wird Zeit, dass Ihr Euch erhebt und zu Wölfen werdet. Schließt Euch uns an! Kämpft mit uns!«

»Werdet Ihr uns als Nächstes auffordern, mit Euch den Mond anzuheulen?«, fragte Dûhirion laut.

Die Blicke aller Anwesenden richteten sich auf ihn. Lari erkannte ihn und flüsterte Fen aufgeregt etwas zu.

»Und wer seid Ihr?«, fragte Lupus kühl.

»Ich bin ein Bewunderer der Theorie, dass Dummheit in Massen zu erstaunlichen Phänomenen führen kann. Beispielsweise Explosionen, Häuserbrände und gelegentliche Massenmorde. Und nun bin ich auf der Suche nach Beispielen, die meine Theorie unterstreichen«, antwortete er. »Aber was sagt Ihr als Unbeteiligter zum Thema Intelligenz?«

Der Rebellenführer verengte die Augen zu schmalen Schlitzen. »Hört, hört«, schnaubte er. »Ihr haltet Euch wohl für besonders komisch?«

Dûhirion kam allmählich näher. Seine Körperhaltung war gelassen. Es bestand keine Notwendigkeit, bedrohlich zu wirken. »Ihr missversteht mich, Canis Stultus. Ich wollte Euch subtil an Orlean erinnern.«

»Lupus«, korrigierte ein Dunkelelf ihn. »Er heißt Canis Lupus.«

»Tut mir leid, mein Fehler«, erwiderte Dûhirion trocken. »Der Unterschied zwischen einem Wolf und einem dummen Hund ist manchmal marginal.«

»Was wisst Ihr über Orlean?«, fragte Lupus argwöhnisch.

»Es ist bewundernswert, wahrlich. Wie ein Lauffeuer hat sich Eure Kunde von Widerstand und Freiheit verbreitet. Dank Eurer flammenden Reden wurde in den Herzen der Dunkelelfen ein Funke entzündet«, antwortete Dûhirion bedächtig. »Und mit brennender Leidenschaft wollten sie Eure Worte in Taten verwandeln. Leider … konnten die Menschen von Orlean nichts mit solch heißblütigen Dunkelelfen anfangen. Dieser feurige Übereifer hat ihnen nicht gefallen. Nicht – ein – bisschen.«

»Er hat recht«, stimmte eine junge Dunkelelfin zu. »Wir alle haben die Nachrichten aus Orlean gehört.«

»Ja, die Aschegrube von Orlean ist gefallen«, gestand Lupus. »Wir haben einen Fehler gemacht.«

»Ihr habt die Dunkelelfen dort aufgestachelt und sie dann im Stich gelassen«, korrigierte Dûhirion scharf.

»Wo wart Ihr, als Orleans Aschegrube niedergebrannt wurde?«, fragte Lari.

»Ich gebe zu, wir waren außerhalb der Stadt. Wir mussten unseren Angriff auf die Oberstadt von Orlean vorbereiten und haben zu spät gemerkt, dass die Aschegrube angegriffen wird«, räumte der Rebellenführer ein. »Wie ich bereits sagte, hat Widerstand einen hohen Preis. Ein zweites Mal wird es nicht passieren.«

»Einen Preis, den die Rebellen nicht zahlen mussten, sondern die Einwohner der Aschegrube«, entgegnete Dûhirion.

»Freunde, hört nicht auf diesen Zweifler! Vor Orlean waren wir in unzähligen anderen Städten. Wir sind durch ganz Adular gezogen und stetig gewachsen.« Lupus gestikulierte erneut heftig, er wurde sichtlich aggressiv. Seine Zuhörer tuschelten unsicher miteinander, beäugten ihn zunehmend skeptisch. »Wir haben Pläne. Und wenn sich mehr von Euch uns anschließen, können wir sie in die Tat umsetzen. Der Tiefbruch muss befreit werden. Wir werden die Mine stürmen und die armen Seelen von ihren Ketten befreien.«

»Und wie viele Tote wird Euch das kosten?«, fragte Dûhirion zornig. »Wie viele Rebellen und Sklaven werden dabei sterben müssen? Ihr wollt die Dunkelelfen aus dieser Aschegrube rekrutieren, die keinerlei Kampferfahrung haben? Und dann schickt Ihr sie wie Lämmer zur Schlachtbank.«

»Wachen«, brüllte Lupus ungeduldig. »Entfernt diesen Dunkelelfen!«

Die beiden Wachen, die vor der Tür gestanden hatten, kamen ins Haus. Dûhirion streckte sie mit zwei gezielten Schlägen nieder. Jemand schrie auf. Er stürmte nach vorn, riss Lupus von seinem Stuhl und schlug ihm ins Gesicht.

»Das ist für Faylen, du dreckiger Köter.«

Die anwesenden Dunkelelfen wichen zurück, einige verließen rasch das Haus. Lupus fluchte und stürzte sich auf ihn. Dûhirion entging seinem Angriff geschickt und trat ihm die Beine weg. Er hockte sich rittlings auf seine Brust, hielt seine Arme mit den Knien unten und prügelte auf ihn ein.

»Für Faylens Familie«, zischte er.

Schlag.

»Ihre Freunde.«

Schlag.

»Ihre Heimat.«

Schlag.

»Ihre geraubte Kindheit.«

Dûhirion hielt inne. Die Wachen regten sich stöhnend, erwachten allmählich aus ihrer leichten Ohnmacht. Die übrigen Dunkelelfen waren geflohen.

Der Rebellenführer war von seinen Schlägen benommen, wand sich jedoch unablässig und versuchte, sich freizukämpfen. Dûhirion zog langsam den Dolch aus der Gürtelhalterung. Er packte das schulterlange Haar des Rebellen und zerrte seinen Kopf hoch, setzte die Klinge an sein Ohr. Direkt unterhalb der eitrig entzündeten Wunde, die Elanors Zähne hinterlassen hatten.

»Und jetzt hör mir gut zu, Köter«, raunte Dûhirion mit einer Stimme, die kalt und endgültig war wie ein Grab. »Fass meine Frau nie wieder an! Ich weiß, was du tun wolltest. Solltest du es noch mal wagen, auch nur in ihre Nähe zu kommen, schneide ich dir alles ab, womit du sie belästigen wolltest. Deine Finger, deine Zunge, und ich schwöre bei meiner Ehre, ich werde dir auch deinen verdammten Schwanz abschneiden.« Dann ließ er von ihm ab und richtete sich auf.

Die Wachen kamen auf die Beine. Dûhirion verstaute seinen Dolch und rannte an ihnen vorbei ins Freie. Raus aus der Aschegrube und dem dekadenten Gildengebäude entgegen.

Er drosselte sein Tempo. Nicht mehr lange und er würde Umbra endgültig hinter sich lassen. Er grüßte Maryn, die neben dem Eingang auf dem alten Baumstamm saß.

»Ach, Dûhirion?«, rief sie ihn zurück.

Der Dunkelelf blieb stehen und drehte sich ihr halb zu. »Hm?«

Maryn nahm einen tiefen Schluck aus ihrem Humpen. »Taremia erwartet dich.«

Etwas traf ihn mit grober Kraft an der Schläfe und streckte ihn nieder.

Dûhirion erwachte auf dem Boden einer Zelle, nackt und gefesselt. Er lag still, während seine Sinne allmählich zu ihm zurückkehrten.

Zuerst fühlte er den Schmerz, der in seinem Kopf pulsierte und sich an seiner rechten Schläfe zentrierte. Die Kälte, die seine Haut durchdrang und sich durchs Fleisch auf seine Knochen biss.

Er konnte das dumpfe Klappern seiner Zähne hören; das metallische Rasseln der Kettenglieder, die von seinem Zittern geschüttelt wurden. Je mehr er sich aus der Umarmung seiner Ohnmacht befreite, desto schlimmer wurde der Gestank. Es war ein dichtes Netz verschiedener Gerüche. Er roch den Moder und die Feuchtigkeit der Zellen, den Schweiß und die Fäkalien der Gefangenen, den allgemeinen Dreck und das erstickende Elend.

Vergeblich konzentrierte er sich auf Elanors Duft, den er noch auf seiner Haut wahrnahm, und begann schließlich, durch den Mund zu atmen.

Schwerfällig öffnete Dûhirion die Lider und blickte langsam an sich herunter. *Bestandsaufnahme,* dachte er. *Handschellen und Fußfesseln, nicht miteinander verbunden. Ketten, keine Seile. Kette an den Füßen etwa eine Elle lang. Kette an den Händen kürzer. Arme vor dem Körper gefesselt. Warum verdammt noch mal bin ich nackt?*

Ein eisernes Halsband schloss sich um seine Kehle. Die scharfen Kanten schnitten in seine Haut, als er den Kopf in Richtung Gang drehte. Sein Blick folgte der schweren Kette, die am Halsband angebracht war, bis zu einem Stahlhering im Boden.

Eine Gestalt in der gegenüberliegenden Zelle lag in Embryonalstellung unter der Pritsche. Die Dunkelelfin war nackt und abgemagert bis auf die Knochen, ihre graue Haut kränklich blass. Irgendwo weiter hinten schluchzte jemand, ein anderer sprach monoton Gebete.

Jemand näherte sich seiner Zelle. Schnell und zielstrebig, das Echo der schweren Schritte hallte laut an den kahlen Steinwänden des Ganges wider. Plötzlich wurde alles still.

Dûhirion richtete sich auf. Der bohrende Schmerz, der sich durch seinen Schädel fraß, kreischte ohrenbetäubend. Schwindel und Übelkeit trieben brennende Magensäure seine Speiseröhre hinauf. Er schluckte den Brechreiz und betastete seine Schläfe. Kein Blut, bloß eine Schwellung.

Kettenrasseln. Eine verhasste Stimme sprach zu ihm.

»Nummer Siebenunddreißig, Ihr seid wach.«

Mit einem widerwärtigen Lächeln blickte Hastor auf ihn herab.

Dûhirion starrte zu ihm hoch, seine Miene neutral, trotz der Verwirrung, die ihn innerlich aufwühlte Er hatte schnell seine erlernte Fassung zurückgewonnen.

»Ich dachte, ich hätte Euch gewarnt, nicht in meinen Kerkern zu landen.« Der Hochelf zog ruckartig an der Kette.

Dûhirion wurde nach vorn gerissen und prallte unsanft mit dem Kopf gegen die Gitterstäbe. Der Schmerz hinter seinen Schädelwänden heulte schrill auf und blendete mit einem stechend weißen Licht seine Augen. Er stöhnte und kniff die Lider zusammen.

»Was geht hier vor?«, fragte er gepresst.

»Erinnert Ihr Euch an unsere Unterhaltung neulich?«, erwiderte Hastor und löste die Kette vom Metallhering im Boden. »Wir werden sie hier unten fortsetzen. Dieses Mal ohne Unterbrechung.«

Er öffnete die Zellentür, zerrte ihn am Halsband nach draußen und versetzte ihm einen Tritt in die Rippen, der seine Knochen ächzen ließ. Die Kette schlängelte sich klirrend und scheppernd durch die Gitterstäbe, bis sie vollständig nach draußen gerutscht war. Dann nahm er das andere Ende der Kette und ging zügig voran.

Dûhirion kam nicht auf die Füße. Er stolperte über seine Fesseln, war unfähig, Hastors Tempo zu halten.

Der Hochelf stieß eine Tür am Ende des Ganges auf. Der Raum war klein und quadratisch, lediglich ausgestattet mit einem langen Tisch und zwei Sitzbänken an beiden Seiten. Der eigentliche Schrecken befand sich im Zimmer dahinter. Dort war die Folterkammer der Gilde.

»Hinsetzen!«

Dûhirion tat wortlos wie geheißen. *Ich werde nicht mit heiler Haut davonkommen,* dachte er schleppend. *Sie werden mich in die Folterkammer bringen. Sie werden mich verletzen.*

Seine Gedanken begannen zu rasen und rammten den kalten Pfahl der Panik in sein Herz. Scham, gepaart mit dem Gefühl von Auslieferung und absoluter Schutzlosigkeit, sank wie glühende Kohlen in seinen Magen. Sein Körper fühlte sich taub an, während sein Geist panisch brüllend in seinem Käfig aus Knochen und Fleisch tobte.

Und wenn sie es wissen? Wenn sie von Elanor erfahren haben? Sie werden ihr etwas antun. Sie werden sie verletzen. Sie werden sie töten.

Hastor zeigte ein raubtierhaftes Grinsen. »Habt Ihr Angst, Siebenunddreißig?«

Dûhirion antwortete nicht.

»Das solltet Ihr auch.«

Taremia betrat das Verhörzimmer. Sie bedachte Dûhirion mit einem vernichtenden Blick, der keinen Zweifel an der Ernsthaftigkeit seiner Situation ließ, und setzte sich neben Hastor. Hinter ihr trat ein maskierter Folterknecht ein, der mit verschränkten Armen neben der Tür stehen blieb.

»Wir können beginnen«, sagte Taremia. »Keine Protokolle, keine Mitschriften oder sonstiger Blödsinn. Ihr seht, was Euch erwartet, wenn Ihr nicht die gewünschten Antworten gebt.«

»Gestattet Ihr die Frage, warum Hastor hier ist?«, fragte Dûhirion.

»Hastor gehört zu den Obersten der Gilde«, antwortete Taremia kühl. »Er ist aus demselben Grund hier wie Ihr: Die Gilde wird bedroht.«

Das schmerzhafte Pochen in seinem Kopf wurde wieder stärker. Sacht massierte der Dunkelelf sich die Stirn. Er hatte weitere Fragen diesbezüglich, glaubte aber, dass sie ihm nicht beantwortet werden würden. Wenn er darüber nachdachte, war es gar nicht so abwegig, dass Hastor zu den Puppenspielern Umbras gehörte. Der Hochelf arbeitete seit jeher so eng mit der Gilde zusammen, dass Dûhirion früher darauf hätte kommen können, dass er einer von ihnen war. Sein erstes Zusammentreffen mit Hastor erschien plötzlich in einem anderen und wesentlich beunruhigenderen Licht.

Aber wenn er zu den Obersten gehörte, warum hatte er sich dann bei seinem ersten Verhör unterbrechen lassen? Um seine Tarnung nicht aufzugeben und den Schein aufrechtzuerhalten, Umbra hätte Kontrolle über ihn?

»Interessante Neuigkeiten«, murmelte Dûhirion monoton.

»Die nichts zur Sache tun«, wehrte Hastor ab. »Es geht um Euren vorlauten Freund Valion Briel. Wo ist er?«

»Er ist seit der Explosion in der Oberstadt verschwunden«, fügte Taremia hinzu. »Ihr seid der Letzte, mit dem er gesehen wurde. Und es ist ein offenes Geheimnis, dass Ihr eine innige Freundschaft zu ihm pflegt.«

»Ich … weiß es nicht«, antwortete Dûhirion bedächtig. »Ich habe ihn seit Tagen nicht gesehen.«

»Und das sollen wir Euch glauben?«, knurrte Hastor und lehnte sich vor. »Ihr wisst, dass er für die Explosion in der Oberstadt verantwortlich ist. Ich selbst habe Euch nur einen Tag danach mit ihm in der Aschegrube von Malachit gesehen.«

»Ich erinnere mich, ja«, erwiderte Dûhirion. Während er sprach, blickte er unverwandt Taremia an. Sie respektierte er als Vorgesetzte, den anderen Hochelfen nicht. »Kurz danach trennten sich unsere Wege. Wir sind in Streit geraten. Ich weiß nicht, wohin er ging.«

»Aber Ihr wisst, dass er sich den Rebellen angeschlossen hat«, sagte der Hochelf ungeduldig.

»Jetzt schon«, murmelte der Dunkelelf.

Hastor donnerte seine flache Hand auf den Tisch. Der Lärm explodierte in Dûhirions Kopf. Der Hall presste sich von innen gegen seine Schädelwände, gegen seine Augen und dröhnte in seinen Ohren.

»Spielt nicht den Dummen«, fauchte Hastor. »Was soll er Euch sonst erzählt haben?«

Wir haben unsere erfolgreiche Störung bei der Lebensmittelverteilung zelebriert. Und nebenbei hat er Euch als aufgeblasenen Hundesohn bezeichnet. Was soll ich sagen, er hatte recht, dachte Dûhirion.

»Er sagte lediglich, dass er für die Explosion verantwortlich war, wie Ihr bereits sagtet«, entgegnete er und massierte kurz seine geschwollene Schläfe. »Nein, er hat seine Kontakte nicht spezifiziert. Ich weiß nicht, wer bei ihm war und wie viele es waren.«

»Was sind seine Pläne?«, fragte Hastor weiter.

»Ich weiß es nicht«, antwortete Dûhirion barsch und senkte abrupt seine Arme. Die Ketten rasselten dunkel. »Wenn Ihr etwas über die Pläne der Rebellen erfahren wollt, sucht den Anführer! Er ist derjenige mit der Totenkopftätowierung im Gesicht, kaum zu übersehen. Was schert es Umbra, dass Valion sich den Rebellen angeschlossen hat?«

Hastor schlug ihm ins Gesicht. Die Wucht ließ seinen Kopf zur Seite schnellen und hätte ihn fast von der Bank stürzen lassen.

Taremia räusperte sich. Sie hatte eine geschäftige Miene aufgesetzt und verschränkte geduldig die Finger ineinander. »Valion ist Eigentum der Gilde, er kann nicht tun und lassen, was er will. Ihr kennt die Regeln, Dûhirion. Es geht aber nicht darum, dass er sich den Rebellen angeschlossen hat, sondern darum, was er mit ihrer Hilfe tun wird. Den Anführer heranzuziehen, hätte keinen Zweck. Die Gruppe hat sich gespalten. Der eine Teil folgt weiterhin ihm, der andere Teil hat sich Valion angeschlossen.«

Dûhirion klingelten die Ohren, seine Wange glühte und schwoll an. »Der schlauere Teil, vermute ich, der verstanden hat, dass Canis Lupus ein Vollidiot ist.«

»Es gab einen Angriff auf ein Gildengebäude nahe Orlean«, fuhr Taremia fort. »Nachdem die Rebellen sich die Stadt vorgeknöpft haben, war auch Umbra an dieser Stelle geschwächt. Valion wusste das zu nutzen.«

Die Hochelfin holte etwas aus ihrer Gürteltasche und legte es auf den Tisch. Es war ein sorgfältig zugeschnittenes Leinentuch. Dûhirion erkannte Valions saubere Handschrift darauf. Es war eine unmissverständliche Botschaft an Umbra, die den Untergang der Gilde durch die Hand der Rebellen ankündigte.

»Während der Abschaum unter der Führung von Canis Lupus die Farmen nördlich von Malachit angegriffen hat, war der Teil unter Valion damit beschäftigt, die Zuflucht auszulöschen«, erläuterte Hastor.

»Die Zahl der Rebellen wächst stetig«, fügte Taremia hinzu. »Wir haben mehr Dunkelelfen aus unseren Reihen an Valion verloren, als ich selbst glauben will.«

»Das ist nicht verwunderlich«, erwiderte Dûhirion leise.

»Ihr missratenen Grauhäute solltet Umbra dankbar sein«, grollte Hastor. Seine stechend gelben Augen blitzten zornig. »Ohne die Gilde würden die Elendsviertel überquellen. Was wärt Ihr ohne Umbra, Nummer Siebenunddreißig? Der persönliche Sklave eines Adeligen, der seinem Herrn den Arsch abwischen darf? Eine männliche Hure? Oder eine dieser armseligen Gestalten, die lethargisch durch ihr Viertel schlurfen?«

»Bitte, darum geht es nicht«, unterbrach Taremia genervt. »Hastor, Ihr müsst zugeben, dass Umbra bei den Dunkelelfen auf Sand gebaut hat und das Fundament bröckelt. Ihr seht selbst, wie leicht Valion die dunkelelfischen Assassinen auf seine Seite ziehen konnte.«

Hastor grunzte verächtlich. »Wie auch immer. Valion muss gestoppt werden. So etwas wie in Orlean kann, darf und wird sich nicht wiederholen.«

Dûhirions Mundwinkel zuckten. Er zog eine seltsame Belustigung aus der Situation. *Niemand entkommt der Gilde lebend, weil sie einen überall finden wird. Niemand kann ein Geheimnis vor Umbra bewahren, weil ihre Augen und Ohren überall sind. Tja … Offenbar ist es Valion dennoch gelungen, der Gilde zu entkommen und sich vor ihren allgegenwärtigen Augen und Ohren zu verbergen,* dachte er.

»Dennoch weiß ich nicht, wo Valion ist und was er vorhat«, wiederholte er. »Warum sollte er mich in seine Pläne einweihen? Er wird damit rechnen, dass Umbra als Erstes durch mich eine Verbindung zu ihm sucht. Vertrauen hin oder her, er kennt Umbras Methoden und weiß, dass es nur ausreichend Zeit braucht, um jemanden zu brechen und zum Reden zu bringen. Das kann und wird er nicht riskieren.«

»Ich glaube Euch kein Wort«, sagte Hastor grimmig.

»Es macht durchaus Sinn, was er sagt«, warf Taremia ein.

»Es kümmert mich nicht, was Ihr darüber denkt«, erwiderte Hastor und hob abwehrend die Hand. »Noch habe ich das letzte Wort hier.«

Er gab dem Folterknecht ein Zeichen und erhob sich. Dûhirion akzeptierte das Unausweichliche schweigend. Egal, was er sagte, nichts würde ihn vor der Folterkammer retten. Hastor hatte ein persönliches Problem mit ihm und wollte ihn leiden sehen.

Der Folterknecht zerrte ihn an der Kette von der Bank und hinter sich her.

»Befestigt seine Handschellen an der Halterung dort drüben«, wies Hastor ihn an.

Der Folterknecht stoppte etwa in der Mitte der Kammer. Dûhirion sah den Haken, der von der Decke baumelte, merkte, wie seine Arme über den Kopf gehoben wurden … und wehrte sich. Es war eine impulsive Handlung, getrieben von einer verzweifelten Angst vor der Pein, die ihn erwartete.

Er riss sich los und schlug dem Folterknecht aus der Drehung heraus die eisernen Verschlüsse seiner Handschellen ins Gesicht. Der Folterknecht taumelte, doch ehe Dûhirion ihm nachsetzen konnte, war Hastor mit einem Satz bei ihm und warf ihn zu Boden.

Mit brutaler Kraft trat er auf ihn ein. Schweigend und mit eiserner Miene. Es genügte nicht, ihn mit seinen Tritten zu verletzen. Er wollte ihn zertreten wie das Ungeziefer, das er in seinen Augen war. Dûhirions Knochen konnten dem nicht lange standhalten. Hastors Stiefel fuhr wiederholt auf ihn nieder; traf sein Gesicht, seinen Rumpf und die Gliedmaßen. Er hinterließ eine Spur der Zerstörung auf seinem Körper.

»Hastor«, rief Taremia scharf, »hört auf, Ihr bringt ihn um!«

Der Hochelf machte einen Schritt zurück. »Haltet Ihr mich für nachlässig, Gildenmeister?«, erwiderte er. »Ich habe diese Made daran erinnert, wo ihr Platz ist.«

Dûhirion ächzte leise. Er wälzte sich auf die Seite und spuckte das Blut aus, das sich in seinem Mund gesammelt hatte.

Der Hochelf packte Dûhirions Haar und riss seinen Kopf hoch. »Ihr werdet ab jetzt keine Schwierigkeiten mehr machen, oder, Grauhaut?«

Hastor befestigte die Kette seiner Handschellen am Haken über ihnen. Der Dunkelelf spürte, wie seine gebrochenen Knochen aneinander rieben. Hilflos versuchte er, seine Arme zu entlasten, doch sein verdrehtes Knie gab immer wieder unter seinem Gewicht nach.

Nicht schreien, dachte er panisch. *Nicht schreien. Keine Schwäche zeigen, niemals.*

Der Schmerz dröhnte unartikuliert in der Dunkelheit seines Kopfes, hallte mit lautem Echo an den Schädelwänden wider.

Hastor packte sein Kinn. Er hatte einen eigenartigen Gegenstand in der Hand. Der Griff war flach und aus Holz, drei scharfe Klingen waren wie abgespreizte Finger daran befestigt.

Die Pranke eines Löwen, dachte Dûhirion.

»Das hier«, raunte der Hochelf, »ist etwas Persönliches. Ihr gehört mir, Grauhaut. Schon Euer ganzes Leben lang. Ich bin Umbra. Und mich sollte man nicht verärgern.«

Der Löwe riss seine Klauen über seine rechte Gesichtshälfte. Von der Schläfe schräg nach unten zum Kinn. Er durchschnitt sein Auge, spaltete seine Lippen. Brennender Schmerz floss in roten Strömen aus den Schnitten über seine nackte Brust. Der salzig-metallische Geschmack seines Blutes füllte seinen Mund und Dûhirion konnte sich nicht vom Schreien abhalten.

»Sind die Eisen bereit?«

Hastor Stimme klang weit entfernt, die Antwort des Folterknechts hörte er nicht mehr.

»Gut. Dann noch einmal von vorn, Nummer Siebenunddreißig. Wo ist Valion?«

18

Elanor

Dichter schiefergrauer Rauch erhob sich wie die todbringende Axt des Scharfrichters über dem Elendsviertel. Die Dunkelelfen versammelten sich in Reih und Glied vor den Stufen, die zur Oberstadt führten, und starrten mit blanken Gesichtern auf den Scheiterhaufen vor ihnen. Dort brannte das wenige Hab und Gut, das sie besessen hatten. Decken, Stühle und Tische, Kleidung. Kinder trauerten schluchzend um ihr geraubtes Spielzeug.

Hastor stand gemeinsam mit Solana und einem Dutzend Wachen vor den Einwohnern der Aschegrube und wachte mit Adleraugen über sie. Diejenigen, die aus der Reihe getanzt waren und es wagten, sich zu beschweren, waren sofort abgeführt und in den Kerker geworfen worden.

»Tod allen Dunkelelfen«, rief jemand aus der Masse der Gaffenden am anderen Ende der Treppe.

Elanor spürte, wie sich Naras Finger schmerzhaft in ihren Oberarm gruben. In ihrem Gesicht stand eine Mischung aus Wut und Entsetzen, Mitleid für die Dunkelelfen und unverfälschter Hass auf die Stadtwache. Arik hingegen sah tieftraurig aus. Alles, was die Weiße Feder für das Viertel getan hatte, brannte auf diesem Scheiterhaufen. Alles, womit sie das Leben der Dunkelelfen ein wenig leichter gemacht hatten, wurde vom Feuer verzehrt.

Es wird immer schlimmer, dachte Elanor und strich abwesend über ihren Bauch. *Wir sind nicht weit von Orlean entfernt.*

Sie konnte Faylen in der Menge nicht entdecken. Der Gedanke, dass ihre geliebte Puppe, die sie die ganze Zeit fest im Arm gehalten hatte, auf dem Scheiterhaufen brannte, war schon für Elanor unerträglich. Wie musste es Faylen erst ergehen?

Sie ließ den Blick über die Menge schweifen. Sie erblickte einige Sklaven, die von ihren Besitzern an der Leine gehalten und gezwungen wurden, dem Spektakel beizuwohnen. Einige von ihnen starrten zu Boden, andere mit versteinerter Miene auf Hastor herab. Ein junger Dunkelelf zitterte so heftig, dass seine Ketten sich mit ihm schüttelten.

»Seht das als Warnung«, rief Hastor laut. »Wir wissen, dass die Rebellen sich immer wieder in eurem Viertel herumgetrieben haben. Denkt daran, dass ihr wegen ihnen und ihrem törichten Angriff auf Malachits Farmen in dieser Woche kein Essen bekommen habt! Denkt daran, dass das hier allein ihr Verschulden ist!«

Der Angriff auf die Farmen lag etwa eine Woche zurück. Als es zur Lebensmittelverteilung kommen sollte, waren die Dunkelelfen am frühen Morgen zusammengetrieben worden, bevor man ihnen erklärte, dass es für sie dieses Mal nichts gab. Dennoch hatten sie bis zum späten Nachmittag am Brunnen stehen müssen.

Der Hochelf wandte sich an die Einwohner der Oberstadt. »Bewohner von Malachit, hört mich an! Ihr habt von Orlean gehört. Ihr fürchtet euch, weil die Rebellen die Stadt umkreisen wie gierige Aasfresser. Aber ich verspreche euch, solange ich hier bin, wird Malachit nichts geschehen. Die Rebellen werden diese Stadt nicht zugrunde richten.«

Wilder Jubel brach aus. Nara spuckte verächtlich auf den Boden.

»Ich weiß, ihr denkt, dass die Rebellen euch befreien können«, sprach Hastor zu den Dunkelelfen. »Ihr denkt, wenn es in Orlean geklappt hat, wird es hier auch funktionieren. Da täuscht ihr euch. Für euresgleichen gibt es kein besseres Leben. Ihr seid im Dreck geboren und ihr werdet im Dreck sterben. Die Götter selbst haben euer Volk verlassen und spucken auf euch. Wenn ihr ein neues Orlean haben wollt, dann tut, was die Rebellen euch einreden wollen. Wir werden euer Viertel mit Freuden niederbrennen, mitsamt allen Bewohnern.«

Jubelschreie brandeten auf und stürzten wie eine riesige Flutwelle ins Elendsviertel. Während Hastor darin badete, ertranken die Dunkelelfen hilflos.

Elanor hasste ihre eigene Ohnmacht. Sie konnte nichts tun. Das war nicht eine einzelne Person, die ihren Sklaven schlecht behandelte. Das war eine offizielle Aktion der Stadtwache. Wenn sie dagegen aufstand, hätte sie zwar Arik und Nara an ihrer Seite und würde allen Einwohnern klarmachen, dass sie nicht damit einverstanden war. Doch man würde sie dafür festnehmen und wegsperren.

»Lasst uns gehen«, murmelte Arik.

»Ja«, erwiderte Nara leise, »sonst kotze ich noch.«

Sie kämpften sich durch die Menge und passierten die Wachen, die über die Einwohner der Oberstadt wachten.

»Wo wollt ihr hin?«, fragte ein Waldelf. »Hastor hat diese Versammlung noch nicht für beendet erklärt.«

»Wie Ihr seht, trägt diese Frau Viriditas' Zeichen im Gesicht, guter Mann«, antwortete Arik, bevor Nara den Mund öffnen konnte. »Sie ist schwanger und das alles hat sie sehr aufgeregt. Wir bringen sie in meine Klinik.«

Der Waldelf musterte Elanor einen Moment unschlüssig. Sie musste sich keine Mühe geben, elend auszusehen. »Na schön.«

»Bah«, schnaubte Nara, als sie weit genug weg waren. »Tut so, als wäre ganz Malachit vor dieser dummen Treppe versammelt.«

»Nachdem sie den Markt leer gefegt und jeden, der nicht schnell genug weggehen konnte, gezwungen haben, dem hier beizuwohnen, könnte man das Gefühl bekommen, dass es tatsächlich so ist«, erwiderte Arik. »Ich weiß, dass es mir so ergeht. Elanor, sollen wir dich nach Hause bringen?«

Die Waldelfin nickte beklommen. »Ja, das wäre nett. Ich könnte ein bisschen Ruhe gebrauchen.«

»Du bist blass«, bemerkte Nara sorgenvoll. »Gibst du uns bitte Bescheid, bevor du umkippst? Ruiniert die Überraschung, aber ich wäre lieber vorbereitet.«

Sie kamen an genug Passanten vorbei, die klar widerlegten, dass ganz Malachit vor der Aschegrube versammelt war. Dennoch schien es auf den Straßen nur ein Thema zu geben. Es klang fast so, als wären die Leute enttäuscht darüber, dass sie nicht dabei gewesen waren, als das Eigentum der Dunkelelfen verbrannt wurde.

»Ich fühle mich wie ein verdammter Feigling«, murmelte Elanor niedergeschlagen.

»Ich weiß, wie du dich fühlst«, erwiderte Nara und berührte sie flüchtig am Rücken.

»Das hat nichts mit Feigheit zu tun«, sagte Arik. »Das ist gesunder Verstand.«

»Mein Verstand weiß das«, entgegnete Elanor und sah zurück. »Mein Herz nicht.«

Vor ihrem Haus lagen zwischen zerbrochenen Eierschalen mehrere Pferdeäpfel und ein Haufen Kuhmist. Das Wort ›Dunkelelfenhure‹ war in kantigen Lettern in ihre Tür gekerbt worden.

Elanor fasste sich zitternd an die Schläfe. Der Anblick machte sie ebenso wütend wie traurig. Der Drang, zu weinen, überkam sie ebenso plötzlich wie der Wunsch, gegen ihre eigene Tür zu treten.

Nara bedachte die unbekannten Vandalen mit allerlei unflätigen Beschimpfungen. »Ich schwöre dir, sollte ich jemals herausfinden, wer das war«, fauchte sie und warf aufgebracht die Arme in die Luft, »ich werde sie die Scheiße eigenhändig auffressen lassen.«

Arik legte eine Hand auf ihre Schulter. »Geh rein, ich kümmere mich darum«, sagte er sanft.

»Aber …«, setzte Elanor an.

»Das ist kein Problem«, unterbrach er. »Es braucht nur einen kleinen Zauber, um das alles zu beheben. Deine Tür wird danach aussehen wie zuvor, du wirst sehen.«

»In Ordnung. Danke.«

»Brauchst du noch etwas?«, fragte Nara und ging mit ihr einen Schritt in Richtung Haustür. »Soll ich bei dir bleiben?«

»Nein, das ist nicht nötig. Ich werde mich ein wenig schlafen legen und dann wartet noch Arbeit aus der Schneiderei auf mich«, antwortete Elanor und schenkte ihr ein kleines Lächeln. »Ich danke euch beiden. Bis morgen.«

Etwa eine halbe Stunde lag sie schlaflos im Bett, bevor sie sich dazu entschloss, die liegen gebliebene Arbeit zu erledigen. Sie nahm ihr Nähwerkzeug aus einer Schublade und setzte sich auf ihre gepolsterte Sitzbank. Aus der Schneiderei hatte sie sich gestern einige Hemden und Hosen mitgenommen, die geflickt werden mussten. Es war eine monotone Arbeit, doch Elanor fand die Flickerei entspannend.

Für ihre Flucht aus Malachit war alles vorbereitet. Die wichtigsten Habseligkeiten waren in einem Rucksack verstaut, Nara und Arik über ihre Pläne informiert und sie hatte einen kleinen Vorrat an haltbaren Lebensmitteln zur Seite gelegt. Ihre Ersparnisse, die ihr entweder irgendwann einen angenehmen Lebensabend bescheren oder der Schneiderei aus einer finanziellen Notlage helfen sollten, würde sie ebenfalls mitnehmen.

Vielleicht würde sie die Hälfte davon Faredir geben, als winzigen Ausgleich für ihre fehlende Arbeitskraft. Es war das Mindeste, was sie tun konnte. Es stimmte sie traurig, dass ihre Kinder ihn vermutlich niemals kennenlernen würden.

Würde sie ihn danach je wiedersehen? Würde er sie überhaupt sehen wollen?

Sie hatte ihren Onkel für übermorgen zum Abendessen eingeladen. Das gab ihr noch etwas Zeit, um sich auf das bevorstehende Gespräch vorzubereiten. Sie war es Dutzende Male im Kopf durchgegangen, hatte verschiedene Reaktionen seinerseits durchgespielt. Trotzdem fühlte sie sich alles andere als bereit für diese Konfrontation.

Nicht mehr lange und sie würde Malachit verlassen. Trotz der Anfeindungen, die sie in letzter Zeit ertragen musste, fiel es ihr schwer, das zu akzeptieren. Sie war hier geboren worden, war hier aufgewachsen. Ihre Eltern hatten Spuren in dieser Stadt hinterlassen. Jedes Mal, wenn sie in der Schneiderei war, fühlte sie sich mit ihnen verbunden. Jedes Mal, wenn sie die Nadel durch den Stoff stach, hörte sie die entfremdete Stimme ihrer Mutter predigen, sie solle keinen langen Faden benutzen.

»Langes Fädchen, faules Mädchen«, murmelte Elanor.

Sie vernähte das Fadenende, bevor sie es abtrennte und das Hemd zusammenlegte. In wenigen Tagen würde sie ihr ganzes Leben, alle Freunde und Familie hinter sich lassen. Einerseits hatte sie sich immer gewünscht, mit Dûhirion ein friedliches Leben führen zu können. Ohne die Heimlichkeiten, ohne die permanente Angst, entdeckt und bestraft zu werden. Andererseits fragte sie sich, ob ihre Beziehung den neuen Umständen standhalten würde. Sie würden sich fortan täglich sehen und Elanor fürchtete, dass das zu Schwierigkeiten führte. Trotz allem waren sie zwei grundverschiedene Elfen. Dûhirion kannte bloß das Leben eines Assassinen. Es würde nicht leicht für ihn werden, sich davon loszulösen.

Die Waldelfin blickte aus dem Fenster. Draußen war es bereits dunkel. Dûhirion hatte sich seit über einer Woche nicht bei ihr gemeldet. Ausgerechnet jetzt, wo sie ihn dringend brauchte, war er nicht bei ihr. Wahrscheinlich hielt Umbra ihn beschäftigt.

Es kam vor, dass die Gilde überraschend Trainingseinheiten für die Assassinen ansetzte. Sowohl ihre körperlichen als auch ihre geistigen Fähigkeiten wurden geprüft, aufgefrischt und, wenn es nötig war, verbessert. Diese Einheiten liefen über eine unbestimmte Zeitspanne und dunkelelfischen Assassinen wurde gänzlich verboten, die Mauern der Gilde zu verlassen.

Elanor hoffte, dass er bald zu ihr zurückkehrte. Die letzten Teile ihrer Flucht mussten sie gemeinsam planen. Und dann würde er diese verdammte Gilde endgültig hinter sich lassen.

Als es etwa eine halbe Stunde später klopfte, machte ihr Herz einen aufgeregten Sprung. Ihre Freude legte sich jedoch, sobald sie realisierte, dass das Klopfen weder im vertrauten Rhythmus noch von der richtigen Tür kam.

Elanor erhob sich und lehnte ihr Ohr gegen die Vordertür. »Wer ist da?«, fragte sie.

»Maryn«, kam die gedämpfte Stimme von draußen. »Bitte lasst mich rein! Es ist wichtig.«

Irgendetwas ließ Elanor frösteln. Sie ließ die Zwergin ins Haus. Oft hatten sie sich nicht gesehen, höchstens viermal. Sie hatte Dûhirion hin und wieder als Sprachrohr gedient, wenn es ihm nicht möglich gewesen war, in die Oberstadt zu kommen. Er vertraute ihr, deshalb tat Elanor es ebenfalls.

Maryn wirkte zerstreut, ihr blondes Haar war unordentlich und die Schminke um ihre grüngrauen Augen unsauber, als hätte sie sich in Eile zurechtgemacht. Sekundenlang starrte sie auf Elanors gezeichnetes Gesicht und murmelte etwas Unverständliches in ihr Tuch, bevor sie es runterzog und um ihren Hals hängen ließ.

»Was kann ich für Euch tun?«, fragte Elanor vorsichtig.

»Nun …« Maryns Blick wanderte ziellos durch den Raum. »Ich weiß nicht recht, wo ich anfangen soll. Wollen wir uns setzen?«

Elanor setzte sich mit ihr an den Tisch. »Ist Dûhirion etwas geschehen?«

»Umbra hat ihn«, antwortete die Zwergin .

Elanors Hände begannen unkontrolliert zu zittern.

»Es hat sich herausgestellt, dass er Verbindungen zu den Rebellen hat. Ihr erinnert Euch an die Explosion hier in der Oberstadt? Er war daran beteiligt. Er und Valion.«

Ungläubig schüttelte die Waldelfin den Kopf. »Das ist nicht möglich. Er hätte mir erzählt …«

Maryn zuckte mit den Schultern. »Ich bin mir da ehrlich gesagt nicht mehr sicher. Offenbar hat er sehr viel für sich behalten.«

»Dûhirion hat die Rebellen verachtet«, sagte Elanor heftig. Ihre Finger klammerten sich an die Tischkante. »Er hat ihnen nicht über den Weg getraut. Wann immer über sie gesprochen wurde, hat er gespottet. Ich kann mir nicht vorstellen, dass er mit ihnen zusammenarbeitet. Erst recht nicht, nachdem …«

Die Zwergin hob die Brauen. »Nachdem?«

»N-Nicht wichtig. Vergesst es! Umbra muss sich irren.«

»Selbst wenn die Anschuldigungen falsch sind, wird Umbra sich keinen Fehler eingestehen. Dafür ist die Gilde zu stolz«, erwiderte Maryn.

»Dann wollt Ihr mir sagen, er ist ein Gefangener? Wie lange schon? Was wird ihm angetan?«, fragte Elanor unruhig.

Maryn verzog den vernarbten Mund. »Die Rebellen, wahrscheinlich unter Valions und Dûhirions Führung, haben eine Zuflucht nahe Orlean angegriffen und nahezu ausgerottet. Wer sich ihnen nicht anschließen wollte, wurde getötet. Dûhirion und Valion sind Umbras Eigentum. Sie können nicht tun und lassen, was sie wollen. Umbra hat es nicht gern, wenn ihr Werkzeug sich selbst zweckentfremdet.«

»Spart Euch die Propaganda der Gilde«, presste Elanor zwischen den Zähnen hervor. Ihre Nägel gruben sich so tief ins Holz des Tisches, dass ihre Knöchel weiß hervortraten. »In meinem Haus gestatte ich es nicht, über Dunkelelfen zu sprechen, als wären sie Gegenstände.«

Maryn hob abwehrend die Hände. »Das steht gerade nicht zur Debatte. Habt Ihr nicht gehört, was ich gesagt habe? Dûhirion und Valion sind dafür verantwortlich, dass eine Zuflucht von Umbra ausgerottet wurde. Sie haben jede Menge dunkelelfische Assassinen auf ihre Seite gezogen. Valion ist irgendwo untergetaucht, niemand weiß, wo. Dûhirion ist erwischt worden. Ich gehe ein hohes Risiko ein, Euch das zu erzählen. Aber ich bin der Meinung, dass Ihr ein Recht habt, zu erfahren, was passiert ist. Besonders, wenn man den Umstand bedenkt, in dem Ihr Euch befindet …«

Eine unangenehme Stille breitete sich zwischen ihnen aus. Eine Stille, dick und schwer wie die schwüle Luft kurz vor einem Gewitter.

Maryn atmete leise durch. »Dûhirion ist tot. Umbra hat ihn für seinen Verrat hinrichten lassen. Es tut mir leid. Er war auch mein Freund, aber … für Euch … Es tut mir wirklich leid.« Sie öffnete ihre Gürteltasche und holte einen Leinenfetzen hervor. »Ich habe ihn einen Tag davor gesehen. Ich habe mich in den Kerker geschlichen, als ich hörte, welches Schicksal ihn ereilen wird. Ich … konnte nichts tun. Konnte ihm nicht helfen. Bloß Abschied nehmen und ihm eine letzte Bitte erfüllen. Euch zu sagen, dass er nicht mehr wiederkommen wird. Und Euch eine letzte Botschaft zu überreichen.«

Mit zitternder Hand riss Elanor den Fetzen an sich. Darauf war geschrieben:

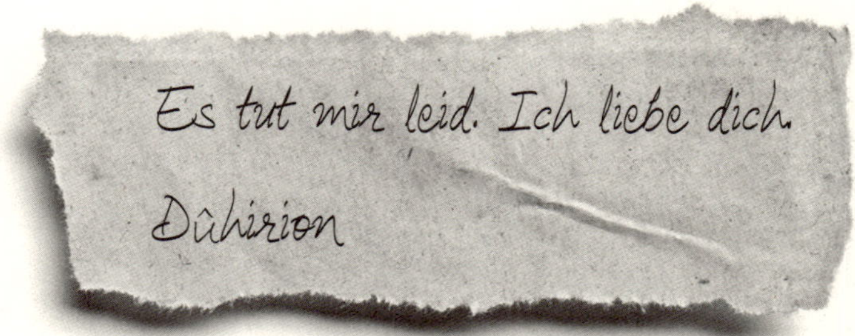

Verzweiflung schlug ihre Klauen in den Rücken der Waldelfin. Das war unverkennbar seine nachlässige Handschrift. Die Buchstaben waren rostbraun und krakelig, als hätte er sie mit letzter Kraft und seinem eigenen Blut geschrieben. Ihre Lungen füllten sich und doch bekam sie keine Luft. Sie erstickte atmend.

»Er kann nicht tot sein«, flüsterte Elanor stimmlos, ohne den Blick von der Botschaft zu nehmen. »Ich glaube das nicht. Er hat mir versprochen … Er hat geschworen …«

»Dûhirion ist tot«, wiederholte Maryn eindringlich. »Warum sollte ich lügen? Er ist … war ein guter Freund und wird mir fehlen. Wenn Ihr einen endgültigen Beweis wollt, wartet noch ein paar

Tage. Die Gilde wird diesen Beweis öffentlich vor dem Gebäude aufstellen. Aber ich bezweifle, dass Ihr den sehen wollt.«

Elanor sank in sich zusammen. Sie hatte plötzlich keine Kraft mehr, gerade zu sitzen oder weiterzusprechen.

Dûhirion ist tot.

Der Satz warf ein ohrenbetäubendes Echo in ihrem Kopf. Es war unmöglich. Sie weigerte sich, daran zu glauben. Eine allumfassende kalte Leere erfüllte sie und ertränkte jedes Gefühl, das sich in ihr regen wollte.

»Alles, was ich Euch noch geben kann, ist das hier.«

Ein silberner Ring landete auf dem Tisch. Er war verkohlt, als hätte man versucht, ihn zu verbrennen. Dennoch waren die Runen noch klar erkennbar und Elanor wusste sofort, dass es ein von Arik verzaubertes Schmuckstück war. Der Ring, mit dem sich die Illusionen rund um die versteckten Türen zu den Tunneln unterhalb der Stadt auflösen ließen.

Dûhirion ist tot. Mein Herz ist tot.

Maryn sagte etwas. Einen Augenschlag später saß Elanor allein in ihrem Haus. Sie rührte sich nicht, war gefroren im Moment und starrte mit leerem Blick auf den Ring.

Es gab keinen Beweis dafür. Das war keiner. Die Botschaft war keiner.

Gleichgültig, wie oft sie sich das sagte, es beruhigte sie nicht. Elanor hielt vollkommen still, während die Welt um sie herum zerbrach. Zuerst verschwammen sämtliche Farben hinter einem grauen Schleier, der sich über ihre Augen legte. Dann stumpften nacheinander alle anderen Sinne ab.

Mein Herz ist tot.

Es traf sie wie ein Peitschenhieb. Ihre Muskeln schienen sich alle gleichzeitig zu verkrampfen. Ihr Körper ächzte und krümmte sich unter einer Last, die sie kaum erfassen konnte. Elanor stieß einen langen, heulenden Schrei aus und ließ ihren Kopf ungebremst auf die Tischplatte fallen. Sie schrie, schlug mit den Fäusten gegen den Tisch.

»Du hast versprochen, dass alles gut wird«, flüsterte sie gebrochen. »Du hast es versprochen.«

Irgendwann fand Faredir sie. Er musste sich selbst eingelassen haben, denn ein Klopfen hatte Elanor nicht gehört. Sie bemerkte ihn erst, als er sie an den Schultern berührte und mehrmals ihren Namen rief. Erschrocken fuhr sie hoch. Ihr Rücken protestierte schmerzhaft gegen die abrupte Bewegung.

»Onkel«, stammelte sie.

»Elanor, was ist los? Was ist passiert?«, fragte er besorgt.

»Nichts«, antwortete sie sofort und wischte sich die Tränenspuren von den Wangen. »I-Ich bin nur … D-Die Schwangerschaft, weißt du? In letzter Zeit weine ich wegen den unsinnigsten Sachen.«

Ihre Stimme zitterte. Ihr ganzer Körper tat es. Unsinnig. Sie hatte Dûhirions Tod eine unsinnige Sache genannt.

»Wie bist du ins Haus gekommen?«

Wie sollte sie ihm ihren Zustand erklären? Wie sollte sie über die Lippen bringen, was sie selbst noch nicht begriffen hatte?

»Ich habe meinen Schlüssel benutzt«, antwortete Faredir und hielt ihn hoch. »Nara war bei mir und bat mich, nach der Arbeit nach dir zu sehen. Sie sagte, du wärst mitgenommen gewesen von

Hastors Aktion in der Aschegrube. Sie hat mir erzählt, dass ein paar Vandalen deine Tür verschmutzt haben. Hätte ich gewusst, wie schlecht es dir geht, wäre ich viel früher gekommen.«

Elanor stand auf. »Es ist alles halb so schlimm. Möchtest du etwas trinken?«

Wankend ging sie ein paar Schritte. Sie konnte ihm nicht sagen, dass Dûhirion tot war. Er würde Fragen stellen und sie hatte nicht die Kraft, ihn zu belügen. Sie konnte es ihm nicht sagen.

»Veilchen.«

Elanor drehte sich um. Ihre Körperhaltung war kraftlos, die Schultern eingesunken, das Kinn sank ihr auf die Brust. Sie nahm ein paar zittrige Atemzüge.

Warum nicht? Ich wollte ihm ohnehin die Wahrheit sagen. Warum nicht jetzt?, dachte sie matt.

Faredir umarmte sie. Wenn sie ihm die Wahrheit über Dûhirion offenbarte, würde er sie vielleicht von sich stoßen.

Sie erwiderte seine Umarmung und krallte sich an seinem Mantel fest. »Er ist tot, Onkel«, sagte sie heiser.

Er spannte sich spürbar an. »Von wem sprichst du?«

»Dûhirion.«

Seinen Namen laut auszusprechen, zu wissen, dass er nur noch eine Erinnerung war, schmerzte. Es schmerzte, als hätte man Dutzende kleine Glassplitter unter ihre Haut gebracht. Als würde eine unsichtbare Macht mit brutaler Gewalt ihren Brustkorb aufbrechen. Elanor vergrub ihr Gesicht in der Kleidung ihres Onkels. Er roch nach den verschiedenen Stoffen aus der Schneiderei; nicht würzig, nicht nach Leder, wie es Dûhirion getan hatte.

»Es tut mir so leid«, flüsterte Faredir hilflos. »Ich bin für dich da.«

Elanor schluckte schwer. Sie musste sich sammeln. »Ich habe dich belogen, Onkel. D-Dûhirion ist … Er war … «

Ihre Zunge war taub und wurde zunehmend schwerer. Faredir sagte nichts, hielt sie bloß. Seine Hände strichen sanft durch ihr Haar und über ihren Rücken.

»Er war ein Dunkelelf«, raunte sie kaum hörbar.

Ihr Onkel stutzte. »Elanor, was redest du da?«

»Die Gerüchte über mich sind wahr. Ich hatte einen dunkelelfischen Geliebten und er ist der Vater meiner Kinder.«

Faredir hob ihr Gesicht an und musterte sie forschend. »Du bist verwirrt«, sagte er leise. »Hast du Fieber?«

»Ich bin nicht verwirrt«, widersprach sie. »Hör mir doch zu!«

Er schob sie zu ihrer gepolsterten Sitzbank und ließ sich mit ihr darauf nieder. Seine rauen, schwieligen Hände umschlossen eine der ihren. »Ich verstehe, dass diese Gerüchte dir zusetzen. Du bist erschüttert von der Nachricht seines Todes, das ist normal. Dein Verstand fängt an, dir böse Streiche zu spielen.«

»Es ist die Wahrheit«, beharrte Elanor und versuchte, ihre Stimme fester klingen zu lassen. »D-Dûhirion war ein Dunkelelf. Frag Nara und Arik, sie können es dir bestätigen.«

»Du hattest tatsächlich eine Affäre mit einem Dunkelelfen?«, fragte Faredir schockiert. »Elanor, was hast du dir dabei gedacht? Warum ausgerechnet … Wie konntest du …«

Sie senkte den Blick einen Moment. Ihr Herz schien sich unter Krämpfen zusammenzuziehen. Heiße Tränen brannten erneut in ihren Augen.

»Er war keine Affäre. Ich liebe ihn, Faredir. Trotz aller Umstände. Trotz aller Verbote. Ich liebe ihn und es sind seine Kinder, die in mir heranwachsen.«

Faredir musterte sie mit undeutlicher Miene.

Verachtete er sie? War er angewidert von ihr?

Seine Hände lösten sich nicht von ihren. Das Schweigen zwischen ihnen war unangenehm und kalt.

Würde er ihr sagen, dass sie froh sein sollte, dass Dûhirion tot war? Damit sie sich nicht weiter in Schwierigkeiten brachte? Würde er sie verstoßen?

Elanor beobachtete die Tränen, die auf ihren Rock fielen und den Stoff durchnässten. Sie war einen Schritt davon entfernt, alles zu verlieren. »Es tut mir leid, Onkel.«

Langsam legte Faredir seinen Arm wieder um ihre Schultern und zog sie an sich. »Du musst dich für nichts entschuldigen. Ich hätte dich nicht anfahren sollen. Du sagtest, dieser Dunkel... Dûhirion ist der Vater deiner Kinder?«

Elanor nickte kaum merklich. »Ich wollte es zunächst auch nicht glauben. Arik hat es mir bestätigt.«

Faredir war überfordert. Jeder andere an seiner Stelle wäre es ebenfalls gewesen. Er hätte viele Fragen stellen können; nach den Umständen von Dûhirions Tod oder, schlimmer noch, wie sie ihn kennen und lieben gelernt hatte. Elanor konnte nicht sagen, worüber es ihr schwerer fallen würde, zu sprechen. Doch Faredir entschied sich, sie still zu trösten. Seine Fragen schienen warten zu können.

»Ich weiß nicht, wohin ohne ihn«, flüsterte Elanor.

»Wohin wärt ihr gegangen? Wohin wirst du gehen?«, fragte Faredir.

»In die Magierakademie Krähenfels.«

»Sag mir, wie ich dir helfen kann.«

Elanor blinzelte zu ihm auf. »D-Du … willst mir helfen?«

»Ich liebe dich wie meine eigene Tochter, Elanor. Und ich will das Beste für dich. Dein Verlust tut mir aufrichtig leid. Wenn er dein Herz gewonnen hat … muss er ein guter Mann gewesen sein«, antwortete Faredir sanft. »Es wird mir schwerfallen, dich gehen zu lassen, ohne dir folgen zu können. Du hast recht, du kannst nicht hierbleiben. Ich will nicht, dass dir und deinen Kindern etwas geschieht. Sie haben das Recht auf ein gutes Leben. Brauchst du Geld? Vorräte? Einen Weg aus Adular? Was es auch ist, ich tue alles, was ich kann.«

Heute Nacht brauchte sie nur seinen Beistand.

Er hielt sie, wiegte sie wie ein kleines Mädchen in seinen Armen. Später brachte er sie sogar ins Bett. Die Zukunft war ungewiss und Elanor fürchtete sie mehr denn je.

Das ist die Strafe dafür, dass ich die Gesetze der Götter und die meines Volkes breche, dachte sie, während sie schlaflos auf die leere Bettseite starrte. *Sie haben mir Kinder geschenkt, die mich zur Ausgestoßenen machen, und mir dann ihren Vater genommen. Das ist der Preis, den ich zahlen muss.*

Faredir wich die ganze Nacht nicht von ihrer Seite.

Epilog

Dûhirion

Sechs Jahre zuvor …

Dûhirion kannte sich nicht mit Gefühlen aus. Was er wann empfand und welchen Namen er seiner Empfindung geben sollte, war ihm meist ein Rätsel. Wie sollte er über etwas sprechen, das er nicht mit Worten zu erklären vermochte?

Das, was du fühlst ist falsch, hallte es durch seinen Kopf. *Alles, was du fühlst, ist falsch. Ein kaltes Herz, damit du ohne Reue töten kannst. Ein messerscharfer Verstand, damit du schnell und effizient handeln kannst. Mehr brauchst du nicht.*

Umbra hatte ihn abgestumpft. Ein Assassine, der sich von seinen Gefühlen kontrollieren ließ, war schnell tot oder unbrauchbar für die Gilde … was letztlich aufs Gleiche hinauslief.

Was du fühlst, hat keine Bedeutung, rief das Echo in seinem Kopf. *Was du fühlst, macht dich schwach. Angst lähmt dich. Wut lässt dich unüberlegt handeln. Du wirst lernen, keine Angst zu haben und nicht mehr wütend zu werden.*

Dennoch fühlte er nach wie vor. Er hatte bessere Kontrolle darüber, leitete, statt sich leiten zu lassen. Seine Emotionen waren dumpf, seltsam entfernt von ihm und trotzdem unbestreitbar nah. Als wären sie bloß eine undeutliche Erinnerung an etwas, ähnlich den verschwommenen Bildern seiner Kindheit. Die Tage, bevor Umbra ihr ein jähes Ende bereitet hatte.

Was Elanor betraf, war eine Tatsache unbestreitbar: Er empfand mehr für sie, als er sollte. Das, was auch immer es war, durfte nicht weitergehen. Er fühlte sich seltsam, wenn er sie ansah. Sie verwirrte ihn mit einem Lächeln oder ungeahnt freundlichen Worten. Jedes Mal ging es ihm allein dadurch so viel besser, dass sie in seiner Nähe war. In ihm war ein Begehren erwacht, das er bislang nicht gekannt hatte. Es war nicht jene bedeutungslose Lust, die er früher mit Prostituierten ausgelebt hatte.

Wenn das, was er empfand, wirklich Liebe war, musste er das unterbinden. Hätte es längst unterbinden sollen. Stattdessen war er immer wieder auf ihre spielerischen Tändeleien eingegangen oder hatte sie selbst initiiert. Er war ein verdammter Idiot und das musste er ihr dringend sagen, damit das ein Ende fand.

Deshalb suchte er das Gespräch und hatte sie gebeten, sich mit ihm zu treffen. Dûhirion wartete in einem Versteck der Weißen Feder auf sie. Es war eine Hütte mitten im Wechselwald südlich von Malachit.

Die Weiße Feder hatte vor einigen Jahren ein Abkommen mit den Irrlichtern getroffen. Sie hielten unerwünschte Wanderer von den Blockhütten fern, die sich im Wald verteilten. Was sie im Austausch dafür bekamen, hatte Arik nicht gesagt. Normalerweise wurden hier befreite Sklaven versteckt, bis eine dauerhafte Unterkunft hinter der Grenze für sie gefunden wurde. Im Moment war die Hütte unbesetzt.

Dûhirion schritt gemächlich durch den Raum und schloss die schweren Vorhänge. Die Sonne war beinahe gänzlich versunken, bis auf das Leuchten der Irrlichter lag der Wald im Dunkeln. Während er einige Öllampen entzündete, hörte er, dass jemand die Hütte betrat.

Elanor löschte ihre Laterne und schenkte ihm jenes entwaffnende Lächeln, dem er sich nicht entziehen konnte. Jedes Mal musste er es erwidern.

Verdammt, er sollte seine Gesichtszüge besser unter Kontrolle haben.

»Hallo, Dûhirion«, sagte sie. »Du wolltest mich sehen?«

»Ja.«

Das will ich immer, setzte er gedanklich hinzu, fluchte still und ohrfeigte sich innerlich.

Elanor überbrückte langsam die Distanz zwischen ihnen, während Dûhirion noch nach Worten suchte.

Er seufzte lautlos. Es brachte ja nichts. »Ich habe einen Fehler begangen«, setzte er an und suchte den Blick in ihre blauen Augen. »Tut mir leid, ich hätte früher etwas tun sollen und habe mich gehen lassen. Habe dich zu nah an mich herangelassen. Wir sollten uns vorerst nicht mehr treffen. Ich brauche Abstand, um einen klaren Kopf zu bekommen.«

Elanor runzelte die Stirn. »Warum?«, fragte sie leise.

»Weil ich Gefühle für dich entwickelt habe, die nicht sein dürfen«, antwortete er bedächtig.

Sie war ihm nah genug, dass er sie berühren konnte, wenn er wollte. Dûhirion verschränkte die Arme vor der Brust, um nicht in Versuchung zu geraten, seine Hand nach ihr auszustrecken.

»Ich will unsere Freundschaft nicht dadurch gefährden. Ich brauche etwas Zeit, um mir die Flausen austreiben zu lassen, damit ich dich wieder ansehen kann, ohne …«

»Du willst dir die Flausen austreiben lassen? Was bedeutet das?«, fragte sie misstrauisch.

»Es gibt Methoden, um mich wieder zu korrigieren.«

»Dich korrigieren?«, wiederholte Elanor verärgert. »Wovon denn? Du bist keine zerbrochene Klinge, die mit Hitze und Hammerschlägen neu geschmiedet werden muss. Du willst dir von diesen Schändern Gewalt antun lassen, weil du dich vor deinen Gefühlen fürchtest? Das wundert mich, ich habe dich nie für einen Feigling gehalten.«

Dûhirion blinzelte, war sprachlos.

»Was wäre, wenn ich dir sagen würde, dass ich ähnliche Gefühle für dich habe?«, fragte sie heftig. Trotzig spiegelte sie seine Körperhaltung, ihre Augen bohrten sich in seine.

Hatte sie das gerade wirklich gesagt? Das konnte sie nicht ernst meinen.

Ihm lagen die Worte seiner Ausbilder auf der Zunge, die ihn seit seiner Kindheit begleiteten, doch er wollte sie nicht aussprechen. Dûhirion schüttelte ungläubig mit dem Kopf. »Warum solltest du das tun?«

»Was meinst du?«

»Warum solltest du jemanden wie mich … Du weißt, was ich bin«, sagte er. »Du weißt, was ich tue.«

Elanor stoppte ihn mit einer knappen Geste. »Ich habe nicht den Assassinen lieb gewonnen oder den Dunkelelfen, sondern dich. Du bist ein guter Mann, Dûhirion.«

Er konnte sich das sarkastische Schnauben nicht verkneifen. »Ich bin so weit davon entfernt, ein guter Mann zu sein, wie Hastor Adaël davon, in einem Kleidchen auf dem kaiserlichen Ball zu tanzen.«

Sie zog eine Braue hoch und tippte mit dem Zeigefinger gegen seine Brust. »Falls du unbedingt Gründe hören möchtest, warum ich dich mag: Das war einer.«

Wieder konnte er sich kaum des Lächelns erwehren, das sich auf seine Lippen schlich. »Und da sag noch mal einer, mein Humor wäre furchtbar.«

Elanor schmunzelte. »Ist er. Aber von Zeit zu Zeit gefällt er mir.«

Dûhirion wurde ernst. »Es hat keine Bedeutung für dich, dass ich meinen Lebensunterhalt mit Mord verdiene?«

»Findest du Vergnügen darin?«, entgegnete sie. »Genießt du es, deinen Opfern die Kehle zu durchtrennen und sie ausbluten zu sehen? Folterst du sie vorher stundenlang?«

»Nein«, antwortete er.

»Dann hast du deine Antwort. Du tust das nicht aus Vergnügen, sondern weil Umbra dir deine Kindheit geraubt hat und du nichts anderes kennst als diese Gilde.«

Sie brachte alles durcheinander. Dûhirion hatte mit vielem gerechnet, aber nicht mit dieser Reaktion. Er löste die abwehrende Körperhaltung und ließ seine Arme locker, nahezu resigniert, neben seinem Körper hängen. Das konnte sie nicht ernst meinen.

Seit seiner Kindheit zeigte ihm jeder, dass er es nicht wert war, von irgendwem geliebt zu werden. Angefangen bei seiner Mutter, die ihn von sich gestoßen hatte, sobald er versuchte, sich ihr anzunähern. Die ihn nie mit seinem Vornamen angesprochen hatte, damit er nicht vergaß, dass er ein vaterloser Bastard war.

Seine Ausbilder hatten ihm deutlich gemacht, dass Gefühle falsch waren, und er hatte ihnen lange Zeit geglaubt. Sie hatten versucht, ihm den Gedanken auszutreiben, dass irgendjemand sich für ihn und sein Leid interessierte. Er hatte ihnen geglaubt. Niemand hatte ihm das Gegenteil beweisen wollen. Seine Seele verkümmerte unter Peitschenhieben, die physisch und verbal ausgeteilt worden waren.

Dann hatte er gemerkt, dass es entgegen aller Behauptungen jemanden gab, der ihn verstand. Er hatte Freunde gefunden. Valion, der seit jeher sein Leidensgenosse war, Maryn, Arik und Nara. Sie alle brachten ein Licht in die Dunkelheit seines Lebens.

Nun stand Dûhirion vor Elanor und hörte, dass sie seine innige Zuneigung erwiderte. Was fand sie an ihm? Sie war feinfühlig und sanft, wo er grob und zynisch war. Er kannte keine Frau, die mutiger war als sie. Sie nahm für ein verstoßenes Volk, das nicht einmal ihr eigenes war, ihr Leben in Kauf. Weil sie daran glaubte, dass den Dunkelelfen Unrecht geschah, und etwas ändern wollte.

Die Waldelfin hatte die ganze Zeit mit ihm geschwiegen. Langsam hob sie die Hand und berührte seine Wange. »Ich bin gern in deiner Nähe«, raunte sie. »Die Zeit, die ich mit dir verbringe, ist die kostbarste, die ich je erleben durfte. Daran ist nichts falsch.«

Dûhirion schluckte trocken. »Du weißt, was uns erwartet, wenn das herauskommt.«

Nun erkannte er auch ihre Unsicherheit, die Angst, die sie plagte.

»Ja, das weiß ich. Es … wäre ein Geheimnis mehr in meinem Leben. Sollte jemand meine Verbindung zur Weißen Feder herausfinden, blüht mir bestenfalls der Strick. Wahrscheinlicher ist, dass sie mich langsam und qualvoll öffentlich hinrichten, um ein Exempel zu statuieren.« Sie senkte den Blick nicht. »Ich würde lügen, wenn ich sage, dass ich die Konsequenzen nicht fürchte. Niemand sagt, dass es einfach wird. Aber ich werde mich nicht vor meinen eigenen Empfindungen verkriechen, bloß weil es schwierig werden könnte. Und ich hoffe, du …« Sie sprach nicht weiter.

Dûhirion wusste nicht, wo diese Beziehung enden sollte. Was er wusste, war, dass das hier ein Anfang war, eine Chance. Es wäre nicht nur feige, sondern auch ausgesprochen dumm, sie zu verwerfen, weil er sich davor fürchtete.

Ah … Scheiß drauf, dachte er und war froh, dass er nicht laut geflucht hatte.

»Wenn Umbra davon erfährt, wird sie dich töten. Mir blühen Folter und eine Korrektur. Alles, was die Gilde mich gelehrt hat, sollte mich davon abhalten, dir zu verfallen.« Dûhirion lachte leise. »Aber offenbar bin ich schlecht darin, das zu tun, was andere mir sagen.«

Zögerlich breitete er die Arme ein kleines Stück aus. Ein stilles Angebot, das Elanor bereitwillig annahm. Sie lehnte sich an ihn und er umarmte sie sacht. Es fühlte sich gut an, sie zu halten. Ihr schmaler Körper war warm, duftete nach würzigen Kräutern und süßen Blütenblättern.

»Auch wenn du es nicht glauben willst: Wenn ich von deinem Hang zum Zynismus absehe, bist du tatsächlich eine recht anständige Person«, sagte sie leise.

»Recht anständig, hm?«, wiederholte er. »Das kommt einem Kompliment verdächtig nahe.«

Verstohlen sah sie zu ihm hoch. »Ich wollte dich nicht gleich überfordern, indem ich dich mit überschwänglichen Worten und glorreichen Beschreibungen deiner selbst überschütte. Selbst wenn mir gerade danach wäre.«

»Ein kluger Gedanke.« Er strich ihr die vordere Haarsträhne aus dem Gesicht, die mit einem weißen Band verflochten war. Unter den Waldelfen war das ein Zeichen dafür, dass sie als Frau unverheiratet und nicht verwitwet war. »Wagen wir es. Sollten wir hiermit den größten Fehler unseres Lebens begehen, können wir nicht behaupten, uns hätte niemand gewarnt.«

LBM 2018

Glossar

Adular: Name des Kaiserreiches, in dem die Geschichte spielt. Der letzte bekannte Ort, an dem Sklaverei offiziell erlaubt ist und die Dunkelelfen Unterdrückung ausgesetzt sind.

Aschegrube: Die Elendsviertel, in denen die Dunkelelfen leben müssen.

Assassinen: Auftragsmörder, die ihr Geld mit dem Tod anderer verdienen.

Dunkelelfen: Das verstoßene Elfenvolk. Sie haben ausgezeichnete Augen, für die selbst die Dunkelheit der Nacht kein Problem darstellt. Wurden lange Zeit überall unterdrückt und versklavt. Während ihnen heute in großen Teilen der Welt Rechte zugesprochen und die Sklaverei abgeschafft wurde, werden sie im Kaiserreich Adular noch immer wie vor Hunderten von Jahren behandelt.

Spezifische Merkmale: Dunkelgraue Haut, rote Augen. Meist schwarzes, in seltenen Fällen dunkelrotes Haar. Markante Wangenknochen. Männliche Dunkelelfen haben einen ähnlichen Bartwuchs wie Menschen, jedoch weniger Körperbehaarung. Weibliche Dunkelelfen haben nur sehr dünnes, feines Körperhaar. Werden zwischen 1,75 m – 1,90 m groß und bis zu 300 Jahre alt.

Hochelfen: Das Elfenvolk, welches das höchste Ansehen genießt. Sie haben eine natürliche Begabung für Magie und ein fotografisches Gedächtnis.

Spezifische Merkmale: Sehr helle Haut, Augenfarbe variiert in verschiedenen Gelbnuancen. Weißes bis silbernes Haar, scharf geschnittene Geschichtszüge. Keine Körperbehaarung. Werden zwischen 1,95 m – 2,40 m groß und bis zu 500 Jahre alt.

Malachit: Die größte Stadt im Kaiserreich Adular und hauptsächlicher Schauplatz dieser Geschichte. Teilt sich grob in drei Abschnitte:

Das Adelsviertel, dessen Herzstück der dunkle Obsidianturm ist.

Das Marktviertel, in welchem vor allem die Mittel- bis Unterschicht wohnt. Zentrum bildet der namensgebende Markt. Elanor, Arik und Nara leben hier. Außerdem befindet sich dort die Schneiderei von Elanors Onkel Faredir.

Und letztlich die Aschegrube.

Magie: Wird wie folgt unterteilt:

Elementarmagie: Die Kontrolle der Elemente und das Wissen darüber, sie zur Verteidigung einzusetzen.

Heilung: Weiße Magie zur Behandlung von Wunden, Diagnostik von Krankheiten und Schmerzlinderung. Sie kann Verletzungen schließen, wäre aber nicht in der Lage, ein verlorenes Körperteil nachwachsen zu lassen. Kann Narbenbildung verhindern, wenn sie schnell genug auf die entsprechende Wunde gewirkt wird.

Illusionen: Erzeugt ein Trugbild, das die wahre Identität einer Person, eines Tieres oder Gegenstandes verschleiert.

Verzauberungen: Mittels Runen werden Gegenstände mit Magie versetzt. Umbra verwendet beispielsweise verzauberte Tonvögel, um Briefe zu verschicken. Verzauberter Schmuck kann unter anderem auch dazu verwendet werden, bestimmte Illusionen aufzulösen.

Oberstadt: Werden allgemein die Stadtviertel genannt, in denen Waldelfen, Hochelfen, Menschen und Zwerge leben. Sie bildet das Gegenstück zur Aschegrube.

Obsidianturm: Zentrum der Macht und Politik. Sitz von Kaiser Galdir. Hastor Adaël hat hier als oberster Sicherheitsbeauftragter der Stadt seinen Arbeitsplatz.

Orlean: Eine Stadt, die beinahe ausschließlich von Menschen bewohnt wird. Ausnahme bildet die obligatorische Aschegrube der Dunkelelfen. Drei Tagesreisen von Malachit entfernt.

Rebellen: Die ›Grauwölfe‹. Eine Gruppe von Dunkelelfen, die sich zusammengeschlossen haben, um gegen die Unterdrückung ihres Volkes zu kämpfen. Sie werden von einem Dunkelelfen angeführt, der sich Canis Lupus nennt.

Umbra: Mächtige Assassinengilde, deren Mitglieder Schattenklinge genannt werden. Sie besitzt mehrere Gebäude – sogenannte Zufluchten – im gesamten Kaiserreich. Durch mehrere Abkommen mit einflussreichen Personen kann die Gilde frei agieren und muss keine Strafen fürchten. Ihr Kennzeichen ist ein schwarzer Vogelschädel, der von einem Dolch durchbohrt wird. Dûhirion, Valion und Maryn sind Mitglieder.

Waldelfen: Das Elfenvolk, welches immer im Schatten der Hochelfen und über den Dunkelelfen steht. Bewegen sich von Natur aus leichtfüßiger, sodass ihre Schritte kaum wahrzunehmen sind. Haben ein ausgezeichnetes Gehör.

Spezifische Merkmale: Dunkle, bronzefarbene Haut, braunes Haar. Augenfarbe variiert in verschiedenen Blaunuancen. Vom Körperbau eher zierlich. Keine Körperbehaarung bei den Frauen. Männer können einen leichten Bartschatten entwickeln und haben sehr dünnes Haar auf Armen und Beinen. Werden zwischen 1,55 m – 1,70 m groß und bis zu 300 Jahre alt.

Weiße Feder: Eine Widerstandsgruppe, die versucht, den Dunkelelfen das Leben zu erleichtern. Sie verteilt Lebensmittel und Medikamente in den Aschegruben, versorgt Verletzte und Kranke, befreit Sklaven. Sie besteht aus 27 Personen, die über das gesamte Kaiserreich verteilt leben. Arik und Nara werden als Anführer angesehen, es herrscht aber Demokratie in der Organisation.

Zwerge: Klein und stämmig, sowohl Männer als auch Frauen weisen Bartwuchs auf, etwas, worauf die Zwerge mächtig stolz sind. Nur die wenigsten leben heute noch unter Tage. Die meisten hat es in die Städte gezogen, wo sie Seite an Seite mit den anderen Völkern leben.

Dank

Der größte Dank geht an meine Mitbewohnerin und beste Freundin Anika, die gewissermaßen Patin dieses Projekts ist. Sie hat mich von Anfang bis Ende unterstützt und bestärkt und im Gegensatz zu mir hat sie nie daran gezweifelt, dass dieses Projekt veröffentlicht werden wird.

Danke an meine Testleser Anika, Tina, Stephan, Anne, Juliane und Verena – für ihr Lob, ihre Kritik und die Zeit, die sie sich für mich und mein Projekt genommen haben.

Danke an meine Mutter, die mir sehr geholfen hat, die Arbeit eines Schneiders besser zu verstehen, damit ich entsprechende Szenen glaubhaft umsetzen konnte.

Über den Autor

Jamie L. Farley wurde 1990 in Rostock geboren. 2010 zog er nach Leipzig und machte dort eine Ausbildung zum Ergotherapeuten. Schnell merkte er jedoch, dass das nicht der richtige Job für ihn ist, weshalb er sich entschlossen hat Pokémontrainer zu werden. Er ist in Leipzig geblieben und wohnt zusammen mit seiner besten Freundin Anika, einer Ente namens Dave und dem Hauszombie Bradley in einer WG. Neben der Schreiberei gehören Videospiele zu seiner liebsten Freizeitbeschäftigung. Nach dem Veröffentlichen von zwei Kurzgeschichten, erschien sein Debüt ‚Adular (Band 1): Schutt und Asche' Anfang 2019 im Sternensand Verlag.

Kontakt:

Facebook: www.facebook.com/jamieliamfarley

Kurzgeschichte »Verloren« von Jamie L. Farley:

Hrsg. C.M. Spoerri
Beteiligte Autoren: Jasmin Aurel, Jamie L. Farley, Tara Florents, Christina Krüger, Juliane Maibach, Regina Meißner, Anne Neuschwander, Janine Prediger, Madeleine Puljic, Miriam Rademacher, Veronika Rothe, Maya Shepherd, Nele Sickel, Henrik Sturmbluth, C.M. Spoerri, Sabrina Weisensee

Winterstern (Anthologie)

12. Februar 2017, Sternensand Verlag

362 Seiten, broschiert

€ 12,95 [D]

Als Taschenbuch und E-Book

Klappentext:

Was ist ein Winterstern?
Ein magisches Artefakt? Ein verwunschener Ort? Eine verzauberte Person?
Oder etwas, das gar nicht greifbar ist?
Lasst euch in fremde Welten entführen, lernt fantastische Legenden kennen, kämpft für die Gerechtigkeit, Liebe oder Freiheit, erlangt Ruhm und Ehre, erfahrt, was wirklich zählt im Leben.
Dies ist eine Fantasy-Anthologie, die euch zum Lachen, Lieben, Gruseln, Träumen, Hoffen und Bangen einlädt.

Weitere Titel aus unserem Fantasy-Programm

J. K. Bloom
Wächter der Runen (Band 1)
28. September 2018, Sternensand Verlag
528 Seiten, broschiert
€ 16,95 [D]

High Fantasy
Als Taschenbuch und E-Book

Fanny Bechert
Elesztrah (Band 1): Feuer und Eis
3. November 2016, Sternensand Verlag
468 Seiten, broschiert
€ 12,95 [D]

High Fantasy
Als Taschenbuch und E-Book

B. E. Pfeiffer
Die Weltportale (Band1)
27. Juli 2018, Sternensand Verlag
624 Seiten, broschiert
€ 16,95 [D]

High Fantasy
Als Taschenbuch und E-Book

Carolin Emrich

Elfenwächter (Band 1): Weg des Ordens

15. Januar 2017, Sternensand Verlag

308 Seiten, broschiert

€ 12,95 [D]

HIgh Fantasy

Als Taschenbuchund E-Book

C. M. Spoerri

Die Legenden von Karinth (Band 1)

25. September 2016, Sternensand Verlag

448 Seiten, broschiert

€ 12,95 [D]

High Fantasy

Als Taschenbuch, Hardcover und E-Book

C. M. Spoerri

Der rote Tarkar

16. März 2018, Sternensand Verlag

370 Seiten, broschiert

€ 12,95 [D]

High-Fantasy

Als Taschenbuch und E-Book

STERNENSAND VERLAG

Besucht uns im Netz:

www.sternensand-verlag.ch

www.facebook.com/sternensandverlag